献给母亲和母亲河

大河赤子

DAHE CHIZI

李恒昌 著

山东友谊出版社·济南

目录

001	第一章	孤岛就在眼前
009	第二章	叶落人去
020	第三章	东窗事发
029	第四章	黄河号子
040	第五章	槐树庄　两家人
048	第六章	求学之路
055	第七章	再逢小叶
065	第八章	畅所欲言
073	第九章	弥补遗憾
080	第十章	拆迁事起
089	第十一章	东海取经
100	第十二章	护树行动
106	第十三章	恋爱的人
115	第十四章	新的发现
126	第十五章	要拆迁

134	第十六章	求教恩师
142	第十七章	二人世界
150	第十八章	喜结连理
155	第十九章	乘势跟进
163	第二十章	蓝医生
174	第二十一章	收购油井
184	第二十二章	再次探海
192	第二十三章	油田整治
201	第二十四章	虎林学文
210	第二十五章	三次探海
217	第二十六章	木秀于林
224	第二十七章	望女成凤
233	第二十八章	"五大金刚"齐聚首
241	第二十九章	一波三折
246	第三十章	初露锋芒
255	第三十一章	上下齐心
263	第三十二章	心中的秘密
269	第三十三章	离婚风波
278	第三十四章	只身闯关

285	第三十五章	反贪调查
292	第三十六章	小叶病了
302	第三十七章	双流定河
310	第三十八章	善意的谎言
320	第三十九章	触景生情
324	第四十章	北京之行
332	第四十一章	虎林探路
339	第四十二章	致富之路
345	第四十三章	幸福的烦恼
353	第四十四章	调水调沙
361	第四十五章	情系热土

第一章　孤岛就在眼前

深夜，黄河入海口，天地间一片苍茫。闪电撕裂天空，雨水借着风力恣意疯狂，像一道道鞭子抽打着沉默的大地，抽打着波涛汹涌的大海，也抽打着奔腾不息的大河。

黄河里的泥沙像听到了谁的号令，潜游遁行，在入海口快速集合。拦门沙像被施了法术，发疯般胀大，转眼之间，一道黑黢黢的斜坡形大坝便横亘在大河与大海之间，对河水发出了叫停的命令。

汹涌的河水源源不断地从远方奔来，却被拦门沙大坝拦住了去路。洪峰像一条苍老的巨龙，碰头，摆头，掉头，呻吟着，怒吼着，游动着，仿佛在寻找可以跑出去撒野的出口，心中似有满腔的无奈和不甘。

大河水位越涨越高，不到一个时辰，巨龙终于找到了可以突破的区域。只见河水漫堤而下，恣意横行，黄河口一带很快变成了一片汪洋泽国。

呼呜——呼呜——，黄河三角洲利华油田机关招待所，一座六层小楼，新上任的渤海市市长张五魁的临时办公室里，传出阵阵滚雷般的呼噜声，那呼噜声似乎要与天边的雷雨声形成呼应。

秘书长王刚一路小跑来到张五魁办公室门口，踩碎了大楼内的那一丝宁静。

咚，咚，咚！王刚使劲砸门，砸门声比雷声还紧迫。他边砸边喊：

"市长,快,快起来,出大事了!"

张五魁被惊醒了,呼噜声戛然而止。他一个骨碌爬起来,光着上身赤着脚往外跑:"咋了?出什么事了?天塌了?"

"市长,黄河口河务局报告,入海口被堵了!大水漫过了大堤!"王刚上气不接下气地说。

"啊?说曹操,曹操就到,果真还是来了!通知防汛指挥部,启动紧急预案,全市一级响应,组织当地百姓抓紧转移!记住,绝不能死人!绝不能让黄河改道!"

张五魁回身抓过衣服,拿起电话就拨:"喂!喂!省政府办公厅值班室吗?我是渤海市市长张五魁。我们这里发生了紧急情况,入海口被堵住了!情况十分危急,我们已经启动一级响应,现请求支援!最好能和部队联系,按原有预案,出动轰炸机炸开拦门沙大坝!"

挂了电话,张五魁又联系司机小张:"快开车过来,我要到现场去!"

雨中,司机小张开着一辆小轿车来了。张五魁大声咋呼:"这车能去吗?亏你还当过兵!"

小张听罢连车也没停,立即开了回去,眨眼换回一辆北京吉普。

雨还在下着,雨刷快速摆动却依然难以看清道路,眼前一片迷茫。

小张开得小心翼翼,张五魁说:"不用这么小心,夜里根本没人,快一点!"

小张猛踩油门,汽车像一头红了眼的牤牛,一头冲进茫茫夜色。

坐在车上,张五魁一刻也没闲着。他先是向在北京开会的市委书记王基业汇报了情况,随后向防汛指挥部下达了一条条命令,然后又接通了黄河口河务局,让他们做好最坏的打算。

小张全神贯注开着车。张五魁又不自觉地把两只手交叉在一起,不停地掰动他的"五魁手"了。他把手掰得嘎嘎直响,仿佛手腕子都要被掰断了。

张五魁长着一双大手，比一般人的手都大，像两把大蒲扇。这双手，特别有劲，也特别硬，像生铁铸成一般。同学、朋友一般不敢与他牵手，更不敢将手指头与他的手指头交叉扣在一起，因为一旦被他找到机会，只要他一使劲，别人就会像被铁钳子夹住一样，疼得龇牙咧嘴、嗷嗷大叫。或许是因为他名叫"五魁"，有人便说他长了一双"五魁手"。闲来没事的时候，张五魁总喜欢摆弄自己的"五魁手"，时而两手交叉在一起，左右旋转晃动；时而左手掰右手，掰得嘎嘎有声。

此刻，他的手又开始"痒痒"了。

"太慢了，像蜗牛，这个样子什么时候才能到？"张五魁拉了一把小张的胳膊，"你过来，我来开！"

尽管不情愿，小张还是跟他换了位置，把方向盘交给了他。

张五魁顺手把"大哥大"交给小张："你负责接电话，我开车。"

握住方向盘，张五魁弯了弯腰，使劲一踩油门，汽车飞速前行。车开在马路上，仿佛一艘飞艇贴着水面飞驰在大海上，车两侧溅起两股长长的水浪。

"大哥大"又响了，是秘书长王刚打来的："市长，油田报告，孤岛油田被淹，二十多名油田职工被困，他们正爬上井架避险。油田正调用小型船只前往救援。"

"你报告省政府办公厅，请求部队派直升机救援！"张五魁边开车边下达命令。

"救人要紧！"张五魁立即调转车头，开往孤岛油田方向。

雨慢慢变小了，此时夜幕渐退，天开始发亮，但依然没有放晴。乌云在天上翻滚着，像大山和大海被搬到了天上。

孤岛就在眼前，周围却是一片汪洋。大水，大水，大水，从未见过的大水，在眼前摇晃，张五魁感觉像来到了一个不可知的世界。

小张大喊一声"停车"，张五魁像根本没听到，再次猛踩油门，北京吉普几乎飞了起来。

张五魁牢牢抓紧方向盘,两只眼睛紧紧地盯着井台的方向。只见避难的人黑压压一片,紧紧地依附在高高的井台上。

井台附近全是水,汽车根本无法靠近,张五魁只能驾着车,在井台四周转。他时不时伸出头来大喊:"别害怕,直升机快来了!直升机快来了!"

话音刚落,远方似传来隐隐的雷声。张五魁放眼望去,两架直升机一高一低从云层中钻了出来。

"直升机来了!直升机来了!"张五魁高喊。那声音,从空中传向水面,又从水面反弹回来,在空中回荡着,久久不肯散去。

直升机很快飞了过来,放救生衣,放缆绳,放云梯——驾驶员有条不紊地操作着。

张五魁始终不肯离开,他大声呼喊着,指挥着,一刻也不放松。

井台上的人,一个个牵着缆绳被拉上了飞机。

张五魁正准备调转方向向黄河口奔去,这时,一阵轰鸣声从远方传来,只见一架银灰色轰炸机呼啸而过,直奔黄河口方向。

张五魁心中乐了,他知道,这是人民空军正在实施轰炸拦门沙大坝的应急方案。

咣!咣!顷刻之间,黄河口方向响起两声惊天动地的爆炸声。顿时,万道浊浪腾空而起,直冲云天,人们从没有见过如此壮观的景象。

张五魁也被惊呆了。他稍一愣神,汽车瞬间失去了控制,砰的一声,一头栽到了水里,溅起高高的水花。

张五魁做了一个好长好长的梦,像经历了一个世纪。梦里,他变成了一条长长的刀鱼,在大海里不停地游动,寻找回家的路,可一时又忘记了自己的家在哪里。他从辽东湾找到渤海湾,又找到了渤海与莱州湾交汇处的黄河入海口。有人告诉他,他的老家在水泊梁山;也有人告诉他,他的老家在东平湖，要想回家，必须从黄河洄游。他听从了人们的建议，顺着黄河河道拼命逆流上游。

黄河里，起初只有他一条鱼是往上游，可渐渐地，跟随他一起洄游的鱼越来越多，慢慢形成了一支庞大的队伍。他像一条高傲的"鱼王"，游在鱼群的最前头，其他鱼紧随其后，队伍如大军出征，所到之处水面生风、浪花翻腾，很是威风。

鱼群正往前游着，突然出现了危险情况，好像前方有人下了粘网，把整条大河都拦住了。怎么办？他并没有停下，而是继续带领队伍前行。他率先触网，头顶着粘网不停往前冲。只听啪的一声，粘网的提绳被拉断了，粘网顷刻之间不见了，他们继续向前游去。

游了很久很久，其他鱼或许是太累了游不动了，鱼群不见了，只有他还在游着。游啊游，他怎么也游不到东平湖。到了黄河下游最窄的艾山卡口，他怎么也游不上去了。这时候，他又突然变成了一条黄河鲤鱼，身子变得肥胖笨重，游动起来也更加吃力和缓慢。正当他准备放弃的时候，一个声音从空中传来："这里是传说中的龙门，你只需要纵身一跃就可以过去。"他听从了那个声音的召唤，使出全身的力气猛地一跃，果然身轻如燕，一下子就越过了龙门……

张五魁醒来的时候，不知自己躺在油田中心医院的病房里，他猛地一下子坐了起来，顿时感到胸部撕裂般疼痛。此前，他开的汽车栽到了水里，幸亏事发地点水并不深，也幸亏直升机没有走远，他和司机小张这才捡回了性命。所幸，两人都是轻伤，他肋骨轻微骨折，小张头部被撞了个大疙瘩。确定了张五魁的伤情后，医院对他采取的是保守治疗方案，没有做手术，而是选择通过药物治疗让其慢慢恢复。

张五魁昏睡期间，妻子李小叶一直陪在他身边。张五魁醒来后开口便问："小张怎么样？大水下去了吗？河口疏通了吗？"妻子让他重新躺好，告诉他："你放心吧，小张只是头上撞了个大包，没大事儿。大水都退

了，河口也疏通了，没有人员伤亡。"

听了这话，张五魁长舒了一口气。

这时候，市委书记、油田总指挥王基业推门进来了。他看到张五魁醒来，大声说："老弟啊，你终于醒了，可把我吓坏了！"

张五魁赶紧坐起来，习惯性地拍了拍胸脯，没想到这一拍，又是撕裂般疼痛。他咬着牙说："书记，您放心，我还不到见马克思的时候。不过，我有一种担心。"

"你担心什么？"王基业弯下身子想坐在床边，可屁股刚压到床沿，那床便咔嚓一声，像要散架一般，他又赶紧站了起来。李小叶赶忙出去给王基业找凳子。

"王书记，您说，这黄河口难道真的稳不住？咱们市在这里真的建不成？"张五魁说出了两人心中共同的担忧。

王基业听了，沉默了好久才说："也许专家们是对的，毕竟他们是权威人士，而且得出的结论也是一致的。"

"稳定黄河口三十年不可能？我感觉他们这结论还是下得太早了，我就不信这个邪！"张五魁苦笑了一下，"你听听，他们说河口改道就像人穿鞋子，过几年就要换一次。这是什么话嘛！这和换鞋子能是一回事吗？荒唐至极！"

说着说着，张五魁愤怒起来，他越说越来气，完全忘记了自己此时是一个受过伤的人。

王基业拉着他的手说："你现在的首要任务是好好养伤，等你好利索了，咱们再一起想办法。"

张五魁意犹未尽："刘鹗曾说过一句话，'黄河不留骂名'。如果稳不住黄河口，渤海市在我们两个手里建不成，我们不仅会留下骂名，还会成为历史的罪人。说实话，让我认可那些专家的结论，我不甘心。"

"我也不甘心！"王基业拍了拍张五魁的手背说，"不尝试一下，就是不甘心！"

张五魁把他的"五魁手"反过来，抓住了王基业的手，两双手紧紧地握在了一起。

当天夜里，张五魁翻来覆去，怎么也睡不着，不是因为胸部疼痛，而是因为头昏脑涨，太阳穴跳个不停。他想了很多很多，省委书记跟他谈话时的交代，一直在他耳边回响。

渤海市是一个刚刚成立的新市，之所以在这里建市，中央是有通盘考虑的：一是，该地位于黄河入海口，世界上大江大河的入海口一般都建有较大的城市；二是，这里是利华油田所在地，大庆油田所在地建成了大庆市，这里也应该新建一个具有一定规模的地级市；三是，在这里新建城市，有利于黄河三角洲的综合开发和利用。

但是，新建城市却遇到了一个自古以来的难题，那就是黄河口稳不住，经常改道。

如果把万里黄河比作一条巨龙的话，那么其发源地自然便是"龙头"，而其入海口自然便是"龙尾"。不幸的是，千百年来，这条巨龙一直充满野性，难以驯服，不仅身子时常跳动使洪水泛滥成灾，而且尾巴也总是来回摆动、时常改道，闹出很多让人难以承受的"恶作剧"。

自1855年黄河在河南兰考境内铜瓦厢决堤，放弃徐淮故道，夺大清河入海以来，一百多年间，黄河尾闾段决口、摆动、改道多达几十次，其中摆动幅度较大的有六次，形成了铁门关、毛丝坨、丝网口、徒骇河、旧刁口河、支脉沟等黄河故道，应验了黄河"十年一改道，一年三决口"和"十年河东，十年河西"的民谚。

黄河口稳定与否，直接关系到能不能真正建成渤海市的问题。如果黄河口不稳，易改道，那么新的城市将无法在此落脚，在此建设新型城市的规划无疑也将成为纸上空谈。

在张五魁接受任前谈话时，省委书记曾语重心长地交代他："五魁

啊,你上任后,首先去论证一下黄河口究竟能不能稳住,为渤海市选好位置。如果真的稳不住黄河口,在那里找不到建市的地方,那就摘掉牌子,换个地方建大滨海市。"

张五魁明白,要想锁住黄河口谈何容易!

自从履职新岗位之后,他和王基业一起,做了很多推动性工作,首先便是请水利部出面,聘请专家调查论证,看究竟能不能将黄河口稳住。去年春天,专家来了,考察了,也调研了,却得出了一个让人失望的结论——锁住黄河口三十年根本不可能,而且还作了会议纪要、发了红头文件。

红头文件传阅到张五魁的时候,他拿起红笔,在上面画了一个问号。问号很大,几乎画满了一张纸。画完,他抬起右手狠狠地拍了一下桌子,是失望?是愤怒?是不甘?他自己也说不清楚。

这一次拦门沙堵河,给了张五魁当头一棒,让他眼冒金星,只觉天旋地转。下一步怎么办?这是一个不得不考虑的问题。真的放弃在这里建市吗?这个念头一出现,张五魁一下子就被吓出一身冷汗。

张五魁翻身下床,拨通了司机小张的电话:"抓紧过来接我,我要出院!"

第二章　叶落人去

夏末清晨，太阳穿过薄薄的雾霭，慢慢升起，大地和海面上洒满金色晨辉，利民县黄河滩区槐树庄上空升起一缕缕淡白色炊烟。

槐树庄所在的黄河滩区属于游荡性宽河道，黄河南北两座大堤之间相距十多公里，很多村庄建在滩区之内。当初，他们的祖先移民来到此处居住时，这里并没有大河。清朝咸丰年间，黄河夺大清河入海之后，这里才成了黄河滩区。虽然黄河主河道不走这里，但一旦遇到洪水，这里就会遭遇漫滩。因此，槐树庄还有一个绰号，叫"掉河村"，意思是发大水时很容易掉进河里。

当年，老百姓最发愁的就是黄河水漫滩，为了抵御洪水，家家高筑房台，把房子建在房台上，每家都像一个孤岛。但这并不真正管用，即便是拼了身家性命，花了几年工夫筑起来的房台，依然经不住洪水的冲刷和浸泡。洪水一淹，地基便会松动；地基一松，便会墙裂梁歪，房子住不了几年也就塌了。

村子最南边，三米多高的房台上，坐落着一个小院子。院子里长着一棵大槐树。树很高，比房顶高出半截儿；树头也很大，几乎覆盖了整个院子。远远望去，整棵树像一个巨人托举着一朵硕大的云。

少年张五魁背起书包，吱扭一声拉开堂屋门，正要去学校上晨读，却被院子里的景象惊呆了。

只见大槐树光溜溜的，上面的树叶所剩无几；有几片叶子在微风中起舞，然后舒缓地落在地上，金黄色的叶子铺满了整个院子；那些夜里栖息在树上的麻雀，也不知哪里去了。

"爹，娘，快起来看啊，大槐树叶子全掉光了！怎么回事儿啊？"张五魁转过头，大声喊道。

父亲张志善听了，赶忙翻身起来；母亲杨素樱也忙穿衣服起床。

"真怪了，不到落叶的时候啊！"张志善边嘟囔边推门往外走。看到满地落叶，再抬头看看光溜溜的树枝，"就算秋天掉叶子，也不可能一夜之间掉得这么干净啊！"他满脸疑惑地问妻子杨素樱和儿子张五魁，"夜里刮大风了？"

张五魁说："我没听见。"杨素樱也摇着头说："我半夜就醒了，一直没再睡着，一点声音也没听到。真是奇怪了。"

他们三人走进院子，落叶没过了他们的鞋子，脚踩在上面发出沙沙的声响。

张志善顺手拿过墙边竖着的铁耙子，杨素樱也拿起了扫帚，开始打扫落叶。落叶很厚，张志善用耙子一搂便是一大堆。

张五魁一直没回过神来，他站在院子里望着高高的大树发呆。张志善催他："到点了，你快去上学吧。"

张五魁这才想起正事，他弯腰从地上捡起一片最黄的叶子拿在手里，转身开大门向学校走去。

槐树庄小学离张五魁家大约二里路，也建在一个高台上。张五魁走了一路迷惑了一路：为何河滩里和村里的其他树木都没掉叶子，独独自家的大槐树一夜之间叶子全部落下来了呢？

张五魁家的这棵大槐树，有近六百岁了。据传，这棵树的树苗还是张家祖先于明朝洪武年间从山西洪洞县往此地移民时，从洪洞大槐树附近移来的呢。

当年，张家祖先移居此地后，为了寄托怀乡念祖之情，习惯在村头、院里种植槐树，时间久了，槐树遍布街头巷尾。张五魁家的这棵槐树，生长得格外高大茂盛，高二十多米，冠似华盖，主干最大直径近四米。每年春天，这棵槐树便开满槐花，槐香弥漫至整个村庄。夏天来临，烈日炎炎，人们便坐在树荫下纳凉，暑热顿消。

这棵老槐树有两大传奇。

其一是，每到傍晚，夕阳西下之时，成百上千只麻雀飞来，栖落在大树上，叽叽喳喳一阵之后，便沉寂下来，静静地在树上过夜。

其二是，早年间，每年开春，青黄不接之时，那满树的槐花和槐叶，便成为人们最好的"口粮"。张家人会摘下槐花和槐叶，掺上一点儿粮食，做成窝窝头或饼子充饥。他们还把大量的槐花和槐叶送给村里其他人，帮助大家走过最艰难的日子。槐树庄本来就不大，只有五六十户人家、三百多口人，不少村民都享受过老槐树带来的福利。尤其是当年闹灾荒时，大槐树甚至救了不少人的命。

对于这棵老槐树，张家人奉若神明，把它当成他们家的命根子，对它格外敬重和爱护。逢年过节，张家人便在树下搭设供台，摆上供品，祈祷大树保佑全家平平安安。张五魁的爷爷去世之前，曾专门向张五魁的父亲张志善交代，无论如何也不能伤害这棵槐树。附近村的人对这棵树也心存敬畏，每当张家设供台的时候，他们也会专门前来供奉。

有一段时间，村里有人打起了每天栖落在老槐树上的麻雀的主意，认为它们是解馋的美味，于是经常偷偷蹲在张家大院外面，用弹弓打伸到院墙外的树枝上的麻雀。每当有人打麻雀的时候，树上的麻雀总会被惊醒，迅速飞起，在空中盘旋一圈，再飞回来。后来，张家人发现了这个规律，每当麻雀成群飞起时，他们便出来赶走那些打鸟的人。

也许是因为张家人太和气了，那些打鸟的人总是不自觉，有时第一天被赶走了，第二天又来了，而且其中很多是孩子，张家人拿他们也没办法。

一天晚上，生产队召开社员大会，临近结束时，队长张志善专门讲了这样一段话："我家那棵大槐树，虽然长在我家里，其实是全村的，是咱们槐树庄的。这些年，谁家没吃过这棵树的槐花和槐叶呢？所以说，大家都要爱护这棵树，回家后要教育好自己的孩子，以后不要再去打麻雀了。"自从张志善说了这番话后，村里还真没人再来打麻雀了。

对于张五魁来说，家里那棵槐树虽然有很多好处，但它也有坏处，最大的坏处就是树上的麻雀总是拉屎，弄得院子里很脏，导致院子里不仅不能放水缸，也不能轻易晾晒衣服，而且每天早上，家里人要做的第一件事便是打扫院子里的鸟粪。对于扫院子这事儿，张五魁和弟弟总是很不情愿，每次嘴都噘得老高，几乎能挂住油瓶了，而父亲和母亲却总是乐此不疲，一点怨言也没有。当然，少年张五魁也知道，麻雀的粪便是上好的肥料，自家自留地里的菜长得好，便与经常上麻雀的粪便有关。

按照常理，槐树的叶子是在日渐寒冷的秋季随着一阵阵秋风逐渐脱落的，然而，如今秋天还没到来，树叶怎么会一夜之间全部脱落了呢？上学路上，张五魁怎么也想不明白。

到了学校，张五魁掏出书本，将那片树叶夹在了书里，然后开始晨读。那天他读的是头天刚学的课文《诚实的孩子》。以往张五魁读书非常认真，那一次他却总是走神，满院子的树叶总在他眼前晃动。

晨读快要结束的时候，语文老师张英突然走进教室，进门便喊："张五魁，你出来一下！"张五魁不知道发生了什么事，急忙放下书本跑出教室。

教室门口站着邻居李世远大叔。张英拍了拍张五魁的头说："你家里出了点事儿，赶紧跟你世远叔回家吧！"

"什么事儿，世远叔？"张五魁满脸疑惑地看着李世远。

李世远一把拉过他的手，领着他就往回走："五魁，你爸爸让我来喊你。我告诉你，你千万别着急，也别害怕。嗯……你奶奶没了。"

"啊！什么？你说什么？我不信！奶奶怎么没了呢？"张五魁不敢相信自己的耳朵，奶奶昨天夜里还好好的呢，怎么突然没了呢？

李世远拉着他一边快步走，一边讲事情的经过。张五魁边听边大哭起来，泪水一个劲地顺着脸颊往下流，连衣襟都打湿了。

原来，早上张五魁出门之后，父亲和母亲很快打扫完了院子里的落叶，母亲开始做饭，父亲便去西堂屋喊奶奶起床。可是，父亲在屋门口一连喊了几声，屋里却一点动静也没有；父亲进屋走到床前推了一把奶奶的身子，奶奶没有反应；父亲又伸手摸了摸奶奶的脸，发现人已经冰凉了。

张五魁的奶奶虽然已经84岁了，但之前身体壮实，眼不花耳不聋，

精神矍铄，面色红润，除了有高血压，其他什么毛病也没有。奶奶虽是小脚，但走起路来脚下生风，是村里有名的壮老嬷嬷。不仅如此，她早年还是村里的接生婆，村里不知多少人是她亲手接生的。直到后来医疗条件好了，人们都去医院生孩子，她才洗手不干了。那个时候，村里人无论是请她帮忙接生，还是让她帮忙祛病消灾，她都很热心，而且从不收任何好处。因此，她在村里有很高的威望。谁也没想到，一夜之间，她居然悄无声息地去世了。

李世远说："五魁，先别哭了。我知道，奶奶没了，你心里很难受，大家都很难受。但是，你奶奶走得安详，没有受罪，属于寿终正寝，要发'喜丧'。"

尽管李世远如此说，张五魁依然大哭不止。李世远继续劝他："在路上不要再哭了，灌进风去肚子会疼，等回家再哭吧，还有你哭的时候。"张五魁听不进去他的劝说，还是大哭。

在张五魁的印象里，奶奶是世界上最疼他的人。或许是他是长孙的缘故，有什么好吃的、好玩的，奶奶总是第一个想着他。上小学之前，张五魁天天跟奶奶吃住在一起，夜里也跟奶奶一个被窝睡觉。

张五魁小时候一度很调皮，难免惹父亲生气，而每当他惹了祸，面临父亲的严厉处罚时，总是奶奶站出来保护他。

有一次，奶奶、父亲和母亲一起外出，张五魁带弟弟虎林玩过家家游戏，他当医生，让弟弟当病人前来看病。他扮演的是个很负责的医生。当时，他用父亲的一根破腰带当听诊器，仔细询问和诊断了弟弟的"病情"，还开了药方——奶奶治高血压的药。看着弟弟吃下半片药并喝了一口水后，他方才"放心"。

到了中午，父亲回来，看到老二虎林脸色通红而且一句话也不会说了，就问张五魁怎么回事儿。张五魁说："他生病了，我已经给他吃药了，一会儿就好了。"父亲听后，捡起掉在地上的一个药片，抱起虎林没命地向村卫生所跑。

到了村卫生所，医生立即对虎林进行了抢救，先是洗胃，后是打针，很是一番忙碌。事后大夫说："虎林是药物中毒，再晚来一会儿就危险了。"父亲当时咬着牙恨恨地说，回家要把张五魁打个半死。弟弟出院那天，张五魁担心父亲会揍他，吓得不知怎么是好，于是求助于奶奶。奶奶给他出了个主意，让他藏在卷起来的席筒子里，悄悄站在堂屋一边。

虎林回来之后，一家人格外高兴，唯独不见"肇事者"五魁。父亲便问："五魁这小子哪里去了？"奶奶赶紧接话："怕你打他，吓跑了！"父亲这一问，藏在席筒子里的张五魁不免有些哆嗦，搞得席筒子一阵乱颤。父亲走过去，把席筒子拉开，看到五魁吓得抖如筛糠的样子，顿时笑了。

张五魁永远忘不了这样一个画面：夜里，奶奶哄他睡下，然后蹑手蹑脚地起来，在两扇门间留一个缝隙，在门口放一个蒲团子，悄悄坐在上面，静静地等待张志善归来。直到听到儿子开大门的动静，从门缝里看到儿子把地排车拉进院子，她才肯上床睡觉。

那个时候，张志善在外面拉地排车，从砖瓦厂拉砖，然后送到建筑工地。由于路途很远，他总是很晚才回来，而且每次回来都不是一个点儿，奶奶每次都是等他回来才上床睡觉。张志善和杨素樱知道后，劝她不要再等了，奶奶口头答应着，私底下却采取了这样一个不为人知的办法。

张五魁跟着李世远走到村头时，远远看见很多人站在自家大门口，并听到院子里传来母亲的哭泣声。他们匆匆忙忙走进家门，那些负责红白

喜事的人正在院子里忙活。由于张志善是生产队长，前来帮忙的人很多。早年给奶奶准备好的黑漆棺材，也从做饭的西屋抬到了堂屋里。看到张五魁进来，有人赶忙给他戴上一顶白色"孝帽子"，给他腰上扎上一根白带子，给他胳膊上戴上"孝"字黑色袖章。

父亲拉着张五魁的手走进西堂屋。张五魁看到，奶奶穿着崭新的衣服，直挺挺地躺在床上，身子好像比平时短了一些，脸上蒙着一张白纸。他来到奶奶床边，父亲把奶奶脸上的纸揭开，让他见奶奶最后一面。见昨夜还好好的奶奶如今面色冰冷，张五魁再也控制不住自己，他使劲抓住奶奶的手，大声哭叫："奶奶，奶奶……"很快就有人过来把张五魁拉开，让他先到院子里去。

张五魁听见父亲对大家说，可以动手了。于是进去四个壮劳力，抬起奶奶走向北堂屋，然后轻轻地将奶奶放进棺材里。这时候，父亲和母亲跪在棺材左右两边，大声痛哭。张五魁和弟弟也进到北堂屋，跪在父亲一边。

按照当地风俗，他们一家人要为奶奶守灵三天，第三天才能将奶奶入殓。这期间，一家人白天始终不离开灵堂，只要有外人前来吊唁，他们都要跟在父亲后面到院子里向来人下跪并放声大哭。

也许是因为哭得太多了，到了下午，张五魁已经哭不出一滴眼泪了，只是默默地趴在奶奶的棺材上一动不动。他一句话也不说，一口水也不喝，任别人再劝也不肯吃一口饭，像呆了傻了一样。

傍晚，灵堂的堂屋里点起了长明灯。灯碗里放的是豆油，灯芯是一根长长的捻子，火苗摇曳，时明时暗。吃过晚饭，一家人不再守灵，改由村里两个上了年纪的人守夜，要一直守到天明。

父亲张志善带着老婆孩子去了奶奶原来住的西屋。母亲杨素樱抱来铺盖，收拾好了床铺，两个大人睡奶奶的床；又给五魁和虎林搭了地铺，兄弟俩睡在地上。

考虑到家人哭了一天太累了，张志善早早地要大家一起睡下。可是，躺下后，除了虎林没过多久便睡着了，其他三人翻来覆去，总也睡不着。

屋里很静，静得能听到彼此的呼吸声。

张五魁只要闭上眼睛，脑海中就会出现奶奶的面容。在这个特殊的夜晚，他想了很多。他想不明白，死究竟是怎么回事，人为什么要死。想到这里，他禁不住打了个冷战，赶紧睁开眼睛。

张志善也想了很多，有个问题让他犹豫不决，甚至折磨得他头脑发涨、太阳穴一个劲地跳，那就是自己的母亲究竟是土葬还是火化的问题。以前实行土葬时，人去世后直接装进棺材，被抬到自家的坟地里下葬，然后堆起一个高高的坟头。自从推行火化以来，都改为先火化，然后将骨灰盒埋到坟墓里。对于这一改革，张志善始终不理解。他认为，火化虽然属于上级要求落实的一项新政策，可以节约土地，但是对于黄河滩区来说，荒地很多，靠这个节约土地其实并没有多大意义。

火葬是从上一年一月份开始实行的，自实行这一政策以来，槐树庄一共去世了两位老人。两位老人的家人都反对火葬，但由于被大队和生产队干部盯着，虽然心里极不情愿，也只能按照上级的要求去火化。不过事后生产队副队长李世远曾悄悄告诉张志善，那两位老人其实根本没有火化，他们的家人采取的都是"明修栈道，暗度陈仓"的办法，白天让人拉着死者的遗体躲到外面，弄个骨灰盒回来埋了，等夜里再悄悄将遗体拉回来，趁夜深人静时下了葬。对于李世远这一说法，张志善起初有些吃惊，但内

心表示了认可,也没有再去追查实情真相。

如今,自己的母亲去世了,究竟如何是好?张志善犯了大愁。一方面,母亲生前曾向他表示过不愿火化,而且他自己也不赞成火化;另一方面,自己身为党员,而且是生产队队长,理应带头执行火化政策。特别是下午大队书记带着贫协主任和妇女主任前来吊唁的时候,曾专门把他叫到一边,叮嘱他一定要按上级要求办事,不能含糊,这更让他犹豫不决了。火化吧,他心有不甘;偷偷埋掉吧,又怕被人发现。

在床上躺了好大一会儿,张志善也没睡着。他干脆翻身起来,披上衣服往外走。杨素樱问他干什么去,他回答说去陪守灵的人。张五魁听了也爬了起来:"我也要去。"

张志善一看这样不好,会影响一家人休息,便退了回来:"好好睡吧,我不去了,你也不能去。"

张五魁只好再次躺下。

第三天上午十点多,大门口停了一辆三轮车,四个男人来到堂屋,将张五魁的奶奶从棺材里重新抬了出来,在张家一家人的哭声中把她抬到了三轮车上。父亲和母亲哭着拼命往外追出,很快被人拦住。张五魁知道,这四个人是拉着奶奶去火化了。

三轮车把奶奶拉走之后,张五魁家人随同前往,只有张五魁自己在堂屋坐着,一动不动。中午过后,三轮车回来了,人们从车上取下张五魁奶奶的骨灰盒,放在堂屋正中间的灵堂上。父亲和母亲一干人在引导人的引领下,朝灵堂拜了三拜,磕了三个头,随后便正式进入发丧程序了。

仪式开始,先是张志善将骨灰盒放入棺材,然后由四个壮劳力将棺材抬到大门外搭好的架子上,接着张志善跪在棺材前面痛哭。

"起!"主持人下达号令,那四个壮劳力同时抬起棺材。

张志善将备好的"老盆"举过头顶,然后往地上摔去。"老盆"是个瓦盆,按说应该一下子就摔碎了。可它只是发出哪的一声闷响,然后就滚到了一边,完好无损。

张志善和主持人一愣。

这时,张五魁跑了过来。他抓起"老盆",举起一只"五魁手",使劲一拍,只听啪一声,"老盆"顷刻间碎了。在场的所有人都露出吃惊的神色。

随后,四人抬着棺材慢慢往坟地走,张志善一家人依次跟在后面边走边哭,亲戚和街坊邻居也都尾随其后。

到了坟地,墓坑早已安排人挖好。张志善被人领着,绕坟坑先正转三圈,再倒转三圈;随后他兜起衣襟,有人过来用铁锨往他衣襟上面放了一些土;接着他两手抖动衣襟,将土撒在坟坑里。然后,正式开始入葬。

第三章　东窗事发

那一年，秋天来得特别早，也特别快，风一起，天气就凉了。

奶奶的去世，让张五魁一家陷入无尽的悲哀之中，也使他们的家庭生活发生了很大变化。变化最大的是父亲张志善，这位原本能说会道的生产队队长，像完全变了一个人一般，无论在哪里都不再轻易说话，常常皱着眉头一个劲地抽烟。

但奶奶的去世不是世界末日，生活还要继续。一个星期过后，母亲杨素樱便摘下张五魁胳膊上戴的"孝"字袖章，让他重返学校上学去了。

奶奶去世"五七"那天，张五魁和弟弟跟随父母到奶奶坟前上坟。从家里出来之前，母亲让张五魁亲手打了火纸。她让张五魁把火纸成摞铺开，拿一枚已经很陈旧的铜钱放在一摞火纸最上面一张的一角上，然后用小锤子轻轻地往铜钱上砸一下，砸一次移动铜钱一下，直到铜钱印把整张火纸全部覆盖。就这样，张五魁一共砸了五大摞火纸。

秋风萧瑟，墓地凄凉。

一家人来到奶奶坟前磕头，然后父亲和母亲跪在地上，嘴里不知道念叨着什么，随后点燃火纸。

燃烧的火纸烤灼着张五魁的脸，他一点也不躲避，不停地往火上添新的火纸。

烧过纸后，父亲带领他们在奶奶的坟头上培了新土。张五魁虽然用铁锨用得比较吃力，可干得非常卖力，直到父亲再三催促，他才恋恋不舍地跟着大人回家。

接下来进入秋雨时节，连续多日的绵绵细雨让人心烦意乱。在这恼人的秋雨中，父亲张志善突然病了，而且病得非常厉害。他躺在床上，不吃饭，不吃药，也不下床。

张五魁傍晚放学回家后，父亲依然躺在床上。他过去跟父亲说话，问他是否还难受，需不需要吃点药，可是父亲一句话也不说。

母亲杨素樱走了过来，把张五魁拉开："快去和弟弟一起吃饭。明天我陪你爸到县医院看病，没法照顾你们了。吃完饭，我送你们去姥爷家。"

张五魁感到有些突然："我明天要上学呀，又不是星期天！"

母亲说："这两天先不去上学了，我明天一早去学校给你请假。"

"奶奶去世时我已经请了一个星期假了，还要请吗？那样会耽误功课的。"

"这次是你爸病了。听话，带上书包，到姥爷家自己学。记住，去了一定要听话，别惹姥爷发脾气。"

张五魁姥爷家跟槐树庄中间隔着一个村子，也属于黄河滩区。张五魁和弟弟跟着母亲来到姥爷家的时候，舅舅和舅母已经在门口等候很长时间了。母亲领兄弟俩进了家门，跟张五魁姥爷简单说了几句话，便要往回走。在大门口过道处，母亲与舅舅和舅母私语了很长一段时间。张五魁跑到院子里上茅房的时候，好像听见舅舅对母亲说："姐，也真难为你了。他俩在这里，你就放心吧。"

母亲见张五魁出来，赶忙与舅舅和舅母告别，并嘱咐他们后天一早把兄弟两个送回去，不要耽误他们上学。

第二天早上，舅舅和舅母打发兄弟俩吃过早饭，便下地干活了，家里

只留下张五魁兄弟俩和姥爷。

在张五魁心目中，姥爷是个非常严肃的人，他平时总是板着脸，很少说话，偶尔说一句，声音大得吓人。他不知道，姥爷之所以脾气不好，与姥娘死得早有关。姥娘死时，张五魁还不记事儿。后来张五魁曾听人说，姥娘死于自杀，具体原因不详。

对于姥爷的脾气，张五魁本来心中有数，但他毕竟年纪小，在姥爷跟前当了一段时间的乖孩子后，很快露出了调皮的本色。他领着弟弟来到院子里，自己拿起一根木棍，让弟弟拿一根竹竿，两个人玩起了八路军打鬼子的游戏。"冲啊！杀啊！"两人打得热火朝天。正玩到兴头上，身后突然响起炸雷般的声音："别闹了！也不知道大人心焦不心焦！"

两人立即停止了动作。张五魁大脑中一片空白，只见姥爷正一脸怒容地站在门口的台阶上，样子十分吓人。

张五魁当即扔掉木棍，拉起弟弟就往门外跑，出了大门朝自家方向没命狂奔。

跑到半路，累得实在不行了，他们才放慢脚步，慢慢往家走。

看到弟弟一脸委屈，张五魁说："记住，从今以后，咱们再也不来姥爷家了！"弟弟眼含泪珠，咬着嘴唇，点了点头。

天本来阴沉沉的，但并无下雨的迹象，可当张五魁兄弟俩走得快没力气的时候，突然风云变幻，东北风乍起，而且越刮越大。兄弟俩逆风而行，大风像跟他们玩起了摔跤，吹得他们东倒西歪。

大风一阵紧似一阵，天空中乌云滚滚，闪电越来越近，雷声越来越大。很快，豆大的雨点落了下来，打在两人身上。衣服很快湿透，雨水又模糊了眼睛，让兄弟俩几乎寸步难行。

一路跋涉，两人终于走进了村子。快到自家大门口时，兄弟俩看见一道巨大的闪电在自家大槐树上空亮起，照彻天地，让他们不自觉地闭上了眼睛。

兄弟俩跌跌撞撞地推开家门，猛地冲进了堂屋。

刚才，张五魁兄弟俩在路上奔走的时候，父亲张志善和母亲杨素樱正在屋里痛哭。张志善捶胸顿足，号啕大哭，边哭边发出声嘶力竭的吼声："苍天啊！为什么，为什么一定要这样对我！"

张五魁兄弟俩突然推门进来，让父母亲顿时惊呆。父亲张志善立即停止痛哭，满脸诧异地看着浑身湿透的两个孩子："你们怎么回来了？"

兄弟俩终于踏进家门，忍不住痛哭起来，边哭边用袖子抹着脸上的泪水和雨水。

母亲杨素樱边哄他们别哭，边拿过毛巾，让他们擦拭头上和脸上的雨水，然后手忙脚乱地给他们找干衣服。

"你们怎么回来了？"父亲再次追问。

"姥爷欺负我们！……"张五魁流着眼泪和鼻涕，憋憋屈屈地回答。

兄弟俩刚换好衣服，舅舅和舅母就赶到了。见两个孩子已经到家，他们长舒了一口气，心里算是一块石头落了地，接着便一个劲地向姐夫张志善和姐姐杨素樱道歉："都怪我们俩，这时候不该出门干活。他姥爷的脾气你们都知道，一定是把两个孩子给吓着了。"

担心孩子被淋坏身子，母亲杨素樱从衣橱里拿出被子，让兄弟俩赶紧去床上暖和。兄弟俩此时格外听话，乖乖地蜷缩在被窝里取暖。

把两个孩子安顿好，父亲母亲和舅舅舅母把门关上，四个人一起到西堂屋说话。很快，张五魁和弟弟就睡着了。

当天夜里，张五魁便病了。昏睡中的他浑身发热，噩梦一个接着一个。

他梦见自己跟奶奶到黄河边的沙滩上捡贝壳，突然狂风大作，一个像章鱼一样的怪物张开血盆大口要吃掉奶奶。

他猛地蹬了一下腿,出了一身汗,但很快又进入了另一个噩梦。

张五魁重新回学校上课,已经是好几天之后的事情了。班主任张英看到他坐在石条课桌前,专门走过来对他说:"如果你不舒服,可以告诉我,我派人送你回家。"

张五魁点点头,什么也没说。

这次回到学校,张五魁有了一种从来没有过的陌生感。因为无论是同学还是老师,都用一种很奇特的眼光看着他,就连平时最要好的同学,似乎也有意识地跟他保持着距离。他不明白究竟发生了什么,也想不通这到底是怎么回事儿。

课间休息时间到了,张五魁拖着病恹恹的身子去上厕所。刚到厕所门口,他听到班里最调皮的"毛蛋"对另一个同学说:"哎,你看看,这下'五魁手'老实了吧!哈哈,他们家活该,他奶奶的遗体竟然被挖出来重新火化,真够丢人的!"

张五魁听了这话,像遭到电击一般,当即怔在那里。他当然知道,他们所说的"五魁手"就是自己。"毛蛋"的话他虽然听不很明白,但也大致猜到了其中的意思。他转身回到教室坐下,整堂课下来,老师讲的他一句也没有听进去。

这究竟是怎么回事儿?最近家里究竟发生了什么?张五魁迫切想知道答案。但他也知道,这不能去问父亲,也不能去问母亲,只能靠自己从侧面了解。

随着时间的推移,张五魁掌握的情况越来越多,也越来越接近事情的真相。

原来事情是这样的。奶奶去世后,父亲张志善经过一番激烈的思想斗争,决定逃避火化。

他找来最要好的邻居,也是村里红白喜事的主管、生产队副队长李世远，悄悄对他说："我娘死前曾告诉我，她死后不想火化，只想入土为安。你看有没有好办法？"

李世远明白了张志善的意图，说："这事儿的确有一定难度，但既然前面已经有人干过了，也没出什么事儿，我看咱们就照他们的办法去做吧。"

李世远的话正合张志善的心意，他们很快达成一致意见。随后，两人商量了具体方案和行动细节。张志善提出，这事儿只能让最可靠、最关键、最稳妥的人知道，对其他任何人，包括老婆孩子都不能走漏半点风声。张志善明白，一旦真相被人发现，后果将不是一般的严重。李世远说："你放心，你负责安排人员，私下里跟他们专门交代好，由我来领着大家干。"

出殡那天，张志善表面上让人拉着母亲的遗体去火葬场火化，实际上却早已安排好他们在半路上兵分两路，一路拉着遗体到海边没人的地方去等候，另一路到火葬场去买个空骨灰盒回来。那天下午出殡时，张志善安排人将空骨灰盒放在了棺材里下葬。到了夜里，他又让另一帮人偷偷拉着遗体回来，趁着夜色将母亲安葬。

这一切看起来天衣无缝，但世界上没有不透风的墙，身为生产队队长的张志善过高地估计了自己的保密能力，根本没有认识到人与人之间关系的复杂性。一个月之后，城关人民公社党委接到一封来自槐树庄的人民来信，信中举报该村生产队队长张志善违反火葬政策，欺骗组织，欺骗广大社员，将其母亲假火化真土葬，并详细说明了整件事的经过。

接到举报信后，公社党委书记极为重视，在上面批示：成立专案组，深入调查，一旦查实，严肃处理。

由公社和大队成员组成的专案组很快来到槐树庄。他们直接拿着举报信找张志善谈话。事已至此，张志善无话可说，只能承认了自己的错误做法。专案组作了笔录，让张志善在上面签了字、摁了手印，然后让他哪里也不要去，等候组织的处理决定。

第三天，大队书记专门将张志善请到大队部。公社党委副书记指出，改革土葬，实行火葬，是党和政府的既定政策，任何人都不能违反。张志善作为共产党员和生产队队长，母亲去世后，以欺骗的手段拒不执行有关政策，属于严重违纪。张志善必须深刻认识自己的错误及其产生的不良影响。

随后，副书记又宣布了对这一问题的处理决定：

张志善母亲的遗体，三天之内挖出来重新火化，由生产队组织；

撤销张志善生产队队长职务，给予党内严重警告处分，同时任命副队长李世远为生产队队长；

张志善写出深刻检查，在生产队大会上宣读。

副书记同时宣布，今后凡是有人去世，必须有殡仪馆出具的火化证明才能被认定为火化。

对于三条处理决定，张志善对前两条表示接受，对最后一条中的写检查也表示接受，但不同意在大会上宣读。副书记说，这是组织上研究决定的，必须执行，不能打折扣。张志善也撂下狠话："那就随便吧。公开检查我坚决不作，实在不行你们开除我的党籍算了。"

副书记回公社向书记作了汇报。书记认为，只要张志善肯作书面检查也就算了，不要再要求他在大会上作公开检查了；他是犯了错误，但心情可以理解，而且毕竟是人民内部矛盾，不宜激化。就这样，专案组没有再让张志善公开作检查。

当天夜里，张志善和杨素樱彻夜未眠。这件事对张志善来说，打击实在是太大了，可他既无法向人诉说，也没法取得别人的谅解，甚至不能让孩子们知道，只能与妻子暗自消化这一般人难以承受的痛苦。

这是槐树庄历史上第一次人去世下葬后被挖出来火化再掩埋的事件，也是唯一一次。

张五魁听说，挖出奶奶遗体重新火化那天，父亲和母亲都躲在家里，根本没有露面，一切都是由新上任的生产队队长李世远安排的。

张五魁还听说，那天本来只是有些阴天，没有下雨的迹象，等坟墓被挖开的时候，突然风云变幻，下起了大雨，雨水很快灌进坟墓，遗体像是从水里捞出来的。

张五魁还听说，经过一个月的时间，奶奶的遗体已经腐烂了，所有参与挖坟和运送遗体的人，都戴着厚厚的棉布口罩。

直到这时候，张五魁才解开了心中一个个谜团：

父亲为何突然生病；

母亲为何把他和弟弟送到姥爷家；

姥爷看到他们玩耍为何会发那么大的脾气；

父亲和母亲为何没有去看病而是在家里抱头痛哭；

他回学校后，老师和同学见了他为何神情怪异，全都"变脸"，让他感到陌生……

晚上回家吃饭，张五魁照例和弟弟坐在小板凳上在小桌子前吃，而父亲母亲则在大桌子上吃。一开始，一家人都埋头吃饭，谁也不说话。那天，母亲杨素樱煎了带鱼，张五魁和弟弟每人跟前有个小盘子，里面各放了两块带鱼。

吃到一半时，张五魁因边吃边思考问题，不小心把筷子伸到了弟弟的盘子里。弟弟立即把他的筷子拨开："别扣我的鱼！"

父亲看了，当即大怒："别烦大人好不好！"

一句话把张五魁兄弟俩吓得大气不敢出。母亲赶忙把大桌子上的盘子端过来，在他们两人的盘子里又各放了一块鱼。

父亲用筷子敲着盘子沿说:"我告诉你们,从今以后,你们学习一定要争气,该懂事了。还有,李世远家里的人再来咱家,你们坚决不能给他们开门,见了他们也要躲得远远的,不能跟他们说话,也不要再踏进他们家半步。"

杨素樱说:"你说不去就不去,声音小一点,别吓着孩子。"

张五魁心想:世远叔跟我们家不是一直很好的吗,父亲为什么不让跟他们来往了呢?难道世远叔就是那个写举报信的人?这些事情,张五魁只能靠自己去思考,不能与父亲探讨,他要假装对这一切根本不在意,因为他担心一旦问父亲,会让父亲更伤心。

第四章　黄河号子

张五魁在病房里把电话打出去之后，便陷入了一阵烦乱之中，整个人心神不定、坐立不安，把"五魁手"掰得嘎嘎响。

秘书长王刚和司机小张一块来到病房时，张五魁开口第一句话就是："怎么才来？"

小张要去办理出院手续，张五魁说："快走，这个不用你管，等你嫂子来了再办。走，我们去黄河口。"

接着，他又告诉王刚："通知河务局王河务也过去。"他所说的"王河务"，就是黄河口河务局的王长河局长。

最近一段时间，张五魁像中了邪一样，见人就问："对于黄河口稳住三十年，你怎么看？"

坐在汽车里，张五魁一边玩弄着"五魁手"，一边拿这个问题问王刚。

"这个，我还真说不清楚，或许专家有专家的道理。"王刚回答说。

张五魁转而问小张："你呢，你什么看法？"小张一时有些支吾："这事儿，这事儿，您别问我，连秘书长都说不清楚，我，我哪里知道？我只会开车，您一问我我就头大。"

张五魁听了，好长时间没有说话。过了一会儿，他说："你们每个人给我讲一个关于黄河的故事吧，随便讲，讲什么内容都行。"

两人没有接话，张五魁问："谁先来？"

"我还没想好，小张先来吧。"王刚说。

小张说："好吧，我先'抛玉引砖'。"说完，他自己先大笑起来。

小张习惯性地摸了一下头皮，然后讲了起来。他说他从一本书上看到过一个关于"鲁班石"的传说。说是黄河桑园峡有一根长年不倒的大石柱子，当地老百姓叫它"将军柱"。传说这根"将军柱"是鲁班造桥时留下的。当年鲁班周游列国期间，在桑园峡边上建桥，为了方便两岸人来往，就把桥墩的位置选在了"将军柱"这个地方。鲁班早出晚归，负责施工，半年过去了，桥墩在渐渐变高。

有一天，鲁班的妻子给鲁班送饭，等了一阵不见人，便到黄河岸边工地看个究竟。谁知她竟然看见一个巨人站在河中，一手拿着巨石，一手拿着铁锤在干活，便"哎呀"一声惊叫。鲁班被这声惊叫分了心，一锤砸在了自己腿上，手中的石头也飞到了对岸的山上，桥也就没有建成。至今，在"将军柱"上还有一块十分光滑的石头，传说这就是鲁班造桥时留下的。

"鲁班建桥不成？我不信，这个故事不好。"张五魁听了，皱起了眉头。

"王刚，你想好了吗？"

王刚回答说："我讲一讲我们老家东平湖戴村坝的故事吧。这个故事可能您也知道。"

张五魁说："戴村坝，我听说过，具体什么情况还真不大清楚。"

王刚说，民间有"南有都江堰，北有戴村坝"的说法。戴村坝建于明朝永乐年间，主要用途是截大汶河的河水补充大运河，享有"北方都江堰"的美誉。

据史料记载，明成祖继位后，从各方面做迁都北京的准备。他首先考虑的是如何将江南的物资运到北方，以供京师所需。当时大运河早已废弃，不能行船。怎么办？他决定重启早已废弃的大运河。

永乐九年（1411），明成祖命令工部尚书宋礼和刑部侍郎金纯等人，调集三万人疏浚大运河。宋礼等人费了九牛二虎之力，河好不容易疏通了，问题却也来了。当时济宁到临清运河段多是山地丘陵，地势逐渐攀高，不能行船。河通了却不能行船，皇帝的命令不能完成，这可怎么办？宋礼想了很长时间也没有想出个头绪来，愁得他头发都白了。有一天，他化装成算命先生，顺着大汶河私访问策，恰巧在汶上县遇到一个叫白英的老人，两人便闲聊起来。

白英本是大运河上船员的一个"领班"，可谁也没想到，这个看似平平无奇的老头居然对宋礼说，只要在大汶河戴村附近拦河筑坝，抬高一丈二尺，把水截住；再在坝前挖一条水渠，把截住的水引到南旺；再在南旺建个分流渠，就可以把大汶河的水引入大运河，使大汶河的水一部分向北流，一部分向南流。这样既可以解决大运河缺水的问题，又可以使大汶河南北分流，大运河就可通矣！

听了这话，宋礼如获至宝，很快便组织人马修建戴村坝，开挖小汶河，修建南旺枢纽工程，令整个工程大功告成。

据说，白英的办法，妙就妙在让一座大坝具有多重功能，还能根据水量自动进行调节。大汶河里的水，一部分可以漫过大坝，通过下游的大清河注入东平湖；另一部分则通过小汶河和南旺枢纽分南北两个方向注入大运河。

更奇妙的是，丰水季节，汶水漫过大坝倾泻而下，七分注入东平湖，三分注入小汶河；淡水季节，则是七分注入小汶河，三分注入东平湖。进入小汶河的水，则通过南旺枢纽，即所谓"七分朝天子，三分下江南"。

王刚讲完，张五魁当即说："这个故事好，白英不愧是高手，有智慧。俗话说'高手在民间'，不服不行。看来，我们也应该问计于民，向老百姓学习。"

小张说:"高手在民间,这话一点也不假。我们老家那里,黄河渔民为防止船漂走,总是喜欢用带爪子的铁钩子把船锚住。那个小锚很简单,就是六个小钩子而已,可是很管用,只要轻轻往岸上一抛,就能把地牢牢地抓住。我听老人说,有一天来了一些专家,专门研究他们的锚,回去后设计出了一种'六狸锚',专门用来锚定大型船只。"

张五魁说:"你这个故事也不错,能给我们带来启发。"

王刚说:"市长,您能不能也给我们讲一个?您从小在黄河滩区长大,肯定知道不少黄河故事。"

张五魁说:"我问你们一个问题。假如黄河河道里掉进一块大石头,几年之后从哪里才能捞上来,你们知道吗?"

小张说:"应该在下游吧,水把它冲到下面去了。"

王刚沉思片刻说:"应该在原地吧。"

"你们说得都不对。看来你们都没听过在黄河里捞石狮子的故事。"

张五魁非常耐心地给他们讲了这个故事。古代有一个传说,有一年发大水,古庙前的一对石狮子被冲进了门前的黄河里。五年后,老和尚打算重修庙门,于是让人打捞这两个石狮子。可是,在当年沉落的地方打捞,怎么也捞不到;又向下游寻找,也没有找到。后来,一个有经验的船家在上游帮他找到了。如此沉重的东西怎么会"游"到上游去呢?老和尚不理解。船家告诉他:"由于石狮子很沉,上游河水冲到它身上时,只能带走它前面下方的一些泥沙,慢慢地,会在石狮子前面下方冲刷出一个大坑,石狮子便会向前倒在坑里。再经过一段时间,石狮子迎水的方向下面又会出现一个大坑。如此循环往复,石狮子就'游'到上游去了。"

"这个故事告诉我们什么?"张五魁自问自答,"它告诉我们,黄河里面找石狮子,要遵循规律,讲究科学;治理黄河,更需要遵循规律,讲究科学。"

汽车继续沿着黄河大堤奔驰。在离黄河口一公里处，一帮人站在马路中间将他们拦住了。下车一看，原来是河务局王长河一行正在这里等他们。

王长河个头不高，但身体很健壮，站在那里，显得很敦实。

他向张五魁招手："张市长，下车吧，前面过不去了！"

张五魁向前一看，大堤上堆满厚厚的泥沙。原来是空军轰炸拦门沙大坝时溅起的泥沙散落在了大堤上。

"这点泥沙就拦住我们了？这怎么行！不要怕，过！"张五魁一把拉过王长河，"来，你坐我们的车！"

不等三人坐定，小张便把车发动起来。

汽车在泥泞的路上奔驰，两侧飞溅着片片泥沙。河务局的司机犹豫了片刻，也小心地跟在后面。

一上车，张五魁便问王长河："情况怎么样？"

"情况还不错，拦门沙大坝全给炸开了，河口偏上的一些泥沙也被冲进了海里，河水流动得比以前更快了。据水文站监测反馈的消息，好像这一带的行洪能力提高了不少，河口两年之内估计不会再堵了。"王长河越说越兴奋，"这一次，真的应该感谢市委、市政府，更应该感谢空军。"

张五魁问他："两年之内没问题，那两年之后呢？"

王长河听了这话，吭哧了半天也没有给出答案。

这时候，张五魁想起了听说的一件事。据说，当年周总理视察黄河，看到不断加高的黄河大堤，就问当时的黄河水利委员会主任："黄河河床抬高，你们加高大堤，假如黄河水涨到天上，你们怎么办？"

想到这里，张五魁又问王长河："两年之后如果黄河口再堵了，咱们总不能再请求空军来轰炸吧。"

他这话一说，王长河一时无言以对。

"水利专家说，稳定黄河口三十年不可能，你们河务局怎么看？"张五魁拿这个问题问王长河。

王长河回答说："我们正在组织有关人员认真研究，很快就会形成一个方案，会尽快向您汇报的。"

"这很好，要抓紧，时间不等人哪！"

站在入海口，天地间一片昏沉。正是大海涨潮的时候，只见黄河水翻滚着向大海奔去，大海涨起的巨浪与奔流的河水形成碰撞，激起更大的浪潮。潮头似山，此起彼伏，起时滔天，落时盖地。

目睹这一壮观景象，张五魁想起曾经观看过的钱塘江大潮，那也是"碰头潮"，禁不住问王长河："咱们这里的海浪，也能返流到黄河里吗？"

王长河回答说："平时基本不会，除非来台风！"

"此前发生过吗？"张五魁继续追问。

"1958年发生过一次，那次正赶上黄河遭遇百年不遇的大洪水，花园口洪峰达到每秒22300立方米，超过了保证水位。又逢台风'梨花'从海上袭来，这才导致海水向黄河里倒灌。不过不是在这里，而是在当时的老龙沟。这个入海口是后来改道形成的。"

"海水倒灌，是不是还会导致泥沙返流上涌？"张五魁紧盯着王长河的眼睛追问。

王长河回答说："我们没有亲身经历过，不知道当时究竟是怎么个情况。"

张五魁看着他的眼睛语重心长地说："你身为局长，要好好学学历史知识和专业知识。"

王长河听了，脸当即红到了脖子，一个劲地点头："是，是，是！"

看到王长河脸上有些挂不住了，王刚赶紧过来解围："市长，您有所不知，王局长是实干派，而且是抢险专家，还精通黄河号子呢。"

王刚这番话并非虚言，王长河的确是一位久经沙场的抢险专家，而且是黄河号子的传承人。他出生于济南有名的北园大街，黄河从他家附近流过。"文革"期间，他只上过三年小学。别看他学历不行，貌似大大咧咧，实际上工作起来非常认真、非常细心，也非常善于动脑筋。

19岁那年，王长河加入黄河职工队伍，成为一名"黄河修防工"，不服输的性格让他一开始就立下了当一名好职工的志向。他平时注意观察，也留心向师傅学习，慢慢摸索出一些看起来虽然有些"土"，但关键时刻很管用的好办法，他也逐渐成为黄河抢险的"技术大拿"。

王长河参加过很多次抢险，最让他难忘的是一次失败的经历。当时西部地区一条大河多处发生决口，王长河临危受命，被选入专家组，火速奔往抢险现场，并承担了一个五十多米宽的决口的堵口专业指导任务。王长河一行马不停蹄地赶到现场的时候，当地政府的领导正在指挥部队官兵、民兵和群众，从两端向决口处投掷里面装了沙袋子的焊接起来的铁笼，试图快速合龙。王长河和专家组其他成员一眼就看出了问题所在，他便把自己的意见讲给了当地人，可是当真干的时候，人家根本不按专家组的方案来。王长河急了，他冲上大堤，直接对负责指挥的领导大喊："你们这样干根本不行，根本堵不住！"指挥官听了一愣："怎么不行？"王长河告诉他："必须'闭气'，堵过的地方一滴水也不能漏，一边堵一边漏是不行的。两边可以摆袋子，中间必须用散土，缺口合龙后必须滴水不漏。"指挥官听了，认为有些道理，便用大喇叭高喊："专家说了，这样干不行，快停下来，换个办法！"可是，现场很乱，大家干得热火朝天，没有人听他的喊话，大家依然按原来的办法继续干。很快，两边合龙了。大家以为大功告成，赶忙拉起鞭炮庆祝堵口成功，一时鞭炮齐鸣。有关人员也赶忙向上级报告了这一喜讯。可是，没过多久，王长河的判断应验了。由于堵口处严重渗水，很快再次决堤，而且这一次决口比原来来得更加凶猛，更加不可控制。怎么办？王长河告诉他们，要在新填的大堤内侧加土工布，然后压上土。土工布是一种合成材料，有布的成分，也有塑料的成分，韧性强，撕不烂，不渗水。可是，由于抢险大部队已经快速撤离，现场无法组织实施，最终那个口子越冲越大，始终没有堵住。指挥官握着王长河的手，深有感触地说："专业就是专业，我们没按你的要求做，后悔也来不及了。"

对于那次失败，王长河想了很多很多，感到很憋屈，也很无奈。他反思的是造成失败的原因。事后，黄河水利委员会召集大家开会，分析总结那次抢险工作失败的经验教训。王长河说了两条：一个是要解决好现场指挥与专家意见达成一致，以实现有效指挥的问题，抢险工作千万不能让外行当指挥；另一个是防汛抢险现场交通混乱，堵塞了本来就狭窄的抢险道路，影响了抢险物资设备的快速到位，以后应该让车辆按应急等级合理停放，以提高交通效率。几乎所有专家都认可他的观点。

还有一次，西南某地一个水库的大坝出现多处纵向裂纹，严重威胁着水库下游数万群众的生命和财产安全，如果不及时采取有效措施，万一上游来水壅高水位，大坝一定会不堪重负而垮塌，后果不堪设想。

王长河随抢险队从山东赶到了现场。他仔细观察现场情况后，心中有了底，也有了初步解决方案。队长问王长河："这个活怎么干？"王长河把自己的想法讲了出来，队长认为很有道理。但是，当准备实施时，在场的其他人几乎每个人都想按自己的办法干，一时间争执不下。幸亏队长处事果断，也最相信王长河，他对大家说："你们都别说了，咱们都听王长河的。"

王长河听了这话，立即拿出自己的"锦囊妙计"。第一计，他派人针对大坝裂缝进行灌浆，修复坝体裂缝。第二计，将溢洪道上的小桥、草木等阻水物迅速清理掉,以畅通水道。第三计,他亲自动手,带领大家将大坝的溢洪道修整拓宽,并用土工布将溢洪道严密地围护了起来,以稳定泄洪水流,迅速泄掉水库内的多余蓄水,减轻大坝承受的压力。这三大计策果然奏效,很快解除了溃坝危机。

王长河平时常说,防汛抢险讲究一个"快"字,因此所需材料讲究就地取材;抢险方法虽然大原则上相同,但具体抢险施工方案要根据险情的具体情况、手头现有的物资材料来临机决断、因地制宜。他还说,平时除了学习防汛抢险理论外,还应特别注意对历次防汛抢险过程的经验和教训进行分析总结,使之烂熟于心,这样防汛抢险时才能临危不惧、胸有成竹。

王长河的黄河号子是跟师傅学的,至于为什么要学黄河号子,他的回答是"因为喜欢"。他的黄河号子之所以能达到炉火纯青的地步,除了喜欢,应该还包含一点儿天赋。因为他的声音比别人更加洪亮,喊出来很震撼。所以无论是号子内容,还是号子效果,他都远远超过了师傅。

在王长河这里,黄河号子有几十种,打手硪、捆柳石枕、推抛柳石枕下河、编铅丝笼、抛铅丝笼、做反滤围井等不同的工作内容,都各有各的号子。几乎所有现场作业,他都能创造出独具特色的号子,都能通过不同号子来进行更加有效的指挥。

他的号子,有的是传统喊法,有相对固定的内容。相对固定的号子,有快慢两种节奏。"呀嗨!呀嗨!呀嗨嗨!……"这种比较急促的号子,像疾风骤雨,像战鼓雷鸣。"呀嗨!……呀嗨!……呀呀嗨!……"这种比较舒缓的号子,像和风细雨,像浪花簇拥。号子无论快慢,一切服务和服从于现场作业的情况和工作的节奏。

更多的号子是王长河即兴而起、自编自喊的。他总能根据现场需要,将作业指令编进号子,从而对作业过程中的偏差进行调整。这类号子与其说是调动情绪的号子、调整节奏的节拍，不如说是现场指挥作业的一个个命令。

听说王长河会喊黄河号子，张五魁顿时来了精神："你会喊黄河号子？能不能在这里喊喊，让我欣赏欣赏？"

王长河听了，当即回答说："只是这里不是作业现场，喊出来不一定出效果。既然市长想听，那我就献丑了。"

王长河边说边解开上衣扣子，然后将上衣一脱，一扬手扔给了站在一旁的工作人员。

只见他紧了紧腰带，长长地吸了一口气，然后亮开了洪亮无比的嗓门：

"同志们呀，各就位呀，嗨！……嗨！……

"同志们呀，这根桩呀，打下去呀，高高举呀，都使劲呀！……

"张老三呀，那根桩呀，拿过来呀，赶紧打呀！……

"李老四呀，那根桩呀，有点歪呀，右边的呀，加把劲呀！……

"临河的呀，使点劲呀；背河的呀，轻一点呀！……

"向左点呀，向右点呀，松开绳呀，再抓紧呀！……

"同志们呀，加把劲呀，哎嗨，哎嗨，抬起来呀！……"

这号子，像音乐，像战鼓，厚重洪亮，字字铿锵，声声入耳，让人如醉如痴，血液沸腾。

王长河喊着喊着，泪水不知不觉地流了下来。转眼间，泪水仿佛流进了滔滔黄河，流向了浩瀚大海。

张五魁也被王长河的号子感动了，在一旁悄悄扒了上衣，昂首挺胸面向大海站着，王长河的号子声刚一落地，他也打开了自己响亮的喉咙：

"黄河口呀，要稳住啊！同志们呀，出主意呀，想办法呀！

"大渤海呀，要建市啊！同志们呀，加油干呀，莫泄气呀！

"黄三角呀,大发展啊!同志们呀,齐努力呀,加油干呀!"

"哎嗨!……哎嗨!……齐努力呀!加油干呀!"

当他喊到最后一句时,只听王长河、王刚也都和着他的节奏一起喊了起来。

他们的喊声,气势雄壮,直上云霄,大河听到了,大海听到了,天和地也都听到了。

这时,一团水雾被风吹来,慢慢弥漫在他们周围。他们被淹没在一片浓雾之中。

一阵急促的电话铃声冲破了浓雾的封锁,张五魁接了起来,是妻子李小叶打来的:"你跑哪里去了?大夫让你赶快回来,上午还要输液。"

张五魁对着话筒大喊:"我好了,根本不用输液了,你办理出院就行!"说完,没等妻子回话,他就把电话挂了。

第五章　槐树庄　两家人

槐树庄全村只有两个姓，很显然，一个是张志善的"张"，一个是李世远的"李"。

最初，张家和李家是患难与共、肝胆相照的好邻居，共同在这块贫瘠的土地上求生存、谋生计，繁衍子孙，生生不息。然而，随着时间的推移、朝代的更迭，特别是后来两个家族的生活出现了一定的贫富差距，确切地说，是在张氏比李氏过得好之后，他们之间的关系就不再那么融洽和友好了，甚至出现过一些芥蒂和摩擦。矛盾也总由一些鸡毛蒜皮的事情引起，摆不上大桌子，但私下里"姓张的"和"姓李的"的说法还是有的，这可以说是家族矛盾，也可以说是"姓氏鸿沟"。好在，他们至少表面上还维持着和平相处的局面。

到了张志善和李世远这一代，槐树庄已经有五十二户人家了，张氏家族所占的户数和人口多一些，有三十一户、二百多人，剩下的都是姓李的。因为张氏日子过得相对较好，后代一般结婚比较早，换代也比较快，所以他们的辈分一般比李氏的人要低。只是张志善一家是个特例，他在姓张的当中是大辈分，和李家相比也不低，张志善与李世远就是同辈。

成立人民公社后，为了维持张氏和李氏的平衡，避免引起不必要的矛盾，在生产队成员的配备上，大队一般采取"搭配制"，选一个姓张的当队长，配一个姓李的当副队长，过几年再轮换一次。张志善当队长时，李世远当的就是副队长；张志善因火化事件被撤职后，李世远接替他当队长，就另选了一个姓张的队委当副队长。不过，贫协主任总是由姓李的担任，而妇女主任则一直由姓张的担任。

据李家人代代相传的口头信息，他们是唐代李渊的后代。他们说他们的祖先在山西时曾有一本家谱，上面记载着他们属于李隆基的支系亲属，只是当年往山东移民时，这家谱在半路上丢失了。

张志善还不记事儿的时候，父亲就死了，有人说是死于强盗之手。为了弄清父亲的死因，张志善曾多次询问母亲，母亲总说他父亲是病死的，让他别听人胡说八道。

与张志善早年丧父不同，李世远的父亲李老五还活着。李老五是一个"老革命"，据说抗日战争期间曾经是敌后武工队队员，有过不少辉煌的战斗经历。每年清明节，槐树庄小学组织扫墓时，总是请李老五给学生们讲当年敌后武工队的英雄故事。虽然李老五每年讲的故事都是一样的，但是同学们都乐此不疲。

这些年来，李世远最不甘心的是老婆生下四个女孩。虽然他属于"革命后代"，但"不孝有三，无后为大"的观念对他影响很大，他始终想要个男孩。无奈王晓岚生第四个孩子时，落下一个毛病，大夫说她以后再也不能生了，再生就会丢命，这才让李世远放弃了继续生的打算。

大女儿李小叶出生前，李世远曾以为会生个男孩，理由是妻子王晓岚怀孕期间特别喜欢吃酸的，而民间有"酸儿辣女"之说，而且当时孩子在王晓岚肚子里闹腾得很厉害。孩子出生时间比预产期提前了十多天，等孩子出生后，李世远不免有些失望，但他很快就安慰自己，没关系，以后还有机会。

过了两年，王晓岚又怀孕了。这一次，他们两个都祈求生个男孩。可是，还是令他们失望了。二女儿出生后，李世远不再让岳父给孩子取名，自己亲自给孩子取了个与众不同的名字——李不是，意思是不是男孩，也不是心中所愿。

对于二女儿的名字，王晓岚从一开始就坚决反对，说难听死了。为了这个名字，王晓岚甚至和李世远吵了一架。王晓岚说："你这是取的什么破名字啊，全天下找不到比这再难听的了。我知道你怎么想的，无非是说这是闺女，不是儿，不是你所希望的。"

李世远听了，放下手里的东西就要过来揍她："闭嘴！再不闭嘴看我不揍你，有本事你给我生个儿子！"

王晓岚气哼哼地说："生女孩能怪我吗？几乎是个人都知道，生男生女主要在男人。"王晓岚如此一说，李世远的威风立即短了半截儿。不过，在女儿取名这件事上，他依然顽固，平时"不是""不是"地喊得那叫顺口。好在落户口时，户籍民警没有按照他的说法给孩子落大名，而是把"不是"写成了"小是"。这样一来，"李不是"便成了"李小是"，倒也非常好听，而且还有一定的诗意。

第三个女儿出生后，李世远如法炮制，给女儿取名"李不算"。

第四个女儿的出生，让李世远非常绝望，他给女儿取名"李不要"。

户籍民警也依前例，分别给两个孩子落了"李小算"和"李小要"的大名。

这样一来，李世远家的四个千金分别叫李小叶、李小是、李小算和李小要，名字一个个既独特又好听。多年之后，这李家四千金成为槐树庄一大亮丽风景，她们一起走在大街上很是拉风。

六年生下四个孩子，无论在身体上，还是在精神上，对王晓岚来说都是一种摧残。

王晓岚最初嫁给李世远时，是村里出了名的俊媳妇。她娘家在鲁北平原的王村，那一带自古出美女。王晓岚属于大家闺秀，长得浓眉大眼，一看就是个美人坯子。她父亲曾在省城工作，是国民党统治时期警察局的一个教官。可是1948年省城解放之前，她父亲撇下一家人只身去了台湾。父亲是溜之大吉了，他留下的那成分、那出身可牵连了女儿，因为这，王晓岚这么出众的姑娘竟然很难在附近找到理想的婆家。后来，通过亲戚关系，拐了好几道弯，王晓岚才被介绍给了槐树庄的李世远。

李世远属于根正苗红的人，长相也很周正，不缺胳膊不少腿的，论说找老婆并不困难。他之所以快30岁时才经人介绍与王晓岚结婚，主要是被他那段鲜为人知的"闯关东"经历耽误了。

当年，全国上下掀起轰轰烈烈的大炼钢铁运动，槐树庄也不例外。村里男女老少都组织起来了，到河滩支起锅灶，把家里的铁器统统拿去炼钢。全村人忙活了半年，除了在河滩上留下一些烂铁疙瘩外，就是把本来长势很好的庄稼都烂在了地里，再没有一点其他收获。

冬天很快就到了，人们普遍感到了肚子的不满和抗议，都纷纷想解决问题的办法。张志善家有足够的干槐花储备，自然不愁。其他人家，有的拿起镐头，到结冰的地里刨已经烂了的地瓜；有的驾起小船，在冬天里破冰出海捕捞；还有的在黄河岸边设网，捕捉那少之又少的黄河鲤鱼。李世远走了一条与众不同的路——"闯关东"。他听人们说，贫困年代，东北比较好混，那里土地多，土壤肥沃，而且森林里有很多小动物，只要肯干，很容易养活自己。

在一个月色朦胧的夜里，李世远背起行李，踏上了"闯关东"的征程。他直奔胶济铁路，在那里扒上一列拉煤的火车，在刺骨寒风中一路西行，先是到达省城；然后，他又扒上去东北的火车，历时半个月，一路风餐露宿，到达了一个不知名的林区。可惜的是，到了那里他就病了，腿疼得无法走路，大概是患了很严重的关节炎。在那里，他遇到了一个脸上带着刀疤的老人。老人收留了他，用土法为他治病，给他饭吃，等他腿好之后又带他出去打猎，春天来了还与他一道开垦种地。对于自己的身世，老人从未提过，李世远也始终感到是一个谜。直到两年后的一天夜里，两人喝过酒后，老人才告诉他，自己是一名在逃犯，此时李世远才恍然大悟。那一刻，李世远决定离开那里回家，不仅仅因为老人是在逃犯，更重要的是，那不是自己想要的生活——一个大男人长期在深山老林度日，总不是长久之计。

李世远是白天返回利民县的，直到天黑以后才悄悄回家。李世远回家见到父亲并诉说了自己"闯关东"的经历后，李老五也为当时允许儿子出走感到后悔。

回到家乡的李世远发誓，再也不出去了，一是只要在家里好好干，总不会饿死；二是在家里找个老婆，好好过日子，总比躲在深山老林好得多。事实上，他这次"闯关东"虽然以失败告终，但这段独特的经历也磨炼了他的意志品质，这对于他日后从事生产队的工作，起到了一定的积极作用。

无论从哪个方面讲，李世远都为能娶到王晓岚而感到满意。至于一般人在意的王晓岚的出身问题，李世远从不在意。他曾说，出身不好算个啥，有些出身不好的人，要比很多出身好的人心地善良，而且有文化。

结婚这么多年，李世远对王晓岚唯一不满意的地方就是她没能为自己生个儿子。王晓岚长得漂亮，这让李世远在村里人面前很有面子；而且王晓岚虽然出身大户人家，但身子骨结实，在生产队里下地干活，一点也不比队长张志善的老婆杨素樱逊色，这也让李世远很满意。

对于李世远没儿子这个问题，村里有人建议他找个姓李的儿子多的人家商量商量，过继一个。对于这个建议，李世远曾动过心，也暗暗有了心目中的人选，可当他向妻子提起这事儿时，王晓岚像发疯一般，又摔盘子又砸碗。王晓岚说："好啊，你这个没良心的，嫌我不能生儿子，要把人家的孩子弄来当儿子。我告诉你，只要你这么干，我就去跳河，让你和别人的孩子一起好好过。"

见妻子反应如此激烈，李世远也就把这事儿放下，从此不提了。但这件事情对王晓岚刺激太大了，她从此变得神经兮兮的。

槐树庄时常有人看见王晓岚站在自家大门口自言自语。有时，她看到村里有小男孩路过，便对人家说："好孩子，到俺家来，给俺当女婿吧。俺会天天给你做好吃的。"吓得人家孩子拔腿就跑。

还有人看见，有一次，张五魁背着书包路过李世远家门口，王晓岚跑过去拉住他："好孩子，长大了当我们家的女婿，我和小叶会好好待你的。"吓得张五魁一个劲地说："快放开我，我要去上学。"

"李世远把他老婆逼疯了。"上床休息时,杨素樱对张志善说。

"不会吧!为什么?"已经躺下的张志善问。

"还能为什么,怕当'绝户'呗。"

"真疯了?"

"见了男孩就要人家到她家当女婿。"

"那不叫疯。"

"她还想让五魁给她家当女婿呢。"

"那是闹着玩的。"

"以后少跟那些长舌女人嚼舌根!"张志善转身翻了脸。

杨素樱也生气了:"我嚼什么舌根了?我不就给你说说嘛。有病!"说完,她转过身去,把后背留给张志善。

"我是为了你好。"张志善见妻子生气,也觉得自己过了,赶忙用手拉她的肩膀,试图缓和气氛。

"少来!"杨素樱一下子打开了他的手。

锄完最后一垄地,张志善扛起锄头往家走。整整干了一上午,有些累了,他趿拉着鞋,走得很慢。快要走到庄头时,他远远地看见李世远向自己这边走来。

自从发生火化事件之后,张志善见了李世远总是躲得远远的或绕道而行,大有"你走你的阳关道,我过我的独木桥"之势。这一次实在绕不开了,路边是庄稼地,没有其他路可走。

快到跟前时,张志善故意弯腰脱鞋,假装磕出鞋里面的沙子,试图躲开两人的正面相逢,好让李世远从身边过去。

李世远并不回避，直接冲他走来。

"志善哥，我知道你对我有看法，我也不想多解释。今天，我是专门来找你的，有个事儿想和你说说。"李世远非常平和地说。

"有什么话，只管说就是了。"张志善穿上鞋站了起来。

"是这样，最近村里有些关于王晓岚和书记的传言，我担心王晓岚知道后承受不了那么大的压力，她本来就有些神经兮兮的。我希望你回家劝劝嫂子，不要再说那些莫须有的传言了。"李世远流露出恳求的神色。

"这样啊！谁说杨素樱参与这事儿了？我看你还是管好自己的老婆吧！"张志善撂下一句狠话，转身走了，把李世远晾在了那里。

第六章 求学之路

那年九月份新生开学时,张五魁如愿进入省公安学校刑侦专业学习,学制两年。

对于大多数中专生来说,到校后学习劲头比在高中时明显放松了,很多人把精力用到了玩上。由于张五魁从小就喜欢学习,因此进入公安学校后,他的学习成绩一直位居班级前列,是老师们公认的好学生。

对于张五魁考上公安学校,村里人有很多说法。有人说,张志善的儿子这次厉害了。也有人说,这孩子学习并没有传说中的那么好,连个大专也不敢报。还有人说,干公安好啊,干公安神气,可以管人,比上大学还要好。

张五魁上中专第一个学期结束之前,学校便发了校服。同学们穿在身上,一个个格外神气。大家还穿着新校服,专门跑到省城最大的照相馆拍了照,然后寄给家人和同学。张五魁也拍了一张寄回家去,收到照片那天,父亲张志善看了又看,比母亲杨素樱看的次数还多。

春节放假时,张五魁穿着校服出现在村头,碰到了李小叶。

张五魁掉头想走,李小叶却远远地跟他打招呼:"大学生回来了?穿公安制服真神气啊!"

张五魁说:"我只是一个中专生而已,不带这么讽刺人的!"

"呵呵，在俺眼里你就是大学生，我可不是讽刺你，大人可要有大量啊。"张五魁没想到，两年多没见，李小叶已经出落成一个大姑娘了。他曾听弟弟虎林说，李小叶学习也很好，考上了油田高中，正在上高二。

那时候，槐树庄已经发生了很大变化。他们村所在的人民公社被正式撤销，改为镇政府；生产大队和生产队也随之解散，正式恢复村的建制，村里只设村委会主任和村委会委员，不再设生产队队长；槐树庄村委会主任由原生产队队长李世远担任。组织机构改革之后，生产体制也进行了改革，实行了几年的联产承包责任制改成了分田到户制。

重新分田时，村委会研究的办法依然是抓阄。对于这一办法，绝大多数村民赞同，只有张志善不赞同。张志善建议，之前谁承包的土地可以直接分给谁家种，根据人口多少，多余或不够的可以进行调整，但没必要再全部打乱重分。他的理由是，这样可以保持耕种的连续性，但大家心里都明白，他是舍不得将自己精心改良了几年的靠近黄河主河道的土地分给其他人。

这一次，村委会充分考虑了张志善的意见，没有将他家承包的土地作多大变动，只是将他家因张五魁户口转走而切出的三亩地纳入了重新分配范围，其他的算是正式分到了他家名下；而其他村民都按统一规定，用抓阄的方式重新分配土地。

对于村委会这一决定，有些村民颇有微词。对此，李世远说："谁家如果能把地修理得像张志善家那么好，地就分给谁，一百年不变。如今都看着人家的地好，谁知道当初人家费了多少力气，付出了多少艰辛？"于是，便没人再说别的了。

刑侦学专业课是第二学期开设的，张五魁对这门功课很感兴趣，学习非常投入。平时，他便喜欢读推理破案之类的小说，《福尔摩斯探案全集》不知看了几遍。那时候，他曾经想通过他学到的知识，查一下当年奶奶火化事件真正的告密者。从父亲的行为和态度来看，那事儿似乎是李世远所为，但据张五魁观察，事情并不那么简单。究竟是谁出于什么动机干了那件事呢？如果真的是李世远所为，证据又在哪里？由于缺乏对事件最基本的了解，他想了很久也没理出个头绪来。他知道，这件事情不能向父亲求证，因为那样做无异于往父亲的伤口上撒盐。后来想想，即便知道了是谁干的，也没有任何意义。

周末休息那天，张五魁在宿舍没事可干，于是又拿出信纸给家里写信。刚写了两行，就听到有人敲门："张五魁，你爹来看你了！"张五魁一惊，赶忙开门，只见老爹和一个同学站在门口。

"爹，你怎么来了？"张五魁感到很吃惊。"这次来，主要是看看你怎么样，你娘在家不放心。另外，还有个事情想和你商量商量，我怕在信里说不清楚。"

"什么事情要商量？"张五魁担心家里出了什么状况，边倒水边急迫地问父亲。

张志善告诉儿子，村里最近新划了一批宅基地，地点在原村子东面靠近县城方向的路两边。村委会宣布，想盖新房子的，可以自己提报申请，村委会统一研究确定；但是新房子必须贴着河滩中间的土马路盖，而且必须盖两层，一层要盖门头房，以后可以发展小商业。

张志善说："我和你娘商量了一下，准备申请盖房。一个是这次新划宅基地不受原宅基地大小和人口多少限制，不要白不要。另一个是我们现在的房子虽然还能住，但都是土坯的，年数也太长了，不好维修，一旦发水更是麻烦。再盖的话，可以把房台筑高一些，盖砖的，质量好，也坚固。再就是，你还好说，毕业后有了工作，单位上可能给你分宿舍，你弟弟就不同了，他要在家找媳妇结婚，家里没有像样的房子不大好。"

对于父亲的想法，张五魁完全赞同。不过，他提出了两个问题：其一是盖二层楼的新房子，还要重新筑房台，这需要很多钱，家里能不能拿得起？其二是新房子盖起来之后，老家怎么办，是卖掉，还是留着？

张志善告诉他，这两个问题，他早已想过。完整地盖二层楼，包括筑房台，需要不少钱，家里一次拿不出那么多钱。他打算分两步走，等村里批准后，跟他们说说，先把一层盖起来，后年再盖二层。

至于盖好新房子后老房子的问题，张志善的想法是不卖，留着，平时可以在那里放些东西。他说："那棵树是咱们家的命根子，说什么也不能卖。卖给人家，说不定就会被人家砍了。"

张五魁见父亲考虑得很全面，也就没有提出什么不同意见，只是说自己在外上学，盖房子自己也不能出把力。张志善告诉他："盖房子的事儿不用你操心，你只管读好你的书。"

张五魁突然想起毕业分配问题，便问："我毕业之后，你希望我分到哪里去？"

父亲说："我和你娘都希望你能回家上班。"

"这事儿由不得咱，只是说说而已。"张五魁摊开手说，"按规定，都是哪里来回哪里去。"

张志善一家是在张五魁上中专第三学期中间搬进新家的。那年，张五魁新学期开学之前新房子就已经基本建好，只是没有搬家；而等张五魁放寒假回家时，家人已经在新家里住了一段时间了。

寒假过后，张五魁回学校上课，不久，收到老家一封来信，信封上落款是"槐树庄"。他以为是家里的信，但看笔迹又不像父亲的字，于是感到有些疑惑。打开一看，才发现写信人是李世远，这让他感到很意外。

李世远在信中写道："五魁侄子，虽然我们多年没有联系，但我始终关注着你的成长进步。你上公安学校，是我们村里的一大好事，叔叔为你感到自豪和高兴。你今年夏天就要毕业了吧，毕业之后会去哪里工作呢？盼望你能回我们县公安局工作，一来离家近，二来也可以为家乡人多干些事，同时还能照顾家。"

李世远还说："你知道，我们两家本来是很好的邻居，但是由于后来发生了一些事情，导致你爹对我产生了一些误会。有些事情，我也不便多作解释，但真心希望我们两家能够尽释前嫌、和好如初，希望你为此多做些解释和劝说工作。"

李世远随后说明了来信的真正用意。他说："你们家已经搬了新家，旧房子已经住不着了，我想买下来。之前曾找人向你爹提起这事儿，但你爹坚决不同意。我知道，你爹不同意，主要是因为舍不得那棵大槐树。于是我便通过中间人告诉他，如果他同意卖，钱不是问题。如果他不想卖树，可以在协议中写明，那棵树依然归你们家所有，我们保证任何时候都不会杀掉那棵树。但是，你爹依然不同意。我写这封信，主要是想让你做做你爹的工作，希望他能改变主意。那房子年岁已经很长了，你们家留着没用，而且房子越不住人坏得越快，就别留着了。"

李世远说："当然，如果你不想做你爹的工作，或者你爹坚决不同意，那就算了。毕竟我们是多年的乡亲和邻居，不要因为这个事情再伤了和气。"

信的最后，李世远写道："祝你好好学习，天天向上，早日毕业。"

收到李世远的信后,张五魁思考了很长时间,想来想去,他决定给父亲写封信,劝他把房子卖给李世远,而且在卖房协议中专门写明:房子和院子卖掉后,大槐树依然归张家所有,李家不能将其杀掉,而且要保证这棵树长期存活。由于担心自己在信里说不清楚,他还把李世远的原信一同寄给了父亲。

很快,张五魁便收到了父亲的回信。信中写道:

五魁吾儿:

来信收悉,内情尽知。

关于李世远要买咱家老房子的事儿,此前他曾找人向我提过,我没同意。既然现在他想通过你做我的工作以达到目的,我只能告诉你,我还是坚持我的态度:这房子,咱不能卖。这是原则问题,说什么也不行,即便卖也不能卖给他。

再说了,他只说要买房子,从来没说买来干什么。他们家四个闺女,没有儿子,完全没有必要再置办房产。何况,如果他真的嫌自己房子住不开,完全可以在这次新批宅基地时建一套新房子,没有必要盯上我们家的老房子,以他家的经济实力,盖新房子应该问题不大。

所以,我的意见,你还是回信婉言回绝他为好。

汝父

3月27日

张五魁看了父亲的信,才发现自己考虑问题不是太妥当,有些事情好似没有真正经过大脑。于是,他便按照父亲的意见,给李世远写了封回信,主要意思是:家里那棵树是祖传之树,爷爷有遗嘱不让卖,建议李世远考虑一下其他选择,并一再对李世远表示抱歉。

一个星期之后,张五魁收到了李世远的回信。信很短,主要意思是:让张五魁不要在意,以后常联系。

末了,李世远说了两句很有意思的话:"我平时总教导自己的四个女儿要好好向你学习,你是她们的榜样!"

第七章　再逢小叶

张五魁从公安学校毕业后,被分配到利民县公安局管辖的黄河派出所当见习民警,见习师傅名叫陈甸。

黄河派出所设在县黄河河务局大院里,而河务局又设在黄河南大堤上,那是一个"险工"地带,出门就能看到滚滚东去的黄河。张五魁问陈甸:"师傅,河务局为什么要设在这里,这里不是很危险吗?"陈甸告诉他:"这你就不懂了吧。河务局设在这里,其实是一种精神宣誓,它意味着黄河人誓与大堤共存亡。"

黄河派出所的职责,主要是巡护和保障利民县辖区黄河两岸的治安,制止和打击危及黄河安全的违法犯罪活动。从进入派出所工作的那一天起,张五魁就在黄河沿岸不停地奔走,从未停止自己的脚步。他有时跟着师傅,有时一个人单打独斗。一年见习期间,他巡查总里程达6500多公里,几乎赶上一个运动员一年的活动量了;先后查处各类涉黄河的违法违规行为30多起。

丁零零——一阵急促的电话铃声响起,张五魁拿起电话:"您好,我是黄河派出所张五魁。"

"我是管理段职工,有人在河道内搭建钢架房,请快过来。"

"好,我们马上过去。"张五魁赶忙回答,完全忘记了师傅今天不在,只有他一个人值班。

张五魁猛蹬自行车，气喘吁吁地沿黄河大堤赶到了事发现场。正是六月天气，太阳像火球，空气中没有一丝风，张五魁向当事人出示了执法证件，让他们立即停止在安全保护区内建房子。对方是一对夫妇，他们对这个不起眼的小青年根本不予理睬，像没看见他一样。

不多会儿，一辆越野车卷着黄土疾驶而来，原来这对夫妇的两个朋友来"帮忙"了。一个面相凶恶的人走到张五魁面前："我说伙计，大热的天，你也很辛苦，给我个面子，马上给我走人！"

张五魁并不害怕："这可不行，你们必须赶紧停了！"

另一个身材高大的人上来，瞪大眼睛说："哥们儿，你可别惹我。要是惹了我，你可就摊上大事了！"

张五魁毫不胆怯，他向对方射去犀利的目光，就这么直直地看着对方的眼睛，硬是凭着一身正气震慑住了对方，一时让对方感到心里发毛，眼神开始游移。对方见张五魁软硬不吃，只好灰溜溜地走人。那对夫妇也流露出无望的表情，男的随即在法律文书上签了字，开始动手拆除刚建起的钢架房。

在黄河派出所见习一年，张五魁深深地感到了保护"母亲河"的重要性。见习期满，他本以为自己会留在黄河派出所，没想到却被直接分配到了县公安局治安大队。

傍晚时分，天色暗淡，张五魁夹着黑色小包，一个人从油区公路往回走。下午，他坐路过的长途车到采油三厂了解了一个案子。按照公安部门的规定，办案必须两人以上，不允许一个人单独办案，当时领导便安排他和另一个民警一同前去。但出门后，那个民警私下里对他说家里有事儿，而且案子情况并不是很复杂，让他自己去办，还专门叮嘱他，此事一定不要让领导知道。张五魁只好一个人前去。

回去时，张五魁本想再在路边等过路的长途客车，无奈天色已晚，拦了半天也没等到。采油三厂离油田机关不远，但离县城大约三十里路。见等不到长途客车，张五魁便想象在公安学校上学时那样，在路边找辆顺风车捎自己一程，可想到现在自己已是真正的公安了，得注意影响，他很快放弃了这一想法，开始徒步往回走。他边走边回头，希望能看到长途客车路过。

当张五魁第五次回头的时候，看到一辆绿色北京吉普远远地开来。他犹豫再三，天黑路远，实在没辙，只得站在路边举起了"五魁手"。北京吉普在他身边停了下来，司机是个中年男人，副驾驶座上坐着一个女孩。

"去哪里？"中年司机问他。

"县公安局，麻烦师傅捎我一段。"张五魁边回答边开后面的车门。

"哎，是你啊，五魁哥！"副驾驶座上的女孩十分惊奇地说。

张五魁仔细一看，原来是李世远的大女儿李小叶。

这时候，张五魁有了一点犹豫。李小叶笑着说："快上来吧，汽车可没有阶级性。"

一句话弄得张五魁有些不好意思了，他只好坐了上去。

"你这是干什么去了？"李小叶扭过头跟他说话。

"我去厂子了解情况，没想到这个点儿就没长途车了。你这是干吗去，回家吗？"张五魁忘记了刚才的尴尬，开始跟她搭话。

"我去银行办事，回油田太晚了，直接跟张师傅的车回家。你回公安局吗？"

"你们回家的话，我也直接回家，不去公安局了。不过，我的自行车还在公安局里。"张五魁想了想说，"倒也没关系，明天我让虎林送我过去，咱们直接回家吧。"

听他这么一说，李小叶抬头看了看张师傅。张师傅明白她的意思，赶忙说："你如果想回公安局的话，我们可以送你，没关系的。"

张五魁摆了摆手："不用了，直接回家吧，我也好长时间没回去了。"

李小叶问他："你住局里的单身宿舍吗？我也住单位的单身宿舍，不过我几乎每周都回家。"

两人早已没了一开始时的拘束,有说有笑地谈了一路。

通过谈话,张五魁了解到了李小叶的一些情况,他明显地感觉到,李小叶已经由原来的小丫头变成了大姑娘。当李小叶回头跟他说话的时候,张五魁不仅清晰地看到她那双大眼睛,而且闻到了她身上散发出的女性气息。

李小叶初中毕业后,没有考上县一中,但考上了油田中学。高中毕业后,她报考的也是中专,不过上的是石油学校,学的是财会专业。中专毕业后,她被直接分到了油田机关,在计划处综合计划科任科员。对于李小叶的学习之路,村里有很多说法。有人说,李小叶本身学习就很好,仅次于张五魁,是村里的才女;也有人说,她有今天主要是爸爸李世远给她跑来的。这些说法,张五魁之前也曾听说过,但并没有太在意。事实上,李小叶能有今天,全凭她个人的努力,与她父亲并没有多大关系。

快到家的时候,李小叶从包里掏出一个小本,询问张五魁的电话号码,张五魁告诉了她。李小叶问:"这是你们公安局的内部电话吧,外线总机是多少?"张五魁赶忙说:"对对对,你看看我,都忘了告诉你总机了。"

李小叶记下张五魁的电话,又翻过一页,把自己的单位、总机和转接号码写下来,从本子上撕下来递给张五魁。

汽车很快到了张五魁家,张五魁下车前对张师傅说:"到我家坐坐吧?"

张师傅说:"不了,等以后吧。"

"那好,谢谢你了。也谢谢你,小叶!"

"都是自己人,客气啥?以后常联系,再见!"小叶略带嗔怪地一笑,然后向他摆了摆手。

吃过午饭,看了一会儿《参考消息》,张五魁趴在办公桌上开始休息。

虽然离宿舍很近，可他不习惯回去，对他来说，中午迷糊一会儿就够了。

咚咚咚……他正要进入梦乡时，有人敲门。

张五魁赶紧起来开门。咦，是李小叶，后面还跟着一个女孩，是她的妹妹李小是。

"你咋来了？也不打个电话。"张五魁把她们让进屋来。

"我上午打过，没人接。"小叶说，"这是我妹妹，你们认识吧？"

小是说："我认识他，他不认识我。"张五魁打量了一眼小是，发现她也长大了，身材甚至比姐姐小叶还高挑，头发微微卷曲，显然烫过，上身着一件淡绿色低领衫，下身穿紧身喇叭裤，打扮挺时髦。

张五魁说："谁说我不认识你？只是我心里记得的是你小时候的模样。现在要是在大街上遇到，还真不敢认哩。"

小是说："我以为你满脑子装着学习，根本不留意我们这些凡人呢。"

小叶说："你别跟五魁哥耍贫嘴，先出去玩会儿，我跟五魁哥说点正事儿。"

小是快快地开门出去了。

"什么事儿？"张五魁以为是家里的事情。

"说是事儿，在你这里其实也算不上事儿。"小叶说。

原来，小叶的三个妹妹，也就是小是、小算、小要，都嫌自己的名字实在太难听了，认为那根本不是女孩子的名字，都想改名。三人以前去派出所联系过，遇到的恰巧是当年给她们落户的那位户籍民警。那位民警说："你们这名字当初都是我给改过的，如果按你们爹的意见，更难听。再说了，改一个还可以，一次改三个，这需要提请领导研究研究。"

上个星期，小是因为马上要办身份证了，说什么也要把这名字改了，于是一个人跑到了派出所。那位民警说，还没研究呢，回家等着吧。她一听就急了，当即向人家发了脾气，说什么取名和改名是公民的自由和权利，这破事儿还研究什么？结果惹恼了那位民警。那位民警告诉她，只要他在那里干，她们姐妹仨想改名，没门儿！气得小是到了家里还骂骂咧咧的。后来李世远知道小是偷偷跑去改名，还跟人家吵架之后，差一点打了她。可她们姐妹仨执意要改名，于是又缠上了姐姐李小叶，让她想办法。小叶想到只有五魁能解开这个疙瘩了，所以就来找他了。

张五魁说："论说改名不是啥事儿，只是让小是搞砸了。不过，我可以帮你疏通疏通。她们想改成什么？"

"小是想直接改为小诗，诗歌的诗；小算想改为小雅，雅致的雅；小要想改为小静，宁静的静。"

张五魁听了，说："我感觉小是不用改，这名虽不常见，但不难听，而且也很独特，但还是尊重她本人意愿。小要和小算确实该改，她们改得也不错。等一会儿上班之后，我去找户籍中队的人说说，让他们跟派出所打声招呼，咱家派出所那边我还真不太熟。"

"那你就多费心了。"

"谈不上费心，都是街坊邻居的，你也别客气。"

"是啊，是啊，如果客气，我就不来找你了。"

张五魁随后问小叶："小是和那位民警吵得很厉害吗？"

小叶攥着杯子说："应该是吧。我这个妹妹，就是个火暴脾气，一句话不和便发火。为了这个，我爹没少吵她，但她就是不听，逆反心理很强。"

"和你不是一个性格啊！"张五魁说。

"是不太一样。我脾气虽然也很大，但不到逼急了不会发火。也怪了，我们姊妹四个，一个人一个脾气，特别不一样。小是特别直，也特别能闹；小算特别安静，特别听话；小要特别冷，平时一般不说话，你问她三句，她回不了一句。"

"呵呵，你们姊妹四个真有意思。依我看，你们的性格就是春夏秋冬啊！"张五魁掰着手指说。

"春夏秋冬？"小叶一时不太明白。

"对啊，春夏秋冬。你呢，给人感觉很温和温暖，就像春天；小是呢，特别直率，特别火热，就像夏天；小算呢，特别听话，特别深沉，就像秋天；小要很冷，那就是冬天了。"

"你还真能分析和联想！"小叶喝了口水，听了这话，差一点呛着。

"我要有个妹妹就好了。"张五魁深有感触地说。

李小叶听了，叹了口气："唉，我娘盼有个儿子，都快盼疯了。"

张五魁见她有些不开心，赶紧起身说："你稍坐一会儿，我看看他们上班了吗。"然后他出门去了户籍科。

大约过了十分钟，张五魁回来了。他告诉小叶："我跟管户籍的科长说了情况，告诉他你们是我一个村的邻居，让他给帮着说说。科长当即给派出所户籍民警打了电话。对方说最初不是不给办，只是想向所长请示一下再办，没想到小是这小妮子脾气那么大，冲他发了火，嘴里还不太干净。最后那位户籍民警说了，让小是她们过去，双方把事儿说开，他给她们改。"

小叶说："真是太好了。那我们现在过去找他？"

"这样吧，反正下午我也没事儿，我请个假，陪你们去。去了最好别让小是进去了，到时候你代她给人家赔个不是就得了。"

"那样当然很好，可是别耽误你的工作啊。"

张五魁起身拿包："没事儿，你到门口等我一会儿，我去跟队长请个假就行。"

张五魁推着自行车来到大门口的时候，小叶正扶着自行车在大门口站着，不知道小是去了哪里，她骑来的自行车也不见了。

两人等了近半小时，才看到小是远远地骑车过来。

小是骑得非常慢，边骑边唱邓丽君的歌《心爱的小马车》：

"我心爱的小马车呀，你就是太顽皮，你若是变得乖乖的呀，姐儿我就喜欢你……"

"你跑哪里去了？"小叶等得有点着急，话里有点生气。

"能去哪里？逛商店了！"小是一只脚踩地，一只脚放在脚蹬子上，斜着身子说。

"五魁哥陪咱去派出所，走，咱们一起去。到了那里，你就别进去了。"小叶告诉她。

"那我还去干啥？你们俩去，我直接回家算了。"

"也好，咱们一起走，你直接回家。"

于是，三个人各自骑一辆自行车，沿公路向家的方向走。

小是骑得很快，一会儿就把他们两个甩在了身后。张五魁和小叶并不着急，他们边骑边聊。

张五魁问小叶："小是现在干什么？"

小叶告诉他："初中没毕业就在家待着，天天就知道玩。上个月我给她找了个活儿，在油田食堂干面点，她总是嫌累，不想干了。好在我娘不愿意，说如果小是不干了回家，她就去跳井，才吓得小是没敢撂挑子。"

"那你家老三和老四呢，还在上学吗？"

"老三上高中，也在油田。老四还上初中呢，不过今年就该考高中了。"

到了派出所找到户籍民警，张五魁自我介绍了一下，然后指了指李小叶说："这是我的邻居，也是同学，改名字的是她妹妹。都是她妹妹脾气不好，惹你生气，你别在意。"李小叶赶忙说："是啊，都怪我妹妹不懂事，我给你赔不是了，你别放在心上。"

户籍民警也姓李，见他们如此一说，也不好再计较什么了，只是说了句"你们姊妹性格不一样啊"，便让李小叶拿出户口本、交了手续费，按李小叶新写的名字为她的妹妹们重新登记了户口，并让李小叶三天之后来拿盖过章的新户口本。

办理新户口本的过程中,三个人不时交谈着。李民警对张五魁说:"早就听说过你,知道你在我们这一带很有名气,也知道你实习完就回到了县局,只是咱们没见过面。你是我们的上级领导,以后有事尽管说,不用再找别人了。"

张五魁说:"看你说的,我哪里是领导啊,我只是一个普通民警,很多东西还需要向你们学习,请你们帮助。再说这里是我的老家,很多事儿还得麻烦所里的同志们多关照呢。"

李民警笑了:"客气了,派出所就是直接服务基层的嘛。"

从户籍民警那里出来,李小叶问张五魁:"你还回局里吗?"张五魁说:"自打入了行,我还没来过这里呢,得上去和所长打声招呼,和他们认识认识,你先回去吧。"

小叶迟疑了一下,说:"那好吧,我先走了。这次真谢谢你了,让你费心又费力,等你方便时,请你吃饭。"

张五魁说:"看你说哪里去了,即便请客,也是我请你,哪有让女孩子请的。"

"谁请谁并不重要,关键是你要安排时间啊。我先走了。"

小叶走后,张五魁直接上了二楼,到了所长室。

等和所里的领导见过面,下楼准备走的时候,张五魁发现李小叶并没有走,而是在门口等他。

"你咋还没走?"

"我回去也没事儿,在这里等你,想晚上请你吃饭。"小叶说完,两眼看着张五魁。

张五魁想了想,说:"我今晚没什么安排,那好吧,我请你,你选地方。喜欢吃什么?"

小叶说:"今天说什么也该我请,你以后再请我吧。咱们去城里鱼馆吃鱼吧，我喜欢吃鱼。"

"那好，我们现在就走。"

于是，两人骑上自行车原路返回县城，又聊了一路。路过公安局宿舍时，张五魁看时间还早，便说："穿警服去吃饭不太好，我回宿舍把衣服换了，你先过去等我，我一会儿就到。"小叶说了句"好嘞"，没下车子就径直走了。

吃饭时，张五魁发现小叶真的很喜欢吃鱼，吃得津津有味；而小叶也发现，张五魁不吃辣。小叶问他："你为何不吃辣，不喜欢吗？"张五魁回答："不是不喜欢吃，而是享受不了，吃多了脸上长疙瘩。你看，我的脸上坑坑洼洼的，快成麻子了。"小叶说："男人嘛，粗拉一点没关系的，那样更帅气。"

饭很快就吃完了，小叶说："时间还早，咱们去看电影吧。"于是，他们又去看了场电影，电影的名字叫《小小得月楼》。

第八章　畅所欲言

回到市政府临时办公楼之后,张五魁把自己关在了办公室里,任谁敲门也不开。

掰了一阵子"五魁手"后,他拿出一张白纸,沉思着在上面写下了两句话,一句是"要把黄河的事情办好",另一句是"黄河不留骂名"。前一句是毛主席的话,后一句出自清代著名文学家、黄河治理专家刘鹗。

张五魁眼睛瞪得很大,长时间盯着这两句话发呆,好像要将那张纸看穿。1948年春天,毛主席与他的战友周恩来、任弼时东渡黄河时,面对滔滔黄河还说过这样一段话:"这个世界上什么都可以藐视,就是不可以藐视黄河,藐视黄河,就是藐视我们这个民族啊!"四年后的1952年,一个萧瑟的深秋,毛主席又一次来到了黄河岸边,作出了"要把黄河的事情办好"的重要指示。

让张五魁感到愧疚的是,毛主席"要把黄河的事情办好"的指示已经作出许多年了,可是黄河的事情直到他这里也没真正办好。尤其在黄河口治理上,还面临着天大的难题,关键是下一步该怎么办,路该怎么走。

想到这里,他又拿出一张白纸,在上面也写下了两句话,一句是"黄河不留骂名,我也不留骂名",另一句是"问计于民,寻找白英"。

咚咚咚……传来一阵敲门声。张五魁起身把门打开,是秘书长王刚:

"王书记给您打电话,说接连打了三次您都没接,就让我过来看看您在不在。"

"我咋没听到呢,电话没响啊!"张五魁赶紧拿起听筒,把电话拨过去,"书记,对不起啊,我刚才没听到您的电话。"

"我说老弟,你怎么样?不能光顾工作忘了身体啊,毕竟身体是革命的本钱。"王基业在电话里说。

张五魁说:"书记,您放心,我很好。我这个人,只要一工作,什么病也没有了。如果不让我工作,我才真会憋出病来。正好要跟您谈谈呢,我想召集一个关于黄河口治理的务虚会,和大家一起议一议下一步该怎么办,有了成熟思路之后再详细向您汇报。"

"你这个想法很好。我明天要去省里开会,你好好组织一下,要集思广益。我想只要大家开动脑筋,一定能想出一个锁住黄河口的好办法。"

第二天上午,务虚会在三楼会议室召开。至于参会人员,按照张五魁的要求,办公室通知了市政府所属各部门的负责人,同时邀请了黄河口河务局、利华油田等中央和省驻渤海市有关单位的负责人。

张五魁主持会议。他开门见山地说:"今天这次会议,只围绕一个问题展开研讨,就是黄河口治理问题。此前,水利部组织有关专家进行了考察论证,也给出了一个初步结论,就是稳定黄河口三十年根本不可能。对这个结论,说实话,我不太信服,咱们书记也不太信服。今天请大家来,就是想听听大家的意见和建议。不用我说大家也明白,锁住黄河口对我们来说实在太重要了,不仅关系到人民群众的生命财产安全,还关系到能不能真正让渤海市在这里扎根、利华油田能否建成第二个大庆、整个黄河三角洲的开发能否真正启动。今天,大家敞开谈,大胆讲,知无不言,言无不尽,不要有什么顾虑,说错了也没关系。我们的目的只有一个,为治理黄河口献计献策。大家看看，谁先来？"

讲完开场白，张五魁两眼看向坐在对面的王长河，希望他能把河务部门最近研究的方案抛出来，让大家讨论讨论。可还没等王长河开口说话，坐在左面的一位穿军装的大个子已腾地站了起来。他朝市长的方向敬了一个礼，然后说："我是武装部部长张晓军。既然市长说了，知无不言，言无不尽，那我先说说，算是抛砖引玉。说得不对的地方，还请大家批评。"

张五魁向下压了一下右手说："好，你坐下讲。"

张晓军坐下，咳嗽了一下，清了清嗓子，然后说："这次拦门沙堵河，在省委、省政府的关心帮助下，在市委、市政府的领导下，特别是在部队的大力支援下，我们的应急处理取得了很好的效果，没有造成很大损失和影响。但是，事后想想，我们在整个事情的处理上，似乎还有一些需要改进的地方。"

讲到这里，张晓军停顿了一下，看了看张五魁。张五魁示意他继续讲。

张晓军接着说："比如说，此次我们请求军队派轰炸机炸黄河口，虽然此前有过预案，但个人感觉还不到非动用军队不可的地步。大家可能不知道，只要动用军队，就需要最高首长批准。黄河口在我们这里，由我们负责管理，现在出了些问题，却惊动了高层领导，这实际上说明了什么？说明我们的工作没有做好，占用了领导的精力，也给部队添了麻烦。"

张晓军顿了顿，看张五魁听得非常认真，便继续说："炸黄河口，我们完全可以自己来完成，没有必要惊动中央、动用军队。"

听了这话，张五魁意识到，当时自己向省委汇报时，直接请求省委和军队支援的做法的确是有些鲁莽和轻率了。

这时，河务局王长河坐不住了。他站了起来，打着手势解释说："张部长讲得有一些道理，但是，我们自己爆破，不具备这个条件，也缺乏这样的专业能力。当时水很大,一是人员和设备都难以靠近,二是我们也没有水中爆破方面的专业技术人员。"

"据我所知,咱们河务部门平时是存有一些炸药的。之前我们遇到黄河结冰严重,上游来凌汛时,有时是用炸药将冰块炸开的。那些炸药都是防水的,既然能炸冰,为什么不能炸大坝?"张晓军看来对此前的情况有些了解,讲起来头头是道。张五魁也频频点头,心想,张晓军的说法好像有些道理。

王长河刚想进一步解释,农业局王世林局长也站了起来。他说:"我是农业局的,大家应该都认识我。这次黄河口被堵,虽然没有造成人员伤亡,但是实际损失并不小,且不说人员转移的费用,光是被淹的庄稼,损失就非常大。黄河口被堵,有一个日积月累的过程,不是一夜之间造成的。我想说的是,我们平时都干吗去了?"

他喝了口水,继续说:"既然黄河口泥沙多,平时为什么不多派人挖?等出了问题再想办法,不是晚了三秋了吗?"

王长河一听,这明显是在批评他们工作没做到位,浑身上下直冒虚汗,不得不再次站起来辩解:"平时,我们河务局也是不停在挖的。可是,大家知道,这黄河一年能流下十六亿吨泥沙,其中有四亿多吨流进大海,几乎有一亿吨聚集在黄河口附近。这么多泥沙,怎么挖?靠谁来挖?"

"你们河务局不是有吸泥船吗?怎么不用吸泥船挖?"王世林局长追问。

"我们是有三艘吸泥船不假,可是,一艘吸泥船,即便二十四小时不停作业,一天也挖不了多少泥沙,与实际淤积的泥沙相比,简直是九牛一毛,根本,根本起不了大作用。"

说到这里,王长河两眼红红的,眼中还闪烁着泪光。这可是个刚烈的汉子啊!张五魁见状,赶忙把这一争论打住。他清了清嗓子说:"以前的事情，我们重在吸取教训，在这里就不要再争论了，关键是研究一下下一步黄河口究竟怎么治理。长河，你们不是正在研究治理方案吗？成形了吗？给大家说说，让大家一块讨论讨论。"

"好的，市长。只能说我们前期有了一个初步方案，但还很不成熟，我先汇报一下，请大家多提意见。"王长河拿出早已准备好的材料，开始向大家汇报。

他说，黄河入海口现有的流路行水已经快十年了，无论是河道还是河口，泥沙沉积都比较严重，河床也逐年抬高，快成"地上悬河"了。此流路如果再继续使用下去，恐怕用不了多久就会再次被堵，黄河甚至会自然改道。治理黄河，必须讲究科学，遵循黄河行水的基本规律，不能想当然，也不能尽信专家。

听到这里，张五魁向王长河投去赞许的目光。他心想：最后这句话很有道理，很合我意。问题是怎样讲究科学？遵循什么样的规律？

王长河继续说，历史上治理黄河，有很多经验，也有很多教训。传说鲧治水时采取的是堵的方式，没有成功；他的儿子大禹吸取鲧的教训，改堵为疏，取得了很好的效果，从此划定天下为九州。今天，如果一味地坚持锁住黄河口，实际上就有点"堵"的意思了。大家必须换个思路解决问题，改"堵"为"疏"。与其死守，等待黄河自然改道，不如变被动为主动，主动引导黄河改道。

王长河说，基于这种考虑，河务部门提出了一个方案，就是沿原小明河河道开挖一条黄河新流路。挖成之后，暂时放弃现有流路，主动引导入海口改道，让黄河水经小明河入海……

听了这话，张五魁禁不住皱起了眉头。他打断王长河的话说："等过几年之后，新流路再被堵了怎么办？"

"我们可以利用改道的这些年，对现有流路进行深挖和整修，一旦小明河流路堵了，再改回来，两个流路可以交替使用。"王长河进一步解释说，"这就像人穿鞋子，夏天穿凉鞋，到了冬天就换棉鞋。"

听了这话，张五魁忍不住笑了："长河，依我看，你这个比方不恰当。你不是换鞋子穿，而是像一个懒汉，买两件衣服，一件脏了，便挂在一边穿另一件，等那件也脏了，再换回来穿这件，是只管换不管洗。这不是解决问题的办法。"

这时候，利华油田副指挥长尚铁流压低声音问王长河："请问王局长，按照你们的改道方案，是不是要在现有基础上对小明河河道进行大规模拓宽？"

王长河回答说："是的。我们已经找水利部有关专家进行了初步测绘和勘探，也已经向黄河水利委员会进行了汇报，他们基本赞同这一方案。"

尚铁流一听这话，腾地站了起来，连身后的椅子都被碰得咣的一声倒在地上。他顾不得将椅子拉起来，便非常激动地说："你们这个方案，我们油田坚决反对！"

张五魁说："反对？好，那你说说你们反对的理由。"

"我们油田的很多油井就建在小明河流路一带，如果黄河口改道，将会造成这些油井被淹甚至废弃，这将给国家带来巨大的经济损失，相当于损失了整个华北油田。国家要求我们利用五年时间建成第二个大庆油田，这么一弄，我们将前功尽弃，全都泡汤！"

尚铁流继续说："而且我们油田当年在这里开的第一口油井'华一井'就在这个区域，那是我们利华石油人的精神圣地。如果'华一井'被毁了，相信全体利华石油人都不会答应！"

张五魁听了，不自觉地用"五魁手"拍了一下桌子："好样的，我支持你，我也反对入海口改道！"

张五魁回过头来，放低声音对王长河说："长河啊，你们这个方案并不可行啊。而且,你关于'堵'和'疏'的理解也是不对的,守住黄河口并不是'堵',也可以是'疏'。只有把黄河口'疏'好了,才能真正'守住'。"

张五魁进一步说:"主动让黄河口改道,并不能从根本上解决问题,只会为了解决一个老问题,又制造出一个新的甚至更大的问题,这不是好办法。你们回去以后再好好研究一下。我的意见是,找出办法在现有流路基础上将泥沙顺利地送入大海。人们都说'海纳百川',我感觉,大海如同地球的一个大肚子,应该具有强大的消化功能。我就不相信,那么大的海,还容纳不下黄河流下来的那点沙子?问题的关键还是那句话,我们怎样才能将黄河里的泥沙顺利地输送到大海里去。"

听了这话,王长河只能点头,不好再说什么。

随后,张五魁突然想起了水利局局长王东明,便主动点了他的名:"水利局,东明局长,你有什么意见?"

王东明说:"市长,关于锁住黄河口的事情,我曾长时间思考过一个问题。你看,在上中游,黄河其实是由很多条河汇集而成的,可是在下游,在我们这里,它却只有一个出海口,流入和流出通道明显失调嘛!为了解决入海口防汛形势严峻、泥沙淤积过多的问题,可否考虑挖通多个,至少是两个入海通道?比如,河务局王局长提出的小明河,我们可否将其挖通利用,同时也不废弃现有通道,两个通道并用?这样应该能缓解一定的压力。"

"你提了一个新的思路,只是,并用两个通道能不能解决泥沙淤积问题呢?"张五魁指了指王长河,"长河,这个思路你怎么看?"

王长河说:"这个办法并不能真正解决问题。因为,推动黄河泥沙入海,必须有一定的水流量和流速。在现有水量和流速下,如果再分成两个河道,可能会造成更严重的淤积,一旦到了汛期,会使黄泛区扩大。"

会议整整开了一上午，到了十二点半张五魁才宣布散会。

等收拾材料的时候，王长河才发现，刚才的汇报材料不见了。他问左右，都说没有看到；翻文件包，也没有找到。他嘴里一个劲地嘟囔："奇了怪了，奇了怪了。"

中午吃饭时，王刚对张五魁说："市长，今天的会议收获不大啊。"张五魁把眼一瞪："谁说不大？至少把改流路和多流路的方案给否了吧！"王刚不再说话。

王长河回到单位后，对办公室主任说起材料找不到的事情。办公室主任说，没关系，反正不属于保密材料，再让打字员打一份就是了。

可是，当办公室主任找来打字员，打开四通打字机，插上磁盘寻找文档时，却发现文档也查不到了。

第九章　弥补遗憾

张五魁参加工作后，一直为没上过大学心存遗憾。可以说，自从参加工作以来，张五魁始终在琢磨如何才能弥补自己这一遗憾。尽管当时公安局里大中专毕业生为数不多，但每当有人提起他是中专生时，他都不认为这是对自己的夸赞，而自感这是一种讽刺。他决心寻找机会弥补自己这一巨大缺憾。他曾到局政治部分管宣教工作的副主任那里，询问是否有到公安大学学习的机会和名额，并表达了自己想进一步学习的愿望。可对方明确告诉他，目前局里严重缺员，人手不够，暂时没有送培计划，不过局领导非常鼓励大家自学。

当时，石油学校已经升格为石油学院，除了正规招生外，还面向社会招收夜大生，开设了中文、财会等公共课程。张五魁曾想报名参加，但考虑到只能拿到结业证书，便放弃了。

一年之后，一个好消息传来：本省将实施高等教育自学考试，考生不需要参加入学考试，只要按照省自考委公布的教学大纲和考试大纲学习完规定的课程，参加分期进行的统一考试，取得所学专业课程的全部合格证书，便可以获得国家承认学历的高等教育自学考试毕业证书。张五魁最初是在新华书店看到这一消息的。他那次只是准备去书店逛逛，可刚进书店，便发现里面贴着一张大红纸，上面写着："本店新进全省高等教育自学考试哲学用书，如有需要请抓紧购买。"见跟前的书架上摆着艾思奇主编的《辩证唯物主义 历史唯物主义》，张五魁便拿起一本问服务员高等教育自学考试是怎么回事儿。服务员耐心细致地向他作了解释，并告诉他："咱们省是全国试点，今年开考汉语言文学和法律两个专业，2月份报名，4月份考试。如果你想参加，可以到县自考办领取报考简章，那上面说得很详细。"张五魁问自考办在哪里，对方告诉他在县教育局院内。从书店出来，张五魁直奔县教育局，到了那里才发现当天是星期天，人家根本不上班。

第二天，张五魁再次来到县教育局，找到了自考办。自考办的人看到来的是个公安，招呼得格外热情。看过报考简章之后，张五魁便下决心报考法律专业，于是向工作人员索要了一张报名表。工作人员告诉他，报考通知已经发给各单位，由各单位统一组织报名，让他将报名表填好后交给单位负责教育的同志，加盖单位公章后再统一送来。

从县教育局出来后，张五魁又去了一趟书店，买了艾思奇的书，又询问有没有法律专业要考的《法学概论》。服务员告诉他，书店已经订货，下周就到，让他下周再来。

回到单位，张五魁顾不上喝水，直接到政工科找负责人报名。报名时，正好分管教育的副科长在场。副科长说："上周六刚接到通知，还没送局长签批，本来准备等领导批后再告诉你，想不到你已经知道了。好，好，先给你报上。想学习，这是好事儿，我们这里全力支持，今后学习上遇到什么问题尽管找我。"

当天晚上，张五魁便回绝了朋友的邀约，安心在宿舍里认真学习艾思奇主编的《辩证唯物主义 历史唯物主义》。

张五魁在电话里将自己报名参加自学考试的消息告诉了李小叶。小叶说："太好了，我相信你绝对没问题。什么时候考会计专业了，我也考。"

周末回家，张五魁把自己的决定告诉了父亲。父亲咧开嘴笑了："我早就告诉过你，参加工作之后有上大学的机会。"看他那样子，丝毫不为当初给儿子改志愿而后悔。

在书店预订的《法学概论》很快到货，张五魁由只学哲学改为两门兼学。由于对大学考试心中没底，不知道究竟考什么类型的试题，也不知道题目究竟难到什么程度，他学得非常刻苦。两个多月下来，他便把书本翻烂了，对于每章每节内容，他都仔细思索过考试可能出什么题、该如何回答。等快考试的时候，他几乎能把教材背下来了，甚至感觉教材编得有些问题，如果自己编写，有些地方完全可以调整得更好。

学习是异常辛苦的，张五魁白天上班，只能抽晚上时间学。天冷，屋里没有暖气，他便坐在床上，裹上被子学习。有时学到深夜，他拿着书本坐着就会睡着，既不关灯，也不脱衣，等醒来时已经是第二天早上了。

4月24日，首次两门科目的自学考试如期进行。第一门是哲学，第二门是法学概论。试题不像想象的那么难，也不那么简单。考场上，张五魁一丝不苟地填写着答案，答题期间全神贯注，从未想过与其他考生"商量"一下，多余的动作一点没有。他要靠自己的真本事过关，生怕有啥举动让考官认为他有作弊行为。

做完所有题目之后，张五魁给自己估算了一下成绩。他认为自己两门考得都还行，但也不敢确定一定能及格，成绩应该在55分至65分之间吧，如果老师判卷严一点就有点悬，如果判得松一点问题就不大。他想，如果这次不及格就下次再考，反正以后还有机会。

走出考场，张五魁遇到一个参加考试的熟人，便问他："考得怎么样？"

对方非常轻松地说："及格了。"

"及格了？你已经知道成绩了？"张五魁不解。

"这么简单的题，不及格才邪门儿呢。你呢，能及格吗？"对方转而问他。

"我？我感觉够呛。"张五魁回答得很谨慎。

公布成绩那天，张五魁早早地来到自考办。成绩出乎他预料：他哲学考了82分，法学概论考了86分；而那位刚考完便自称及格的考生哲学只考了35分，法学概论只考了54分。

在自考办，张五魁了解到了这次考试的有关情况。自考办工作人员告诉他，他的法学概论成绩全省排名第三，哲学成绩排名不详。由于是第一次组织自学考试，省自考委对考题难易程度心中也没有底，为了做好检验工作，他们在正式考生考试的同时又组织了两个模拟考场：一个是让大学一年级刚刚学过法学概论的同学做同样的试题，算期末考试；另一个是让大学四年级将要毕业的同学做同样的试题，算作测验。然后，省自考委拿在校生的成绩和自考生的成绩进行了对比分析。他们发现，自考生及格率很低，约26%；而在校生及格率很高，达89%。自考生分数差距比较大，高的很高，低的很低；而在校生成绩比较接近，一般六七十分，80分以上的很少，最高成绩只有81分，比排在自考生第三名的张五魁的成绩还低。通过综合分析，省自考委认为，这次考试题目的难易程度以及对判卷标准的把握都是适中的，也是可行的，今后要在进一步完善的基础上很好地坚持下去。

通过这次考试和了解到的情况，张五魁进一步坚定了参加自考的信心，他下决心紧跟自考办制订的计划，争取考一门过一门，力争用三年时间把十二门功课全部考下来。在自考办公布的考试科目中，他唯一感觉不太好考且自己也不擅长的是英语。好在英语是选考科目，自考生只要在英语、教育学、逻辑学中任选一门考过，就算选考通过。在公安学校学刑侦时，他已经学过刑事逻辑学，有这个基础，到时候选考这门应该不成问题。

回到单位后，张五魁接到了李小叶的电话，询问他考试的情况。当得知他顺利过关，而且法学概论考了全省第三之后，小叶禁不住在电话里高兴地喊道："五魁哥，你真棒，祝贺你！下次考试我陪你去！"

出成绩这天是星期一，张五魁星期天刚回过家，但下班后他还是准备回家，想尽早让父亲知道他考试过关的消息。当他骑着自行车拐出公安局大门的时候，李小叶挡在了他的面前。

"咦，你怎么来了？也不提前告诉我一声！"

"我要给你一个惊喜呀。"小叶脸上写满笑意，"走，给你庆贺庆贺去。"

"庆贺什么呀，没必要吧？我准备回家说一声呢。"

"当然有必要了。我们庆贺完再回家也不晚。"小叶拉了一下他的车把，然后骑上自己的自行车，张五魁只好跟着她走。

小叶领着五魁到了一个名叫风情园的酒店。一进门，便有服务员上来询问他们有没有预订，小叶说了声"雅致"，服务员便领他们上了二楼的一个小单间。

这天晚上，他们都喝了红酒。想不到小叶很能喝，三大杯下肚，除了脸色微红之外，一点事儿也没有。

他们聊了很多很多。小叶说："五魁哥，你知道吗？你从小就是我的偶像。我知道你学习好，还长了一双大手。"张五魁说："不会吧，你对我并不熟悉啊。"小叶说："虽然我们不在一个班，但我一直知道你很聪明，学习很好。你知道吧，咱们小学那个张英老师，她教过你之后，接着教的就是我们这一级。平时她经常向我们班同学讲起你，说你是她从未见过的好学生。还有，平时我爹和我娘经常在我们跟前念叨你，说我们姊妹们学习要是能像你一样用功就好了。"

张五魁笑着问："听多了，是不是耳朵起茧，烦了啊？"小叶说："哪里啊，我发自内心地佩服你，还遗憾自己为何没和你在同一个班级，好向你学习。"

小叶还告诉五魁："当初，我本以为你高中毕业后一定会考上大学，当得知你最终考了中专，而且是你爸爸给你改的志愿后，也为你感到惋惜。现在好了，不用上大学也能拿到大学文凭，我为你感到高兴。"

张五魁没想到，原来小叶一直在关注着他。

张五魁自学考试一次考过两门的消息通过自考办传到了公安局政工科。政工科专门写了条信息，以签报的形式报给了邱局长。第二天，邱局长在上面批示："张五魁同志利用业余时间自修法律专业，参加自学考试获得两门单科合格证书，这种做法值得鼓励和提倡。结合工作实际学习理论知识，不仅有利于提高干警工作能力和工作水平，也有利于公安事业的长远发展。建议政工科起草个文件，对在自学考试中获得合格证书的干警给予一定的物质奖励，从奖励张五魁开始，今后形成制度。"

政工科很快起草了《关于对取得自考单科合格证书和毕业文凭的公安干警给予奖励的暂行办法》。暂行办法规定：全县公安干警凡取得高等教育自学考试单科合格证书的，每门奖励100元；最终获得毕业证书的，再追加奖励800元。随后召开的局党委会研究并通过了暂行办法，以正式文件的形式下发。

张五魁从财务科一次领取200元奖励的消息很快在公安局传开，人们有一种既羡慕又嫉妒的感觉。回到治安大队，大家一齐吆喝，要张五魁请客。张五魁说："这个客，一定要请。"大家说："就今天晚上，治安大队只要在家的，都去。"张五魁说："好，我去问问大队长有没有其他安排。"

张五魁把用领到的奖金请大家一起吃饭的想法告诉了王大队长。王大队长说："想请客，我看行。我今晚没事儿，就定今天晚上。你参加自学考试获得奖励，200块钱，不算太多也不算少，如果不拿出来请客，我担心有人会心理不平衡，说你光顾学习而影响了工作。你有这个想法很好，说明你成熟了。你去问问大家有没有空，让他们只要能去的尽量去。"张五魁说："好，那我去招呼一下。"王大队长说："哎，我告诉你啊，今晚虽然以你的名义请客，但是我来结账。"张五魁说："这不好吧，还是我来结账吧。"王大队长说："你那点钱，根本不够。"

当天晚上，大家吃得非常尽兴，只是中间闹出了一点不和谐的小插曲。原来，有人说了这样一句话："都去学习，谁干工作啊？"另一个人说："人家是自学，不影响工作。"前面那人接着说："不影响工作，你信吗？"张五魁听了，只当什么也没听见，继续与大家微笑交谈。王大队长说："今天咱们为五魁高兴，都少扯闲篇子。"

吃完饭，大家往机关走，一个个有说有笑，进大门时，正好让准备回家的邱局长碰上了。

邱局长问他们："去哪里吃饭了？"

王大队赶忙回答："去了鱼馆，我们给张五魁庆贺庆贺。"

"庆贺庆贺，是不是让人家请客啊？"

"不愧是局长，料事如神啊！"王大队长哈哈笑了。

第二次自学考试时，县公安局机关有21个人报名，但最后考过的只有张五魁和指挥中心的一个人。张五魁又过了两门，那人只过了一门。第三次考试时，局机关报名者明显减少，总共才9个人。

第十章　拆迁事起

整个槐树庄都"失眠"了，不是因为黄河要发大水。

黄河滩区槐树庄一带发现了储量丰富的大型油田，村庄需要搬迁，消息是元旦过后传来的。

这消息很快得到了在利华油田计划处工作的李小叶的证实。李小叶说："根据最新勘探结果，咱们村地下石油储量非常大，油田要在这里建10号采油厂，钻掘密集型布置的油井群。不过，需要搬迁的只是大槐树附近的老居住区，新开辟的靠近马路的居住区不用搬。"李小叶这些话是给老爹李世远说的，她告诉老爹千万不要说是她说出来的，因为这些消息油田还在保密，而且还没形成最终方案。

元旦后第三天，槐树庄村民发现，油田的一些工作人员扛着家伙什儿，陆陆续续来到村子里，有的搞测量，有的搞勘探，有的绘图纸，还有的挨家挨户了解情况，这显然是在为拆迁做前期准备。

槐树庄许多人闻风而动，很多外出干活的也回来了，就连张虎林组建的盛大施工队也暂停了外面的工程，赶回来参加一场特殊的工程：有人忙着在院子里搭建小房和猪圈，也有人忙着在地里挖坑栽树，还有人忙着在房顶上加层。大家的目的只有一个——希望拆迁时能得到更多的补偿。全村只有两户人家没有采取行动，一个是张志善家，另一个是李世远家。

等大家忙碌完毕，等候正式拆迁通知时，此事却突然没有了一点动静。渐渐地，有人开始怀疑消息的准确性。他们根本不知道，这短暂的沉寂恰恰意味着大的行动正在迫近。

考虑到拆迁工作的复杂性，油田先向县委作了专题汇报，取得了县领导的支持；然后又找到了镇党委，要求他们出面对拆迁工作给予支持和配合。3月初，李世远等五名村委全被叫到镇政府开会。

会议由镇长主持，镇党委、镇政府、油田10号采油厂筹建组三方的有关领导出席。会上，先由油田10号采油厂筹建组组长老陈介绍10号采油厂的建设规划、征地拆迁范围、拆迁补偿方案；然后，由镇党委书记传达县领导的有关指示精神，对拆迁工作作出指示、提出要求。

镇党委书记指出，这次槐树庄拆迁及建设10号采油厂的工程，既是油田的一件大事，也是事关全县长远发展的一件大事，更是涉及槐树庄五十多户村民切身利益的大事。各相关单位、相关人员一定要增强大局意识、责任意识和为民意识，加强磋商，密切配合，把工作做细做实，既要确保拆迁工作如期完成，也要切实依法保障村民的合法权利。

镇党委书记还指出，这次拆迁，既要坚决反对违背村民意志强拆强迁，也要反对个别人提出超出规定的不合理要求，最终影响整个工作的进展。拆迁工作要按照县委、县政府与油田达成的初步意见，四月底签订协议，六月底全部完成。

镇党委书记最后说，为了确保拆迁工作顺利进行，要成立协调领导小组，人员由镇党委、镇政府、油田10号采油厂筹建组相关领导组成；领导小组下设办公室，人员由槐树庄村委和筹建组各抽调三名同志组成。

会上，筹建组和村委代表分别作表态发言，李世远代表村委发言。李世远说："这一工程是油田的大事，也是槐树庄的大事。我们一定会按照领导的指示，密切配合筹建组做好村民的工作，尽快开展调查摸底，积极与各方沟通会谈，努力达成一致意见，切实把好事办好，让各级领导放心满意。"

散会之后，镇领导专门留下李世远，就有关问题进行了交代，主要意见有以下几点：一、油田提出的补偿方案标准过低，而且只考虑了一部分内容，很多东西没包括进去，村委会一定要考虑周全，不能有漏项；二、回去之后，可以召集村民开个会，传达一下本次会议精神，发动大家建言献策，同时提出各自的要求，然后进行汇总；三、协议要采取逐级签订的形式，尽量不要把矛盾扩大，要先让每户村民签字同意，然后再由村和镇签字，总协议要由镇政府出面和油田签订；四、补偿款要由油田统一拨给镇政府，再由镇政府发给村民，不能让油田和村民直接发生经济来往。总的要求是，对油田方面既要体现积极合作的态度，又要有理有据有节，不满足村民的合理诉求坚决不签协议。

回村之后第二天，李世远便召开了村民大会，传达了有关拆迁工作会议精神，介绍了拆迁工作和油田建设的基本方案，同时公布了油田方面根据国有土地上房屋等建筑物拆迁补偿暂行规定初步拟定的补偿方案。

补偿方案规定，凡在拆迁范围内的土地上，以本年度1月1日为基准日，此前建成的房屋每平方米补偿800元，另外每人补偿搬迁费1000元，以户口为准。

补偿方案一公布，现场立即炸了锅。李世远要求大家安静，先听他讲完再发表意见。李世远说："这个补偿方案经村委会初步研究，认为存在三大问题：一是补偿标准太低，应该每平方米至少1000元；二是基准日定在1月1日显然不合适，必须以现状为准；三是补偿方案只包含居住用房，不包括其他用房，这不合适，这些都必须加进去。另外，还有很多没考虑到的地方，希望大家回去后好好想想，把各自的要求写下来，后天晚饭前统一交村委会，由村委会汇总后，一并向油田方面提出，作为谈判的内容。今天的会议就不再讨论了。"

张志善慢悠悠地回到家里，向妻子杨素樱介绍了开会的情况，并问她应该提什么要求。杨素樱说："咱有现在的房子住着，那些旧房子能补偿点就属于白赚的。跟大家走吧，人家什么标准咱什么标准，人家补多少咱补多少，没必要再提额外要求。你说呢？"

张志善点了根烟，沉默了一会儿说："对于房子补偿，我真没想出什么。我只担心这次会把那棵树砍了，那可是咱们家的命根子啊！"

杨素樱说："这一条要跟他们提出来，坚决不能砍。如果他们不答应，咱就坚决不签字，看他们能怎么样。"

张志善说："我担心即便提也很难保住，不过，我们要尽最大努力争取。等虎林回来后，再问问他有什么想法。"

晚上张虎林回家，张志善询问他的意见。虎林说："我只有一条意见，拆迁和油田施工时要由咱们的施工队来干。"

对虎林的这一要求，张志善并不认可，他的理由是虎林的施工队恐怕没有那个资质和能力。因此，这一条张志善并没有向村委会提报。

村民提了很多意见和要求，有的很有道理，有的则让人感到不可思议，简直是五花八门。村委会经过汇总，归纳整理了以下几条意见：

一、油田补偿方案只涉及地上建筑房屋问题，没涉及宅基地问题，但按宅基地使用权归村民所有的实际情况，对宅基地也必须进行补偿。更重要的是，当初建房子时，几乎每家都筑了房台，这笔花费不小，补偿方案里应该加上。

二、这次拆迁，部分村民在新宅基地区有住房，但还有很多村民没有，后者从老房子搬出来后去哪里居住，油田必须有方案，不能让这些人睡大街。

三、拆迁之后，伴随着采油厂的建设，村民的耕地必然大幅度减少，这将给他们的生存带来问题。油田应该给60岁以上的老人定期发放一定的生活补贴；村里有劳动能力的人，只要他们自己愿意，油田应该安排他们到油田工作，家庭妇女和身体稍弱的，安排看大门、看油井等工作也可以。

四、油田没有考虑牲畜用房和树木补偿问题，这是严重漏项。

五、张志善家的老槐树，已有近600年历史，是槐树庄的精神象征，必须保护好，不能动。

六、村子拆迁和油田新建等工程，要优先考虑由村里的施工队来干。

这最后一条，是张虎林直接找李世远提出的。一是他知道老爹心里只想着老槐树；二是他也想壮大自己的施工队伍，同时带着村里人挣点钱。既然老爹磨不开面子，不向村里提，他便自己去提了。

这些意见连同村委会此前形成的意见汇总在一起，由李世远交给了筹建组。筹建组对部分问题进行了答复，剩下的问题说回去向油田领导汇报。

五天之后，对村里的意见和要求，油田方面给了答复。

关于补偿标准问题，油田执行的是省里的统一标准，考虑到本市的实际情况，可以适当提高到每平方米900元，但不能满足每平方米至少1000元的要求。

关于地上建筑基准日问题，油田决定放宽时间限制，尊重现实，不以此前登记和测量的结果为准，组织双方重新进行测算。

关于土地补偿和建房台问题，国家没这个规定，省里也没有这方面的文件，不予考虑和采纳。

关于村民迁出后的住所问题，补偿款里已经有这部分费用，应由村里和村民自己想办法。

关于给老人发放补贴以及安排村民到油田工作问题，鉴于村民依然还有很多可耕地，并没有失去赖以生存的基础，不予考虑。

关于牲畜用房和树木补偿问题，可以适当考虑。

关于张志善家的老槐树问题，因为油田准备在那棵大树下钻一口大油井，所以不能满足其要求，但可以支付其一定补偿费，高一点也可以。

关于盛大施工队要求参与施工问题，油田已就拆迁和建设工程与外省的北方建筑公司签订总包协议，如果想参与施工，需要和北方建筑公司协商。

油田方面这些意见，李世远此前已经从女儿小叶那里零零碎碎地了解了一些，他心里早有思想准备，现在只是从对方嘴里得到进一步证实而已。

油田方面说完，李世远便说："你们这要有文件，那要有规定，就是不站在老百姓的立场上考虑问题。我告诉你们，这样的答复，即便村委会答应，村民也绝对不会答应。"他把材料一摔，起身走了，出门时哐的一声把门摔上，把其他人都晾在了那里。

当天晚上，李世远便派人挨家挨户下通知，说要是油田方面来人搞测量、统计等工作，统统不予配合，有什么问题让他们直接找村委会。

第二天一早，筹建组组长老陈来到村委会，希望能再和村里进行沟通。李世远说："你们给的条件和答复，村委会没意见，关键要看村民。我看你们直接找村民好了，一家一家地谈，只要他们同意了，就可以签协议。等全村52户全签完了，这事儿就好办了。"

筹建组无奈，只好到村里找村民直接谈，没想到却清一水地吃了闭门羹。有的村民明明家里有人，但就是不给开门，也有的村民直接说："你们找村委会就是了，我们没有权力单独和你们谈。"

这不是涮人嘛！老陈终于领会到其中的道道儿。没办法，他只能回去向油田领导汇报。

油田领导指示，经济补偿方面好说，可以适当提高标准，尽量满足村民的要求，现在油田虽然经济比较困难，但这点钱还是有的。关于村民要求到油田工作的问题，这个不好办：一方面，国家政策确实不允许；另一方面，村民无论是文化水平还是工作能力，都达不到油田工作的要求。这方面要做好解释工作。至于其他问题，筹建组可以根据实际情况与有关方面再研究研究。

老陈说："这次提高标准，容易形成惯例，以后再遇到这类问题就下不来了。"领导说："10号厂建设是油田重点项目，也是全县重点工程。为了这事儿我们已经专门找过县委和县政府，他们姿态很高，要求有关方面积极配合做好工作。牵涉老百姓利益的事情，有时单靠领导出面做工作很难奏效，这次就算特事特办吧。总之一句话，要快要干脆，同时还不要留后遗症。"

筹建组根据油田领导的指示，与有关方面就补偿方案进行了重新研究，形成了新的方案。这一次，除了村民到油田参加工作和张志善家的树的问题没解决之外，其他问题都基本达到了村委会和村民的要求。

老陈带着新方案再次来村委会的时候，本以为村委会会对这一方案比较满意，没想到等他们介绍完情况后，李世远依然面无喜色："村民参加工作问题，是最重要、最根本、最关键的问题，这个问题不解决，其他都免谈。"

"还有那棵树的问题。"有位村委插话。

"对，还有那棵树。"李世远重复了那位村委的话。

筹建组的人不明白，那棵树有那么重要吗？

"其实，论说，那棵树不应该是重要问题，但是我们回去询问了设计人员，他们说准备在那里钻井，而且预计产油量很大。"老陈补充道。

"钻井？非要在树底下钻吗？"李世远说完，又摔门而去！

从村委会出来之后，李世远去了镇党委，向党委书记作了汇报。书记说："别的不说，只有一句，在维护村民合法权益的问题上，你们一定要顶住！"

拆迁谈判再一次搁浅。

老陈再次向油田领导汇报。他没提大槐树的问题，只说了村委会主任李世远的态度，即村民参加工作问题是最重要、最根本、最关键的问题，这个问题不解决，其他都免谈。

油田领导听了，不免皱了眉头："这样吧，这个事情你们先暂时搁置一下，先干别的工作。你们可以向外面放些风出去，就说因为这里拆不动，10号厂准备挪地方，挪到荒地上去。你们也可以安排些工程技术人员，到附近的荒地上进行测量和考察。我找时间再找一找县委书记。"

老陈明白了领导的意思，回去之后便按照领导的要求开始行动。

很快，10号厂因为槐树庄拆不动要改址的消息便传遍了整个村子，原来在槐树庄出入的油田工作人员不再来了，还有村民发现一些勘探测量人员出现在邻村的一块荒地上。

这时候，村民开始互相打听："到底是真的还是假的？不是早就定好了吗，说是咱们村子下面有石油。"

也有人感叹："这下好了，眼看煮熟的鸭子要飞了。"

还有人说："都怪咱们提的要求太高了，让油田根本承受不了。人家邻村正在和油田积极联系，希望10号厂改建在他们那里。他们还向油田保证，不仅不会像咱槐树庄那样提那么多条件和要求，还会举全村之力给油田建设搞好服务和配合。"

最初听到这一消息时，李世远也有些坐不住了。然而，他很快就冷静了下来。

连续几天,李世远都稳坐钓鱼台,像什么也没发生一样。遇到有人来问真假,他便说,你操那么多心干吗?该干什么干什么去!

李世远之所以如此镇定,理由只有一条,那就是他的大女儿李小叶在油田计划处工作,而且最近被提拔为综合计划科副科长。

第十一章　东海取经

务虚会结束后,张五魁开始了他的行走之旅。近来的工作告诉他,要想找到锁住黄河口的好办法,必须深入现场,而不能靠坐在办公室里冥思苦想,或者只是通过开会让大家出主意想办法。

张五魁这次行走花费了三个月之久,整个行程估计有几万公里。

张五魁行走的这片土地,名叫黄河三角洲,地处北纬37.15°与北纬38.15°之间。它是一块极为特殊的土地,既有着古老的历史,又极具生机与活力,与我国东部沿海其他地区一样,同处于世界经济发展的重要地带。

古老的黄河犹如一条巨龙,仪态蜿蜒九曲,气韵玄黄雄浑。它劈开青藏山川,穿过高原峡谷,波涛滚滚,汹涌激荡,先后绕过阴山、太行山、华山等山脉,跨越青海、四川、甘肃、宁夏、内蒙古、陕西、山西、河南、山东九个省区,最终流入烟波浩渺的渤海。

这条苍苍巨龙,不间断地从中游挟带大量泥沙奔腾而下,铸就了黄河下游,特别是入海口一带的特殊地势、地貌和自然生态,从而形成了有别于其他大江大河入海口地带的三角洲。

华北平原地势平缓,由于黄河进入后,流速减缓,随河而来的泥沙逐渐淤积,最终将河床逐步抬起,两岸防汛大堤也随之加高,"地上河"由此产生，也直接导致了黄河入海口的不稳定。

早在1961年7月25日，入海口一带罗家屋子漫滩，水淹面积达1.3万平方公里。1963年5月30日，老河套堤决口，同兴、渤海等农场被淹。1963年12月30日，小沙河因冰凌受阻，水围孤岛，灾情十分严重。

黄河泥沙大量淤积问题，特别是黄河口的不稳定，成为一大隐患，不仅严重影响了当地人民群众的生产和生活，还严重阻碍了黄河三角洲的综合开发，使黄河三角洲成为世界上开发最晚的三角洲之一。

据统计，全球各地大江大河三角洲的面积只占全球陆地总面积的3.5%，却聚集了世界上三分之二的大城市，养育了全世界80%左右的人口。放眼当今世界，几乎所有大江大河的三角洲都建成了相对繁荣的经济区。比如，北美的密西西比河，欧洲的莱茵河、易北河，非洲的尼罗河、尼日尔河，南亚的恒河，东南亚的湄公河以及我国的长江、珠江等都是如此。在这方面，张五魁可以掰着手指头如数家珍。

黄河三角洲位于东北亚的中枢部位，隔海与日本和朝鲜半岛相望。它又是渤海沿岸地区重要枢纽之一，为山东半岛和辽东半岛所环抱，北靠京津唐地区，南连烟台、青岛等开放城市，是环渤海经济区和黄河经济带的交会点，地理位置极为重要。

同时，黄河三角洲在地质构造上属于沂沭断裂带和济阳坳陷的一部分。新中国成立后，地质勘探部门在这里陆续发现了石油、天然气、黄金和煤炭等丰富的资源，有关专家经考察认为，黄河三角洲的自然资源是我国三大三角洲中最丰富的。但是，长江三角洲和珠江三角洲的开发早已走在前头，唯独这儿，却因为黄河口的不稳定而没有得到有效开发，长期处于落后状态。所有这些，都在召唤着新上任的渤海市市长张五魁亲自到这片土地上更加深入地走一走、看一看，从而找到锁住黄河口的最好办法。

"黄河上下是一家，唯独河口没有家。"自从担任渤海市市长之后，张五魁曾多次盯着地图上黄河三角洲这片土地发呆，他那双"五魁手"也不止一次地抚摸过地图上的这片土地。每一次抚摸，他都感到手心微微发烫，这片土地在他心中如火一般炽热。这一次，他决定暂时放下手头的其他工作，深入这片土地，去观察它的容颜，去触摸它的灵魂，去寻找更好地开发它的"金钥匙"，帮助黄河口找到或者说稳定一个真正的"家"。在他心目中，眼下没有比这更重要的事情了。

张五魁是带着一个团队开始黄河三角洲探寻之旅的，团队成员还包括市政府秘书长王刚、黄河口河务局局长王长河、利华油田副总指挥尚铁流、水利局局长王东明等人。他们自称此行为"东海取经"，因为当地人总是习惯称渤海为东海。他们还戏称张五魁是"取经队"的唐僧，王长河是孙悟空，尚铁流是沙和尚，王东明则是猪八戒，王刚是白龙马。

最初，他们在陆地上行走，走遍了三角洲大河两岸，深入黄河口河务局和黄河水文站的每一个作业区，考察了三角洲所有黄河故道和湿地。他们还到利华油田生产作业区查看了一口口油井，了解了生产情况。那些日子，他们几乎走遍了莱州湾和渤海湾，最远到达辽东湾，把腿都走肿了，身子也走瘦了。

此次出行时，张五魁上身穿花衬衫，头戴一顶太阳帽，脚蹬一双黄色翻毛牛皮鞋，像一个美国西部"老牛仔"。王刚看了说："穿这鞋，走远路会很累，要不要换一双运动鞋？"张五魁说："我喜欢穿皮鞋，穿皮鞋走得踏实、有劲，穿运动鞋总感到脚下软绵绵的。"

在大地上行走，张五魁总是脚下生风，跟随他的人有时需要小跑才能跟上。

走在旱地上，张五魁总是踩得大地吭吭响；走在湿地上，他一踩一个坑，踩得湿地扑哧扑哧喊疼。有一次，在老河道，他不小心踩到了喧泥里，两只鞋子粘上了厚厚的黄泥巴。王刚赶忙过来，掏出纸来给他擦。他却摆摆手,使劲跺了跺脚,拖着没跺干净泥巴的鞋子继续往前走,回头还笑着说:"咱这叫'乌蒙磅礴走泥丸'。"

在学校座谈时,一位老教师提出了一个治理黄河口的建议,张五魁听得格外认真。老教师说,黄河口之所以经常堵,泥沙下不去,主要是因为黄河水流太小,冲击力不够,应该采取"以海治河"的方式,借用海水冲沙入海。

一听到"以海治河",张五魁立即来了精神。可是,老教师随后的建议却让他大失所望。

老教师说:"可以考虑挖深小清河,将渤海水引上来,然后再将海水导入黄河,增大黄河的行水量和流速,更好地冲击黄河泥沙,使它们顺利入海。"

张五魁当即说:"那将是多大的工程啊!不行,咱们根本办不了,咱也不能再给国家添麻烦了。"

在市海洋局,负责技术的总工程师提出的一个新建议,曾让张五魁眼前一亮。那人说,黄河口泥沙之所以不能顺利入海,出现拦门沙,主要是因为大量泥沙沉在河底不能顺流而下,对此可以采用人工干预的方式。

怎么人工干预?那人的建议是在黄河入海口组织船队,用高压水枪冲击沉在河床上的泥沙,让其翻动起来,从而顺着河流流入大海。他还将此建议命名为"人工扰沙"。

张五魁听了,转身问王长河:"这个办法可行吗?"

王长河当即摇头:"那得需要组织多少船只和作业人员才能完成?即便有效果,也不会太大,我看不可行。不过,我们可以组织人员试试。"

往回走的路上,王东明笑着说:"那个引海水冲泥沙的建议,让我想起小时候听过的一个笑话。说村里有个老锅腰,腰弯得像弓。他找人帮忙治疗,那人给他出主意说,回家让你老婆把你绑在大树上,站直了身子绑,每天绑两个小时,保准能好。老锅腰听了信以为真,结果试了一次就进医院了。"

大家听了,哈哈大笑起来。张五魁却狠狠地拍了王东明一下:"不带这么笑话人的!"

那天夜里,张五魁躺在床上,翻来覆去,怎么也睡不着。他干脆翻身下床,找来一张白纸,写下了这样一首打油诗:

黄河三角洲

油为地醴,水为天浆。

天地造化,人间天堂。

黄龙尾摆,大地洪荒。

尾闾不治,民穷国伤。

出路何在,道在何方?

难题面前,不可彷徨。

既在其位,便要担当。

长缨在手,不负众望。

五一节那天,是一个格外晴朗、风平浪静的日子,张五魁一行人选择了出海。他们乘坐的是海洋局派的一艘船。

这艘大船很是壮美。船的最上方悬挂着一面鲜艳的五星红旗,船的上部像一个人着白色衬衫,中部船身像穿着深蓝色裙子,最下面的吃水线则像红色的裙摆,船体上喷着"中国渔政"四个蓝色大字。

天空碧蓝,像被水洗过一样。海湾处,海水雄浑,滔滔不停。

呜—— 一声汽笛响过,大船徐徐开动。随着船速的加快,船后泛起长长的白色浪花。

张五魁一行人手扶栏杆站在大船上，风儿吹在他们头上，吹在他们脸上，吹在他们身上。头发迎风飘起，衣服随风抖动，他们整个身心都感到非常舒服。

一群海鸥来了，鸣叫着，追逐着，跟在浪花后面上下翻飞，大船开到哪里，它们就跟到哪里。张五魁问大家："海鸥为什么会追着浪花飞？"

"它们在捕捉浪花翻起的小鱼。"王刚说，"这个事儿，我听老家人说过。在我们老家东平湖，也有这种情况。"

"东平湖也有海鸥？"王东明问。

"反正也是一种鸥鸟，可能不叫海鸥。"

"不对，也应该叫海鸥，是从大海飞过去的。"王长河说，"我听说，昆明滇池里的海鸥就是从西伯利亚飞去的，说不定东平湖的海鸥就是从这里飞去的呢。你们想，东平湖的刀鱼不就是从渤海里洄游过去的吗？"

听了这话，张五魁想起了自己曾经做过的变成刀鱼洄游的梦，想讲给大家听，可张了张嘴，又闭上了。

王长河接着说："市长，我们山东黄河河务部门有个哑铃型结构的说法，您知道什么意思吗？"

张五魁摇头："不知道，你说来听听。"

"山东黄河，东有黄河口，西有东平湖，中间是一条河，整体上看很像一个哑铃，所以叫哑铃型结构。"王长河解释道，"这个说法也说明了我们黄河口的重要性。"

张五魁点了点头说："嗯，这个说法很形象，也很有一些道理。"

转眼之间，大船到了河水跟海水的交汇处，那里被人称为"河海接吻的地方"。

只见茫茫大海之上，不知道是谁画了一道长长的分界线，一边是黄，一边是蓝。那黄的，向外延展着；那蓝的，向里扑拥着。一蓝一黄，像太极图的白鱼和黑鱼，紧紧地拥抱在一起，跳跃着，欢呼着。看到这一情景，大家都不由得发出一阵阵感叹。

大船按照张五魁的指示，沿着蓝黄分界线慢慢前进。此时的张五魁，想起了"一半是海水，一半是火焰"的诗句，又不由想起前几天自己写下的那首打油诗《黄河三角洲》。

随之，他将那首诗朗诵了出来。

王刚问："市长，您写的？"

张五魁脸微微一红，说："我乱划拉的。"

王刚说："写得真不错呢。"

"我这不叫诗，叫'打油'。"说到这里，张五魁突发奇想，"哎，咱们在这里，在大海上，来个'黄河诗会'怎么样？大家可以围绕黄河作诗，也可以朗诵自己喜欢的关于黄河的诗。"

大家纷纷说："好啊！"

王长河说："只要不让我写诗就好。市长打油，我只能打酱油。"

"长河，你别谦虚了，一人一首，谁也别想赖掉。谁先来？"张五魁看了看大家。

王东明说："市长先带头。"

"我刚才已朗诵一首，就算了。你们来，一人一首，长短不限。"

"那我先来。"王长河说，"早来早主动。"

只见他站直了身子，清了清喉咙，放开嗓门，大声朗诵起来："君不见，黄河之水天上来……"

朗诵了几句，他记不住词了。张五魁带头给他鼓掌："长河啊，你这诗朗诵，有喊黄河号子的风采。"他这么一说，大家又哈哈大笑起来，搞得王长河都不好意思了。

王刚说:"我朗诵一首前天刚看到的诗吧,记不大清是谁写的了,好像是明朝的什么人写的。"说罢,他酝酿了一下情绪:

> 小清河入大清河,
> 混混船头涌浊波。
> 已过回湾五十里,
> 华山犹自郁嵯峨。

一首完了,王刚还不尽兴,接着又朗诵了一首王安石的诗:

> 派出昆仑五色流,
> 一支黄浊贯中州。
> 吹沙走浪几千里,
> 转侧屋间无处求。

王东明说:"第二首算替我朗诵的,回头我请你喝酒。"
"这个不兴替的。"王刚说。
"我想起一首,我也会。"王东明说完朗诵起来,

> 白日依山尽,
> 黄河入海流。
> 欲穷千里目,
> 更上一层楼。

"下一个,该老尚了!"张五魁提醒道。

尚铁流说:"其实,关于黄河的诗歌,我比较喜欢一个叫桑恒昌的人写的现代诗,还有一个叫塞风的、自称'黄河诗人'的人的诗。"

张五魁说:"那你朗诵给我们听听。"

"好的,我给大家朗诵三首。第一首,《黄河》;作者,桑恒昌。"

  一笔狂草,

  写到大海!

"完了?"

"对,完了。就这一句,不好吗?"

张五魁说:"好,好,好!"

"第二首,《拦门沙》;作者,桑恒昌;朗诵,尚铁流。"

  拦门沙,

  是黄河的最后一道门槛,

  再往前一步,

  就把自己走成大海!

"又完了?"

"对。"

"好吧,继续!"

"第三首,《长江黄河》;作者,塞风;朗诵,尚铁流。"

  长江、黄河,

  我两行浑浊的眼泪……

最后这一首，张五魁听得格外认真，听后却不再言语。因为这三首诗让他想起了母亲河，想起了黄河口，同时想起了处在黄河滩区的父亲和母亲，还想起了老家那棵大槐树。他甚至突然间真正明白了父亲为什么要死死地守护那棵大槐树，自己为什么要死死地守护黄河口。

大船返航时，天空变了脸。乌云从远方滚来，很快覆盖了整个苍穹；风起了，波涛变得汹涌。张五魁一行人感到了寒意，纷纷躲进了船舱。

大船正缓慢前进着，突然一下子停了下来，然后船身旋转，连续转了几圈才慢慢停下。

张五魁紧紧地抓住座椅扶手，大声问船长："怎么了？发生了什么？"

船长也感到莫名其妙："不知道发生了什么，好像船出了毛病！"

张五魁和王刚、王长河赶紧走向驾驶室察看情况。这时候，张五魁发现，脚下的船一动不动，好像静止了一般。

船长赶紧弯下腰来检查操作系统，并没有发现问题。他左右转动船舵，大船仍一动不动。

张五魁重新回到甲板上。他发现此时的大海已是风平浪静，船像泊在湖面上一样。

他赶紧下来，问船长："这是哪里，怎么一点浪也没有？"

船长说："应该快到岸了，具体什么位置，我也说不清楚。"

船长打开雷达，却发现雷达也一动不动。

张五魁来到驾驶室里。"我来试试。"他把"五魁手"放在船舵上，轻轻一动，大船像是晃动了几下。

"好了？"船长很是惊喜，赶忙过来重试，果然好了。

张五魁说："快往回开吧！"船长点了点头，准备开动大船，却发现雷达依然不发挥作用。

船长说:"辨不清方向了,不知道该朝哪个方向开。"

"快拿几张纸来。"张五魁对王刚说。

王刚从包里拿出几张纸,正要递给张五魁,就听张五魁大声说:"撕碎了,扔到海里,看它们向哪里漂。"

这时候,船长和众人才恍然大悟。

大船恢复航行,没走多远,就发现大海恢复了正常,波浪又汹涌起来。

上岸的时候,船长一个劲地嘟囔:"今天真怪了,以前从来没有遇到过这种情况。"

第十二章　护树行动

当得知自家关于一定要保住大槐树的请求被油田否决之后,张志善便犯了愁。那天,他来到很久没再进去过的老院子转了转,专门看了看大槐树。

大槐树虽然出现过一夜之间落掉全部叶子的奇特现象,但之后并没再发生其他异常。眼下,它正要发芽,不久就会满树花香。

想到这棵陪伴祖祖辈辈成长的大槐树将因油田建设被砍掉,张志善心有不甘。他想了很久也没想到能保住大槐树的好办法,最后想到了在公安局工作的大儿子。周末,张五魁回家的时候,张志善交给他一项特殊任务:"这次老村子拆迁,大家都提了很多条件和要求。我们家只要求保住大槐树,但油田不同意,说要在那里钻井。你想想办法吧,无论如何也要把大槐树保住。"

对于父亲的要求,张五魁是认同的,无论从哪个方面讲,他都不希望那棵大槐树给砍了。他从小在大槐树下长大,可以说,大槐树就是他的心理依托。小时候不听话时,父亲打他,他都是躲在大槐树后面偷偷哭。那时候,他曾经幻想,自己要快快长大,长得像大槐树一样高大,充满无穷的力量。对于父亲交付的这一任务,张五魁一开始也没想出什么好办法。最初他曾想通过李小叶做做油田方面的工作,可转而一想,麻烦一个女孩子处理这样的事情有些不大妥当,便放弃了这一想法。第二天回公安局上班，在路上，他突然来了灵感：如果能把这棵大树申报成重点保护文物，不就没人敢动了吗？

张五魁感觉这是个好办法，但对于可行性有多大，他心中没底，因为他不知道申报重点保护文物需要什么条件。

到了单位，张五魁问同事："谁知道申报重点保护文物的条件？"同事问他："你问这个干啥？与案件有关？"张五魁便把自己家里的那棵大树的情况以及他想到的办法讲了出来。有同事说："你说的这棵大树的确够神奇，砍了实在可惜，如果能申报重点保护文物确实是个好办法。"同事告诉他："咱们王大队的一个战友在县文物局，是副局长。你若真想办，可以找王大队，让他问问文物局。"张五魁说："自己家的事儿麻烦王大队，不太好吧。"同事说："看来你还不了解王大队这个人。他特别热心，乐于助人，有事如果不找他，他会以为你看不起他，你越找他他越高兴。不信你就试试，这事儿，找他保准行。"

同事的话让张五魁有些心动，他起身便去找王大队。到了王大队那里，他开门见山地说明了来意。王大队也是直爽人，当即拿起电话拨通了外线。

"大曾，是我，老王啊。最近忙什么呢？"

"瞎忙呗，哪像你们啊，干得轰轰烈烈。"

"晚上有空吗？咱们好久没见了，一块儿坐坐。"

"有事吗？有事说就行。"

"没啥事。"

"没事坐啥？不回家当'五好丈夫'？"

"你小子，咋这么贫呢，没事就不能坐坐吗？不过，我还真有点事儿，我们这里一个好伙计，他家有棵古树，很高很大，据说是明朝时候种的，想申报县里的重点文物，麻烦你看看，符不符合政策，能否给办一下。"王大队把真实想法说了出来。

"因为这个啊,没问题。你明天让他来一趟,我们了解一下具体情况。只要符合政策,我们保准会办。这个你放心就行。"

"好的,就这么办,明天让他去一趟,你可要尽心啊。"

对方说:"好,我明天一早在办公室等他,你让他直接来就行。"

放下电话,王大队说:"都听见了?这样,你明天去一趟吧,把情况好好给他们说说。有什么问题,回来再说。"

张五魁一个劲地点头,连说了三声"谢谢"。然后,询问了地址和大曾的有关情况。

第二天早上八点不到,张五魁便早早地来到了文物局。

文物局坐落在城中心的一座小院里,二层小楼,四周青砖,白墙,显得有点破旧,墙皮很多处已经脱落。院子里很清净,看不到有人走动,也长着一棵大树。张五魁一眼就看出这是一棵槐树,不过远没有自己家那棵高大,靠近房顶的一根树枝好像刚被砍过。

张五魁敲开大曾办公室门时,大曾刚来上班,正在拿抹布擦桌子。见张五魁来了,赶紧让他坐下,详细说说情况。

这大曾,和王大队年纪相仿,圆脸,长得挺肉乎,一说话面带微笑。这让张五魁有种似曾相识的感觉。

大曾给张五魁沏上茶,在自己办公桌前坐下来,两眼看着他,仔细倾听。张五魁详细说了一下家里这棵树的情况,最后说:"您看看,是否符合申报重点文物的条件?"

大曾听完,沉吟了一会说:"申报重点文物,根据有关规定,需要满足几个条件,一是文物必须是不可移动的;二是具有一定的历史、艺术和科学价值;三是在当地占有重要地位;四是保存比较完好。另外,申报县级文物,要完成文物保护法规定的'四有'工作要求:有保护范围、有标志说明、有记录档案、有专门机构或专人管理。"

张五魁听到这里,已经感觉到这事情肯定很难办了。因为,大曾说的这些条件,他们基本不具备。只听大曾继续说:"说实话,单纯就一棵树申报重点文物,我们以前从没受理过这种诉求,应该困难不小。"

张五魁说:"您说的,我都明白,不知道能否给照顾照顾。说实话,如果得不到保护,这棵古树很可能会被油田砍掉了。"事到如今,张五魁干脆把家人的担心说了出来。

大曾一惊,感觉这是个新情况,让他详细说说。张五魁也不遮掩,将整个事情的来龙去脉,全部讲了一遍。

"是吗?有这事儿?这倒是个问题。既然如此,我们还真有义务把这棵古树保护下来,说什么也不能被人砍了。"大曾说,"我看这么办,等我随后向我们局长汇报一下情况,听听领导的意见,如果有时间,我们去实地考察一下,看看究竟什么情况。另外,你们说这棵树苗是明朝时期从山西带来的,有没有历史记载或其他依据?"

张五魁说:"只是口头相传,没有形成文字的东西。"

"没有文字,这就很难办。不过,我听说,你们村一带,历史的确悠久,唐朝时,军队就在那里设营驻兵。"大曾显然对历史有一定研究。对这些,张五魁了解得并不多。

大曾接着说:"你们作为家庭和个人,能想到申请文物保护,这其实是个不错的想法,虽然有点勉强,但体现了你们的文物保护意识,现在我们缺的就是这种意识。搞城市建设很好,但有的地方把各类文物也一并破坏了。这是犯罪行为!我们县本来文物就不多,一定要把该保护的保护好。"

话说到这里,张五魁一颗悬着的心,稍微放下了一些。

大曾还告诉他:"其实,要保护这棵大树,除了我们文物管理部门,林业局才是正管。"

"林业局?"张五魁听了,突然意识到,保护古树,找文物局是否不对口。

大曾笑着说:"根据我们国家出台的森林法规定,不经有关部门批准,不履行报批手续,树木是不准乱砍滥伐的。否则就属于违法行为。"

听了这话,张五魁顿时眼前一亮,感觉终于找到了保护大槐树的"尚方宝剑"。

大曾毕竟有经验,他给张五魁出主意说:"我看这样吧,咱们双管齐下。文物保护这一块,我这边尽力做工作。不过,这一块办起来比较麻烦,也需要一定的时间。你也可以找一下林业部门,让他们出面,给油田说一下,这棵古树,不经林业部门或文物部门批准,任何人不能动。"

张五魁感觉这个考虑很周到,也比较稳妥,当即表示感谢。

回公安局的路上,张五魁一个劲地在心里抱怨自己。心想,咱还是干公安的,自称爱学习的人呢,林木保护的基本知识一点也不懂。如果知道有森林法,哪里还会费这个周折?直接去林业局不就行了。或者让老爹明确告诉油田,没有林业部门批准,这棵大树任何人不能砍。这是多好的政策啊。

回到公安局,张五魁直接进了王大队的办公室,将见大曾的情况一五一十进行汇报。王大队长听了也很高兴:"我说吧,我这个战友真不错,是个热心肠。"

张五魁赶忙说:"是啊,他的确很热心,也很有办法,真的应该好好感谢一下他。"

王大队说:"这个你不用操心了。我看这样吧,你尽快去林业局一趟,给他们说说,看看他们什么态度,最好让他们能出面给油田说说;顺便学习一下森林法。文物保护这一块,也不能放弃;我也盯着,如果能办成,以后就一劳永逸了。"

随后的一切,办起来就都比较顺利了。林业局态度非常明确,大槐树未经批准，谁也不能动。文物局那边，也很快有了回复，他们同意办理文物保护有关手续，但应王大队的要求，可以先立碑，后补办审批手续，以防万一。不过，文物局那边提出，文物保护的石碑，要张五魁家自己准备。张五魁当即答应下来。

第三天，张五魁先去了一趟文物局，从大曾那里拿到石碑的制作要求和尺寸。然后直接回村，找到弟弟张虎林，把尺寸给他，要他做一个"县级重点文物保护单位"的石碑。他要求弟弟抓紧去刻，越快越好，做好之后直接运到大槐树下。张虎林明白他的意思，领了任务后便直接去了石材厂。

一个月后，立碑仪式在张五魁老家的院子里举行。院子虽然不大，但出席仪式的领导不少，有县文物局、林业局的有关领导，有镇党委书记、槐树庄村委委员，还有很多看热闹的村民。县文物局大曾主持仪式，局长亲自揭彩，仪式热闹又隆重。

立碑仪式结束后，张志善在树下站了很久。在此之前，张五魁根本没有向他讲这件事，而且立碑仪式张五魁也没参加，是虎林告诉他这事儿都是哥哥操持的。

"想不到这小子还真有办法。"回家的路上，张志善自言自语。当天夜里，他久违地睡了一个踏实觉。

第十三章　恋爱的人

张五魁和李小叶恋爱了。他们的恋爱关系是随着交往的加深逐步建立的。当张五魁从心里确认自己已经爱上李小叶的时候,就连他自己也感到有点儿吃惊。

在此之前,李小叶几乎每天都给张五魁打次电话,两人随便聊几句。有时李小叶还主动来公安局找张五魁,两人再一起看个电影什么的。可是,突然有一天,李小叶不给张五魁打电话了,而且也没来找他。

那天,张五魁特别忙,上午参加局里召开的会议,下午和同事一起分析一个案情。那是一个盗油的案子,很特别,一时理不清头绪,好在经过一下午的分析,他们发现了要害所在,准备第二天采取行动。对于案情分析结果,张五魁比较满意,但快下班时,他感觉好像缺少点什么,心里空落落的。究竟缺少什么呢?他自己也说不清楚。

从食堂吃完晚饭,张五魁回了单身宿舍。看完《新闻联播》,他便翻开了书本,是《刑法学》。刑法学是他参加自学考试的第九门功课,此前八门他都已经按计划顺利过关,这次考完后再经过一次考试,十二门课程他便能全部考完了,他也就能获得毕业证书了。想到这些,他暗暗给自己加油。

可是,当他把目光放到书本上时,却又不自觉地走神了。他想起了上次和李小叶一起看电影时的情景。当时他们看的是一部老电影《苦菜花》，影片演到姜永泉背娟子过河时，他侧脸发现李小叶正在出神地看着自己。等李小叶发现他也在看她时，却又不好意思了。

想到这里，张五魁微微一笑，翻过一页，继续看书。可是，还没看三行，他却感觉李小叶那双深情的眼睛好似在书本里看着自己。

我这是怎么了？直到这时候，张五魁才发现心里感到空落落的真正原因：李小叶一天没来电话，也没来看他。

为什么一天没来电话呢？她怎么了？是工作太忙没顾上，还是病了，或者是其他原因？张五魁禁不住乱想。

在此之前，李小叶天天跟他联系，他并没感到什么；可这次，仅仅一天没有李小叶的消息，他便坐不住了。张五魁干脆放下书本，想回办公室主动给李小叶打个电话问问情况。可是，他只有李小叶办公室的电话，没有她宿舍的电话，而这个时候打到她办公室，肯定没人接。最后，他按捺不住，抱着试试看的想法，还是去了办公室。

张五魁通过总机先要了李小叶的办公室，电话铃响了很长时间，没人接；又让总机接油田单身宿舍值班室，还是没人接。

扣了电话，张五魁并没有直接回宿舍，他准备等一会儿再打过去试试。

办公室里，张五魁格外焦虑。他想了很多，甚至想到李小叶会不会发生意外，李小叶万一发生意外自己将会怎样。

这时候，张五魁不得不承认这样一个事实：他爱上了李小叶，而且爱得很深。自己是从什么时候开始有这种感情的呢？是最近，还是那次去油田和李小叶偶遇时，还是帮李小叶妹妹改名字时？他说不清楚。

自己究竟喜欢李小叶什么呢？是她长得漂亮，还是她聪明、善良，还是她对自己好？这些好像都有，但又不全是。张五魁想来想去，感到他爱李小叶，爱的好像不是她哪一部分优点，而是她整个活灵活现的人、她的全部，包括她的缺点。

李小叶爱我吗？这是张五魁思考的第二个问题。通过李小叶对自己的态度和她平时的言谈及她看自己时的神情，特别是李小叶经常主动和自己联系，张五魁确认答案是肯定的。他认为李小叶不仅爱他，而且早就爱上了他，只是她是女孩子，表现得比较含蓄，不愿主动说出来而已。

那天晚上，张五魁甚至回忆了他与李小叶交往的全部过程，其间有追忆，也有回味，还有一种幸福感充盈内心。他甚至想起早年上小学时，李小叶的母亲王晓岚站在家门口，"失心疯"一样地要他当她们家女婿时的情景。

当年，王晓岚是得过一段时间"失心疯"的，但是后来李世远不再提过继儿子的事情后，她便慢慢好了，像正常人一样。

张五魁也想到了他和李小叶的未来。一旦他们确定恋爱关系，今后能结婚在一起吗？家里人会同意吗？这是个问题。根据张五魁的判断，李小叶家的问题应该不是太大，恐怕自己的父亲张志善这一关很难通过。张五魁心想，无论如何，自己都要和李小叶一起努力。

时钟指向晚上九点半，张五魁再次让总机接油田单身宿舍值班室，还是没人接。他只好回宿舍休息，准备等第二天再想法找她。

躺在床上，张五魁辗转反侧，半夜无眠，满脑子都是李小叶，有关李小叶的种种，像过电影一样，不知道在他脑子里过了几遍。直到很晚，他才勉强睡了。

第二天早上八点，张五魁拨通了李小叶办公室的电话。是个女的接的，对方告诉他，李小叶感冒了，没来上班。

总算有了李小叶的消息，张五魁的心踏实了不少，但一整天，他工作时依然心不在焉。

下午下了班，张五魁骑上自行车直奔油田。时值春夏之交，白天已经变长，到了油田天色方才暗下来。这是张五魁第一次来油田找李小叶，以前总是李小叶去找他，可是只这一次他便体会到了路途上的辛苦。他想，这么长的路，我一个大男人骑过来都这么费劲，李小叶作为一个女孩子，应该不知受了多少累。

张五魁一进油田便打听单身宿舍，经过多次询问才找到李小叶住的地方。可惜李小叶不在，隔壁的同事告诉他，李小叶好像去卫生所输液了。于是，张五魁便去了卫生所。

夜晚的卫生所非常安静，只有李小叶一个人在输液，妹妹李小诗在一旁陪着。

看到张五魁突然出现在面前，李小叶喜出望外，忙站起来问："五魁哥，你怎么来了？"然后是一阵咳嗽。

"你病了咋不告诉我一声？"张五魁感到李小叶病得不轻。她声音沙哑，说话都费劲。

李小叶又咳嗽了一声，捂住胸口说："我怕你担心。"

"你不告诉我，我更担心啊！"张五魁嗔怪地说。

李小诗说："大姐，我先回去了，有五魁哥陪着，我不当电灯泡了。"

"说什么呢？那，那你先走吧。"

李小诗走后，张五魁坐在了李小叶身边。他用右手背试了试李小叶的额头，然后又试了试自己的额头，说："嗯，倒是不发烧。"然后，他把自己的右手捂在李小叶插着输液针的左手上，试图给她冰凉的小手增加一点温暖。"五魁手"一出手，果真有"一手"，李小叶立即感到火一般烫人，她赶忙问："你发烧了？怎么比我还热？"

张五魁说："没有，见到你太激动了。"

李小叶听了，缩了一下身子，轻轻地依偎在他的肩膀上。

张五魁说："昨天一天没你的消息，可把我急坏了，那时我才发现你对我有多么重要。"

"那你是怎么找到我的?"

"我昨晚就给你打电话,办公室没人接,宿舍管理员那里也没人接。今天早上我再往你办公室打,你同事告诉我你感冒了。"

"于是,你,就,来了?"小叶又咳嗽了。

张五魁赶忙起来给她倒水。重新坐下后,他换了个位置,右手紧紧地攥住了李小叶的右手,李小叶再次依偎在他的身上。

张五魁担心她再咳嗽,便说:"你别说话,我说你听,好吗?"

李小叶点头:"嗯,你给我讲笑话吧。"

"好,我给你讲讲我们公安局邱局长的笑话。"张五魁想了想说,"我们局长可有意思了,他很幽默,也很有智慧,经常开玩笑,而且经常自己编自己的笑话活跃气氛,给大家逗乐子。"

"是吗,讲给我听听?"

于是,张五魁开始讲他亲身经历和听说的有关他们局长的笑话。

事情是这样的:有一次,单位同事聚餐,张五魁和局长一个桌。上菜前,服务员倒酒。治安大队副大队长老蔡牙不好,经常牙龈出血,而且口腔有溃疡,便没让服务员倒。

局长见只有老蔡一个人没倒酒,便说:"某些人很不自觉,坐那里跟个大干部似的。"

老蔡不知说的是他,便左右看了看。

局长说:"看什么看,说的就是你。"

老蔡赶忙站起来:"局长,我牙不好,不能喝酒。"

"喝酒还用牙吗?"局长一句话扔了过来。

老蔡不敢再坚持了,便让服务员倒上。

从此,"喝酒还用牙吗"便成了公安局家喻户晓的名言。

李小叶问:"你们局长很严肃吗?"

张五魁说:"猛一看挺严肃,其实他是故意要的那个氛围,目的是跟大家开玩笑。"

张五魁接着给李小叶讲了局长的第二个笑话。

话说,邱局长小时候跟他爹上街去买了一坛子酒。他爹背着手走,让他抱着酒坛子回家。到了村子中间,突然窜出一辆马车。马有点受惊,他躲闪不及,酒坛子撞在了车把上。酒坛子被撞裂了,酒哗哗地往外流,他吓得有点傻眼,不知怎么是好。他爹见状跑过来,说了一句:"小子,还不快喝,难道你还等酒肴吗?"说完,他爹抱起酒坛子喝了起来。

张五魁还没讲完,李小叶便笑得直揉肚子,眼泪都流了出来:"这个笑话好!"紧接着,李小叶又咳嗽起来,张五魁抬起右手轻轻地帮她捶背。

"不讲了,免得你咳嗽。"

"不,我还想听,我想听你自己的笑话。"

"听我的笑话?我没什么笑话。"

"不行,你肯定有笑话。你想想,给我讲一个。"

"这样吧,我给你讲讲我小时候干的坏事吧。"

"你干的坏事?你干过坏事?好,说来听听。"

"平时大家都以为我是个一心学习的好孩子,其实上小学时,我也干过很多坏事。"李小叶一听,顿时来了兴致,紧紧地依偎着张五魁,静静地听他讲他小时候的故事。

张五魁说:"大概上三年级的时候,那时你应该上二年级,有一段时间我特别不愿上课。我们班教室的钥匙由我拿着。一个星期天,我偷偷跑到学校,往锁眼里塞火柴棒。等第二天上学时,我便拿钥匙使劲往里捅,然后告诉大家锁眼里有东西,打不开了。张英老师来了之后,便找来细铁丝往外掏锁眼里的火柴棒。

"很快,上课时间到了,火柴棒还没掏出来,别的班已经上课了,我们班还可以在外面玩。等张英老师把锁打开时，已经过了大半节课的时间。

"张英老师意识到这是有人故意捣乱，于是到村里找来了一个木匠，在门上开了一个小洞，把锁移到了里面，开锁时需要从洞里伸进手去。尽管这样很别扭，但张英老师以为这样一来那人就没法往锁眼里塞东西了。

"另外，为了防止再发生类似事件，张英老师决定每个星期天让同学们轮流到学校看守，第一次安排的就是我和大牛。

"星期天，我和大牛准时来到学校。那天，我们真没想再干坏事，两个人只是在那里玩。玩了一会儿，感到无聊，于是便想干点什么。当时，教室墙上有个洞，洞里放了一些书，我便想拿下来看看。但是，我们站在长条水泥课桌上依然够不到洞里的书，于是便把教室里张英老师平时坐的那把方凳拿了过来，放在课桌上。方凳四条腿，呈八字形，腿之间的距离比桌面要宽，所以只能卡在课桌上面。

"大牛扶着凳子，我弯腰爬了上去。正要起身，只听咔的一声，凳子面从中间裂开了，我差一点从上面摔下来。

"这下可好了，老师让我们看教室，我们却把她的凳子给弄坏了。这可怎么办？

"想来想去，我想到一个好办法。你们教室不是也有一把这样的凳子吗？如果把你们教室打开，把凳子换过来，问题不就解决了吗？当时，大牛他爹在村里保管仓库，我便让他回家把他爹管仓库的钥匙全部拿来，然后我俩拿钥匙挨个试了一遍，结果最后也没有把你们教室的门打开。

"怎么办？干脆一不做二不休。我和大牛一起，搬来石头，找来瓦块，把教室里砸得乱七八糟，把门也给砸了，然后溜之大吉。

"星期一早上，看到教室里的景象，张英老师傻了眼，同学们也议论纷纷。张英老师过来问我：'不是让你们来看教室吗，怎么出了这种状况？'我唯唯诺诺地回答：'我们上午来看学校了，下午家里有事儿，就没

来。'

"张英老师被我骗了，居然没发现我们的破绽，收拾好教室后，她开始在班里查找'嫌疑犯'。当时，我们班里外号'黑鱼'的那家伙，是大家公认最坏的一个。老师直接把他从座位上拽了起来，问他昨天干什么去了，这是不是他干的。大概那天'黑鱼'也去干坏事了，但干的不是这一件，他一时回答不出来，支支吾吾地说：'我，我，没干什么，不是我干的。'张英老师一把揪住他的耳朵：'黑鱼''到底是不是你干的？还不承认？'

'黑鱼'："'是我干的，老师，我再也不敢了！'没想到这小子屈打成招。"

李小叶笑了："你可真够坏啊，真是人小鬼大，可惜了那个'黑鱼'了，替你背了黑锅。你啊，装得真像，是不是现在还这么坏啊？"

"早不坏了，大了就觉得再坏没什么意思了。"

他们说个不停。过了大约半个小时，针打完了。护士拔了针后，他们往外走。

李小叶领张五魁回到宿舍时，李小诗并不在宿舍里。李小叶最初和同事两个人一间单身宿舍，妹妹来油田干临时工后，她找到宿舍管理员把同事调了出去，她和妹妹住在一起。

"这丫头，不知道又疯哪里去了。"李小叶咳嗽着，让张五魁坐在床上。

"我回去吧，你好好休息，明天再去打针。"张五魁站起来要走。

李小叶说："太晚了，路太远，一个人走不安全。今晚你就别走了，住在这里，我和小诗睡一张床，你睡一张床。"

"那样不好吧。"张五魁有些犹豫。

"没事的。"李小叶不让他走。就这样，张五魁留了下来。

一会儿工夫,李小诗就回来了。李小叶告诉小诗她的想法。李小诗说:"要不这样吧,食堂张姐那屋有张空床,我去那里住,你们两个住这里。"说完,她转身要走。

李小叶一把拉住她:"不,你要陪着我。"

那一夜,李小叶和妹妹很快就睡着了。张五魁第一次在女孩子屋里睡觉,一夜未眠。

第十四章 新的发现

"东海取经"碰头会是在市政府三楼小会议室举行的。从海上回来后,大家本打算先处理一下手头的工作,稍微调整一下,再向张五魁汇报自己的想法,没想到第二天一上班,就被张五魁招呼来了。

张五魁依然开门见山:"这一趟下来,大家都很辛苦。今天碰一下情况,各自汇报一下有什么新的想法。"

张五魁看了一眼王长河:"'悟空',你先来,那个'人工扰沙'你们试验了吗?效果怎么样?"

王长河回答说:"我们组织人试验了,应该说,有些效果,但是效果不理想。通过这次跟您调研考察,我从您身上学到了很多东西,也有了一些新的想法。依我看,这黄河口泥沙堆积,问题在黄河,但解决问题的出路却在海上。"听了这话,张五魁向他投去赞许的目光,这段时间以来,他一直也是这么认为的。

王长河接着说:"之前,我们挖沙,包括用吸泥船吸沙,也包括最近试验的'人工扰沙',都是在黄河里面做文章,效果都不太好。如果我们把这些工作放在拦门沙之外做,放在大海里做,而且朝着拦门沙底部做,很可能会起到事半功倍的效果。因为,只要动了拦门沙的外侧基础,黄河来水一冲,很容易就能把淤积的泥沙冲进大海里。"

"长河,你这个想法是换了一个思路,如果按照这个思路去干,应该有一定效果。可以试试,但也不要抱太大希望,因为这并不是治本之道。"张五魁说,"还有吗?"

王长河回答说:"暂时想到了这些,没了。"

"好,下一个,'沙和尚',你来说说。"

尚铁流汇报说:"以前,大家总是质疑河务局王局长他们挖沙不及时,可那么大的泥沙量,单纯靠河务部门来挖,的确难为他们。这个问题也可以换个思路来解决。现在正处在大建设时期,市场上泥沙需求量是非常大的。一方面,有建筑商需要沙,但买不到;另一方面,我们却在为泥沙多而犯愁。咱们不如面向社会,动员社会力量组建泥沙公司,专门负责挖沙和经营。这样,既省却了我们的人力和物力,还能挣得一部分收入。"

张五魁说:"这个思路也不错,也可以尝试,但也不是解决问题的根本性办法,只能起一些辅助性作用。"

"下一个,'八戒'。"

"八戒"王东明谈起了自己的想法,他说:"我接着铁流指挥长挖沙的话说。其实,处理泥沙淤积问题,还可以借鉴黄河沿岸其他地区引黄工程的经验,在入海口前面建一个大型水库,在引黄闸旁边建两个大型沉沙池,把一部分泥沙引流到沉沙池里,减轻入海口的压力。"

"那沉沙池满了之后怎么办?"张五魁问。

王东明说:"刚才我说了,要建两个沉沙池,一个满了用另一个,然后清理满了的池子,实现交替清理、交替使用。这样,既能为城市供应更多的生活和生态用水,还能减轻黄河口泥沙淤积造成的巨大压力,应该说是一举两得。"

张五魁说:"这也是一个辅助性办法。不过,建大型水库和大型沉沙池，需要大面积占用可耕地，这个办起来手续比较麻烦，也很难变成现实。"

"白龙马"王刚见大家都汇报完了，便说出了自己的想法。他说："我在想，可否借用当年白英建戴村坝为大运河注水的办法来为黄河注水。如果说学校那位老教师引海水注入黄河的办法不可行的话，那可不可以引东平湖的水和大明湖的水注入黄河，增大枯水季节黄河的行水量，以更好地冲刷泥沙入海呢？这个问题，也可以通过在徒骇河或小清河建类似戴村坝的大堤来解决。"

张五魁说："你这个建议，如果实施起来的话，也应该有一定作用。但是，这需要省委、省政府作决定，更需要其他地市配合，牵涉面也比较大。我个人的想法是，我们辖区范围内的事情，最好由我们自己来解决，不要牵涉更多人力、物力和精力。这个先暂时不予考虑。"

王东明又补充说："市长，其实我提的建大型水库和沉沙池的建议，并不用新征土地。因为我们在黄河南面已经有一个'南展区'，面积很大，可以改造为大型水库和沉沙池。"

张五魁问："'南展区'是个什么概念？我怎么没听说过？"

王长河主动回答说："'南展区'其实就是一个泄洪区，是新中国成立后建的。如果黄河口发生重大险情，就炸开南大堤，将部分洪水释放到这个区域进行泄洪。"

"有'南展区'，有没有'北展区'？为什么建在南边？"张五魁问。这既是一个老项目，也是一个新情况，张五魁此前并不了解，毕竟他新上任没多长时间。

"也有'北展区'，但不在我们这里，在济南北部，位于德州地区齐河县境内。之所以建'南展区'，就是为了保利华油田，因为大多数油田都建在黄河以北。建'北展区'是为了保济南。"王长河进一步解释说，"当时，我们国家黄河防汛确定了'四保'目标，一是保人民群众生命财产安全，二是保济南，三是保铁路，四是保油田。"

张五魁听了说："这些目标都有一定道理。"

王长河接着说："市长，还有一个情况必须引起大家的关注。"

"嗯，什么情况？"

"黄河口拥堵，最可怕的其实不是泥沙和大水，而是凌汛。历史上黄河口改道、决口，多数是由凌汛造成的。对于我们河务部门来说，一年四季都有防汛任务，春天防桃花汛，夏天防伏汛，秋季防秋汛，冬天防凌汛。这其中，最要命的是凌汛。如果上游的冰化了，下游没化，上游下来的冰凌堵在中间或者黄河口，那才是最可怕的。"

"冰凌堵住会有什么后果？"

"冰凌堵得厉害时就会爬大堤，给大堤造成冲击，严重时会造成决口和改道。新中国成立后我们辖区黄河出现的两次决口，都是由凌汛造成的，一次是五庄凌汛，一次是王庄凌汛，都非常可怕，只是当时抢险措施及时有力，才没有造成严重后果。"

王长河沉了沉说："我之所以讲这个问题，主要是想提醒大家，我们研究锁住黄河口，除了要考虑泥沙因素，还要考虑凌汛因素。"

张五魁说："我小时候曾听说过凌汛，不知道居然这么厉害。"

王长河点头说："凌汛很厉害的，一个是很难防范，不知道什么时候、在什么地段暴发；另一个是一旦发生，简直是天崩地裂，几吨重的冰块也能一下子被抛到大堤上，非常可怕。新中国成立后黄河最严重的凌汛，其实不是发生在我们这里，而是发生在我们省的另外一个县，当时曾牺牲了九名解放军战士。

"自古以来，在河务系统有个说法，发生凌汛不追究'河官'的责任。因为凌汛太难防了。"

王长河所说的那次最大、最严重的凌汛，发生在1968年春节期间。当时万里黄河正处在一片冰封之中，黄河中游的刘家峡水电站开闸放水。农历腊月二十四日这天傍晚，黄河上游河水解冻，解冻的河水夹杂着无数冰块顺流而下。在平阴一带，冰块形成了巨大的冰坝，河水迅速涨满整个河道，冲决了河堤。滔滔洪水卷着一块块巨大的冰块爬向大堤，形成极为壮观的"爬冰"现象。黄河大堤在巨大力量的冲击下很快垮塌，冰凌和河水像发了疯一样冲向附近的村庄，驻地人民群众的生命危在旦夕。

灾情就是命令，救人高于一切。当天深夜十一点，当地驻守的舟桥部队的战士们已满怀部队文艺晚会的余兴进入了梦乡，突然，一阵急促的紧急集合号划破了夜空。

全营官兵迅速集合。在营长通报了有关情况、下达了前去救援的命令后，官兵们喊着口号，连夜奔赴救援现场。非常不幸的是，最终有九名战士壮烈牺牲。

王长河向大家介绍了当时的情况，只见好几个人的眼里闪出了泪花。张五魁说："这些情况，我之前都不了解。看来，以前的工作，包括这次调研，还是太肤浅了，也太走马观花了。"

王长河转而问王刚："咱们这次出海，船中途发生故障，查出原因来了吗？到底怎么回事？要让他们好好查查。另外，为什么那个地方一点风浪也没有？这个也应该搞清楚。对问题，我们不能一知半解。"

王刚赶忙说："好的，我马上就去安排。"

碰头会之后，张五魁把王刚叫到办公室里，让王刚安排人，到档案馆、图书馆和新华书店去,帮他搜集关于黄河和渤海的有关书籍资料,包括史志和年鉴,越多越好,越快越好。

王刚当即安排四个人行动,一天下来,有所收获,但收获并不是很大。下班前,他们把找回的资料送到了张五魁的办公室,其中包括潘季驯的《河防一览》、靳辅的《治河方略》、郭涛的《潘季驯》、黑龙江省及哈尔滨市科学技术普及协会编印的《黄河治理与开发》、王化云的《我的治河实践》等。

王刚说,就找到这么多。张五魁告诉他:"这些我先看着,你们继续找。"

当天晚上,张五魁把找来的书全部装在了一个纸箱子里。第二天,他让司机小张拉着他和书,一起回到了老家槐树庄。

这是张五魁当市长后第二次回家,父母亲见了他非常高兴,看到小张搬进来一个大箱子,以为儿子带回来什么好东西,没想到打开一看全是书。小张把书搬进来之后,张五魁便让他先回去,至于什么时候来接他,等电话。他还专门告诉小张:"不要跟别人说我回老家了,免得有人来打扰,我要在家里多住几天。"

听说儿子要在家里多住几天,父母亲有些高兴,也有些纳闷:儿子当市长后难道不忙了?

张五魁说:"爹,娘,我在家里的主要任务是看书学习。我在西屋住,你们平时不要打扰我。"

当天,张五魁把自己关在屋里,重回读书时代,拿出了当年参加自学考试的劲头,除了吃饭、上厕所,基本不出来,也不和父母说话聊天。那些找来的书,他一本本看,一行行画,每一本书、每一句话都不放过。

三天下来,他基本掌握了黄河流动的基本脉络和基本规律。水往低处流,大河向东走。黄河自青藏高原一路奔来,遇山拐弯,遇高处绕道,最喜欢峡谷和低处。它先后绕过阴山、太行山、华山等大型山脉,到达华北平原,一往无前地奔向大海。

他熟知了几千年来几经变换的黄河流路,包括禹王故道、西汉流路、东汉流路、北宋流路、明清流路和现有流路。

他明晰了黄河入海口的千年沧桑之变,从传说中的烈山,到最早的入海口天津,到三次南移,再到夺淮河入海,最终到夺大清河入海。

他梳理了古人治理黄河思路的发展变化轨迹。从鲧的"堵",到禹的"疏";从郑国的"凿泾水",到贾让的"三策";从王景的"防遏冲要,疏决壅积",到欧阳修的"反对回河东流";从郭守敬的"大施河工",到潘季驯的"筑堤束水,以水攻沙";从靳辅的"治河方略",到林则徐的"石料修河",等等,每一次治理黄河都是一次新的探索,也是一个新的进步。

由此,他总结出了中国历史上治理黄河的三大发展阶段。第一阶段为"以障治水",他命名为"黑土时代",就是鲧的治水方式,"兵来将挡,水来土掩"。第二阶段为"以疏治水",他命名为"白银时代",以疏导为主。第三阶段为"以洫治水",他命名为"黄金时代",主要是明代潘季驯的理论,实施全流域治水。

翻阅古代治水历史,张五魁深为感叹。他为鲧被杀感到惋惜。他认为,"鲧障洪水"是人类治水史上的第一个发展阶段,不能简单地认为是错误的、失败的;更不该把鲧杀掉,他即便没有功劳,也有苦劳,把鲧杀掉是中国治水史上的冤案。

他还为林则徐的遭遇深感惋惜。林则徐"戴罪治水",只用半年时间就取得了很大成效,而且提出了黄河改道重回山东的长远建议,但是他的建议并没有被采纳,他本人也没有被赦免。

他还认为,汉代的王景,明代的潘季驯,还有当代的王化云,都是科学治水最突出的人物,也都是值得他学习的人物。

然而,这一切对张五魁来说都不是最重要的,他真正的目的是从书籍的海洋里,从前人的智慧里,找到能长久锁住黄河口的"金钥匙"。

他看到书中记载,清乾隆年间孙嘉淦提出:"山东黄河流路,北有大清之畅,南有泰山之固,天造地设,无有善于此者!"他用红笔将这段话画了下来,并且打了三个惊叹号。

有一段文字特别吸引他的注意。文中说,晚清名臣丁宝桢出任山东巡抚期间,向慈禧太后申请了3.5万两银子,在山东梁山以下筑堤坝,稳定了黄河的现有流路。丁宝桢的高明之处是巧用黄河从梁山到济南的南山坡,只筑北堤,不筑南堤,节约了大量资金。张五魁也把这段话画了出来,并且在"稳定"和"巧用"旁边画上了两个五角星符号。

从现代地质学家戴英生的论述中,张五魁找到了稳住黄河现有流路的地质学依据。戴英生先生的著作,详细解释了黄河一次次地将自己入海的流路选择在山东大地的原因。原来,黄河属于一条沉降平原型裂谷河,它一旦脱离裂谷而行河于隆升构造带,纵使人们不遗余力地治理,也难以维持河道的长治久安。黄河南流徐淮之所以河患不已,病源在于违背了黄河为裂谷河的自然习性。1855年铜瓦厢决口,使黄河沿黄骅裂谷带东流,穿越泰山隆起的东北侧进入济阳裂谷带,然后从滨海地区裂谷槽地入渤海,黄河现今的流路终于成为排列于华北沉降带最南线的最后一条裂谷流路,与黄河东汉时的流路可说是殊途同归。

张五魁在屋子里沉思良久,在一张白纸上写下了这样的文字:

> 地设一条大黄河,
>
> 天佑中华贡献多。
>
> 华北平原君塑造,
>
> 渤海万物她养活。
>
> 大河航运几千载,
>
> 近代停运实错愕。
>
> 尾闾摆动国忧患,
>
> 锁定蛟龙方在何?

经过长时间努力依然没有找到真正的头绪,这让张五魁愁眉不展,心绪变得烦乱起来。这天傍晚,他想出去透透气,便走出了房门,向大槐树走去。

大槐树依然屹立在房台上,周围已经被拦了一圈栏杆,旁边竖立着"县级重点文物保护单位"石碑。

张五魁抬头仰望树冠,槐花刚刚落尽,苍老的枝干上长满了青绿的树叶,空气中弥漫着淡淡的清香;一只只麻雀栖落在树上,从这个枝头飞向那个枝头,叽叽喳喳叫个不停。

很长时间没有认真地观察自家这棵大树了,它是那么沧桑,又那么充满活力,让张五魁顿时有了一种久违的感觉。

往回走的路上,张五魁眼前一阵恍惚,看到迎面走来一个人,感觉像是小学老师张英,便想走到跟前再打招呼。可是,转眼之间,那人却不见了。张五魁揉了一下眼睛,仔细寻找,路上一个人也没有。张五魁感到纳闷,不过他当时就想,肯定是产生了错觉。他曾听说,自己考上中专的第二年,张英老师考上了南京大学,学的是海洋相关专业,毕业后被分配到山东海洋学院，既从事教学，也从事研究，现今已是有名的海洋专家，她今天又怎么会出现在这里呢？

吃过晚饭，张五魁感到有些疲惫，顺手抄起一本书走到床边。

他将被子和枕头倚在身后，半坐半躺地靠在那里，翻看那本名叫《渤海概论》的书。书很薄，总共也就一百多页，他先是乱翻，翻着翻着，目光被一处令人惊奇的字眼——"M2无潮点"吸引住了。

没错，"M2无潮点"，白纸黑字。

他第一次看到这样一个崭新的概念。

书中写道："无潮点，是海洋中因入射波和反射波互相抵消形成的大潮围绕其旋转的点。在每一个无潮点，潮差为零，海面显得非常平静。"

张五魁继续往下看，眼睛越瞪越大："无潮点最早由一位日本海洋专家发现。在我国沿海地区，有五个无潮点，从北往南分别被命名为M1—M5无潮点。其中M1无潮点位于辽东湾，在秦皇岛附近；M2无潮点位于山东半岛的莱州湾，在黄河入海口附近；其他三个无潮点，则位于黄海和南海地区，具体位置需要进一步勘探定位。"

看着这些文字，一道闪电从张五魁脑海里闪过，他立即拨通了王刚的电话。

"你问海洋局那边了吗？那天的船究竟怎么回事儿？那个地方为什么一点风浪也没有？"他开口便问。

王刚说："打电话了解了一下情况。海洋局说，船没什么问题，已经完全修好了，雷达也修好了。他们找了好几个维修专家，也没有弄清到底是什么原因。那个地方，他们也不知道为什么风平浪静。据一些船员讲，每次经过那个地方都是那样，不过那个区域并不大。"

张五魁放下电话，继续翻书。书上关于无潮点的内容少得可怜，但有这样一句话引起了他的注意:"无潮点区域,一般水比较深。"

张五魁将书本合上,发现封面上作者居然署名"张英",这不正是自己小学时的老师吗?

张五魁翻身下床,来到父母房间,火急火燎地问父母:"我小学时的老师张英,现在干什么,你们知道吗?"

父亲张志善说:"听说在青岛教书,自从她走了以后,就没有见过她。你今天怎么突然想起她来了?"

张五魁说:"我有事想向她请教,明天我就去青岛找她。"

第十五章　要拆迁

槐树庄拆迁谈判，搁置一段时间后又重新启动了。

这一次，还是筹建组组长老陈主动来找李世远的。他们本以为经过一个月的搁置，槐树庄人会沉不住气，但没想到人家依然稳坐钓鱼台。

老陈见了李世远有些不好意思，说前一段时间关于采油厂选址问题，油田内部产生了一些分歧，所以谈判暂时搁置了起来。

李世远冷冷地说："既然有人不想在槐树庄建厂，那就找更合适的地方啊，我们欢迎。"

老陈说："现在这个问题已经解决了，油田内部已经统一了思想，还是在这里建。"

"那上次村民们提的条件，你们也统一思想了？"李世远问。

"除了村民到油田工作的问题，其他问题全部答应，包括那棵大槐树也可以保留，油井可以在它旁边钻。"

"这不是和上次一样吗？"李世远火了，"人家那棵树，是县级重点保护文物，你们根本不能砍。我再次告诉你们，村民招工问题是最重要、最根本、最关键的问题，这个问题如果油田不答应，一切都免谈。"

老陈解释说："这个问题，油田说了不算，国家有规定，我们也很为难。"

"我不管规定不规定，村民失去土地，又找不到工作，你让他们去喝西北风啊？"李世远下了逐客令。

老陈再次无功而返。

回到油田，他再次向领导汇报。领导沉思再三说："这槐树庄的人还真难缠啊！我看这样吧，我跟人事处说一下，答应他们的条件，只要具备工作能力的，可以安排到油田从事力所能及的工作，但只能是临时工身份，等以后国家有招工政策，油田有新的招工名额后，再办理正式手续。"

油田领导同意村民到油田工作的消息很快传到了槐树庄，村民们都很高兴。有人说，这一条能谈下来，村主任李世远功不可没。也有人说，他主要是考虑自己的两个闺女。还有人不赞同后面这种说法："人家老大和老二现在已经在油田上班了，即便油田不答应给村民安排工作，人家也可能有办法让老三和老四去油田工作。人家争取这一条，纯粹是为了大家伙儿。"

老陈将油田的意见告诉李世远后，李世远笑了："这就对了嘛，一开始就该答应的。这是个大好事儿，不仅对村民有利，也有利于油田今后在这里开展工作。这样吧，今天我们村委请筹建组的同志们一起吃饭。"

老陈说："那好，我早就想和大家一起坐坐了。"

席上，李世远说："我们是不打不成交，从此以后要成为好朋友，而且是最好的朋友。我这个人，按照现代人的说法，是个性情中人，特别喜欢交朋友。我交朋友有两个条件，一个是看他是否孝敬父母，一个人如果连父母也不孝敬，那么这个人肯定不中交；另一个是看他当朋友遇到困难时是什么态度，这个也很重要，朋友春风得意时很热乎，等朋友不顺时就避之唯恐不及，这样的人也不中交。我发现，陈组长就是值得交的好朋友。"

单独交流时，李世远还站起来，以油田职工家属的身份敬酒，这让老陈感到诧异，他问："你咋成了油田家属？"

大家笑着说："李主任的大女儿就在你们油田计划处工作。"

老陈这才恍然大悟，埋怨自己太不了解情况。

酒过三巡，大家抽烟的当儿，李世远拍着老陈的肩膀说："村民还提了个事儿，也请你回去给领导汇报汇报。"

老陈问："怎么，还有要求？"

李世远笑了："也没什么大事儿，就是村里老人的生活补贴问题。有人提出，现在的方案只是一个固定数额，应该根据物价上涨情况，每五年调整一次。这是个小事儿，你们汇报一下，能成则成，不成也不影响拆迁大局。"

老陈说："老弟，我看这事儿就不要再提了，我三番五次去领导那里汇报，领导都快烦了。为了拆迁工作大局，我看咱还是做做村民的工作吧。"

李世远也很爽快："我看行，为了你老哥好做工作，不再让你为难了，下一步，我看可以进入具体协议的签订了。"

李世远顿了顿又说："有个问题咱们必须丑话说在前头，就是补偿款支付问题，补偿款到位时间必须在协议里明确。还有一条也很重要，按理说，补偿款应该直接打给村民。但是，我认为打给镇政府，让镇政府转发给村民更好。这样做看起来费事，可是省心啊。你想想啊，如果你们直接和村民打交道，你能保证你们油田一定按时按协议足额支付补偿款吗？如果是让油田和政府照面,那即使你们在支付款问题上做文章,也得掂量一下吧,毕竟是和政府打交道。我这样做也是为了给村民吃颗定心丸,村民放心了,拆迁工作不就顺利了嘛。因此,我们建议,在合同条款里写明,补偿款由油田通过银行拨给镇政府,镇政府再发给村民,村委会就不掺和了。这事儿我会先给镇领导汇报的。

老陈虽然喝了不少,但头脑很清醒:"哎,我看还是你李老弟考虑得周全,既为村民考虑,也考虑了油田的利益。好,这一点我们务必坚持。"

第二天,李世远来到镇政府,就拆迁谈判情况向党委书记和镇长作了汇报。得知油田几乎全部答应村里提出的条件,党委书记和镇长都很高兴,书记说这事儿干得不错,村委会发挥了重要作用,下一步可以开展协议的签订工作。

提起签订协议,李世远汇报说:"关于补偿款付款渠道问题,油田和村民都坚持由油田直接把款付给镇政府,由镇政府转发给村民。这样做有三大好处:一是村民放心。村民现在老是担心油田拨款不及时或者不足额。大家认为,有了镇政府作为后盾,油田也不敢不守信用。二是油田放心。镇政府在给村民做主的同时,也是在给油田作个见证。油田按时补偿了,村民再提什么要求的话就不合适了。三是我个人认为的,补偿款由镇政府经手,镇里可以适当提一点管理费,镇里安排人专门对接这一块不也得需要增加经费吗?再说现在镇里财政本身就紧张,许多工作碍于资金短缺都没法开展,镇里可以短期利用补偿款周转一下,只要最终能按时足额发放给村民,问题也不大吧。"

镇长说:"你说的前两条我认为有些道理,但是我必须批评你,第三条是坚决不能触碰的。这是老百姓的拆迁补偿款,是他们辛苦一辈子甚至几辈子换来的财富,镇里不能打这个主意,村里更不能打这个主意。世远,我知道你是为了村民好,也为了镇里工作的开展,但是我们不能让老百姓戳脊梁骨,你这个政治觉悟还得提高啊。这样吧,镇里负责发放没问题,但是村镇两级均不得动补偿款。镇里会在银行设立专户,你回去让各家各户也在同家银行开立账户,这样只要款子到账,镇里会第一时间转付各家各户。另外,拆迁总协议呢,还是由村委会和油田签订,这个镇里签不合适。"

李世远听了心里窃喜。其实他来时是存在顾虑的:让镇里收款转付,镇里会不会抽取部分管理费呢?镇里万一挪用补偿款作为周转资金怎么办?到时候村民会不会找我李世远问个究竟?

从镇里回来后,李世远带着筹建组一家一家签协议,除了有几户人家有点小情况但很快得到解决之外,一切都进行得非常顺利。

然后李世远又去了一趟银行,以村委会的名义为每家每户都代开了存折账户,作为各家的补偿款收款专用账户,并将账户汇总报给了镇财务科。

签总协议时,油田方面想搞个仪式。李世远怕节外生枝,便说:"咱们也别那么声张了,由筹建组和村里直接签得了,镇里也是这个意思。"筹建组向油田汇报后,油田领导说,只要依法合规就行,关键是要快,不要再拖了,时间不等人。就这样,筹建组和村委会签订了槐树庄拆迁补偿协议,每家的协议作为附件,具有同等法律效力。

油田方面很讲信用,总协议签订后第三个工作日便把补偿款全额打到了镇账户上,镇会计第一时间便通知银行进行了分户转账。终于,补偿款的事儿有了一个圆满的结果,李世远长舒了一口气。

张五魁周末回家,发现父亲正弯腰在院子西南角厕所附近挖树坑,旁边横放着一棵梧桐树,看起来有些眼熟,仔细一看,原来正是自己当年种在老家院子外面那棵。树不是很高,也不到一拃粗,但是树根很大;更奇特的是整个树根不是很长，但向四周扩散，面积很大，像一个硕大的罗盘。

这些年，张五魁几乎把这棵树给忘了，但父亲还想着。

张五魁见状，把东西放下，过去帮父亲挖坑。父亲说："昨天挖坑时，没想到树根那么大，把坑挖小了。"

"这树还有移的价值吗？"张五魁最近只顾想怎样保住大槐树了，根本就没想过把这棵梧桐树移到新家的事儿。

"怎么没价值？它不是你费心费力种的吗？你别看它在老院长得不好，在这里不一定长不好。那里土层太薄了，也没有什么肥料，所以它才半死不活的。"父亲对张五魁的问话很不高兴。

张五魁这时才看到，树坑一边，堆着一些黑色的粪土，显然是父亲专门准备的肥料。他问父亲："梧桐树树根为啥长成了这个样子？"

"那个地方土层太薄，下面都是石头。这里土层厚，以后根就会往下扎了。"

两人忙活了半天，把树种下，培完土，浇上水，才回屋吃饭。

这棵梧桐树，后来果真像父亲说的那样，越长越茁壮，没两年就长得又高又大，春天到来时还会开出一些淡紫色的梧桐花呢。

根据补偿协议，油田支付补偿款后，给村民一个月的时间搬迁。由于事先已有准备，从拿到存折的第二天开始，村民们便陆陆续续开始搬家了，有的住进了新居住区，也有的加快了新建住房的进度，还有的到邻村暂时租房过渡。

一个月搬迁期满，槐树庄老居住区全部腾空。

很快，与油田早已签订拆迁建筑协议的北方建筑公司的推土机、挖掘机轰隆隆地开进了村庄。然而，正当他们准备动工的时候，却遇到了麻烦。

村口的道路上，等待拆迁的房屋周围，坐满了村民，年轻人、老年人都有。他们有的还举着大牌子，上面写着："本村工程必须由本村施工队干！"

北方建筑公司的拆迁人员上前与村民交涉："你们这是干什么？拆迁款油田已经补偿给你们了，难道你们还想闹事吗？再说了，我们是与油田签订了拆迁和施工合同的，你们有事去和油田谈，请不要耽误我们施工。"

几名年轻村民回答说："施工？施什么工？我们村子是答应拆迁了，可是什么时候需要外人来动手了？我们自己没有手脚吗？我们自己村里没有施工队吗？别给我提什么合同，在这里我们还告诉你们了，我们自己的活儿自己干，你们从哪里来回哪里去，油田来了也不行！"

北方建筑公司的人一听也有些上火："看你们应该是盛大施工队的人吧。我们再说一遍，我们是按照合同办事，你们不要再胡闹了，否则别怪我们失礼了。"

"失礼？我看你们怎么个失礼法！"几名村里的老人迎着北方建筑公司的人走了过来，"还要动手啊？来，我们这把老骨头请你们来拆！谁不敢动手谁是孙子！"说罢，几名老人低着头就往北方建筑公司的人身上顶，旁边的村民也往这边围。

北方建筑公司的人一看，好家伙，这可怎么办，万一几名老人往自己身上一碰，然后倒地不起，这事儿不就大了吗？再说，一旦双方动起手来，有理也说不清了。于是他们纷纷躲让，边躲边说："你们别过来啊，我们可没动啊，有个三长两短可别赖着我们！"

"住手！"突然，一个声音从不远处传来。大家转头一看，是张虎林跑过来了。

"张经理，这算怎么回事儿？是你让施工队的人阻止我们干活吗？"北方建筑公司的人冲着张虎林质问道。

"对不住了各位,"张虎林忙解释道,"这事儿呢,我事前真不知道,现在还是一头雾水呢。要不你们先撤,我给公司员工和村里的乡亲们做做工作,然后去油田那边沟通一下?"

北方建筑公司的人一看这架势,只得先撤了。

眼见对方走了,张虎林把那些村民和自己的员工召集在一起,严肃地说:"我清楚大家的想法,也理解大家的想法。但是,君子爱财,取之有道。我们要堂堂正正、大大方方地说出自己的意见,咱槐树庄人不能干无理取闹甚至违法违规的事儿。这事儿,我出面去找油田谈谈,大家都回去等信儿吧!"

随后,张虎林去了油田,和油田领导进行了很长时间的谈话。张虎林说:"盛大建筑施工队是槐树庄村办企业,多数工人就是槐树庄的村民。现在,自己的村庄拆迁,自己村的施工队不用却用外人,这让很多村民心里纠着疙瘩。再说了,拆迁这类活儿我们施工队就有资质,干绝对没问题,而且会更仔细、更上心。希望咱油田本着安抚村民、给村民增加点收入、融洽各方关系的角度,与北方建筑公司协调一下,分给我们一点活儿,我们保证完成任务就是。再说了,这样对于下一步北方建筑公司和油田方面在我们这里搞施工和建设,不也算打下良好群众基础了吗?"油田领导听了说:"也是。不过我们需要和北方建筑公司协商一下,毕竟已经给人家签了合同了。你先回去,等我们的通知。"

两天之后,北方建筑公司来了位领导,见到了李世远和张虎林,与盛大建筑施工队签订了拆迁分包合同,并要求两人保证,拆迁完成之后,下面的建设工程村民不会再阻拦添乱。

张虎林说:"你们放心吧,这里都是淳朴的老百姓,只不过想增加点收入,想过好日子,大家都知道轻重缓急。"

第十六章　求教恩师

初春的岛城，鲜花盛开，海上吹来带有海腥味的暖风。

司机小张载着张五魁和王刚，像风一样奔来。岛城的道路很是"迷人"，几乎没有一条道路横平竖直，此前小张没来过这里，一进来就像进了迷宫。

他们不停地问路，先后路过中山公园、鲁迅公园、"八大关"，好不容易找到了海洋学院。

找路的过程中，王刚给大家讲了一个笑话。他说："人们都说，在青岛，自行车不用设计链子。为什么呢？因为青岛的路不是上坡就是下坡，上坡蹬不上去，下坡不用蹬，链子只能是摆设。"

他们一路上几乎没闲着。张五魁先是给他们讲述了自己小学老师张英的故事。他告诉王刚和小张，张老师是一位很好的老师，平时最喜欢读书，知识渊博，而且对同学们很好，特别是对他张五魁，从没有批评过一句。张五魁说："我后来能考上中专，上了公安学校，多亏了有这么一位好老师。"

路上，张五魁还和王刚谈起张英老师"无潮点"的说法，以及他们这次来岛城向老师求教的目的，心中十分急切。

听着张五魁的讲述，王刚突然想起了当年献计修建戴村坝的白英，便问张五魁:"市长,您说,咱们寻找的您的这位张英老师,该不会就是您要寻找的白英吧?"

张五魁当即明白他什么意思:"真有可能啊,我也这么想,如果真是那样就太好了。希望张英老师能给我一些好的思路和建议,让我们尽快找到锁住黄河口的'金钥匙'。"

张五魁一行到了海洋学院,一下子就被学校里的特殊氛围深深地吸引了。一座座德式教学楼,透着书香气息;道路两旁,一树树正在盛开的樱花,粉嘟嘟的,抬手可及。他们顾不得这些,直奔办公楼而去。

真不凑巧,办公室主任告诉他们,张英老师去北京开会了,说是国务院组织的一个会议,点名要她参加,研究国家重点建设项目问题,昨天刚走,大约下周才能回来。张五魁赶忙问:"有没有张英老师的联系方式?"办公室主任摇头:"没有。""那她在什么地方开会?住在哪里?"办公室主任说:"她那个会议通知我看过,是院长批的,好像是在国务院的国谊宾馆。对,没错,是国谊宾馆。"张五魁连说了三个"谢谢",然后就离开了。

刚出门,王刚就问:"咱们直接去北京?"

"这还用问吗?"张五魁说。

司机小张一看这么短时间两人就出来了,就料到没有找到人。张五魁到了车上说:"找个加油站,先加满油,我们直接去北京!"

晚上九点半,夜色已经深沉,国谊宾馆,张英戴着一副老花镜,正在台灯下整理资料。

咚,咚,咚!一阵轻轻的敲门声。

"谁呀?"

"张老师,我是您的学生,张五魁!"门外传来洪亮的男性声音。

"张五魁?"张英赶忙打开房门。

门口站着一个高高大大的男人，微笑着，眼睛快眯成了一道缝："张老师，您还能认出我来吗？"

"张五魁！真的是你啊！你怎么来了？快进来。"

"我是来看望您老人家的，顺便向您请教一个问题。"张五魁边往里走，边介绍跟在后面的王刚，"这是我们市政府的秘书长王刚。"

张英说："快进来坐下。听说你干得不错，还当了市长，真为你骄傲。"

张五魁赶忙说："多亏了您当年对我的教育。没有您，就没有我的今天。"

师生多年没见，自然少不了相互问候和叙旧。大约聊了有二十分钟，张五魁把自己的来意一一讲了出来。他讲了锁住黄河口的想法；讲了一百多名专家的结论；最后谈到他从老师书上看到的"无潮点"的说法，想从老师这里把这个问题搞清楚，还想让老师教他一些锁住黄河口的好办法。他的心情非常急切，感情也非常投入。

张五魁说这些的时候，张英静静地听着，不时点点头，并不插话。等张五魁讲完，张英说："那次水利部召集专家去你们那里开会，本来也邀请我参会的，但因为当时身体不太好，我没能参加。事后，我也听说，会上多数专家认为稳定黄河口三十年不可能，并且作了会议纪要。好像也有个别专家对这个结论并不认可。不过，以我之前对黄河口的了解，下这样一个结论的确有些为时过早。"

张英又问："你知道都有哪些专家持不同意见吗？"

"这个，我们并不清楚。"张五魁摇头。

"这个，要好好了解一下，掌握一下，或许能有助于你们今后开展工作。"张五魁当时就想，老师毕竟是老师，一下子就看到了自己工作上的不细致。

随后，张英详细向他们讲述了什么是"无潮点"以及M2无潮点的生成机制和有关情况。

张英说,其实,关于无潮点的说法,她是从她的老师、南京大学任至善教授那里得知的。无潮点的发现,源于1933年。日本在发动全面侵华战争之前,派了一个所谓的考察团来中国,搜集了大量的资料,其中包括我国沿海地区的很多资料,从而发现了渤海存在两个无潮点,一个在秦皇岛周围,一个在黄河入海口周围,并用等高线法作出了同潮图。1935年,日本人小仓申吉公开发表文章,阐述了这一发现。后来,苏联专家也派出考察团,确认了这一现象。新中国成立后,是任至善教授率先将这方面的资料由日文翻译成中文的。张英正是看了他的书,才知道了这一现象。

张英进一步解释说,所谓无潮点,是一种自然生成的独特潮汐现象,一般位于大江大河的入海口附近,受特殊的地理环境影响而生成。M1无潮点和M2无潮点的生成是由莱州湾、渤海湾和辽东湾的地理因素决定的。

打个比方说,渤海湾一带就是一个"大口袋",它的口门在辽东半岛大连老铁山和山东半岛蓬莱阁的衔接处。这个大门线上分布着长山列岛,由于长山列岛各岛屿之间间隔距离长短不一,从而把渤海湾分成了大小不同的"大门"。这些"大门"构成了潮涨潮落的不同通道,也将涨潮落潮分成两股主要潮流:一股主要潮流形成了从大连老铁山脚下向西的老铁山水路,涨潮时径直向西,至唐山海岸一分为二,其中一小股顺时针进入了辽东湾,一大股逆时针进入了渤海湾,并经过天津、沧州、滨州沿海进入黄河三角洲前沿;另一股主要潮流形成了蓬莱阁下的登州水道向西水路,顺时针沿莱州湾西进,经过龙口、招远、平度、莱州、潍坊北沿海进入黄河三角洲前沿。两股主要潮流生成地距黄河口的距离不同,即上远下近,导致它们到达黄河口的时间相差6个小时。奇迹就发生在这6个小时的半日潮上,出现了南涨北退和南退北涨的特殊潮汐现象,即当一股水流涨潮的时候,另一股水流正好落潮。涨落潮的不同,只是改变了黄河口的水流方向，在某一个点，水位变化不大，这个点就是M2无潮点。

讲到这里，张英站了起来，张五魁和王刚也跟着站了起来。

张英张开双臂，边比画边讲解。她说："这就好比我们农村用的簸箕，来回晃动，而簸箕的支点处则是相对静止不动的。这就是无潮点形成的机制。"

张五魁说："我基本听明白了。按照'簸箕'原理，这期间，两股大潮是不是也把海湾里的泥沙'颠簸'到大海深处了？"

张英说："对，正是这个道理。"

"那，这个无潮点，水是不是比较深？"

张英点头："对，应该比较深。"

张五魁当即大胆设问："老师，如果我们把黄河冲下来的泥沙引导到无潮点方向，是不是泥沙就会被这个'大簸箕'颠走，不会造成黄河口淤积了？"

听了这话，张英禁不住眼前一亮："应该是这个道理。不过，要看这个无潮点究竟在什么位置，看现有的入海口离它究竟有多远，如果比较近的话，应该是能实现的。五十多年来，秦皇岛附近的M1无潮点具体位置基本确定，而黄河口邻近海域的M2无潮点位置还不大确定。"

听了老师的肯定性答复，张五魁禁不住啪地拍了一下"五魁手"："那个无潮点我们曾经到过，离入海口并不远。这真是太好了！谢谢您，张老师，您真不愧是海洋专家，不愧是我的老师！这下子，我们黄河口可以锁住了，渤海市也不用挪地方了。"

张英说："其实我的老师才是真正的海洋专家，可惜他年龄太大了，身体也不太好，不然的话，你就可以去南京向他求教了。"

张五魁转而一想，问题又来了。"可是，稳住黄河口三十年不可能，这是一百多名专家的结论，而且有专门的会议纪要，有水利部红头文件，要想推翻他们的结论实在是太难了。"张五魁向张英说出了自己的担忧。

"这个是有一定难度，但不是最重要、最关键、最根本的。只要能够拿出足够科学的理论和证据，还有具体可行的实施方案，推翻既有结论不是不可能的。"张英摆了摆手说，"这次我来开会，就很说明问题。我参加的这个会议，就是国务院召集的，专门听取我的意见，以改变一个国家重点建设项目设计方案的。"

原来，为了解决山西煤炭基地煤炭下海外运通道过少的问题，国家拟在既有大秦铁路和秦皇岛港晋煤外运"第一通道"的基础上，在黄海沿岸的花山市建设一座深水大港——花山港，同时拟新建一条连接山西铁路的兖花铁路，形成晋煤外运的"第二通道"。这一交通运输工程已经被列为国家"五年计划"重点建设项目，此前国家计委召集有关专家进行了论证，也形成了初步方案，设计部门正在设计完善之中。可是，张英教授对这一方案有不同的认识。

张英说，在此之前，她曾对我国渤海和黄海地区进行过实地考察，发现花山一带风大、浪高、水浅，海岸附近泥沙过多，不适合建深水大港，只适合建中等港口。如果真在那里建大港，码头需要向海里伸出很远距离，将花费巨额资金。相反，在花山靠北，一个叫"千户所"的地方，非常适合建深水大港。那里水深、风小、浪小，而且下面都是岩石，泥沙很少。如果将大港建在那里，会节约很大一笔建设成本，建成之后也便于运行管理。同时，如果港口改址，铁路线也需要调整，铁路将穿过沂蒙革命老区，还可以在"千户所"所在地建一座新型海滨城市，能够极大地促进革命老区和黄海沿岸经济的发展。

国家计委召集有关专家对花山港和兖花铁路建设方案进行论证的时候，张英作为海洋专家，也应邀参加了会议。会议讨论环节，她提出了自己的建议，但没有引起大家的注意，也没有引起决策者的重视。结果，她的声音被淹没在对既有方案的一片赞同声音里。这件事，让她当时感到非常郁闷。

回到岛城后，张英越想越感到不对劲，她认为自己有必要继续向上反映，以求改变方案，否则会给国家带来重大损失。想来想去，她作出了一个极其大胆的决定——给国家领导人写信。

领导收到张英教授的信后，专门在上面作出批示。建议再组织召开一次论证会，听取张英教授的意见。

张英说："这次会议，就是为了这事儿组织的。今天上午，大会听取了我的汇报。下午，大家展开了讨论。从目前情况来看，无论是国务院领导还是与会专家，绝大多数人都认为我的意见有道理，也可行。现在看来，推翻既有方案可能性是非常大的。"

张五魁听了，更是对张英产生了深深的敬意："老师，您太了不起了，您这是对党负责，为国担当。哎，您说，如果我们下一步要推翻专家们关于黄河口的结论，是不是也需要给国家领导人写信啊？"

张英说："这个事情还不到那个程度。关键是你要拿出自己成形的意见和方案，然后再一级一级向上反映。我也可以帮着你呼吁推动，实在走不通时再说。"

他们就这样聊着，一直聊到凌晨。王刚说："看，已经凌晨三点多了，快让老师休息吧。"

张五魁这才赶紧打住。

从北京返回渤海的路上，张五魁心情变得格外晴朗，言谈之中也多了风趣和笑点。

车过天津时，小张问："要不要进去转转？"

只听张五魁开口唱了起来："天不明来就做饭，哪里有心去转转？"这是吕剧《李二嫂改嫁》中的台词。

王刚说:"想不到市长还会唱吕剧呢。"

"我们家那一带,就是吕剧的发祥地。在我们老家,几乎每个人都会哼两句。可惜,现在唱吕剧的越来越少了。没办法,年轻人不喜欢。"张五魁说。

过了一会儿,张五魁问他们:"你们知道吕剧最初是干什么用的吗?"

王刚和小张都说不知道。张五魁告诉他们:"最初,吕剧是人们讨饭时唱的。那时候,我们那一带太穷了,都是黄河泛滥给闹的。"

第十七章 二人世界

张五魁和李小叶的关系越来越近了。

自从上次李小叶感冒,张五魁到油田找过她之后,张五魁便经常下班后骑自行车来油田找李小叶。

看到张五魁经常来看她,李小叶感到很开心,但时间长了便发现这样下去不行。她不让张五魁轻易再来了,理由是这样会影响他的学习,眼看自学考试还有最后一次考试就毕业了,不能因为感情影响学业。她对张五魁说:"我们要减少见面时间,一个星期只能见一次面,而且是我去公安局找你,这样可以节省你路上的时间,让你多学一会儿。"

张五魁说:"你骑自行车去我那里,太远太累太辛苦,我不放心。"李小叶告诉他:"我们油田新开了班车,我下班后可以坐班车去找你,第二天一早再坐班车回来。"

考虑到李小叶说得有一定道理,加之李小叶和妹妹李小诗住一间宿舍,每次自己去了那里李小诗都要躲出去,很不方便,而自己在公安局一个人住一间宿舍,张五魁便答应了李小叶的要求。

张五魁告诉李小叶:"我自学考试明年就毕业了,但只是专科。专科第一轮考完后,自考办准备开考本科。本科课程比较多,十四门全部考完需要两年时间。我还想继续考。"李小叶说:"考吧,我支持你。"可是,过了一会儿，张五魁又说他不想考本科了。李小叶问他为什么。他说："我一开始参加工作时，在黄河派出所工作。那时候，我感到自己水利方面的知识相当匮乏，而且认为我们就生活在黄河岸边，必须熟悉黄河的知识。我想通过上函授的形式，专门学习水利方面的知识。"李小叶听了说："不管你作什么决定，我都支持你。"

张五魁说："谢谢你，小叶。我这自学考试，军功章上有我的一半，也有你的一半。等我拿到毕业证时，好好庆贺一下，以谢谢你的支持和付出。"

李小叶拉着他的手说："好，一言为定，到时候我也好好喝几杯。你知道吗，我们油田有应酬时，大家每次都劝我喝酒，我都坚决不喝，说喝酒过敏，其实我还不知道喝醉是什么滋味呢。到给你庆贺的时候，我们一醉方休。"

"今晚咱们试试？"张五魁想逗她。

"去你的！你动机不纯啊，想把我灌醉了占我便宜。"李小叶用手指戳了一下张五魁的头。

张五魁换个话题说："明年自学考试要开考会计专业了，你还考吗？"

李小叶说："我不考了。"

"为什么？你以前不是说要考吗？"

"我们俩有一个考的就行了。我听说，国家下一步要面向社会开考会计师和经济师，到时候我就考经济师。"

"你不是学的会计吗，为何要考经济系列？"

"如果干财务我就考会计师，可我现在干的计划工作属于经济系列。"

"那好，到时候我也全力支持你。"

张五魁倚在床上看书。李小叶准备给他洗衣服时，突发奇想，把张五魁的公安服穿在了身上，然后甩起胳膊在房间里走开了正步。衣服穿在她的身上，又肥又大，而她的动作又十分夸张，显得十分滑稽。张五魁见了，扑哧笑了，放下书本起身过来，一把将她抱住。

李小叶本来长得就十分娇小，张五魁一下子就把她整个搂在了怀里。

这是他们第一次拥抱，李小叶心中怦怦乱跳，一开始推拒，但很快也紧紧搂住了张五魁。

两人闭着眼睛相拥了好一会儿，突然，李小叶一下子挣脱开来，红着脸，抱起脸盆往外跑："别闹，我要去洗衣服了。"

李小叶晾完衣服，张五魁仍然斜倚在床上看书。李小叶拿过凳子在床前坐下，在灯光下欣赏着张五魁看书的神情。

"你知道我最喜欢你什么吗？"李小叶深情地看着张五魁。

张五魁想了想说："勤奋好学？"

"不是。"

"有毅力？"

"不是，再猜。"

"心好，善良？"

李小叶噘起嘴说："也不是。我告诉你吧，我最喜欢听你说话，你的声音很有磁性，而且讲起话来绘声绘色的。"

"喜欢我讲笑话？"

"不是，你讲什么我都愿听，我感觉听你说话是最幸福的事情。所以，今晚你要跟我好好说说话。"

"好啊，说什么呢？"

李小叶双手搂着张五魁的脖子说："这次，你要告诉我你小时候的糗事儿。"

"糗事儿？上次不是给你讲了吗？"

"那是坏事儿，不是糗事儿，我想听听你的糗事儿。"

张五魁说："咱们不讲以前的故事了，还不到回忆过去的时候。咱们讲讲现在和未来吧。"

李小叶用手支着下巴，瞪着大眼，一副不知道在想什么的样子。过了一会儿，她问张五魁："你说，咱俩的事儿，如果家里人知道了，会是什么态度？"

张五魁想了想说："根据我的分析，我老爹那里不容乐观，我担心他不同意。这也是我这么长时间都没向家里人提起的原因。"

"是不是因为他和我爹的关系？他一直认为当年是我爹出卖了他？"很显然，李小叶对这个问题已经思考很久了。

张五魁说："这事儿我没和他探讨过，但他应该是有这个怀疑。"

李小叶说："其实，我爹是被冤枉的。"

"什么？你了解事情的真相？"

"我曾经就这个问题问过老爹，我问他：'为何你和志善大爷关系不好了？真的像有些人认为的那样，是你出卖了他吗？'"李小叶捻着张五魁的衣襟说，"我爹说：'小妮儿，以你对爹的了解，我是那种人吗？我告诉你事情的真相，但你必须保证不对任何人说。'"

"老爹说：'那天，我按照和你志善大爷商量好的方案，拉着遗体半路上偷偷往回拐，无意中发现大队书记的老婆骑着自行车跟在后面，一直跟了很远。'"李小叶继续说。

"'什么？你是说这事儿是大队书记干的？'我问老爹。老爹说：'应该是他，可我也只是猜测。''那你咋不把真实情况告诉志善大爷呢？''我是怕你志善大爷知道是大队书记干的后，会发生难以想象的后果。''那你就甘心自己背黑锅?''唉,你志善大爷经历的那种痛苦,已经很难承受了,我为他分担一点也是应该的。'"

张五魁听了,感到非常吃惊:"真没想到,你老爹这么伟大。真难为他了,让我爹误解了他这么长时间。现在,我可以告诉我爹真相了吧?"

"不行,我也问过我爹。他说,虽然大队书记早已不干了,我们村子也不归原来的大队管了,但还是不告诉你爹为好。如果告诉你爹,只会勾起你爹不快的回忆,而且会让你爹在心目中增加一个仇人。他说还是让时间冲淡这一切吧。"

张五魁转而又问:"如果你爹和你娘知道咱俩的事儿呢?他们会是什么态度?他们现在知道吗?小诗回去说过吗?"

李小叶说:"他们知道的话,应该没什么大问题。好像小诗没说过,没有任何人问过我这事儿。"

张五魁突然想起早年李小叶的母亲王晓岚让他当女婿的疯话来,便把这事儿对李小叶说了出来,还说:"估计你娘知道了会很高兴。"

李小叶用手指戳了一下他的头说:"想什么呢?我娘当时是想让你倒插门当女婿,等他们老了好伺候他们,你能吗?"

"原来是这个意思。我们离他们那么近,不倒插门当女婿也可以照顾他们啊。"

"那可不是一个概念。你倒插门,我爹娘可以拿你当儿子对待。不过,我看你最终还是要倒插门的。"

"什么?怎么这么说?"张五魁不解。

李小叶笑着说:"我们结婚时,你们单位的房子肯定没我们单位分的大,而且你肯定不愿意让我来回跑,对吧?咱们就住在我分的房子里,这样一来,嘿嘿……"李小叶故意拉长声调。

"这也算倒插门啊？那好，我就倒插门好了。"

李小叶说："说正经的，咱得想个办法，好让家里顺利通过。"

张五魁说："你看这样好吗？咱们实行'曲线救国'，不直接告诉家人，而是通过其他渠道让他们听到一些风声，看看他们是什么反应，然后再采取相应的措施。"

"具体该怎么办？"

"咱们以前不是从来没在村里公开在一起过吗？等哪一天，咱俩做出很亲密的样子，在村里走一趟，故意让人看到，然后传到爹娘的耳朵里。还有，你可以想法让小诗给你爹娘说说咱俩的事儿，看看他们会说什么。"

"毕竟是学刑侦的，还是你有办法，我看就这样办吧。"

说着说着，时针已经指向夜里十一点，李小叶感到有些困了："利民人民广播电台，今天的节目到此结束，咱们洗洗睡吧。不过，我告诉你啊，你可要老实点。我这个人，你是知道的，如果你违背我的想法，我会翻脸的。"

听了李小叶一席话，张五魁只好老老实实地在里面睡下。当他快要睡着的时候，迷迷糊糊地听李小叶问他："你有什么理想啊？"

他迷迷糊糊地回答："我想成为一棵大树。"

李小叶将一只手搭在他的胳膊上："大树？槐树，还是梧桐树？"

他回答说："精神的大树。不是槐树，也不是梧桐树。"

一个阳光明媚的春天，张五魁和李小叶骑自行车到黄河边上游玩。他们把车子放在河边，牵着手走向宽阔的河滩。

阳光照在静静的水面上，微风一吹，波光荡漾。张五魁捡起一块石片，横向使劲扔向水面。石片像飞艇一样，擦着水面嗖嗖地飞了很远。

李小叶看了，很是开心。她学着张五魁的样子，也试着扔了几次，可总不成功，石片都是直接掉进水里，根本不会贴着水面飞。

张五魁笑着说："怎么样，你不行吧？"

李小叶跑到他跟前说："你教我！"

张五魁告诉她三条要领，一要弯腰，二要平行用力，三要向远方扔。李小叶按照他的说法，又试了几次，果真成功了，她高兴得又跳又鼓掌。接下来，李小叶继续找薄石片扔着玩。张五魁则找了块石子，悄悄在沙滩上画了两个小人，一男一女，然后在旁边写了一句："小叶，我爱你！"李小叶过来一看，感动得稀里哗啦。

两人拥吻了一会儿，张五魁从后面抱起李小叶，让她双脚离地，自己则原地转动。李小叶整个人随着他的转动在半空中旋转起来，而且越转越快，越转越开心。

张五魁转累了，便把李小叶放了下来。李小叶一时兴起，非要抱着张五魁也转转，可是抱了三次，也没有把张五魁抱起来。

张五魁说："你根本抱不动我，有些事情，男人行，女人不行，不能比。"

"你这是瞧不起女人。女人除了体力不如男人，干什么不行？我们两个人真要比一比，你未必能胜过我。"

张五魁笑嘻嘻地说："那好啊，咱们比比吧。你说比什么，不比体力，咱比学习？"

李小叶一听，有点不高兴："比学习，我可能赶不上你，可是我入团比你早吧？"

李小叶这句话，戳到了张五魁的痛处。张五魁听了，脸立即沉了下来。李小叶也意识到了自己的失言，但已经晚了，看到张五魁扭头离开河滩,她赶紧追过去解释:"五魁,我错了,你别误会,我不是那个意思。"

张五魁阴着脸,低着头往回走,李小叶怎么也拉不住。

到了岸边,张五魁骑上车子就走,李小叶在后面猛追。无奈李小叶毕竟是女人,任她怎么使劲,两人的距离还是越来越远。

当张五魁不见人影的时候,李小叶放弃了追赶,回到了自己的单位。

随后,他们进入了冷战状态,互不联系,更别提互相道歉了。

直到一个月之后,张五魁才主动给李小叶打了电话,两人都再也没提那件令人不愉快的事情。

第十八章 喜结连理

结婚之前，按照当地风俗，男女双方家长应该在一起为子女举行一个订婚仪式。为了这事儿，张五魁和李小叶曾经犯过难。

他们的婚事，虽然已经征得了双方家长的同意，但是两家老人已经很多年没有直接接触过了，如何让他们坐在一起和好如初，而且不感到尴尬，是个不大不小的难题。

为了避免两家老人见面的尴尬，他们两个专门商量了一下。张五魁说："虽然说订婚是两家人的事儿，但我感觉光是两家人在一起吃饭容易冷场，要不咱让我们公安局王大队也去，让他当主陪，活跃一下气氛。王大队在这方面太厉害了，当初给我家那棵槐树办理重点保护文物申报，就是他出面促成的。"

李小叶说："这个主意不错。我看，最好让我们两家人都去，这样热闹。再说了，你家老人虽然和我爹娘没有来往，但是虎林和我爹关系一直不错，他去了，也能改善一下气氛。"

张五魁认为李小叶说得很对，决定就这样办。

于是，按照这一想法，他们组织了订婚仪式。

只是，张虎林一开始答应来，到了最后时刻却说有急事不来了，让妻子蓝芃带着不到一岁的女儿来了。

李小诗也没来。李小叶告诉她的时候，她就直接说她有事，不去。

李小叶问她："你啥事儿？"李小诗说："我啥事儿一定要告诉你吗？难道我一点自由也没有吗？"

李小叶心里诧然，不知李小诗为何如此抵触，便不再坚持。

张五魁专门邀请王大队为订婚仪式的主持人，王大队感到非常高兴。他说："我长这么大，主持过很多重要场合，主持订婚仪式还是第一次。"

事先，张五魁给王大队透露了一些自己家人和小叶双方父母以前关系不错，最近这些年出现了一点小问题，好久不来往了的信息，请他主持时一定把握好这一点。王大队说："你放心，我会处理好的。"

那天，张志善和杨素樱是提前到达酒店的，李世远和王晓岚紧接着也走了进来。张志善冲他们点了点头："来了？"

李世远也点了点头："你们早来了啊？"

"刚到，刚到。"张志善回答。

张五魁赶紧向双方父母介绍王大队，他们一一握手后坐下。

张志善微笑着对王大队说："孩子的事儿让您费心了，工作这么忙，今天您还能亲自来。"

王大队说："大叔，您说的这是哪里话啊，五魁的事儿就是我们治安大队的事儿，我来是应该的。"

"五魁这孩子从小就是个书呆子，不懂事儿，平时您多费心，多教育，多引导。"张志善说得非常谦虚，也非常到位。

"说实话，五魁工作干得很不错，人很好，能力很强，适应能力也不错，是局里重点培养的年轻干部，这个您老人家尽管放心。小叶，你也放心，找他，你可找对了。"

"谢谢你的夸奖了，王大队长。"张志善转而对儿子说，"跟着这么好的领导，你一定要好好干，不要辜负领导的期望。"

"那是当然。"张五魁并不多说。

起菜之后,王大队开始正式发话。他说:"今天举行五魁和小叶的订婚仪式,作为五魁单位的同事,我能够参加非常高兴,这也是你们两家对我的信任。我看这样好不好,今天咱们属于家庭聚会,酒分量饮,能喝的多喝点,不能喝的少喝或不喝,能喝白酒的喝白酒,愿喝啤酒的喝啤酒,不能喝酒的喝饮料!"

大家都说好。于是,王大队、张志善、李世远、张五魁四个人倒了白酒;李小叶、杨素樱和王晓岚倒了香槟;蓝芃和李小雅、李小静一起喝果汁。

王大队提的第一个酒是共同庆祝酒,他要求大家不管喝什么,都一律干掉。

第二个酒,正式订婚酒。王大队说:"我代表双方父母宣布,从今天开始,张五魁、李小叶正式订婚,大家一起祝福他俩。这也是集体项目,必须喝掉。"

第三个酒,双方父母认亲家酒。王大队说:"这个酒由志善大叔大婶敬世远大叔大婶,感谢他们把这么优秀的女儿嫁给张家。"

张志善和杨素樱主动站起来,举起酒杯。张志善说:"从今以后,我们便是亲家了,以前有什么不快,希望都能忘掉。"

王大队说:"好,好,这话说得好,亲不亲,一家人。世远大叔,你也说一句。"

"其实,也没什么不快。有些事情,需要等待时间的检验。我家小叶就交给你们家了,她不懂事,还请多管教。"

王大队带头鼓掌,大家也跟着鼓掌。

随后是张五魁和李小叶彼此敬酒,然后是他俩敬双方父母。整个仪式,双方非常客气,进行得也非常顺利。在这期间,李小雅和李小静一直帮蓝芃看护孩子，一会儿逗她笑，一会儿抱她出去转转。就这样，两对长期中断来往的老人，又重新坐在了一起。

张五魁顺利拿到自学考试本科毕业证书后，和李小叶按既定计划结了婚。结婚后，他们的新房是油田分给李小叶的，三室一厅。当时，张五魁单位也能分给他房子，但是是两室的。而且公安局规定，配偶单位有住房的，不再分配住房，除非把配偶的住房交出来。权衡再三之后，他们还是选择了李小叶单位的住房。房子位于油田机关附近的利北小区。

结婚那天，也许是因为太忙了，张五魁和李小叶两人都没有发现，妹妹李小诗没有出现在现场，而且整整一天没见到她的人影。最早发现李小诗没出现的是她的两个妹妹李小雅和李小静。中午十一点多的时候，婚礼马上就要开始了，李小雅告诉王晓岚："二姐还没来呢！"王晓岚说："前几天她回家时答应来啊，是不是单位有什么事情？等等再说吧。"

李小诗一开始在油田食堂干勤杂，后来在李小叶的帮助下，她改去卖饭票，工作比较轻省，她干得也比较带劲，只是临时工的身份让她一直不太安心。李小叶告诉她，要想转正，必须等机会，别着急。李小叶还请宿舍管理员帮忙，让他们暂时不收回她的单身宿舍，而是让李小诗继续住在那里。

直到婚礼结束，喝喜酒的人全都散去，李小诗也没有露面。王晓岚沉不住气了，把这事告诉了李世远。李世远自己不好离开，便让李小雅和李小静搭李小叶同事的车回油田找李小诗。

李小雅和李小静直奔李小诗的单身宿舍，敲开门后，发现她一直在蒙头大睡，便问："二姐，你怎么了？"

李小诗两眼红肿，有气无力地说："我不太舒服。"

"怎么了？去医院看看吧。"

"不，你们别管我，我睡一会儿就好！你们快回去吧。"

"姐姐结婚，家里人等了你一天，咱娘都快急死了。"

"我没事儿，你们回去吧，我睡一会儿就好了。"

"那，咱们一起回去，好不好？"

"我难受，我不回去，你们走吧！"

李小雅和李小静商量了一下，最后决定，李小雅回去给家里报信，李小静留下陪二姐。

张五魁和李小叶的新婚之夜是一个月明星稀的夜晚。尽管为了结婚他们已经忙碌了很久，一天下来也很是疲惫，但他们期待这一天已经很久了。尤其是对张五魁来说，几年来，他尽管时常想和李小叶同床共枕，但面对李小叶的决绝态度，他还是表现出了极大的克制力。对于李小叶来说，也是如此。当她和张五魁拥抱亲吻时，也会产生一种莫名的冲动，想把自己的一切提前交给这个自己已经深爱并且深信最终会嫁的男人，但理智告诉她不能这样做，因为在她看来，为了心上人坚守自己的底线，既是对自己负责，也是对对方负责。

一个月之前，他们去民政局登记回来的当天夜里，张五魁曾要求李小叶提前打开生命的密码，他说登记了就意味着结婚了。然而，李小叶还是没有同意，她说，结婚证只是一纸证明，女人需要一个庄重的仪式，更需要一个放松的环境，不到新婚之夜，这个事就别想了。

他们两人相恋了五年，就这样坚守苦等了五年，今晚，他们终于在一起了……

第十九章　乘势跟进

　　张五魁从北京回到渤海市后，第二天一上班，第一件事情便是向书记王基业汇报去北京面见张英的详细情况。早在回来的路上，他已经将大体情况通过电话告诉了王基业。当时，他难掩激动的心情，在电话里大声说："书记，我搞清楚无潮点是怎么回事儿了，黄河口可以锁住了，渤海市有救了，油田也有救了！"

　　"真是太好了！"听了张五魁的好消息，王基业也非常高兴，一再嘱咐他路上一定要注意安全，不要着急，还告诉小张不要开得太快，一切等回来再说。

　　进了王基业的办公室，张五魁刚要开口汇报北京之行的情况，王基业却告诉他："我说老伙计，咱们来新问题了。"

　　"什么新问题？"张五魁如堕五里雾中。

　　王基业不慌不忙地告诉他："昨天下午，省委办公厅打来电话，要咱俩去省委一趟，省委书记和省长有事要与咱们商量。"

　　"什么重要事情，竟能让省委书记和省长跟咱们商量？"

　　王基业说："我问了一下省委办公厅主任，他说具体情况他也不太清楚，大概是这次黄河口被堵，出现险情，特别是看了水利专家下的关于黄河口的结论后，领导们感觉继续在咱这里建渤海市不太合适，存在较大风险，所以把咱俩叫去商量一下下一步该怎么办。"

听了这话，张五魁腾地站了起来："怎么办？当然继续干了！在这里继续建市没什么不合适的，也不存在什么风险，我们已经找到锁住黄河口的办法了。如果他们动摇了，想换地方，我们坚决不同意啊！一定要坚持住！书记，您说呢？"张五魁越说越激动，不自觉中走到王基业跟前，一把抓住他的胳膊摇晃起来。

"这个，我自然知道，情况我们一定向省领导讲清楚。建市是个大事，而且当初是报国务院批准的，绝不能轻易更改。"王基业说，"既然省里要我们去，我们就抓紧过去吧，把我们的新发现和下一步的打算好好向领导汇报汇报，争取他们的支持。"

张五魁说："书记，现在看来，我们去汇报的只能说是一个初步发现和不成熟的想法，不一定能说服领导。关键是要尽快拿出勘探报告和可行性方案，可这需要做大量工作，时间不等人啊！我想，这么办是否可以：您一个人去省委汇报，我在家里组织有关单位和人员，按照张英老师的要求，抓紧开展工作。这样，既能抓紧推进工作，又能争取更多时间。"

王基业说："这倒是一个办法。但是，我担心自己一个人去省里，有些事情说不清楚，特别是无潮点理论，我还是一片空白。"

"没事儿，其实很简单的，一会儿我把无潮点形成的机制和下一步准备怎么干详细给您讲讲，您肯定能说清楚。"

"好，那就这样定了，我一个人去济南，你留在家里带着大家干。"王基业采纳了张五魁的建议。

按照和王刚在路上商定的计划，接下来，张五魁要召集有关人员开会，动员部署下一步的工作。张五魁从王基业办公室出来之后，便直接进了会议室。

这次会议，扩大了参会范围，不仅要求市政府有关部门负责人参加，还邀请了市委组织部、宣传部、统战部、政法委等部门的有关人员。张五魁亲自主持会议，他说："锁住黄河口是全市的大事儿，下一步要列为市政府'十大工程'之首，要集全市之智和全市之力干好，所以要尽可能让大家都参与进来，今天的会议主要是让大家脑子里进进情况。"

接着，他让王刚向大家通报了前期考察和到北京面见张英的有关情况，还嘱咐王刚重点讲一下M2无潮点的形成机制。

张五魁之所以让王刚讲而不是自己讲，有他的考虑。一方面，他想检验一下一直跟着他的王刚对这个新概念和新理论的认知理解程度；另一方面，他也想借机仔细观察一下参会人员对这个问题的初步反映和认可程度。

应该说，王刚所作的情况介绍总体上是很有条理的，也是很到位的。但是，唯独在M2无潮点的形成机制上，他只说了个大概意思，关键点并没有讲清楚讲到位。参会人员一个个瞪大眼睛听着，有的好像听懂了，也有的好像一直在迷糊之中，没有真正搞明白究竟是怎么个意思。

张五魁干脆站了起来，像那天夜里张英老师一样，张开双臂给大家比画起来。他双臂来回晃动着，像一只巨大的海鸥在空中翩翩起舞。

王长河坐在张五魁对面，随着眼前"海鸥"的不断飞翔，他的思绪也飞到了远方。

其实，找到锁住黄河口的好办法，是让王长河最高兴的事情。这些年来，他们单位为了清除黄河口泥沙，为了防洪和防汛，没白没黑，日夜操劳，付出的实在是太多了，其中的辛苦，不经历的人，根本不能体会，也不会理解。如果真的像王刚所介绍的那样，将黄河口的泥沙引导到无潮点去，让大海将其消化，那真是"黄河人"的天大幸事。想到这里，王长河不自觉地笑了。可是，就在这时候，他却感到腹部隐隐作痛起来。他不禁皱起了眉头。最近几天，他时常感到这种疼痛。

张五魁讲完坐下之后，无意中发现王长河皱起了眉头，便问："长河，你怎么了？身体不舒服吗？"

"没事儿，市长。"王长河赶忙说。

王刚介绍完情况，张五魁开始部署任务，一一分工。

海洋局牵头，科技局参加，黄河口水文站配合，负责整个勘探和测量工作。

黄河口河务局牵头，设计院参加，水利局配合，负责制订引导入海口到无潮点的改造方案。

财政局牵头，油田参加，前期筹划下一步所需经费的来源。

市政府秘书长牵头，市政府办公室参加，起草调查报告和相关汇报材料。

分完工，会议室一下子热闹起来，大家窃窃私语，和"左邻右舍"交流着什么。

张五魁见状，咳了一声，说："下面，各相关部门谈一下意见，看看大家有什么不同想法。海洋局，怎么样？"

海洋局局长说："这对我们来说是个全新的课题，需要边学边干。我估计，单纯依靠我们自身的努力，恐怕很难完成如此艰巨的任务。可能要请求省里和有关院校的帮助。"

张五魁说："这个没问题，该请人请人，该花钱花钱。河务局，你们觉得怎么样？"

王长河站起来说："如果真能把入海口引导到无潮点，长期锁住黄河口，这对我们'黄河人'来说，是个天大的好事儿，我们河务局全力支持，全力配合。回去之后，一方面，我们抓紧向省河务局汇报会议精神，争取上级支持。我想，这个方案的制订，恐怕也需要省河务局甚至黄委会的帮助和支持,在这方面,我们会积极做工作。另一方面,我们会把本局的工作安排好,全力配合市里做好各项工作,在这方面,河务局绝对走在前头,不拖后腿。"

"财政局,你们什么意见?"

财政局局长站起来,扶了扶眼镜说:"这个工程的规模应该比较大,所需资金肯定也不小,单纯以我们市的财力,估计很难拿出那么多钱来,到时候恐怕也需要争取省里甚至国家的支持。我们先筹划着,等到时候看看究竟需要多少资金再想具体办法。"

"油田呢,老尚,你们什么意见?"

尚铁流也站起来说:"市长,如果能锁住黄河口,那真是太好了,这是油田梦寐以求的事情。就像河务局王局长说的那样,对我们油田来说,也是天大的好事儿。这让我想起听说黄河准备改道那天的事情。当时,我是有些激动,但是我想大家都理解我的心情。黄河口不稳,对我们油田危害太大了。现在,好不容易找到了稳住黄河口的办法,我们油田一定全力支持,全力配合。"

听了这话,张五魁笑着说:"你明白为什么把你们油田放在财政组里了吗?"

尚铁流也笑了:"市长,我当然明白。您放心,该出钱时,油田一定出钱;该出人时,也没问题,我们一定全力以赴。一家人不说两家话,这是咱自己的事情,我们一定按照市里的安排办好。对油田来说,进了渤海的门,就是渤海的人;喝了渤海的水,吃了渤海的饭,没有理由不给渤海作贡献。"

张五魁不停地点头:"嗯,很好,很好,大家就是要有这个大局意识。"

回过头来,张五魁问王刚:"你们这边怎么样,有什么新想法?"

王刚说:"我们及早筹划,随时完成所需材料的写作任务,给领导服好务，为全市的这件大事服好务。"

张五魁最后讲话，他说："锁住黄河口的重要性，我们从事的这项工作的重要性，大家也都说了一些，我就不再多讲了。总之一句话，这件事情是我们全市上下，包括油田和河务局工作的重中之重。

"在这里，给大家通报一个情况。今天早上，市委王书记去省里了。为什么要去呢？因为省委书记和省长要找我们。此前专家们作出的结论，还有这次黄河口被堵，也引起了省领导的关注，他们在考虑渤海市是否还应继续在这里建的问题。王书记这次去，主要目的就是向省领导汇报我们的新发现和下一步的打算，请求省领导支持我们，给我们一些时间。当然，我们的想法目前也还只是一个想法而已，需要严谨科学的依据和切实可行的方案来支撑。这就看出眼下我们的工作有多么紧迫和重要了。

"我们现在干的这项工作，是要推翻上百位专家既有结论的工作，是一项开创性工作，大家必须拿出全力以赴的干劲和打破常规、敢为人先的精神。"

最后，张五魁又强调了几个方面的要求，主要精神是：所有工作都要抓紧开展，时不我待，只争朝夕。各部门要全力配合，打破部门分工界限，形成围绕锁住黄河口、全市上下团结一致同心干的合力。他同时强调，方案和材料也很重要，因为要推翻专家的结论，没有充足的依据恐怕不行。

散会之后，王刚跟着张五魁进了办公室："市长，我们可否成立一个'黄河口改造工程领导小组'？"

张五魁略微想了想，说："不成立了，实实在在抓就行。现在的领导小组和工作小组太多了。"

王刚走了之后，张五魁给司机小张打了个电话，然后悄悄地下了楼。在楼梯口，他正好碰到王刚去上厕所。王刚问："市长，你去哪？要不要我陪你?"

张五魁赶忙说:"不用,我到楼下呼吸一下新鲜空气。"

小张把车开过来了,张五魁坐到了副驾驶的位置上。

"去哪?"

"去医院。"

"去那里干吗?"

"看个病号。"

"噢,需要买点东西吗?"

"不用买。"

到了医院,小张想停好车后陪张五魁一起上楼,张五魁却说:"你在下面等我就行。"

张五魁直接去了上次住院的病房楼,找到医生办公室,见了当时的主治大夫。他不好意思地说:"大夫,抱歉,这些日子,我感到胸口越来越疼了,疼得夜里睡不着觉。"

大夫一看市长突然来了,赶忙说:"市长,您怎么来了?快坐下,让我看看。"

大夫先让他说明哪里疼,怎么个疼法,然后用手轻轻地在他胸部压了压。这一压不要紧,疼得张五魁倒吸了一口凉气,眉头紧皱了起来。

"这样吧,再做一次增强CT检查,看看骨折的地方是不是还没好。"大夫边开单子边说,"看来,上次的保守治疗没有起到很好的效果。论说,您应该在医院好好治疗,骨折就怕剧烈运动。实在不行就给您再做一次手术吧。"

张五魁听了一惊:"做手术?不用,不用,我不想做手术。"

大夫说:"手术不麻烦,刀口也不大,耽误不了几天工夫。"

"那也不行。"张五魁说得异常坚定。

大夫要陪张五魁去做CT检查。出了门，张五魁趁大夫不注意，拔腿就跑。

大夫看了，赶紧喊："市长，您去哪里？您别跑啊！"

张五魁像没听到一样，一边用右手捂着胸口，一边朝前奔去。

跑到医院大门口，只听后面有人大喊："快拦住他！"

张五魁回头一看，那位大夫正领着几个穿白大褂的大夫，还有几个穿蓝色制服的保安，紧紧地从后面追来。

第二十章　蓝医生

张虎林的盛大建筑工程施工队生意越来越红火了。他们通过服务油田建设，揽接有能力干的工程，逐步发展起来，成为附近几个村子中最有名的施工队。起初，村里的壮劳力并不是很愿意到施工队工作，因为施工作业太苦太累了。后来，随着收入的不断增加，施工人员个个腰包渐鼓，施工队便成了香饽饽，很多人争着往里进。

利用三年时间，张虎林对施工队进行了两次大改造。第一次，他个人出资200万元，把施工队买了下来，这事儿他是通过李世远办的。

张虎林向李世远提出要把施工队买下来的时候，李世远有些犹豫，他担心村民不愿意，也担心镇里不同意。张虎林说："这个施工队是我在您的支持下一手办起来的，当初成立时也没有经过村民同意，更没有征求过镇里什么意见，现在改制也没必要征求他们的意见。现在国家都提倡国有企业改制了，何况我们这村里的集体企业？我之所以想把它买下来，主要是考虑它的发展。"

李世远说："这毕竟是村里的大事，你容我再想想，我至少要征求一下村委会的意见再给你答复。"

一周之后，李世远给了张虎林答复，村委会同意他将施工队买断，但有三个问题必须得到确认：

一是施工队被买断后，村里原来在里面工作的人不能辞退，今后有人想进去要敞开大门；

二是对于出多少钱买断的问题，要请专业公司进行资产评估，以评估数据为准；

三是施工队虽然归了张虎林一个人，但当初成立利用的是集体的力量，被买断之后施工队每年要向村里交50万元作为回报。

这些条件，张虎林都一一答应下来，双方很快便签订了权属变更协议。

第二次大的改造是，张虎林将施工队正式注册成为建筑工程有限责任公司，三级施工资质，100万注册资金。干施工队的经历使张虎林深刻认识到，要想揽到大工程，挣大钱，必须壮大企业的实力，而且要有相应的施工资质。为此，他费了不少心血。

两次大的改造，资金都是最重要的问题。这些年，张虎林通过施工队利润分成和个人工资挣了一部分钱，但这些钱远远不够买断施工队和公司注册所用。在此期间，他向银行贷了70万元款。后来再贷时，由于欠款没有还上，银行便不再对其放贷。

于是，他问在银行工作的朋友怎么办。朋友无奈，教给了他一个办法："你可以采取融资或集资的形式解决资金不足的问题。"

"这办法行吗？怎么操作？"

"你可以向企业或个人募集资金。"

"这样能募集到吗？"

"只要项目好，回报率高，应该差不多，你试试看吧。"

朋友一席话让张虎林茅塞顿开。他按照这一办法去操作，果然解决了资金问题。

盛大建筑工程施工队变更为盛大建筑工程有限责任公司之后，张虎林成了名副其实的小老板。

他在油田租借了几间废弃的简易房子，简单整修后作为公司的办公地点，还安装了程控电话，买了一部"大哥大"和一辆桑塔纳轿车，风风火火地干了起来。与此同时，他还想追求一位美女。

张虎林追求的对象名叫蓝芃，最初张虎林曾喊她蓝凡，是县医院的一位内科医生，中医药学院毕业。蓝芃出身于中医世家，祖父蓝光华在当地很有名气。也许是受家庭的影响，蓝芃从小便对中医很感兴趣。还在读高中的时候，她便通读了《御纂医宗金鉴》和《伤寒寻源》等医学著作。高中毕业后，她考上了省城的中医药学院，只是毕业分配工作时，县医院没有中医科，她才被分到了内科。

张虎林平时最为自豪的是身体强壮，活了二十多年从不知道感冒发烧是什么滋味。但是，有一天，他隐隐感觉嗓子疼，吃东西、咽唾沫都有些困难。后来，情况越来越严重，早上刷牙时，他居然咳出了血丝。他感到这事儿不能再拖了，便到公司安排好工作，然后开着桑塔纳去了医院。

那天，在门诊坐诊的便是见习期刚满的蓝芃。蓝芃本来就长得白净，又穿着一身洁白的大褂，晨光透过窗户照进来，照在她的脸上，令她显得更加美丽。

张虎林走进诊室的时候，简直被蓝芃的美惊呆了。张虎林不由自主地盯着她的脸看个没完，看得蓝芃都有些不好意思了。

"哪里不舒服？"蓝芃拿过他的病历，边问边记录。

"大夫，我嗓子不舒服，吃东西、咽东西都很困难，而且有些疼，早上刷牙时咳出了血丝。"

"几天了？"

"四五天了吧。大夫，你说我是不是得了食道癌啊！"

"张开口我看看。啊——啊——"蓝芃做着示范。

"啊——啊——"张虎林照着她的要求去做。

"人家有文盲和法盲，我看你纯粹是个医盲。"蓝芃笑着说。

"没事儿?"张虎林有些不好意思。

蓝芃说:"是扁桃体发炎。回去多喝水,我给你开点药,吃几天就好了。还食道癌呢,你真能琢磨。"

"不是食道癌啊,那太好了。我可不想死,我的事业才刚开始呢。"

"你做什么工作?"蓝芃问他。

"我是盛大建筑公司的总经理。"张虎林回答得很有气魄,随之拿出名片递了过去,"这是我的名片,有事可以找我。"

蓝芃开好药,再次叮嘱他要多喝水。张虎林看到处方笺的落款,知道她姓蓝,便说:"谢谢你了,蓝医生。不过,蓝医生,我还真有个毛病,就是不喜欢喝水,平时不渴急了从不喝水。朋友都说,我喝的水没有喝的酒多。"

"这可不好。水是生命之源,人缺了水,就像树缺了水一样会干枯。以后要改了不喜欢喝水的习惯。"

"好,好,以后我一定多喝水,谢谢蓝医生了。"

"不客气,一楼交款拿药。"

张虎林走出诊室门时,又回头看了看蓝芃,不料和一个低头走得正急的病人撞了个满怀。

两个星期之后,张虎林再次来到医院,还是蓝芃在那里坐诊。

"蓝医生,你还认识我吗?"张虎林坐在蓝芃旁边的小凳上问。

"你是——"蓝芃感到有些面熟,又不敢确认是谁。

"我就是那个'医盲'啊,怀疑自己得食道癌那个,张虎林,我给你留过名片。"

蓝芃这才想起来:"哦,怎么样,好了吗?"

"好了,早好了,你开的药太管用了,我还没吃完就好了。另外,我按照你的嘱咐,坚持天天喝水、经常喝水,一天能喝两暖瓶。"

"是吗?也不要喝太多了,要量少勤喝,一次喝太多对胃也不好。你这次来是——"蓝芃问他。

"我的右肩膀有点疼，胳膊抬不起来。"张虎林边说边做抬胳膊的动作。

蓝芃说："使劲抬抬我看看。"

张虎林做出使劲抬的样子，但是故意没完全抬起来。

蓝芃站起来，用手使劲摁了摁他的肩膀和后背，每摁到一处，便问疼不疼，张虎林总是龇着牙说疼。

蓝芃重新坐下，拿过笔开药方："应该是肩周炎，我给你开几贴膏药，另外开点止疼药，疼得厉害时再吃。平时注意多活动，别受凉。"

张虎林拿起药方，但并不想立刻离开："蓝医生，今晚有空吗？我想请你吃饭。"

"谢谢，不必了，给你看病是应该的，再说医院有规定，大夫一律不准吃病人的请。"

"我不是你的病人，我们是朋友，对不？"张虎林还是不走。

"谢谢了，真的不行。下一个！"蓝芃下了逐客令，张虎林只好离开。

从那以后，张虎林便有病没病地来找蓝芃"看病"。蓝芃感到奇怪，她不知道自从张虎林第一次来看病时，便把她当成了自己的追求目标。

张虎林是从第一次见到蓝芃时便喜欢上她的，他发誓要追求她。对于两个人是否般配，张虎林认为，两人在某些方面是有些差距，人家这么年轻就当医生，肯定是大学毕业生，而自己只是一个初中生；但是他认为自己是建筑公司的老板，事业有成。他还认为，无论多高贵的女人，都是"不堪一追"的。基于这种认识，他便发扬"一要大胆，二要脸皮厚"的精神，开始了追求蓝芃的艰苦历程。

他邀请蓝芃吃饭，蓝芃不出来；他给蓝芃买高档化妆品，也被蓝芃谢绝。到了后来，他再去找蓝芃看病，蓝芃也因知道他动机不纯，不再搭理他。

尽管蓝芃表现得非常决绝，但张虎林并不灰心。不让去单位看病找她，难道还不让在单位大门口等她？蓝芃下班时间还没到，张虎林便把桑塔纳轿车停在医院门口等候。见蓝芃出来，张虎林便笑着迎上去接她。蓝芃问："你要干啥？"张虎林说："没啥别的意思，就是想和你一起吃个饭，交个朋友。"蓝芃说："不好意思，我家里有事，我要回家。"张虎林接上话说："我开车送你。"蓝芃不答应："我坐公交车。"说完，她迈开大步往前走。张虎林赶紧发动汽车，紧紧地跟在蓝芃身后，而且一个劲地摁喇叭，但蓝芃不为所动，最终也没上他的汽车。

第二天，张虎林又来了。"你咋又来了？"蓝芃服了他的顽固。"我真没别的意思，赏个脸吃顿饭有什么呢？"张虎林像牛皮糖。看到单位门口人多，有些同事在看他俩，蓝芃感到不好推拒，便上了张虎林的汽车。

从此之后，蓝芃便上了张虎林的"贼船"，跟着他下饭店、逛商场、进舞厅、游山水。一来二往，日久天长，蓝芃被张虎林的真诚和爱心所感动，答应了和他处朋友。

有一天，张虎林特意穿了一件新买的夹克衫来见蓝芃。他问蓝芃："我这件衣服怎么样？"

蓝芃说："你能不能不穿夹克啊？"

"夹克不好看吗？"

"你没听人说吗？桑塔纳石林烟，罐头杯子夹克衫，一看就是油区小老板。你能不能别打扮得那么土？"

从此以后，张虎林再也不穿夹克衫，不吸石林烟，也不用玻璃杯子喝水了，只是桑塔纳轿车，他一时没有换。

和张虎林私下里确定关系后，蓝芃心里是犯过嘀咕的，她担心父母不同意这门婚事。为了得到父母的认可，蓝芃动了不少心思。她家里需要找人打几件家具，张虎林知道后自告奋勇地说："打什么家具啊，我给你家买不就得了。"蓝芃说："那不行，那样等于收别人的东西，爸妈肯定不同意。"张虎林便说:"我们公司有木匠,我安排他们来打。"蓝芃说:"这样也好,到时候你也过来,我先不向爸妈介绍你是谁,等干完活后我再向他们说明。你一定要表现得好一点,给他们留下一个好印象。"张虎林兴奋地点点头。

等家具打完,蓝芃问妈妈:"你看给咱打家具时来张罗的那个小伙子怎么样?"妈妈说:"没看出来,倒是很能抽烟。妈妈也是学医的,对抽烟很反感。""他就是您未来的女婿。"蓝芃把她和虎林的关系直接说了出来。妈妈吃了一惊:"干什么的?什么文凭?"在得知张虎林只是一个初中毕业的建筑公司的小老板后,妈妈说什么也不同意。不过父母拗不过女儿,经过两年冷战,蓝芃的坚持终于换来了父母的默认。

张虎林谈恋爱后,不像哥哥那样低调,而是特别张扬。他带着蓝芃满城到处跑,不仅很快带进家门,有一次还留蓝芃在家里住下了。结果第二天,他就被父亲张志善痛骂了一顿。

"爹,我想下月结婚。"张虎林突然跟父亲说了这么一句话。

"结婚?下月?你哥哥还没准备结婚呢,你急什么?"张志善一点思想准备也没有。

"哥哥和李小叶谈那么长时间了,还不结婚,真不知道他在等什么。"张虎林显然不知道哥哥和未来嫂子的真实想法,"哥哥不结婚,也不代表我不能结啊。我等不及了。"

"等不及了?真没出息!"

"爹,实话告诉你吧,蓝芃怀孕了。"

这让张志善又是一惊,他想了想说:"那也不行,等你哥哥结了婚再说。当弟弟的先结婚,咱们这里不兴这个。"

"可是我哥一点结婚的迹象也没有,难道让我们等生了孩子再结?"

"这样吧,等你哥哥回来我问问他,你们如果能一起结婚也行。实在不行,你再先结。你自己作下的,也没有其他办法了!"

自从张五魁和李小叶商量好故意让家人知道他俩之间的事儿之后，他们便采取了一些行动。两人曾多次一起出现在槐树庄的大街上，故意做出很亲密的样子，而且为了让更多人看到，他们还主动上去跟人打招呼。但是，无论是张五魁的父母，还是李小叶的父母，都没听人提起儿女们的这档子事儿，一切都像什么也没发生一样。这让张五魁和李小叶既纳闷，又有些失落。

一天晚上，李小叶在宿舍里主动和妹妹谈起张五魁，试探性地问："小诗，你感觉五魁哥这个人怎么样？"

李小诗当时正在伴着"半头砖"录音机哼歌，有一搭无一搭地回答说："你们两个天天在一起，他究竟怎样我怎么知道？我又不了解他。"

妹妹的回答让李小叶大失所望，不过她选择了坦白："我感觉他人还不错，我们相处了，我想过几年嫁给他。"

李小诗听了，咔嚓一声把"半头砖"关掉："什么，你要嫁给他？可是，你敢确定你爱他吗？真的爱吗？他又爱你吗？发自内心地爱你吗？"

李小叶点了点头："是的，我爱他，他也爱我，这没什么可怀疑的。"

"既然彼此相爱，那就结婚呗，还问我干什么？"李小诗说完，推门走了。

上班时间，张五魁正在和刚调到他们大队工作的陈甸说话，突然有人敲门，开门一看，是李小诗。

"小诗啊，你咋来了？快进来。"

"这是陈师傅。陈师傅，这是我对象的妹妹李小诗。"张五魁为双方作了介绍。

李小诗并不进来："我有点事儿，你出来一下，我想单独跟你说。"

张五魁只好跟着她出去。到了院子里，李小诗转过身来对他说："其实，也没什么，我只是想问问你，你真的爱我姐姐吗？"

这个问题出乎张五魁的预料，不过他很快作出回答："这个啊，当然，我爱她，真的。我难道还骗她不成？"

李小诗说："我不是开玩笑的，希望你看着我的眼睛回答。你真的爱她吗？你的心里还有没有其他人？"

张五魁笑了："好妹妹，我真的爱她。在我心里，从来就没有，以后也不会有别的女人。"

"那好吧，我走了。"说完，李小诗像风一样离开了。

事后，张五魁将李小诗来找他的事情告诉了李小叶。李小叶说："那天，我向她提起你时，她也这样问我，不知她在想什么。哎，我问你，你真的爱我吗？"

张五魁说："你们有没有搞错？我不爱你，还能爱谁？真是的！"

李小叶说："那好，你要向我保证，以后要爱我疼我，永远不许变心，不许喜欢别的女人。"

张五魁说："好好好，我保证，我保证。"

"那，我们拉钩。拉钩上吊，一百年不许变，谁要变，就是大坏蛋！"

于是，张五魁伸出手和她拉钩。

"不行，你还要写下来。"李小叶又提出新的要求，并起身去找纸和笔。

"还要写下来？没必要吧，写下来干吗？"张五魁不写。

"写，我说写你就要写，你不是说疼我爱我吗？你写下来我心里踏实，万一哪天你变心了，我好拿出来让你看看。"

"好好好，我写，我写。"张五魁接过笔，很不情愿地写下"保证书"："我发誓，一辈子永远爱李小叶，永不变心。"

李小叶看了，如获至宝，一把拿过来，然后在张五魁脸上使劲亲了一口。

那天，张五魁和李小叶商定，以后不再跟家人捉迷藏了，找适当机会直接告诉自己的父母，看看他们究竟什么态度。

张五魁和李小叶相约星期天各自回家。

李小叶首先告诉的是母亲王晓岚。她鼓了好几次勇气，对正在做饭的王晓岚说："娘，我和五魁哥相处了。"

"这个我知道。"王晓岚并没感到奇怪。

"你咋知道的？谁告诉你的？是不是小诗？"

"不是她，她什么也没说，我也没听任何人说。"

"那你是咋知道的？"

"我和你爹感觉到的。"母亲的回答出乎她的预料。

"那你和爹有什么看法？同意我和他在一起吗？"

王晓岚说："难道有什么反对的理由吗？我们早盼着呢！"

张五魁回到家里，是父亲主动问的他。父亲说："回来啦，最近忙吗？"

"还行，和以前一样。"

"你弟弟想下月结婚，你和小叶的事儿，有想法了吗？"

"你知道我和小叶的事儿？听谁说的？"

"是你娘察觉到告诉我的。"

"那你们什么态度？"张五魁期待着父亲同意的回答。

张志善慢悠悠地说："我们没有反对的理由啊，婚姻的事情，你们自己做主吧。不过，我希望你能和弟弟一起结婚。"

父亲的态度出乎张五魁的预料。张五魁说："自学考试还有一年才考完，我和小叶商量，等我拿到本科毕业证再结婚，你看怎样？"

张志善说："虎林他女朋友怀孕了，那就让他先结吧，事情只能这样了。"

一个月后，张虎林举行了槐树庄有史以来规模最大的婚礼。

结婚之后,张虎林依然和父母住在一起,这是父亲在他结婚之前提出的唯一要求。父亲的理由是:"你哥哥在外面混事儿,以后结婚肯定住单位分的房子,你就不能在外面住了,等我和你娘老了的时候,身边没人不行。"

第二十一章 收购油井

槐树庄老居住区拆迁之后，建起了一座座密集型油井，附近还盖起了10号采油厂的办公楼。

在整个拆迁和钻井过程中，张志善几乎每天都在现场盯着。他不是关心工程质量，也不是对热火朝天的施工场景感兴趣，而是关心他家那棵大槐树。

由于拆迁最终由盛大施工队接了过来，张虎林对施工人员也事先作了交代，大家都知道这棵大树对张家的重要性，因此对这棵树保护得很好。只是因为前期北方建筑施工公司曾在夜晚施工，惊了原本栖息在树上的麻雀，从此，麻雀晚上再也不来大树上栖落了，甚至白天也不来了。

老房子拆迁完了，负责钻井的施工队紧跟着开了进来。这些钻井人员虽然都是外地的，但是有人事先也向他们交代过，村里那棵大槐树说什么也不能碰了刮了，更不能砍了。因为，它不仅是县里的重点保护文物，更是大树主人的命根子。因此，整个钻井作业过程中大树一直被保护得很好，没有受到任何伤害，这让天天来盯着的张志善感到了些许宽心。

经过一个时期的钻井作业，这一带很快有了新的面貌，村中布满了一台台"磕头机"。这显然不同于原先的农村生活场景，也不是纯粹的现代工业画面，它们很像从地里生长出的一种特殊植物，生生不息。一台台"磕头机"星布在大地上，显得颇为壮观。尤其是清晨太阳刚刚升起，或者傍晚太阳将要落山的时候，橘红色阳光下的油田非常壮观。

紧靠大槐树的南面，就是一口油井。每当"磕头机"开始运转，远远望去，酷似一个巨人跪在大地上不停地给房台上的大槐树磕头。张志善有时在大槐树下盯着"磕头机"发呆，每每有一种物是人非、恍若隔世的感觉。

大槐树旁边这口油井，编号为10-08井，勘探油层厚度为5米，储量上万吨，与周围的井一样采取的都是水平钻井技术，属于深井，钻井深度达4500米。这口油井非常奇怪，钻探人员按照勘探结果和设计方案明明钻到了规定深度，也触及了目标油层，但是等把钻杆和钻头撤出，安装好"磕头机"正式生产原油时，却让人大失所望。该油井出油量很少，开机12小时出不了两吨油，像是已经开采多年的旧油井，而周围其他油井产量都很大，一天产油少说也要10吨以上。

针对10-08井出油量少的问题，10号厂专门组织有关专家、勘探人员、设计人员和施工人员进行了"会诊"，结果大家各执一词。勘探人员说："勘探结果没问题，下面储量的确很大。只是地质状况比较复杂，属于断块油藏，与周围的油藏不在一个水平面上，也不是同一个流向。可能是钻井时没钻到最佳出油点。"设计人员说："我们的设计方案也没什么问题，都是按照勘探结果来的，也是经过缜密测算的，最佳出油点的确定采取的是'靶心式'定位法，问题不在设计方案上。"施工人员说："既然勘探和设计没什么问题，我们施工方更没问题了。首先，钻探地点没错；其次，油井垂直度没问题；第三，深度没问题，达到了4500米。"最后，油田管理总局的一位专家说:"根据勘探结果来看,这里储量的确很大。我看这样好了,大庆油田那边新发明了一种STT随钻测量技术,能保证水平井的中靶准确性、提高井眼轨迹控制质量,更重要的是能找到最佳出油点。这种技术你们油田目前还没采用,可以向他们学习一下。我建议利用这一新技术,再对这口油井进行钻探,不然就太可惜了。"采油厂领导同意了这位专家的意见,派人专门到大庆油田学习随钻测量技术。

一个月后,大槐树旁重新竖起了钻杆,原来的"磕头机"被卸下来放在了一边。钻井人员用了十多天时间,终于钻到了重新确认的最佳出油点,而且随井探测仪也证明了这一点。可是,当"磕头机"重新竖起来之后,情况并没有什么改观,每天出油依然不到两吨。这让众人傻了眼,不知道问题究竟出在哪里,采油厂领导对这口井也失去了信心。

按照油田管理局的规定,凡是每天产油量不到两吨的油井,都属于枯竭型油井,必须关掉。因为,如果继续开机,连运转成本都抵不上。就这样,10-08井还没产油就被打入了关机的"黑名单"。

张五魁从单位回来时,李小叶已经准备睡觉了。看到丈夫疲惫的样子,她本想等第二天再说那口油井的问题,但最终还是忍不住开口了。

她问张五魁:"你知道吗?你家大槐树旁那口油井不出油。"

张五魁想起曾听父亲说过这事儿,还听说油田找了专家会商,又重新钻了一次。"不是重新钻过吗?还不出吗?"他也有些费解。

"还是那样,已经关了。"李小叶给张五魁倒了一杯蜂蜜水,让他解乏。

"挺奇怪的啊,不是说下面储量很大吗?"

"是啊，问题就出在这里。我向局里技术处的同事询问过，他们说肯定是没钻到最佳出油点，不过他们现在已经放弃了。"张五魁躺在床上，李小叶站在床边边比画边说。

"不再努力努力就放弃，有点可惜。"张五魁喝了蜂蜜水，头脑清醒了不少。

"是有点可惜。可是，这也给咱们提供了一次机会。"李小叶说。

"什么机会？"

李小叶说："你没发现，那口井在那里，始终是你爹的一块心病，让他很不安心。我曾问过油田，既然那口井已经不出油了，能否彻底封了，把'磕头机'也拆了，把井填平，恢复原状。但是，油田并不同意。"

张五魁不解："为什么不同意？"

"我估计油田怕花钱，已经投了那么多钱了，再拆除，还要花钱。油田内部有个规定，就是每天产量不足两吨的油井，都列为等待报废的废油井，可以处理掉，听说处理价格很便宜。还听说，有些油井只是某个时段产量不大，过一段时间就可能正常出油，人家以前买废油井的，有的还发了财呢。这口油井也已经列入处置名单了，可是没人敢买，不如我们把它买下来。"李小叶说。

"我们买下来干吗？想捣鼓一下让它再出油卖钱？"张五魁想不到妻子还有这样的想法。

李小叶说："我不是这个意思，我们买下来，找人把它拆了，彻底封了，不也就去除你爹的心病了吗。"

"是这样啊！真想不到，我的好小叶，居然有这样一片孝心。我全力支持你。你真是我的好老婆。"

李小叶嗔怪说:"就你贫嘴。这还不是为了我们这个家吗?"

李小叶还说:"这口井,要买下来,我算了算大约需要20万,我们没那么多钱,需要凑一凑。"

张五魁说:"咱没这么多钱啊?要不找虎林借点?"

"按照局里的规定,废油井不能卖给本单位职工,我们不能以自己的名义买,我想好了,这事儿以你爹的名义办。不过也不能向弟弟借钱。"李小叶想得非常周到。

"为什么不能借虎林的钱?"张五魁很纳闷。

"他的钱有其他用处。我可以向我同事借点,你放心,这个不用你管了,一切由我来操办。"

"那太好了。"张五魁一把将李小叶拉到怀里。

刚说完这事,张五魁不知道怎么突然想起当年岳父给他写信要买他家老房子的事来,便问:"我上中专的时候,你爹曾给我写过一封信,这事儿你知道吗?"

李小叶不知道情况:"他给你写信?为什么?"

"为了我们家的老房子,他想买,托人给我爹说,我爹不同意,他就想通过我劝劝我爹。"

"哦,还有这事儿?我从没听说过。不过,他买你家老房子干什么呢?"李小叶感到纳闷。

"这个问题,一开始我没想过,后来我爹给我写信时也提过这个问题。我爹说,你们家都是女孩,也不用考虑买房子的事儿。"

"也许是为了那棵树吧。"李小叶想了想说。

"可是,我爹态度非常明确啊,那棵树根本不会卖。"

"那也是，我也想不出到底为了什么。"

和丈夫商定购买油井的计划后，李小叶便开始了行动。最难的是借钱，等她把钱凑够之后，已经三个月过去了。随后办理手续就非常顺利了，李小叶很快把油井买了下来。

当张志善听说李小叶把油井买下来的消息后，一开始很吃惊。他既为小叶的一片孝心所感动，又为要彻底封井感到惋惜。好不容易钻出的油井，因为暂时不出油就封了，而且是自家花钱买了再封。这实在太可惜了。三天后，张志善向张五魁和李小叶提出了一个考虑再三的想法。他不想封井，而是想学其他买废油井的人家，想办法看能不能让它出油，即便不多，出多少算多少，至少要把买油井的钱赚回来。

对于张志善的想法，李小叶和张五魁一开始不认可，仔细想想，也就明白了老人的苦心。毕竟，张志善是从苦日子过来的，有这种想法是可以理解的。

怎么让油井出油，这是个问题。李小叶自有办法。她有一个校友，叫苗青，一开始分在他们油田工作，后来调到了大庆油田，从事技术工作。李小叶打电话专门向他请教，将这口油井的情况作了详细介绍。苗青听了之后说，根据他的判断，可能是出油压力不够导致的。这种情况，有时会随着地壳运动引起的变化自然改变，也可以采用注入蒸汽的方式增加压力，捅破出油口的"窗户纸"。

于是，李小叶把苗青请来了。

苗青是带着他们单位最先进的勘测仪器来的。把仪器在油井上面摆弄一阵子之后，苗青笑着说："小叶，我相信一定能让它出油的！"

"是吗？可是，之前我们油田鼓捣了好久，也没弄出油来。"

"我想应该没问题。我来给你找人，采用蒸汽注入法试试，应该差不多。"

"那太好了，一切费用我来承担，需要花钱找人也没问题，另外，我要给你报酬。"李小叶想得就是周到。

"你把我当什么人了？我是你的朋友，来帮忙的，不是来挣钱的，别搞错了。"

"那也不能让你白辛苦啊！"

随后，果然一切都非常顺利，也非常成功。等"磕头机"重新启动的时候，乌黑的原油便缓缓往外流淌起来。

油井出油时节，也是一个夏末秋初。

一天早上，看油工发现了一个奇特现象，大槐树一夜之间叶子全部落光了。

看油工第一时间告诉了李小叶，李小叶马上通知张五魁。张五魁准备告诉父亲的时候，张志善早已来到了大槐树下。

看到大槐树光秃的枝条和满地的落叶，张志善感到很惊奇。连续很多天，他都时不时来树下站站，心里惴惴不安，脸上愁眉不展。

张五魁下班之后没有回家，直接开车来到大槐树下，他想看个究竟。来了之后，只看到了大槐树光光的枝条，地上的落叶早已被看油工打扫干净。

几天后的一个晚上，张五魁满脸凝重地回到家。

"小叶，有件事我觉得必须得和你商量一下。"他咬了咬牙，还是开了口。

"啥事儿，一脸苦大仇深的样子。"李小叶调侃道。

"我们把油井退还油田吧。"

"什么？为啥？到底出啥事儿了？"

"我思前想后，感觉心里堵得慌。我们一家，除了我爹在奶奶火化一事上犯过错误，还没做过任何违心的事儿，也没占过任何人的便宜。可是当这口油井真的出油了，我感觉我们好像占了油田的便宜，好像做了亏心的事儿。我……"张五魁不知道该怎么继续说下去。

"你在说笑吗？"李小叶傻傻地看着张五魁，感觉很意外，半天才蹦出一句话，然后又摸了摸张五魁的额头，"你不发烧吧？"

"我没有开玩笑。"张五魁心一横，"看到落叶的大槐树，我想起了奶奶，想起了父亲母亲，想起了张英老师，想起了邱局长、王大队。从小到大，周围的人给我的最大影响就是要做一个堂堂正正的人，不要违背自己的良心，我实在是接受不了拿原来公家的油井来赚钱这件事。虽然咱们出钱买下来了，但是我心里有一百个一千个不安，我们还是把油井退了吧。"

"不行。油井不出油，油田已经把它列为废井，这是事实。我们没骗任何人，也没有违反政策。我让油井出油那是我自己的本事，亏哪门子心？再说了，之前不少人不是都这么做了吗，怎么到我们这里就不行了呢？"李小叶看到张五魁没有开玩笑，情绪也激动起来，仿佛张五魁要夺走她辛辛苦苦得来的宝贝。

"我是公安，吃的是公家的饭，办的是公家的事儿，是国家培养了我。虽然买油田没有违反政策，但是我感觉我们还是钻了空子，打心眼里还是接受不了。"张五魁眼里带着真诚,甚至带着哀求,"我不想以后在心里落下投机分子的阴影。"

"你高尚,你堂堂正正,我投机钻营,我自私自利,行了吧?"李小叶情绪有点崩溃,眼里闪着泪花说,"我为了谁,还不是为了两边老人生活好一点,还不是为了咱俩经济上不犯难?你,你……"

"小叶,我一个穷小子,你相中我什么,不就是我这个人吗?可是如果我们不退了油井,我会一辈子不安的。"张五魁盯着李小叶的眼睛,语气变得异常坚定。

"那行!你自己高尚去吧,我回娘家去住!"李小叶拿起包,摔门而去。

此后一周,李小叶没有回来见张五魁。一周之后,油田那边传来消息,李小叶真的将油井退回了油田,油田对她提出了表扬,并奖励她一万元;同时,油田还请苗青为勘探、钻井人员做了一次技术报告。

当家门再次打开时,张五魁一把将李小叶搂在怀里。李小叶的脸紧紧贴在张五魁的胸膛上,委屈地抽泣着。两人什么都没说,就这么相拥着站了好久。

随后的日子,张五魁一家人一方面期待全家平安,另一方面期待来年春天大槐树再发新芽。

春节过后,倒春寒,一连下了很多天大雪。

春日迟迟,天不暖,花也不开,直到三月底,柳树才开始发芽。

那些日子里,张志善几乎每天都来到大槐树下看看,希望能看到大槐树重新发芽开花。这一次，他失望了，从春天到夏天，大槐树始终一叶没长，一花不开，仿佛季节的变化已经与它毫无干系。

树难道真死了？

无奈之下，张志善把二儿子张虎林叫回来，让他派人爬上大树，从上面折下一段树枝。张志善拿在手里，仔细看了看，发现树枝里面发青，并没有干枯，他才放下心来。

张志善只能等待下一年春天。可是，他一连等了几年，大槐树依然没有发芽，真的像死了一样。

后来，张五魁联系了县林业局的专家，专家来了，围着大树转了一圈又一圈，看了一遍又一遍，回去之后查找了很多资料，也没有解开大槐树不发芽、不长叶、不开花之谜。

第二十二章　再次探海

新的一天又开始了。张五魁早上起来洗脸的时候，突然感到右眼的下眼皮一连跳了七八下。他想起民间有"左眼跳财，右眼跳灾"的说法，不自觉地跟妻子李小叶嘟囔了一句："眼皮怎么老跳呢？"李小叶正在厨房做饭，说："肯定是没休息好。"

吃过早饭，张五魁拿起公文包就要走。李小叶说："今天周末，你就不能在家休息一天吗？就是半天也好。"

"别说半天了，我恨不能像孙悟空一样变成几个用。"张五魁说完，就急匆匆地走了。

半路上，王基业打电话过来，向张五魁说了一下面见省委书记和省长的情况。王基业说："这次效果还不错，把咱们的新发现和下一步的打算都向两位领导汇报清楚了。他们听了之后，也为我们的发现感到高兴，只是感觉他们心里好像还不太踏实。省委书记说：'既然这样，在三角洲建市的方案就暂时不变了，给你们半年时间，搞好调查论证，拿出有说服力的报告，再向上级汇报。工作一定要做扎实，毕竟推翻那么多专家的意见不是轻而易举的事情。'省长也说：'省里全力支持你们的工作，我安排有关部门过去，配合你们开展工作，遇到什么困难，有什么新情况，及时汇报。'"

"这真是太好了,还是领导英明!"张五魁心生感叹。紧接着,他向王基业汇报了召开部署会的情况,并说他打算亲自带人去现场考察。

王基业说:"好啊。这样,下一步,我重点负责全市和油田的各项工作,你集中精力抓好黄河口的改造,争取尽快取得实质性进展。"

张五魁开玩笑说:"书记,没问题,您指到哪里,我就打到哪里!"

"不,不,你打到哪里,我指到哪里!"王基业跟着说,"不过,我喜欢你的性格和打法。咱们俩好好配合,力争成为'黄金搭档',全力把渤海市建设好。"

张五魁继续开玩笑说:"书记,这个也没问题,如果咱俩是'黄金搭档',我是'黄',黄河的'黄',您是'金',金光闪闪的'金'。"

王基业笑了:"你可真行,不仅工作干得好,想干事,会干事,干成事,想不到嘴皮子也这么厉害,我服了你了!"

到了办公室,张五魁又接到张英的电话。张英告诉他,她回到青岛后又查了一些关于无潮点的资料,越来越感觉到将黄河口引导到无潮点方向,用潮汐原理和海动力将泥沙输送到大海深处是可行的。为了帮助张五魁做好前期勘探和论证工作,她准备带几位教授来一趟渤海市。同时,她还与当地海洋研究所取得了联系,寻求他们的支持和配合。

张英还告诉张五魁,她已经接到国务院正式通知,她的关于变更兖花铁路和花山港口建设方案的建议,审核已经通过了,国家计委正在组织有关部门变更设计方案,兖花铁路正式改为兖千铁路,深水大港建在千户所,更名为千户所港。

"这真是太棒了!"张五魁由衷地为老师高兴,也更加佩服她了。

张五魁决定再次出海。他自言自语地说:"主席教导我们,要想知道梨子的滋味，你就亲口尝一尝。"他感到，大海虽然像一面大镜子，向世人全部敞开，但又像一个巨大的迷宫，里面有很多人们未知的奥秘；要想掌握无潮点的奥秘，他必须真正深入进去。

这次出海，张五魁做了精心准备。他首先确定了此行的主要目的：一是确定无潮点的具体位置，特别是它与入海口之间的实际距离；二是初步掌握莱州湾和渤海湾潮汐运行与变化的基本规律。

在随行人员上，张五魁想，为了今后便于开展工作，"东海取经团"成员尽量参加，同时海洋局、科技局有关人员，特别是专业技术人员也必须跟上。

在时间选择上，张五魁考虑，应该选择涨潮和退潮两个不同时间点出行，那样才能更真切地感知潮汐运行的规律，也能更好地观察无潮点的特征和变化。

在行动线路上，张五魁决定，渔政船从码头开出后先到黄河口，然后从黄河口往外开，这样便于确定无潮点与黄河口的相对方位和距离。

他特别交代，出行前一定要检查好船只的安全状况，包括雷达等相关设备，不要像上次一样出现状况。同时他要求，还是上一次的船长负责开船，因为上一次他们曾一起偶然进入过无潮点，对情况相对熟悉。

当他把王刚找来安排这些的时候，王刚问："市长，是不是等张英老师来了一起去？"

"张老师很忙，不知道哪天才能来，我们先去看看，不然心里不踏实。等她来了，肯定要陪她再走一趟。"

出海这天，风浪比较大。张五魁要求船上所有人都穿好救生衣。蓝白相间的大船上，五星红旗在空中不停地飘动，几个着红衣的人在甲板上不停地移动，时而抓紧栏杆，时而指指点点。

大船从码头向黄河口慢慢靠近。黄河水不停地朝大海奔涌，船上几乎所有人都能感到逆流而上的阻力。

到达黄河口后，大船缓慢调转方向向外开去。顿时，船身好像轻松了很多，像一个大胖子减了肥一般。

正是涨潮最汹涌的时刻，海上一浪接着一浪。当海上迎面来的浪头和黄河来的激流相遇那一刻，水花四溅，倾盖到了船上，像下暴雨一样。张五魁一行人惊呼着，赶忙弯腰。水浪过去后，他们身上全湿了，幸亏都穿着救生衣。

大浪过后，王刚说："这就是传说中的春潮吧。"

王长河笑着说："想不到我们当了一次弄潮儿！"

让张五魁感到奇怪的是，这次船后拖起的浪花更大，却不像上次那样有海鸥跟着。那些海鸥分散在大海上空，鸣叫着，翻飞着，时而低吻浪花，时而飞向云端。这时候，张五魁忽然明白了，上次出海，海上风平浪静，几乎没有浪花，所以海鸥才追着大船拖起的浪花捕捉被翻起的小鱼，如今到处都是浪花，海鸥们显然没有盯着大船的必要了。想到这里，张五魁不禁感叹，大千世界，到处都有学问啊。

船一直向前推进，大家时而手指远方，时而大声争执，时而默默思索，不知不觉间半天过去了。突然，只听王刚指着东北方向一片海面说："快看，那里！那里是不是无潮点？"

大家顺着他指的方向看去，果真是非同一般的景象。只见波涛汹涌的大海上，有一块非常平静的水面，像一块圆圆的大镜子，也像一个巨大的冰块，不起任何波澜，只是水面随波浪轻轻地晃动着。

"对，那可能就是无潮点。"张五魁立即瞪大了眼睛，"告诉船长，慢慢靠近，先不要进去。"

王刚赶紧下来，走进驾驶室传达张五魁的指令。

"现在走了多远了？"张五魁大声朝下喊。

"距离显示，2.5海里。"船长大声回答。

"2.5海里，不到5公里。"张五魁边盘算边念叨，"嗯，不算远，应该是一个比较理想的距离。"

"哎，你们看看，这个无潮点大约有多大？"张五魁又喊道。

"我估摸，直径大概有30米吧。"王刚说。

"没那么多，我约莫，也就20米。"王东明说。

王长河却说："你们估计小了，我估计应该有50米。"

张五魁说："这样，让船长开着船，围着它转一圈，看看到底有多大。"

船长按照张五魁的指令，贴着这面"大镜子"的边缘慢慢转了起来。可是，等转回来的时候，他们似乎又记不清出发点了，只能根据印象确定位置。

经过一番测算，张五魁初步断定，这个无潮点直径大约35米，面积大约1000平方米。所谓无潮点，实际上是一个无潮区。

转了一圈之后，船长问下一步怎么走，要不要开进去。张五魁说，先不要进去，再继续往前开。

船在前行，张五魁在思考。他突然问大家："哎，你们说，刚才这个无潮点是上次我们经过的那个地方吗？"

王刚说："应该是吧。"

张五魁转身问王长河："你感觉呢？"

"我也感觉好像是。"

"什么叫好像是？是就是，不是就不是。"

随后，张五魁又一一问了其他人，大家都感到说不准，也有些疑惑。

张五魁把自己的疑问讲了出来:"我感觉不是。记得上次,我们的船是开了进去的,而且进去后船出了状况。可是,今天这个无潮区也太小了。大家想想,我们乘坐的船就已经够大了吧。"

说到这里,大家恍然大悟。张五魁接着说:"如果今天看到的这个无潮区就是上次经过的那个的话,说明它的面积变小了;如果不是的话,很可能附近还有另一个更大的无潮区。"

听了张五魁这番分析,大家都感到市长真是太细心了,一个个都怪自己太粗心大意。

张五魁果然判断对了。没走多远,他们又发现了一个像一面大镜子一样的区域,只是这个区域比刚才那个要大得多,大概有它的五倍那么大。与上一个不同的是,这面"大镜子"好像更沉重一些,海面比有海浪的部分似乎也更低一些;而且这面"大镜子"的位置似乎并不固定,在小范围内移动。事实上,这一个正是他们上次出海时经过的那一个。

看到眼前的场景,船上的人全都惊呆了,有人甚至不自觉地张开了嘴巴。

张五魁虽也感叹自己判断正确,但此时他心里更多的是疑惑:老师明明说莱州湾只有一个无潮点啊,怎么又出现了一个?

"这是不是传说中的M1啊?"尚铁流问张五魁。

"肯定不是。张英老师说,M1在秦皇岛那边,这里离秦皇岛还远着呢!"海上风比较大,大家说话声音都比较大,像喊一样。

"不过,这可是一个新发现,也是一个奇迹。今天,大家见证了奇迹。"张五魁很快意识到了这个发现的重要性。

王东明更是兴奋不已:"这真是太好了。我从事海洋工作这么多年,从来没有注意过这个问题,真是灯下黑啊!"

接下来，张五魁让船长像刚才一样，围着这个新发现转了一圈，大体上测算了它的面积。

王东明说："看起来，这个的潮差也不大，最多5厘米左右。等下一步测量船来了，我们好好测一下。"

船长再次询问是否进入这个区域。

想到上次的经历，张五魁说："保险起见，这次不进去了，等'大部队'来了之后再说。"

随后，张五魁招呼船长返回，并且告诉他，要经过刚才发现的小的无潮点；到达那里之后，要寻找最短的路线，直接靠近海岸，不要再朝黄河口开；靠近海岸后，再拐向黄河口。

船长根据张五魁的安排，稳稳当当地驾船返回。等轮船靠上码头后，张五魁赶紧向船长询问数据。

船长告诉他，第二个无潮点距离第一个无潮点大约2海里，第一个无潮点距离海岸大约1海里，黄河口距离第一个无潮点正冲的海岸大约1.5公里。

"这正是我所期盼的数据。"张五魁听了，咧开嘴笑了。他环顾一下大家，问："你们听清楚这些数据了吗？这很重要。长河，怎么样？下一步要看你们的了。"

王长河赶紧回答："市长，我听清楚了，应该没问题，我们全力以赴。"

王长河一边说着，一边抬起右手捂了捂肚子，脸上露出一丝痛苦的表情。

"怎么了，肚子疼吗？"张五魁赶紧问，"不舒服抓紧去医院，别硬撑啊！身体是革命的本钱。"

王长河摆摆手说："没事儿，没事儿，市长放心。"

下了船，他们一起坐面包车返回。车上，张五魁又不自觉地摆弄起他的"五魁手"来，掰得嘎嘎响。

尚铁流坐在张五魁身边，问他："市长，大家都传说您的手很奇特，很厉害，抓铁有痕，拍砖成粉，这是真的吗？能不能让大家看看，欣赏欣赏？"

"看看不行，可以给你攥攥。"张五魁微笑着把手伸了过去。

尚铁流刚想伸手攥，立即意识到不好，又赶紧把手缩了回去。

第二十三章　油田整治

县公安局组织的一年一度的内部治安保卫工作检查又开始了。检查人员共分六个组,新被提拔为大队长的张五魁带一个组,负责检查地方和油田共管区域内的企事业单位。检查组行动前,新上任的分管王副局长提出要求:"这次检查,要注意实际、注重效果。检查组下去后,不要把精力只用在听汇报和查看资料台账上,要注重发现实际问题,并拿出解决问题的办法。要通过检查,推动全县内部治安保卫工作的加强。"

张五魁等人去的第一站是10号采油厂的一个基地。基地建在黄河滩区,里面有一个比较大的仓库,占地面积40多亩。库房里面比较散乱,平时放一些施工用的材料和设备。

基地各方面工作都还不错,只有一个问题让基地主任老乔比较闹心:附近个别村民经常在夜间去偷盗仓库里的东西,而且屡禁不止。尽管基地围墙修得很高,而且上面安装了铁丝网,但小偷是"道高一尺,魔高一丈",总有办法进来。一开始的时候,老乔安排了两个守卫专门值夜班看守,可是根本不管用,小偷照样来。值班人员总有打盹的时候,难免会让小偷有作案时间,物资被盗后,值班人员都不知道那些人究竟是怎么进来的。

老乔看到两个人值夜班不管用，便增加到四个人，分两班，可依然有被偷的时候。再后来，老乔干脆搞了个夜间巡逻队，提着灯在大院子里来回转悠，可效果还是不很理想。

检查组来到基地后，老乔想把治保情况向他们作全面汇报。张五魁说："汇报就免了吧，我们主要想看看存在哪些问题。"老乔说："要不我汇报得简单一点，然后咱们再去转转？"张五魁说："好，纲目性地说说就行，台账资料我们就不看了，主要是到现场去看看。"

于是，老乔开始汇报，当然，汇报的都是成绩，而且一点也不简单。汇报完毕，他说："不当之处，请检查组领导批评指正。"张五魁问："从汇报来看，工作干得不错，对内保工作比较重视，组织也比较健全，也有相应的人员和经费。你们还有什么问题和建议没有？"

老乔说："没了，请领导多指示。"

张五魁笑着说："根据我们治安大队掌握的情况，你们这里治保效果并不是很好，我听说经常出现被盗的情况。"

老乔见检查组很了解情况，脸红了，也不敢再隐瞒了，于是向张五魁如实汇报："是这个问题，基地仓库时有被盗现象。小偷基本上都是附近村里的，村民的素质太差了。"

张五魁说："这事儿不能这样看。从管理学的角度来说，一切问题都是管理不到位造成的。发生被盗现象，说明你们的管理存在问题。仓库被盗，不怪自己管理不善，反而怪村民素质太低，这不是应有的工作态度，也不是解决问题的方法。我问你们，多次被盗，你们采取措施加强管理了吗？"

老乔解释说："采取了一些措施，一是加高了围墙，二是加大了夜间值班力量，还组建了夜间巡逻队。"

"可是为什么还出现被盗现象呢？你这些办法根本不管用啊！"张五魁有点生气地说，"这么多人看不了一个仓库，不是自己太无能，就是监守自盗或者内外勾结。"

张五魁又说："我教给你们一个办法，保证管用。以后不用那么多人看了，养条大狼狗，夜里往院子里一撒，保准小偷跑得远远的。如果再被盗，那肯定是你们自己人干的。"

老乔一听，茅塞顿开："这是个好办法，我们咋没想到呢，真是思路有问题。"

随后，老乔领着他们到仓库里转了一圈，没有发现什么大的问题，张五魁便要告辞回去。老乔说什么也不让他们走："领导来这里不容易，回我办公室聊一会儿。"

大家刚坐下，有人进来说："乔主任，刚才公安局把电话打到了值班室，说让张大队长下午抓紧回去，邱局长召开紧急会议，点名要他参加。"

局长亲自点名让自己参加，会是什么会议呢？张五魁不免犯了嘀咕。

局长召开的这次紧急会议，是由一份内参消息引发的。

十天前，新华社驻省分社记者写了篇题为《利民油田偷油盗油现象严重》的内参消息，报送给中央和省领导。文中指出："利民县油区治安管理混乱，偷油盗油现象严重，给国家财产造成巨大损失，到了不治理不行的地步。"文章还罗列了以下表现：

一是盗抢、破坏油气资源的刑事案件不断增多。一年来，利华油田发生盗抢、破坏油田资源及生产设备案件400多起，被盗抢原油近万吨，油田经济损失巨大。

二是在输油管道上打孔盗油的犯罪活动日益猖獗。输油管道是石油生产的生命线，但近年来却遭受严重破坏。去年以来，输油管道被打孔盗油200多次，有的导致原油泄漏，影响了管道输送，给国家造成严重经济损失。

三是油田设施被盗问题严重。去年一年，油田被盗电3.7千度，被盗变压器80台、电缆12320米。部分地区的盗油、盗电犯罪活动已经出现了组织性、团伙性不断增强的迹象，严重影响了油田正常的生产治安秩序。

该记者分析，上述问题的发生，除了有违法犯罪分子受巨额经济利益诱惑铤而走险疯狂作案的原因外，还有以下两个方面的原因：少数基层干部受经济利益驱动，地方保护主义严重，对涉油违法犯罪行为持漠视放任甚至纵容支持的态度，对不法分子非法偷盗、贩运和销售油品不予制止；公安机关对涉油违法犯罪行为打击不力，对油田治安管理落实不严，存在以罚代刑、重罪轻处等问题。

文章最后指出，问题的存在严重损害了石油企业的利益，损害了国家的利益，损害了广大人民群众的利益，已到了必须彻底整治的时候了。

省委书记看到这一内参消息后，在上面专门作出批示："由省政法委、综治委牵头，组织有关部门组成专项工作组进驻利民县，配合县委、县政府和油田管理局拿出解决问题的办法。建议开展一次集中整治专项活动，彻底打击盗油偷油违法犯罪活动，改善油区治安环境，确保油田生产正常开展。"

接到省委书记批示，县委书记意识到了问题的严重性，省委组织专项工作组进驻利民，在他的印象中还是第一次，这说明省领导对他们的治安工作很不满意。他在内参消息上也作出了批示:"县长及常委阅。要认真贯彻落实省委书记的批示精神,积极主动地配合专项工作组的工作,深刻查找油田治安管理中存在的问题和原因,与油田联手,按照专项工作组的要求,全力投入集中整治专项活动,彻底净化油区治安环境。"

县公安局接到几位领导的批示后,邱局长决定,立即召开一次由中层干部参加的磋商会,研究如何贯彻几位领导的批示,抓好集中整治活动,特别是配合好省委专项工作组工作的问题。邱局长特意告诉办公室,让张五魁也参加会议,理由是张五魁对油田比较熟悉。

会议于下午两点准时开始,邱局长主持。他首先说明了会议的主要目的,然后由政委传达了内参消息原文和各级领导的批示。随后,邱局长让大家发言,要求发言一定要务实,要拿出具体办法,不要放空炮。

首先发言的是分管治安的王副局长。他说:"油田治安形势不好,偷油盗油现象严重,这是多年来存在的不争事实。之前,我们根据领导的部署和要求,配合油田公安部门多次开展过整治活动,平时也是不断加大打击力度,无奈偷油盗油利益巨大,很多人受此诱惑,不惜铤而走险,致使偷油盗油现象不但没得到遏制,反而越来越严重。当然,这说明我们的工作还是没有做到位。可是,油田方面就没有责任吗?我认为,这次新华社记者搞的内参消息,肯定是油田方面支持的。如果油田不提供情况,该记者根本写不出来。油田方面平时表现得和我们的关系不错,现在这样干,实在是不地道。"

邱局长说:"别带情绪,说咱们应该怎么办。"

"我分析,公安厅治安总队领导会是专项工作组成员,我们要做好接待工作,同时按照他们的要求,开展一次大规模的集中整治活动。具体整治方案,会议之后我组织治安大队的同志再研究。"王副局长如此回答。

邱局长听了,皱了皱眉头。

随后,是其他部门发言。有的说:"我同意王副局长的意见,这次内参事件肯定是油田计划好了。自从县委、县政府和油田政企分开,领导不再交叉任职之后,油田和县委、县政府的关系一直不太好。记者写的这个东西,明显是指我们当地政府存在地方保护主义、工作不到位,他们怎么不写写油田内保工作不到位呢?"

邱局长没有插话,只是不停地抽烟。

还有人说:"打击偷油盗油,必须首先从清理整治炼油厂入手。偷油盗油现象之所以越演越烈,主要是很多炼油厂吃不饱,给了盗窃分子销赃渠道。如果把炼油厂管好了,不准他们收无证原油,那么犯罪分子就干不成了。不过,这个问题需要县委、县政府下决心,单凭我们公安局解决不了。因为,炼油厂一旦整治,势必给全县经济发展,特别是GDP增长带来一定影响。"

邱局长听了,点点头,示意其他同志继续。

也有人说:"以我的观点,这次行动,不应仅仅限于整治偷油盗油,而应该是一次综合性治理活动,特别是在宣传教育方面,应该下些功夫。我们县很多人'不笑偷而笑贫',利欲熏心,一门心思占油田的便宜。对于这些问题,没有正确的舆论引导和强有力的说服教育不行。"

邱局长说:"这一条很好。建议成立专项组时,宣传教育部门也参加。至于炼油厂的问题,应该是工商局和质监局的事吧?"

大家点点头,这事儿确实涉及方方面面。

各部门发言完了,邱局长问:"张五魁,你有什么意见?你是自学成才的高才生,而且对油区比较熟悉,谈谈你的看法。"

大家发言的时候,张五魁已经想到了局长或许会让他发言,因此他提前作了一些考虑,等局长点他的名时,他已经考虑成熟。

他说:"如果用倒求的办法,可以看出偷油盗油严重的问题根本出在地方保护主义;再倒求一下,出在利益分配机制上。刚才有人说得好,自从政企分开之后,油田不再向当地政府交钱了。油田对当地经济的贡献,只剩带动相关产业发展,主要是通过税收的形式体现,而税收的绝大部分属于国税,地税很少,这就使得地方政府支持和保护油田的积极性不那么高了,打击偷盗行为的责任感和主动性也自然就不那么强了。

"大家都知道,对于我们公安部门来说,平时办案经费就一直很紧张,而护油工作也需要人力、物力,需要配置装备,甚至需要一定的科技手段。这些钱哪里来?没有。政府不给,油田也不给。这就势必促使我们对偷油行为以罚代教,而且希望罚款越多越好。因为尽管罚款属于收支两条线,但毕竟给我们一定的留成。如果这一块没了,恐怕也不大行。"

张五魁讲得很慢,但邱局长听得格外仔细。从邱局长的眼神中,张五魁感觉到邱局长对自己的发言很感兴趣。于是,他便继续讲了下去:"基于上述原因,我个人对落实各位领导的批示有三点看法或者说建议。

"集中开展一次全面的、大规模的、彻底的整治活动是必需的,这一点必须旗帜鲜明,因为这是政治态度问题。但是,我们不能仅仅依靠集中整治,而是要探索构建长期管用的工作机制,从根本上来解决问题。特别是在利益问题上,我们应该建立起既符合国家政策,又能保护油田利益,还能调动地方积极性的分配机制。

"对我们公安部门来说,在机制建设上,建议学习借鉴一下铁路护路联防工作和黄河治安管理工作的经验。我们县的治安工作,除了包含地方社会面的治安和油田治安外,还包含铁路沿线和黄河沿岸的治安,怎么铁路沿线和黄河沿岸的治安这些年没出什么大的问题呢?我想,这与他们有良好的管理体制有关,铁路有'联防制',黄河有'河长制',尤其是铁路经验,很值得学习借鉴。铁路沿线治安稳定,运输安全畅通,关键在于他们有经费、有机构、有队伍。经费上,按照省政府文件规定,每发送一吨货物,提取三毛钱用于护路联防工作,专款专用。我们也可以按照'谁受益,谁拿钱'的原则,由油田出一部分护油经费,这样既可以解决我们经费不足和靠罚款过日子的问题,也可以解决人防、物防和技防投入不足的问题。在机构上,建议县综治委成立护油联防工作领导小组,综治委、油田、公安、工商、教育、物价等相关部门领导参加,负责领导、组织、协调工作;领导小组设办公室,由县公安局和油田公安局派员参加,专门负责护油联防工作。在队伍上,有了经费之后,我们可以适当配备保安力量,对重点部位、易发部位进行重点看守或巡逻。这样一来,偷油盗油问题有希望得到有效解决,并且可以避免集中整治后的反弹。以上所说,只是个人看法,不一定符合实际,仅供参考。"

张五魁说完,邱局长向他投去赞许的目光:"很好,既有理论,也有具体方法,有些事情现在就可以做。今后大家遇到问题,就应该像张五魁同志一样,善于研究、善于思考,拿出切实可行的办法来,不能大而化之,也不能单纯依靠老办法来解决新问题。"

两天之后,省委专项工作组进驻利民县,一场针对偷油盗油违法犯罪行为的专项整治活动在全县轰轰烈烈地展开了。活动持续了三个月，分宣传发动、摸底调查、严打处置和巩固提高四个阶段，收到了一定效果。

巩固提高阶段，在省委专项工作组的领导下，县政府和油田管理局进行了多次沟通协调，报省委批准，建立了新的领导体制和工作机制：一是恢复县委、县政府和油田管理局分管领导交叉任职制度；二是油田每年拿出一定经费支持当地建设，列入年度预算；三是成立县综治委护油联防工作领导小组，下设办公室；四是油田每年拿出1000万元，用于护油联防工作。

经邱局长提名，县公安局党委会研究同意，县公安局治安大队大队长张五魁同志兼任护油联防办公室主任，日常在护油办上班。

第二十四章　虎林学文

与张虎林结婚之前，蓝芃根本不乐意婚后和公公婆婆住在一起。她有两个担心：一是，她从小住在城里，早已习惯了城市生活，张虎林家房子虽然大，但毕竟是在农村，她怕不适应、不习惯，尤其是不适应这里的卫生条件；二是，虽然她对杨素樱印象尚可，杨素樱也不是多事儿的人，但她知道，婆媳关系不好处。

当张虎林告诉蓝芃，父亲同意他俩提前结婚，但提出两人婚后必须与父母住在一起时，蓝芃把嘴噘得老高，说什么也不同意。为此，张虎林做了很多说服解释工作。张虎林告诉她，其实自己也不愿意住在父母家里，只是现在他俩需要老人照顾。"你看看，你现在怀孕了不是？我平时那么忙，又不能天天陪着你，不需要爹娘照顾你吗？再说了，将来生了宝贝之后，还要父母帮我们看啊。等孩子上幼儿园时，咱们再到城里买新房子，搬城里去住就行了。"

蓝芃听了，感觉丈夫说得有一些道理，但嘴上却说："我不要他们照顾我，我要你照顾我，让你天天陪着我。"张虎林笑着说："好，我把公司卖了，回家天天守着你、陪着你。可是，那样的话，我们花什么，靠什么生存啊？"蓝芃说："我能挣钱啊。"张虎林笑了："我亲爱的蓝大夫，你有没有搞错，指望你那点工资，我们一家人不得喝西北风啊！好了，我尽量多回家陪你就是了。"

　　结婚之初，张虎林真的兑现了自己的诺言，对新娶进门的妻子疼爱有加、呵护备至、言听计从，妻子想吃什么他去买什么，妻子想穿什么他便买来什么。每天早上，他早早起床帮妻子收拾家务。等母亲做好饭后，他专门跑到厨房把饭端来，看着妻子吃下。吃完早饭，他开车先送妻子到医院上班，然后再去公司。下午下班时间不到，他便等候在医院门口，接了妻子之后，他们一般不直接回家，而是去饭店吃饭，吃完饭再去逛商场，直到玩够了方才回家。那些日子里，他们几乎吃遍了县里的所有饭店。直到蓝芃的腹部慢慢隆起，小宝贝在里面乱动，才暂时中断了这种生活状态。

　　婚前蓝芃的两个担心，只有一个变成了现实，那就是她不适应农村的生活习惯。蹲茅坑是蓝芃最头疼的事儿。为此，张虎林专门喊来施工队，对厕所进行了改造，安装了坐便器，由旱厕改为水冲式，只是没有下水道，粪便冲到了相邻的猪圈里。蓝芃还很不适应婆婆做的饭菜，她喜欢清淡口味，而婆婆做饭总是油多盐多，她根本吃不下去。蓝芃对张虎林说："你妈妈真不愧是鲁菜大师。"张虎林问："为啥这样说？"蓝芃说："她做的菜，鲁菜'三乎乎'全占了——黑乎乎，咸乎乎，黏乎乎。"因为蓝芃在家里吃饭不习惯，张虎林也多次给母亲提意见，希望母亲能有所改进，但杨素樱无论怎样努力，做的饭都不合蓝芃的胃口。针对这一问题，小夫妻选择了只在家里吃早饭的办法，中午在单位吃食堂，晚上下饭店。可是，这一做法随着蓝芃预产期的临近，已经变得不现实。

　　看到蓝芃对饭菜难以下口的样子，杨素樱总是劝她："你权当是喝药吧，为了孩子也一定要吃饭。你平时吃的那些零食对胎儿不好，还是少吃为好。"她如此一说，蓝芃便有了些动力，强忍着吃上几口，等丈夫下班把饭捎回来再吃一顿。

应该说，自从蓝芃嫁进这个家门，婆媳之间的关系一直处得还好。婆婆杨素樱虽然话不多，但通情达理，她知道没文化的儿子能娶到这么一个好媳妇很不容易，因此时时处处照顾蓝芃，有事尽量多为蓝芃考虑。蓝芃也不是一个不明事理、斤斤计较的人，对于生活上的不适应，她也能理解，再怎么说这也是农村，不能和城里比。

婚后，让蓝芃最不满意的不是婆媳关系，也不是农村生活，而是张家的人际关系。她慢慢发现，在张家，人与人之间相处时都彬彬有礼，客客气气，但整个家庭严肃有余、活泼不足，家人之间缺乏应有的交流。公公几乎天天出去溜达，看不够的是那棵老槐树，像有很多心事；婆婆杨素樱除了做家务便是做家务；大哥张五魁只有周末才回来，吃顿午饭便回去，吃饭时也没有多少话。平时，无论是公公还是大哥，和丈夫张虎林之间基本没有什么交流，总是各自忙各自的，更没有人和自己说话聊天。只有大哥结婚之后，嫂子李小叶回来时，她妯娌俩才能聊上一阵子。

对于丈夫家的这种沉默生活，蓝芃倒是适应，只是对此很不理解。她感觉，家庭生活不该是这样子的，一家人应该经常交流，甚至时常开开玩笑，而不是把家庭建成"沉默局"，娘家爸爸妈妈经常没大没小地开玩笑，就非常热闹，非常融洽。

这种状况等蓝芃生了女儿之后有了一定好转。婆婆承担起了看孩子的重任，经常逗孙女玩；因为讨论如何抚养孩子，婆媳俩也有了更多的交流；平时一向不苟言笑的公公，也时常抱抱孙女，偶尔还抱着孙女出去玩。

有一次，蓝芃问张虎林："我怎么感觉你们家的人都缺乏语言基本功能呢？"张虎林不解，问她什么意思。蓝芃说："你感觉你们家的氛围正常吗?"张虎林还是不解:"有什么不正常的?"蓝芃说:"一家人应该经常交流、有说有笑啊。"张虎林这才明白:"你是这意思啊。我们家一直这样,都习惯了,没感觉有什么不好。"蓝芃说:"你和父母不交流,这可以理解。可是,你和大哥之间为什么也不大说话呢?"张虎林问:"弟兄俩有什么好说的?"蓝芃说:"谈谈工作啊、事业啊,很多话题可以谈的。"张虎林哼了一声,说:"人家是有文化的人,和我没共同语言。"蓝芃说:"大哥很随和的,大嫂也是个有头脑、有办法的人,根本不是你认为的那样。"张虎林生气地说:"是我性格孤僻,行了吧?我告诉你,人活着就是为了证明自己,以后无论大哥大嫂过得多好,我们自己过得多差,也不要去求他们,我们自己要有志气。"

张虎林去上班后,蓝芃想了很久才明白丈夫的话是什么意思。她这才发现,丈夫虽然没有文化,但是一个自尊心很强的人。他之所以四处奔波,目的就是向家人证明,自己虽然学习不好,没上过什么中专、大学,但照样能通过自己的努力干出一番事业。想到这些,蓝芃感到了一些宽慰,她希望丈夫能够取得成功,坚信丈夫有这个能力,也因此对家人之间不轻易交流有了一份新的认识:公公和大哥之间不交流,是因为他们缺乏共同语言;公公和丈夫之间不交流,是因为公公看不起丈夫,而丈夫又不认同公公的观点;大哥和丈夫之间不交流,是因为他们虽是亲兄弟,但实际上也是一对人生路上的竞争者。

婚后,蓝芃和丈夫曾有过接近一年的蜜月期。然而,随着孩子的诞生,蜜月期渐渐结束。论说,孩子出生后,张虎林应该回家更勤才对,可是蓝芃发现,他回来的次数越来越少了,陪她的时间也越来越短了,有时甚至在外面过夜,而且总是以工作忙、应酬多、陪客户,或者到外地的施工现场为理由。

起初，蓝芃想，丈夫可能是因为自己生了女孩才发生了变化。当初她怀孕期间，丈夫便对是男孩还是女孩很感兴趣，几次要她去做B超检查，而且要陪着她去做。对此，她并没有同意，她说："我上班时抽病号少的时候去做，很方便，不用你陪着。"当时，她曾做过三次B超，但只是看了看胎儿发育是否良好，胎位是否正常，根本没有让同事看是男孩还是女孩。因为，在她心目中，生男生女都一样，而且从内心里，她更喜欢女孩，认为女孩听话、温柔、省心，更容易和妈妈亲近交流。

有一次，蓝芃直接问张虎林："你是不是因为我生了女孩不高兴啊？"张虎林说："没有，没有，绝对没有。我和你一样，感觉女孩比男孩好，你别多想。"看他的神情，很认真的样子，蓝芃信以为真。然而，一次无意间的谈话，还是让蓝芃看出了端倪。有一次，当蓝芃谈起邻居家的一个女孩子没考上大学，准备复读，想等第二年再考时，张虎林说："女孩子家，上那么多学干什么？"蓝芃一听，当即感觉出了问题："你说什么？女孩子怎么了？女孩子为什么就不能多上学？你从心里看不起女孩啊？"张虎林赶忙解释说："我不是这个意思，你理解错了。"蓝芃说："我理解错了？那你说说，你到底什么意思？"张虎林支支吾吾地说不清楚。蓝芃自此看清了他的本质，对他产生了一些厌恶和反感。

其实，蓝芃对张虎林最大的不满，恰恰在张虎林最大的弱项上。张虎林第一次去医院见到蓝芃时，曾在药方上看到过"蓝芃"的签名，并牢牢地记在心里，只是他不认识"芃"字，以为读"凡"。所以他第一次喊她的名字时，直接喊了"蓝凡"。蓝芃说："拜托，不认字别乱读好不好。我叫'蓝芃'，不是'蓝矾'，你把我当染料啊？"张虎林振振有词地说："那个字念'芃'啊！这不能怨我，只能怨你名字太生僻了。我敢打赌，有百分之八十以上的人不认识这个字，你信不信？"蓝芃想到平时经常有人喊她"蓝凡",而且每次有人问她名字时,她解释半天对方也不知道"芃"字怎么写,便点头说:"是,很多人不认识,但不能怨我起名字生僻,而是像你一样没文化的人太多,国民素质堪忧。"张虎林听后,一句话也不说,扭头就走。

他们结婚的前一天,蓝芃医院里的几个同事前来祝贺,给他们送了一个贝雕匾牌,上面是一对鸳鸯,旁边写着"鸳鸯戏水"。张虎林接过匾牌,看了几眼,煞有介事地说:"'鸳鸯战水',嗯,很好,谢谢你们。"蓝芃的同事不知道他没看清楚而把"戏"当成了"战",而是以为他故意开玩笑,便附和道:"对,对,鸳鸯战水!"蓝芃那个脸啊,顿时红到了脖子根。蓝芃脸红,是因为她知道,丈夫不是故意开玩笑,而是真的看错了。唉,没文化真可怕,如果稍微有点文化,哪会犯这样的错误。

蓝芃休完婚假回医院上班。有一次,她肚子疼,在厕所里"蹲点"。厕所里进来两个女同事,她们不知道里面有人,一个说:"听说蓝芃她对象挺厉害的,是盛大建筑公司的老板。"另一个说:"厉害什么呀?初中毕业,再有钱,也是一个暴发户。"蓝芃听了,那个气啊,整整一天她都没说一句话。

他们当初布置新房时,曾经闹过一次别扭。张虎林几乎什么都想到了,唯独没有想到书橱。蓝芃执意要买个书橱,张虎林说:"要那东西干啥?占地方。"蓝芃说:"不行,别的可以没有,书橱必须要有。"张虎林还是坚持:"哪有那么多书放啊?"蓝芃气哼哼地说了一句:"没文化。"

张虎林听了,转身离开。当天下午,他便派人送来一个书橱。书橱刚到,书店工作人员便送来几箱子书。蓝芃打开一看,全是些精装本的工具书。

有一次,蓝芃无意间提起大哥张五魁,说他穿上公安服真帅气。她还说:"你看看人家大哥,虽然是公安,属于武将,但文质彬彬,一看就是有文化的人。"张虎林听出这话是针对他说的,便没好气地回了一句:"不就是多喝了几年墨水吗,有什么呀?有文化又怎么样,还不是靠那点工资过日子?有本事也开家公司干干。"

蓝芃说:"有文化就是比没文化强,你别不服气。"

张虎林说:"我没文化,照样开公司;他有文化,做事思前想后的,根本干不了大事儿。"

蓝芃说:"你如果有文化,能挣更多的钱。大哥不能挣大钱,是因为人家干公安,不允许搞经营。你虽然自己挣点钱,可整天忙得脚不着地,还让人提心吊胆的。"

张虎林急了:"我的事儿,不用你操心。你担心什么?有什么提心吊胆的?你倒说说,我哪些事情让你提心吊胆了?"

蓝芃说:"也没什么具体事情。我之所以担心,是因为我知道这样一句话:有知贫不久,无知富不长。"

张虎林更生气了:"没法跟你理论,简直是不可理喻,还有希望丈夫变穷的,我从没见过。"

宽大的办公室寂静无声,张虎林在里面边抽烟边发呆。虽然他和蓝芃已经结婚一年多了,而且已经有了孩子,但是他渐渐发现,他依然没有彻底征服蓝芃的心。他感觉,蓝芃内心深处其实是很看不起他的,最根本的原因就是他没文化。他为此特别烦恼,抽起烟来一根接一根,搞得办公室里烟雾缭绕。

砰砰砰!有人敲门。

"进来。"

是办公室秘书小邓。

"张总，你的信。"小邓把信递过来，转身离开。

是北方理工大学的信。张虎林之前和他们没有任何联系，但他还是把信打开了。

是在职硕士研究生招生简章。

以前，张虎林经常收到类似的信件，有组织召开会议的，有收入杰出企业家丛书的，还有发表文章的，每次他都直接扔进废纸篓里。但这一次，他没扔，而是从头到尾看了一遍。

专业：工商管理学、企业管理学、经济学、建筑学。

学制：三年。

招生条件：学历不限，年龄50岁以下，事业有成的国家机关、企事业单位领导干部和管理人员。

考试科目：政治一门，专业课一门。

入学考试方式：学校专门组织考前辅导，划定考试范围，开卷考试。

教学方式：自学为主，每学期面授一次，开卷考试一次。

毕业证书：学业期满，考试及格，颁发国家承认学历的硕士研究生毕业证书。

学费：每学年4万元，三年总计12万元。

当天下午，张虎林便让小邓为他填写了报名表，汇寄了相关费用。

秋天没到，张虎林便收到了入学通知书。从此之后，他正式成为北方理工大学的一名建筑学在职研究生，每学期去学校面授一次，共两天时间；考试一次，两门功课。经过努力，张虎林每一次面授与考试都非常顺利，而且还通过面授认识了很多同学，并最终和他们成为朋友。

只是上研究生的事儿，他从没有告诉过蓝芷和家人。他想等拿到毕证书的时候，给他们一个意外惊喜。

三年过后，张虎林如愿拿到了毕业证书。他第一时间回到家里，把大红毕业证书郑重其事地递给蓝芃。只见蓝芃打开看了一眼，然后问了一句："从哪里买的？"

张虎林顿时像霜打了的茄子。

第二十五章　三次探海

　　星期天上午十点半，张英老师坐汽车从青岛市来到渤海市。刚一下车，她便对张五魁说："这次来时间比较紧张，最近学院里事情比较多，只能在这里待三天，我们要抓紧时间开展工作。"她放下行李，拿出了一个公文包，里面装着给张五魁带来的有关资料，厚厚一大摞，还有几本书，她让张五魁抽时间好好看看。她还告诉张五魁，她提前联系了青岛海洋研究所，从他们那里预定了一艘海洋监测船。昨天船已经从青岛出发，将经过黄海进入渤海，然后到达渤海市。等监测船到了后，他们就可以更好地开展勘探监测工作了。紧接着，他们两人在宾馆房间里开始商量这三天的日程安排。张英要求得很细致，细到以每两个小时为一个单元制订具体计划。她还要求先不等监测船了，中午吃过饭不休息，直接乘坐渔政船出海。看到老师如此认真，张五魁大为感动。他想，老师年龄都这么大了，为了稳住黄河口，丝毫不顾一路疲劳，全身心投入，自己如果不把这件事情干好，实在对不起她。

　　日程安排好之后，张五魁向张英汇报了最近一次出海的新发现：又发现了一个较大的无潮点。张英先是吃了一惊，然后连续问了张五魁三个问题：一是他们发现的两个无潮点离海岸的距离，以及它们之间的距离；二是两个无潮点有什么不同；三是第二个无潮点中间是否呈现圆圈形纹路。

　　对于前两个问题，张五魁都能说清楚，唯独第三个问题，他没有留意。

张英说:"你说的第一个,应该就是M2无潮点。第二个还不好确定,但肯定不会是M1,因为M1根本不在这个区域,在秦皇岛附近,离这里很远。"张英初步推断,新发现的那个很可能是强潮流形成的旋涡。如果是旋涡,应该比海平面稍低一些,而且会有一定范围的移动,不会固定在一个地方,中间也会有因为旋转形成的圆圈形纹路。不过,这只是她的推测,需要实地勘探后才能下结论。

张五魁听了,感到张英老师真的很神奇,她所说的比海平面稍低,而且在一定范围的移动,正好符合那天他们的发现。不过,有一个问题张五魁不太明白,就是渤海两股大潮形成的"大簸箕"。按照他的理解,"支点"应该在长山列岛的口子处才对,为何却在黄河口附近?他将这个疑问向张英老师提了出来。

张英告诉他,这个不难理解,就整个海湾来说,如果把它比作一个"大簸箕"的话,长山列岛应属于"簸箕口",而海岸线附近则是"簸箕底",而"簸箕"的支点很自然就应该在里面,在靠近黄河口的地方。

张英进一步解释说:"如果你们发现的第二个无潮点真的是我说的强潮流形成的旋涡的话,按照'簸箕'理论,也是不难理解的,它可以看作是'簸箕'中的'粮食'在'簸动'中形成的特殊形态。"

"那么,如果那个地方真的是强潮流形成的旋涡,会不会影响我们将来把黄河里的泥沙通过无潮点输送到大海深处呢?"张五魁提出了自己的担心。

张英非常自信地回答:"这个应该不会,它反而是一种加强和助推,更有利于簸沙入海。"

听张英老师这么一讲,张五魁一颗悬着的心放了下来。

青岛海洋研究所的监测船第二天上午就到了,张五魁陪同张英和有关技术人员一起，实地开展了考察和监测活动。这艘白色的监测船，实际上是一艘专门研制的科考船，船身并不大。在张英的指挥下，这艘远道而来的船出入渤海，出没于风浪之间，时而劈开蔚蓝，时而游走于浑黄，像一尾浪里白条，寻寻觅觅，在探索着什么，在寻找着什么。

当监测船进入张五魁一开始以为是第二个无潮点、张英认为是旋涡区的地方时，异常现象再次发生了。船上的所有人都开始晕船。身体一向壮实的王长河吐得最厉害，胃里翻江倒海，好像把苦胆汁都吐了出来。张英吐得也不轻快，她身体单薄，像李清照笔下的"黄花"一样瘦小，但她两手牢牢抓住栏杆，眼神中透着坚毅的光芒。张五魁的"五魁手"也紧紧抓住栏杆，丝毫不敢放松。

第三天下午，在张英的指挥下，监测船越过拦门沙进入了黄河，一直向上推进了大约四十公里路程。据张五魁估计，那个区域，应该是槐树庄所在的黄河滩区。但是，他并没有看到老家那棵大槐树。

他们在船上考察了整整三天，随着考察和监测的深入，情况和数据越来越明晰了。他们不仅初步掌握了黄河口附近潮汐变化的规律，而且打消了心中的诸多疑虑。张英告诉张五魁："你们关于将入海口引导到M2无潮点，利用海动力簸沙入海的设想，理论上是完全可以实现的。下一步可以启动方案的设计了。"

张五魁说："对于这一新的发现，尤其是它的形成机制，我们市很多同志还搞不很明白，我也说不太清楚，能不能麻烦您亲自给大家上一课，让大家真正弄懂搞透，从而更好地统一大家的思想，提升大家的行动自觉性呢？"

张英很愉快地答应了张五魁的请求，两人商定，利用张英离开的头一天晚上，在油田宾馆四楼大会议室里，由张英为渤海市有关领导同志专门讲一课，题目就叫《渤海大讲堂——关于巧用海动力稳定黄河口的理论依据和初步设想》。

张五魁随后向王基业书记作了汇报。王基业当即指示，渤海市五大班子成员，包括各部门负责人全部要听课，他本人也将带头参加。凡是不能参加的，要向市委办公室请假，报经他批准。没有特殊情况，一律不准假。

事不凑巧，晚饭之前，张英就开始咳嗽了。或许是因为在海上待的时间太久了，她好像感冒了。见此状况，张五魁感到很不好意思，便对张英说："张老师，要不去医院看看吧，不行今天就先不讲了，等您下次来再说。"张英赶忙说："不用，我没事儿，既然已经下了通知，就不要变了。"

张五魁主持了张英老师的讲座。他首先代表市委、市政府对张英老师对渤海市工作的帮助和支持表示衷心感谢，对张英老师带病坚持为大家上课表示崇高的敬意。随后张英老师慢慢走上讲台，大家给予热烈掌声。

张英首先向大家阐述了稳住黄河口的意义，随后讲述了这次考察的初步成果，向大家形象地阐述了M_2无潮点的形成机制。当讲到这个问题的时候，她担心大家听不明白，再次站起来，边挥动双臂边讲解。

张英的这次讲解，非常清晰，也很全面，有些内容此前张五魁也并不了解。她说："整个渤海湾的潮流分强流区和弱流区。强流区有四个，其中最强的强流区位于老铁山水道北部的老铁山岬角处，最大流速可达到6节以上。第二强流区位于黄河口前沿，最大流速可达到4节以上。第三强流区为登州水道，最大流速可达3.5节以上。第四强流区就是M_2无潮点附近，最大流速可达2.5节以上。"她进一步解释道："M_2无潮点和黄河口沙嘴前沿强流区共同组成了黄河三角洲前沿的强流带，可以承担黄河泥沙的第一次输送任务；其他强流区和弱流区以及风暴潮、风暴激流、渤海余流，可以承担第二次甚至更多次黄河泥沙的输送任务。"

最后，她说："有充足的理由相信，你们渤海市提出的利用海动力原理稳住黄河口的设想，并非痴人说梦或天方夜谭，通过大家共同努力，是可以实现的。"

讲课期间，张英总是不停地咳嗽。听到老师的咳嗽声，看到她依然坚持工作，张五魁心中隐隐作痛。

当张英讲到最后要谢谢大家的时候，她一连咳嗽了七八声。张英的每一次咳嗽，都让张五魁心里难受。

张英的咳嗽声终于停下来了。张五魁站起身来，从下面走上主席台。刚一坐下，他便发现，坐在下面的王长河脸上也流露出非常痛苦的表情。

下课之后，张五魁顾不上询问王长河的情况，赶忙去搀扶张英，想陪她去医院看看。

张英拒绝了去医院的建议，而是向张五魁提出了一个小小的要求，让张五魁陪她去槐树庄看看。张五魁说："现在去吗？太晚了吧？您身体又不好，以后有空再来时再去吧。"

张英说："我都快三十年没回来了，今晚就是最好的机会。"

听了张英的话，张五魁才意识到自己工作的疏忽——老师来了，只顾让她帮助工作，到大海里奔波，丝毫没有想起应该安排老师到她曾经工作过的地方看看。

路上，张英询问了张五魁槐树庄的情况。

张五魁也主动向老师介绍了当初因为油田开发槐树庄搬迁的情况，以及他家为了保护大槐树所作的努力。

张英问："当初油田开发，应该是槐树庄离开黄河滩区最好的一个机会，为什么没搬出来呢？"

张五魁告诉张英，上面也曾有这个想法，只是大家都比较恋旧，不肯往外搬。

他们师生一路走着，一路交谈着。

"那次搬迁，小学搬了吗？"张英问。

"没有，小学还在老地方，只是后来重新整修了一下。"

"最近这些年，这一带出现过黄河漫滩吗？"

"这些年,黄河主河槽相对稳定,一直在村庄以外十里左右,变化并不大。只是,最近这次黄河口被堵,差一点再次漫滩,幸亏空军出动及时,才避免了槐树庄被淹。"

"这些年,乡亲们的日子好过多了吧?"

"因为油田开发,村里年轻一点的都在油田找了工作,相比以前好了一些。不过,现在村子比较严重的问题是'空巢化'。年轻人有的去了油田,有的到外地打工,很多家庭只剩下老人和孩子。"

"你们家也是这样吗?"

"我们家要好一些,弟弟虎林开了建筑公司,他结婚后和父母一起住。"

汽车很快就开到了槐树庄。张英让司机在村口把车停下来,她和张五魁踩着月色,沿着小路往村子走。

他们首先来到大槐树下。抬眼望去,大槐树树冠高大,像一片巨大的云朵。

张英又咳嗽了,这咳声特别响,只听树上传来扑棱扑棱的声音,原来是栖息在树上的麻雀受到了惊吓。

他们随后走向槐树庄小学。来到校门口,张英和张五魁望着黑乎乎的院墙,都不由自主地生出一种苍凉之感。

返回的路上,张英说:"五魁啊,等稳住黄河口后,一定要想法把家乡的经济发展起来。这么多年了,变化真的不大啊。人们老是守在滩区,总不是个办法啊。"

张五魁说:"老师,您放心,一旦稳住黄河口,我一定全力以赴带领当地老百姓走致富道路,真正把家乡建设好,绝不辜负您的期望。"

两人说着说着,不知何时开始,张五魁打起了呼噜。一会儿,张英也不再说话,好像也睡着了。司机小张沿着黄河大堤静静地往回开着车,天地之间仿佛一点动静也没有。

突然,小张猛地一刹车,张英咳嗽了一声,师生二人同时被惊醒了。

"到了吗？"张五魁问。

"没有，我走错路了。"

"这是哪里？"

"黄河口。"

"怎么又来到这里了？"张五魁不解。

"是啊，我也在纳闷呢。"小张想要掉头。

张英说："既然来了，就下去看看吧。"

小张把车停好，师生二人下来，再次站在了黄河入海口。

月光下，大海泛着片片白光，黄河翻滚着，发出沉雷般的声响。

站在风口上，那一刻，张英和张五魁同时感到了人的渺小。

张五魁将张英送到宾馆休息之后，并没有直接回家，而是让司机小张把车开到了河务局的家属院。

小张问："来这里干吗？"

"最近，我好几次看到王长河皱着眉头，很痛苦的样子，我担心他身体出了问题，想抓紧去他家看看。"

到了王长河家里，家属告诉张五魁，王长河还没有回来。

紧接着，张五魁又让小张发动汽车，向河务局方向奔去。

第二十六章 木秀于林

张五魁到护油联防办公室任职后，从零干起，稳扎稳打，不到三年时间便干得风生水起。

他先抓了基础建设，通过综治办和公安局协调，在油田机关附近找了一座简易小楼，进行了简单装修，选了一个好记的日子，在门口挂起了"利民县综治委护油联防办公室"的大牌子。

挂牌那天，他请县政法委副书记兼综治办主任、县公安局局长、油田综治委副主任兼综治办主任、油田公安局局长以及县护油联防工作领导小组全体成员出席了揭牌仪式，搞得挺隆重。

由于护油办设在油田机关附近，张五魁和李小叶算是在一个地方办公了。护油办举行揭牌仪式时，李小叶也曾到现场偷偷观看。回家之后，她笑着对张五魁说："没想到你还挺能整哩，把领导们都忽悠来了。"张五魁说："谁叫我们是护油办呢，说句笑话，不会'忽悠'能'办'吗？"

有了办公地点后，张五魁主要抓了整章建制工作。他带领办公室一班人，起草了护油办工作范围和工作职责，办公室主任、副主任和各部门工作人员岗位职责，日常会议制度、管理制度，等等。

在会议制度中，护油联防领导小组会议每半年召开一次，研究解决护油工作中的重大问题；每年以县委、县政府的名义，召开一次全县护油联防工作会议，总结工作、部署任务；护油办主任会议每季度召开一次。

各项制度建立起来之后，张五魁便思考如何开展护油工作的问题。他是一个善于思考的人，知道研究工作必须从研究工作本身的规定性和基本规律做起。他认为，所谓护油联防，根本在"防"，关键在"联"。而所谓"防"，就是预防为主，打击为辅，把工作做在前头。所谓"联"，体现的是护油办的机构特点，即它是一个协调联系机构，不是一个垂直管理机构，要做好工作必须发挥联系各方、综合协调的职能，把各级领导的积极性调动起来，把各单位的作用发挥出来。一句话，就是要像当初刚参加工作时王大队跟他讲的那样，要把工作"耍"起来。

为了突出一个"防"字，他重点抓了人防、物防和技防三个方面。人防上，他通过军分区和油田机关，组织基干民兵开展义务护油工作；同时，在各采油厂招聘专职人员，组成护油联防巡查大队，开展流动巡查工作；在重点部位、关键场所、易发地点建起护油房，聘用当地村民为护油队员，建立巡查责任制和承包责任制，担负起护油任务。

物防上，他加大护油工作的保障力度，舍得在护油基层基础建设上投入，把油田拨付的护油经费大部分用到了护油一线，三年时间内不仅盖起了上百座护油房，而且在油区竖起了二百多个大型护油公益广告牌。

在技防上，他加大科技投入，为各派出所护油办配备了护油工作用车，为护油队员配发了同频对讲机和传呼机，在护油巡查队必须经过的地点安置了电子巡更仪器；同时与各输油管站密切配合，双方共同投资，购置了一部分输油管道电磁探测设备，从而极大地提高了护油工作的科技含量。

在具体工作开展上，他每年都要进行一次大排查大摸底活动，全面掌握工作底数和有关信息；每年联合公安、军队、工商等部门组织一次大规模的专项整治活动，集中打击针对油田的违法犯罪行为，解决护油工作中遇到的突出问题；每年举行一次大型宣传月活动，形成浓厚氛围，吸引、动员、组织全社会力量来保护石油生产和输送安全。

为了落实一个"联"字,他更是费了不少心思。首先,他主动联系各方,尤其是做到了向领导常请示常汇报,有事没事就向综治委和公安局领导那里跑,以取得领导的更多支持。其次,对于各级领导的支持和各级护油干部的辛苦付出,他始终挂在心上。每次召开护油工作领导小组会议,会后他都安排领导留下一起座谈,大家其乐融融;逢年过节,他都以护油办的名义慰问领导小组成员。这一做法,让关心护油工作的各级领导和护油干部们心里很是温暖。

张五魁还创新工作思路和工作方法,干出了不少令各级领导称之为创新有为的事情。主要有三件事:

一是针对油区治安秩序混乱的问题,他制定了工作标准和考核办法,在油田各油区开展创建"平安油区"活动。这在全国所有油田所在地中属于首创。

二是为了促进各级领导责任的落实,他不仅建议把护油工作纳入全县社会治安综合治理年度考核,对发生重大盗油事件的实行"一票否决",而且探索实行"油区治安责任风险管理办法",对年度没有发生盗油事件的油区有关领导实行重奖,对发生问题的实行重罚。

三是为了更好地调动各级各部门各单位护油联防的积极性,他组建了利民县护油协会。协会经民政部门登记注册,以社团法人的形式开展护油工作,并聘请县政法委副书记兼任协会会长,将护油办和护油协会秘书处"一个机构、两个牌子"合署办公。这在全国也是一个创举。

这些工作的开展,使全县油田治安秩序明显好转,偷油盗油现象明显减少,县委、县政府、县综治委、县政法委领导都很满意,油田方面更是满意。对于油田来说,虽然他们每年拿出的护油经费也不少,甚至与以前被盗的损失差不了多少,但是这样至少保证了油田生产的正常秩序,没再发生因输油管道被打孔导致的原油泄漏事件。

这些工作做得差不多之后,张五魁开始带领办公室一班人总结经验。

关于护油工作，他总结为："护油联防重点在'防'，关键在'联'；成绩的取得'一靠实干，二靠创新'。"他让负责文字材料的综合秘书将他总结的话形成文字材料，以备宣传之用。综合秘书改了一遍又一遍，他总是不满意。最后他说："我怎么说，你就怎么写，只要记录下来就行。"于是，他便有条有理、如数家珍地说，秘书便一丝不苟、一句一句地记。写完之后，他把材料交给县政法委副书记兼综治办主任，请他让综治办秘书给润色加工一下。

材料修改好后，张五魁向省内有关媒体发出邀请，请他们来开展一次"利华油区护油联防百里行"采风活动。省委机关报、省电视台、省广播电台全派记者来了，更重要的是，他邀请到了当初写《利民油田偷油盗油现象严重》的新华社分社的记者。

为了搞好这次采风活动，他专门对接待工作进行了安排，对采风团怎么来、先到哪里、后到哪里、采访什么、采访谁、怎么说、住哪里、在哪吃、吃什么等，都考虑得既周密又细致。采风团到来之后，他参与接待并全程陪同，其间还请领导小组成员全部参加，为采风团接风洗尘。他的出色工作和周到接待让记者们深深地感到，张主任不仅工作干得好，而且为人好，很热情。

很快，一篇题为《利华油区治安新面貌》的新华社通稿发向全国各地。第二天，从中央到省各大媒体都刊登了这篇文章。省委书记看到后，再次批示："利华油田治安管理，曾是我省一个老大难问题。近年来，在当地党委政府和油田管理局的领导下，健全组织，落实责任，预防为主，务实创新，走出了一条护油联防工作的新路子，油区治安形势明显好转，工作可喜可贺，经验值得肯定。希望再接再厉，为全省经济社会发展和治安稳定作出更大贡献。"

不久后，全国护油联防工作会议在北京召开，张五魁代表本省在会上作了题为《加强领导，完善机制，探索护油联防工作新路子》的经验报告,博得了与会人员的好评。散会之后,很多与会代表专门找到张五魁,表示要到利民县考察学习他们的先进经验。张五魁说:"考察学习谈不上,欢迎大家前去指导。我们那里是孔孟之乡,热情好客是我们的优良传统,我们一定把大家当最尊贵的客人接待。"说完,他爽朗地笑了起来。

四年一度的全国社会治安综合治理大表彰名额推荐开始了。省综治委在征求有关方面意见的基础上,推荐张五魁为"全国社会治安综合治理先进个人"。张五魁被推荐的理由很充分:工作有实绩,有创新,有效果,而且有影响,新华社发通稿,省委书记作批示,这在综治系统还是第一次。

张五魁填好表后,需要到公安局盖章。为此,他专门去了一趟公安局,见了邱局长,把此事向局长作了汇报。邱局长说:"这是好事儿,是我们公安局的骄傲。受全国表彰,而且要立一等功,我们局从来没有过。"

张五魁赶忙说:"都是您培养的结果。这些年,没有您的关照,我绝对没有今天。当初,我参加自学考试,是您亲自签批文件并给我奖励的;我参加那次座谈会,也是您亲自点的名;还有去护油办;等等。没有您的厚爱和关照,我一事无成。"

"哪里啊,主要是你干得好。不过,干得好了,千万不要骄傲啊。"邱局长叮嘱他说。

初春三月,春暖花开,全国社会治安综合治理表彰大会在北京隆重召开。

张五魁作为先进个人代表参加了会议。会议期间,国家领导人接见了与会人员和先进代表,并与他们合影留念。

从北京回到省城,张五魁和受表彰的其他同志一起,受到了省委领导的接见,并参加了专门的座谈会。

回到家里,张五魁对李小叶说:"亲爱的,以前咱们吃饭是两菜一汤，现在我立功了，是不是应该改为四菜一汤啊？"

李小叶"嗯"了一声，说："哦，立功了啊，涨工资吗？"

张五魁回答说："应该不涨。"

李小叶说："不涨工资，不能提高生活待遇。"

当天晚上，李小叶对张五魁说："越是获得表彰，越要低调些谦逊些！别忘了古人说的话：'木秀于林，风必摧之。'"

张五魁说："嗯，有些道理。其实，当初填报推荐表的时候，我已经意识到了这一点，以后我会注意的。"

张五魁很久没回家看父母了，杨素樱打了好几次电话，每次他都说工作忙，离不开。好不容易周末不加班了，他准备和李小叶一同回去，可是半路上又接到了县综治委值班室的电话："第十三采油公司附近部分村民，因庄稼被淹问题聚集在公司门口讨要说法，综治委领导让您迅速赶往现场，协助做好劝说化解工作。"他只好调转方向。

等张五魁处理完工作回到家时，已经是下午四点，李小叶早已回去。刚进家门，张五魁就发现一个问题，那棵本来长势很好的梧桐树，叶子泛黄，而且脱落了不少。这是怎么回事儿，难道和大槐树一样？他没有进屋，而是站在树下仔细察看情况。父亲和母亲发现他回来了，都从屋里走了出来。

张志善看到儿子不解的表情，阴着脸说："不用看了，都是你娘的事儿。"

杨素樱听了，很不高兴："你说得根本没有道理，我就不信了，这么棵大树，浇点肥皂水，就会这样？"

原来，杨素樱是一个很具有节约意识的人，每次洗菜和洗衣服用过的水，她都不舍得直接倒掉，而是倒在树坑里。张志善认为，梧桐树之所以叶子发黄，不断落叶，都是她浇肥皂水浇的，而且浇水太多，树根都浇快烂了。他说："好好的树，天天浇肥皂水，不死才怪呢！"

杨素樱气冲冲地说："好，以后我再也不浇了。是死是活，与我无关！"

张五魁看到母亲真的生气了，便打圆场说："没什么大不了的，爹，别再说了。"

后来，杨素樱再也没有将废水倒在树坑里。第二年，梧桐树真的重新焕发出了勃勃生机。

第二十七章　望女成凤

张五魁和李小叶结婚之后，生活一直非常温馨，长时间处于爱情蜜月期。他们之间爱情保鲜的秘密，就在于始终没有丢弃谈恋爱时的"优良传统"——温存和交流。只要有空的时候，他们就黏在一起说说心里话，卿卿我我，总不厌倦，似乎有一辈子也说不完的话。

李小叶是一个喜欢追忆的人，她时常回忆自己与张五魁之间的点点滴滴。正是她对爱情之路的回忆和复述，让他们对这份爱情格外珍惜。他们之间的爱情之路，别看没有什么曲折复杂的情节，可经李小叶那么一讲，居然非常富有情趣。而每次说到张五魁的时候，李小叶总是冠以"某些人"，带着一份娇嗔和爱恋。

李小叶说："那天，'某些人'一个人在大路上傻了吧唧地往回走，正好碰到我坐车路过，让他上车捎着他，他居然还有些犹豫。我告诉他，汽车可没有阶级性，他才肯上来。你说傻不傻？'某些人'当初是怎么想的？"

她说："当年，我第一次求'某些人'帮忙，给妹妹改名。'某些人'还真不错，屁颠屁颠地给联系，还亲自去。估计换个别的美女，他照样。"

她说："有一天，我感冒了，'某些人'急得像热锅上的蚂蚁。在此之前却装大尾巴狼，我不跟他联系，他也不主动向我汇报工作。可那天他却坐不住了，当知道我感冒之后，像丢了魂儿一样，火急火燎地赶往油田找我。"

她说："'某些人'属于猴急性格，第一次和人家单独相处，就想入非非，幸亏我态度坚决，才没让他得手。"

每每听到这些，张五魁便乐得合不上嘴，有时还挠李小叶的痒痒。李小叶说得累了，张五魁便模仿她的口气，也说"某些人"的故事。

张五魁说："'某些人'当年去找我给妹妹改名是假，想和我套近乎是真，很明显目的不纯，想借机诱惑帅气男公安。"

李小叶听了，攥起拳头就打："谁目的不纯？我看是你。谁让你天天像个榆木疙瘩，没事人一样，要不是我主动一点，还不知道我如今嫁给谁了呢？到时候，你哭鼻子也晚了。"

张五魁说："'某些人'太缺乏自信心，非要让我天天说爱她，而且还要写下来，说什么不写不行，不写下来心里不踏实。"

李小叶说："就是嘛，有人说，女人是需要用爱养活的植物，这个你不懂啊？你就是要说你爱我，而且要天天说，月月说，年年说。你要不说也可以，写，一天写一百个'我爱你'。"

张五魁说："你还是饶了我吧。"

他们甚至把两人当年干的坏事和糗事儿，都用这种方式说出来，显得格外有趣。

平时，遇到李小叶要张五魁干家务，而张五魁又暂时不想动的时候，李小叶便叉起腰说："'某些人'想干什么，难道把当初的誓言忘了？"张五魁便赶紧起来，乖乖地去干。

张五魁和李小叶的女儿是在他们结婚第四个年头出生的。

预产期到来的时候，正赶上张五魁要到北京参加会议，而且会上有他的发言——介绍护油工作的最新做法和经验,他根本不可能请假。由于担心妻子若做剖宫产手术需要亲属签字,他是把字提前签好并按了手印才走的。结果,等他开会回来女儿才肯出生。

女儿于傍晚出生,体重4.1公斤。女儿出生时,张五魁想到自己做了爸爸,有了更重的责任,一股暖流慢慢在心中升腾。那一刻,他体会到了从未有过的自豪和温暖。他暗暗发誓,一定要照顾好孩子,还有这个家。

女儿的出生,给李小叶带来无尽的欢乐。虽然在月子之中,需要好好休养,然而她却表现出了一个初为人母的女性对孩子无尽的呵护和疼爱,宁可自己不吃不睡,也要全身心照顾好女儿。

按照当地的习惯,女儿应该由爷爷取名字。但是,李小叶没这样做。她通过同事,找到了一位起名专家,给孩子取名为张舍凡。

张五魁说:"舍凡,这名字倒是很特别,也很有寓意,但就是有些男性化,不是很好听。"李小叶说:"我喜欢这个名字,舍去平凡就是仙。这名字好,就这么定了。凡凡。"李小叶在宝贝女儿的脸上使劲亲了一下。

张舍凡的出生,不太高兴的只有一个人,那就是爷爷张志善。

二儿子虎林的孩子是个丫头,大儿子五魁的这个孩子他本希望能是个男孩,但愿望还是落空了。如果兄弟俩不能再要孩子,他张志善也会像亲家李世远一样。这让他难以接受。

他知道,要实现他的愿望,不能指望大儿子五魁了。倒是二儿子虎林还有些希望,虽然二儿媳蓝芃也有公职,但毕竟虎林是个人开公司,属于个体户,如果真的再生一个最好。但对这件事,他心中没谱,因为他不知道虎林和蓝芃究竟有什么打算。他准备找机会开导开导虎林。

女儿出生前,张五魁和李小叶就满怀期望,一定要好好教育和培养她,把她培养成最优秀的孩子。为了"不让孩子输在起跑线上",李小叶早在怀孕期间便对孩子实施了胎教。她让张五魁借到北京出差之机，购买了大量挂图、影像资料以及各种"胎教宝典"类图书，里面光是胎教方法就介绍了十几种。在张五魁的协助下，她对每一种方法都作了尝试。

孩子出生之前，他们两人共同制订了一套教育孩子的完备计划。然而，等孩子真的出现在他们面前，尤其是等到需要教育的时候，他们却发现，原来制订的所谓完备计划，根本不可能实现。面对孩子这个可爱又顽皮的活生生的现实存在，所有教育都几乎无效。因为，在他们那里，对孩子的亲情和疼爱，远远超越了系统教育的冷静。

慢慢地，张五魁开始改变"望女成凤"的想法。他向李小叶说："我们是普通人家，孩子也是平凡人家的孩子。我们只要对她适度引导就可以了，没必要一定要她成就什么，只要她开心快乐就好。"

李小叶对张五魁的观点极不赞同。她说："现代社会竞争这么激烈，你光让孩子开心快乐了，等她走向社会，尤其是年纪大了，有哭鼻子的时候。世上有两种人，一种是年轻的时候努力，等老了之后享受的人；另一种是年轻时享受，玩，不努力，等老了，真正该享受的时候，却还要拼死拼活地忙活的人。你想让孩子当哪种人？"

结果，张五魁说不过李小叶，李小叶也说不过张五魁，二人对张舍凡的教育问题一直处于半分裂状态。张五魁扮演红脸，李小叶扮演黑脸。有时，张五魁嫌李小叶管得太严，让孩子没有自由；而李小叶又抱怨张五魁总当老好人，对孩子太疼爱，不负责任。

张舍凡也继承了父母的"优良传统"，在她的成长之路上，发生过很多有趣的故事。

张舍凡三岁左右时，李小叶找到本单位英语专业毕业的英文名字叫海伦的女同事，让她教女儿学英语。每周六晚上，她都要带女儿去海伦家上一个小时的英语课。一开始的时候，张舍凡对英语不感兴趣，总是学这忘那，搞得初为人师的英语高才生海伦很是头疼。

有一次，海伦教张舍凡学苹果、香蕉等水果的单词。对于苹果apple和香蕉banana，张舍凡很快就学会了，可是对于水果fruit，她当时能读准确，过一会儿就忘了。海伦对她说："如果你到了美国，想吃水果fruit，可是不会说，你就吃不到了。"听了这话，张舍凡噌地站了起来，向前走了几步，然后做了个用手拿的动作，边做边说："那我就直接过去拿！"逗得海伦哈哈大笑。

有一天张五魁一下班，张舍凡便告诉他："爸爸，你明天早上八点带我去湿地公园。我和上官英子说好了，我们一起逛公园。"上官英子是张舍凡在幼儿园的好朋友，平时张舍凡经常提起她。

"说着玩的吧，真去吗？"

"当然真去！她说让她爸爸带她去，八点在门口等。"

"可是我明天单位有事，让妈妈带你去好吗？"

"妈妈说了，人家是爸爸带着去，咱家也要爸爸带着去。"

没办法，张五魁只好向单位请假。

第二天，张舍凡一早就起来了。在她的催促下，不到七点半，张五魁便带着她在公园门口等上官英子了，可是左等不来，右等也不来。

张五魁便说："也许她家有事，不能来了，别等了吧。"张舍凡说啥也不答应。张五魁问她："你知道她家电话吗？"女儿摇头。"你知道她家住哪里吗？"女儿依然摇头。一直等到九点半，也没等到上官英子父女，张五魁只好领女儿进了公园。到了公园里，女儿还四处张望，看能不能发现上官英子，但最终也没见上官英子的影子。

回来的路上，张舍凡问爸爸："说好了的，怎么不算数呢？"张五魁不好说人家是和她说着玩的,只好说人家可能家里有事儿,临时来不了了。

张舍凡四周岁生日那天,张五魁给她买了架微型篮球比赛器作为生日礼物,本想给她一个惊喜,不料,她却给了张五魁一个惊喜。

当张五魁下班后回到家,把生日礼物交给女儿时,她手里扬起一张稿纸对张五魁说:"爸爸,看我写的文章。"张五魁急忙放下礼物,看她的"大作"。想不到,初次写作,张舍凡写得还挺规矩。第一行顶格写着"三文"二字,显然是"散文"的别字。第二行中间写着她的名字,前面还加了个圆圈符号。正文也还不错,开头空两格,内容是:"一天,小八去上学,大小高下……"她把自己会写的字全部罗列了一遍,也不管连贯不连贯。

"我写得好吧,爸爸?"张舍凡怯生生地问张五魁。"很好!一百分!奖给你一个好东西。"张五魁把礼物拿给她,本以为她会打开看看是什么,没想到她把礼物放到一边,乐滋滋地跑回书房:"我再去写文章!"在张舍凡心里,生日礼物带来的乐趣,赶不上初次写作的快意,这让张五魁没有想到。

上小学二年级时,期末考试卷子发下来那天,张舍凡一回到家里就噘着嘴躲进了自己的房间。当时张五魁便明白,肯定是考试惹的祸。

张五魁轻轻地敲开了她的门,发现她在掉"水瓜子",于是便问:"怎么了?"

"考得不好。"张舍凡默默地回答。

"怎么个不好法?"

"数学只得了89分,语文99分。"

张舍凡平时学习不错,对自己要求一向比较严格,一考不好就会自责。

没想到的是，她小小年纪居然说出了一句这样的话："爸爸，你说做人怎么这么难呢？"

女儿这句话把张五魁吓了一跳，他意识到了问题的严重性，试图给她减压，便对她说："其实你考得还算不错，没必要每次都考得非常好，也没必要每次都得第一。89分已经很不错了，只要不考0分就行。如果你觉得上学压力大，那咱就先不去上了，在家玩。"张五魁问她："你愿意去上学，还是愿意在家玩？"

女儿边抹眼泪边回答："愿意上学。"

"对呀，上学有上学的乐趣，和同学在一起，多有意思啊。我相信你，你一定行的。这次没考好，下次再来。"

好说歹说，张五魁才算把女儿从失落情绪中拉了出来。

没想到从此以后，张舍凡记住了张五魁在特殊情况下说的那句给她减压的话，把给她树立信心的话全丢到脑后了。

有一次，李小叶教育她好好学习时，她小腰一叉，煞有介事地说："爸爸说了，只要不考0分就行。"李小叶听了这话，一个劲地埋怨张五魁教育不得法。

有一次，张五魁带着张舍凡逛野生动物园。进入公园后，大家跟着导游坐观光车游览。在食草动物区，导游小姐向大家介绍身材高大、形似毛驴的岩羊。张五魁突然想起曾经从一本书上看到过盘羊的相关介绍，于是问导游："你们这里有盘羊吗？"

"有啊，在前面，一会儿就能看见，不过就一只。"

张舍凡睁着好奇的大眼睛看着爸爸："盘羊什么样啊？"

于是，张五魁便把自己一向敬佩的盘羊的有关情况讲给大家听：

"盘羊生长在西北地区，身材很高大，估计和刚才看到的那只岩羊差不多。盘羊有个特点，太阳出来跟着太阳走，月亮出来跟着月亮走。"

"那没有太阳和月亮的时候呢？"张舍凡问。

"没有太阳和月亮的时候它就站着不动。"

"你从哪里看的？"李小叶不相信他的说法。

"好像是《国家地理》杂志上。"

张五魁继续介绍关于盘羊的知识。他说："盘羊很倔强，也是最疼爱孩子的动物。如果遇到有人追赶它，它就拼命向悬崖绝壁上跑。等人靠近时，它就纵身一跳，宁可粉身碎骨，也不肯让人逮住。如果它带着小盘羊逃跑，它就会选择向两个悬崖之间的峭壁跑。到了跟前，老盘羊先跳，让小盘羊跳的时候正好借助自己的身子弹跳到对面的悬崖上。老盘羊宁可牺牲自己，掉下悬崖，也要为孩子搭桥。"

"那小盘羊能跳过去吗？"张舍凡担心小盘羊也有危险。

"应该能吧。"张五魁也不敢确定。

导游小姐打断他们的谈话，指向右边："请大家向右手边看，站在大石头上的就是我们这里唯一的一只盘羊。"观光车司机放慢速度，大家很清楚地看到一只盘羊静静地站在那里，只是那块石头虽大，但不太高，绝对算不上悬崖峭壁。

李小叶用胳膊碰了碰张五魁："它怎么不跟着太阳走呢？"张五魁一时茫然，想了半天说："可能因为今天阴天吧。"

张舍凡问："盘羊那么倔强，怎么才能逮住它啊？"

导游小姐面带微笑地回答："现代科技这么发达，别说逮只盘羊，就是天上真的有龙，也能逮住。这么说吧，世上有什么猛兽，人就能逮住什么猛兽。"

"究竟怎么逮住的?"张五魁也很想知道。

"很简单,在后面打麻醉枪。"

回来的路上,李小叶问女儿:"今天开心吗?有什么收获?回去写篇作文吧。"

张舍凡叹了口气说:"唉,我发现人是最高级的动物,但是,也有个别人是最坏的动物!这个不能写进作文吧?"

第二十八章 "五大金刚"齐聚首

太阳叫停了黑夜,张英老师要回去了,张五魁一时心里感到空落落的。

张英上车前,依然不停地咳嗽,她拉着张五魁的手说:"下一步,遇到什么困难,随时告诉我。你们的报告和方案形成后,最好再拿给我看看。"

张五魁突然想起了戴村坝和白英,便对张英说:"真是太感谢您了。我感到,之于我,您就是再生父母;之于黄河口,您就是当代白英。"

张英听了,脸一下子红了,有点羞涩地说:"五魁,千万不要这么说,我只是帮助你们做些力所能及的事情而已,可没那么重要。大量工作都是你们干的,你们才最辛苦。"

送走张英,张五魁立即暗示自己,一定要打起精神,眼前还有更重要的事情等着自己。他首先想到的还是召集开会。平时,他也听到有人抱怨会议太多。对此,他的解释是,在没有找到更好的办法之前,开会是统一思想、研究工作、推动落实的最好办法。

参会人员自然少不了"东海取经团"成员。最近,渤海市私下流传着一个说法,说在他们市有"四大金刚",包括王刚、王长河、尚铁流和王东明,都是张五魁手下的得力干将。当王刚把这个说法告诉张五魁时,张五魁龇牙笑了:"这个说法好,不要怕,干将有什么不好?我们是干事业，又不是干见不得人的事儿。"

会议室坐满了，张五魁环顾一圈，没有发现王长河，便问王刚："王河务怎么没来？"

坐在对面的一个中年男子忽地站了起来："报告市长，我们王局长住院了，我来替他参加会议。"

张五魁"哦"了一声，心想，自己还真猜准了。"长河什么情况？哪里不舒服？情况严重吗？恐怕是累的吧？"

对面男子看了看大家说："市长，他的情况，等开完会我再向您详细汇报吧。"

"好吧！你是哪位？"张五魁望着对方问。眼前这个中年人身材高大，腰杆笔直，留着平头，一看就有军人作风。

对方说："市长，我是河务局副局长兼总工程师刘西栋，王局长住院期间我来负责这项工作。"

"你对有关情况熟悉吗？"张五魁显然对中间换人有所担心。

"请市长放心。我虽然没有直接跟您参与考察和研究，但每次开完会，长河局长回去之后都把有关精神传达给我，把有关情况详细告诉我。眼下，我正在组织单位有关人员研究具体工作方案，而且……"

"而且什么？"

"我是稳住黄河口的坚定支持者，一直不认同'稳住黄河口不可能'的说法。"

"为什么？你谈谈自己的想法。"

刘西栋说："我感觉，那些下结论说黄河口稳定三十年不可能的专家太轻率了，是犯了单纯经验主义的错误。俗话说，只要精神不滑坡，办法总比困难多。我就不相信我们找不到锁住黄河口的好办法。这不，在您的领导下，我们很快就要找到了。"

听着刘西栋的话，张五魁不住地点头，心想：又是一员得力干将，以后渤海市不再是"四大金刚"了，而是"五大金刚"。

随后的会议，说复杂也复杂，说简单也简单。张五魁首先开宗明义："今天的会议内容，就是总结前期工作，根据勘探结果和张英老师的建议，研究下一步的重点工作。"他强调，下一步工作的重点和关键，就是集中精力尽快拿出两个东西来：一个是关于M2无潮点的新发现及其作用的研究报告；一个是关于将入海口定向引导到M2无潮点附近的改造方案，就是在现有清水沟流路上游挖出一条新河道，将入海口调整到偏东北方向更靠近M2无潮点的位置。第一个由海洋局牵头，第二个继续由河务局牵头。两个材料出来后，由办公室汇总，形成一个总的报告。这个报告，要起到两个作用：一个是要用M2无潮点理论，推翻此前有关专家的既有结论，形成新的结论和共识；一个是要让各级领导相信，黄河口改造方案是可行的，实施之后也是有效的，进而获得上级的认可和支持。

在张五魁明确任务和要求后，大家开始议论相关具体问题。张五魁咳了一声，将讨论打住。他说："今天，我们不讨论具体问题了。具体细节问题，你们回去再组织专题研究。这项工作，我坚持一个思路和原则，就是'领导出主意，大家拿办法'，毕竟涉及具体工作，大家比我要专业得多。"

会议结束后，张五魁专门把刘西栋和王刚留了下来："西栋，长河究竟怎么个情况？"

"市长，情况很不好。问题出在肝上，说是肝癌，已经到了晚期。医院正在进一步会诊。"说到这个问题，刘西栋的心情一下子沉重起来。

张五魁顿时皱起了眉头，不自觉地摆弄起自己的"五魁手"来，掰得嘎嘎响。

"告诉医院，要全力以赴，尽全力治疗。"张五魁问，"能做换肝手术吗？"

"现在有换的。但肝源很难找，而且需要花很多钱。"王刚说。

"听说有些换了的,效果也不理想,因为存在排异问题。"刘西栋说出了自己的担忧。

"无论如何,只要有一线希望,我们就要全力挽救长河的生命。"张五魁说,"我看这样,你们两个一起,现在去医院一趟,一是进一步了解一下情况,二是和医院专家谈谈,只要能做换肝手术,就不惜一切代价。如果花费太多,实在不行,我们大家可以凑凑。"

按照张五魁的安排,王刚和刘西栋立即去了医院。

两个小时之后,王刚回来了,他直接去了张五魁办公室,向张五魁汇报了有关情况。医院已经确诊,王长河是肝癌晚期,可以做换肝手术,医院会全力联系;至于肝源和手术费用,需要几十万。

张五魁说:"只要是能通过花钱解决的问题,都不是问题。你见他家属了吗?她什么意见?"王刚说:"他家属没什么意见,只是一个劲地对领导表示感谢。"张五魁最终敲定:"给医院讲明,哪怕有一线希望,就要做手术,绝不能让长河受罪。渤海市'四大金刚',一个也不能少。"

晚上六点,张五魁把王刚叫到了办公室:"你陪我去医院一趟,我要去看看长河。"

"晚上去?您知道,我们这里看病人,一般都是上午,下午和晚上看病人不好。"王刚想让他改时间。

"没那么多讲究,现在就去。另外,帮我找顶帽子,再找个大口罩来。"

王刚不解:"您戴?"

"对。别告诉任何人我要去医院。"张五魁叮嘱道。

王刚这才明白他为什么要这样做,而且选择晚上去。

病床上的王长河一开始根本没有看出进来的是张五魁,等张五魁开口讲话,才明白是市长亲自来看他了。他不明白市长为何这身打扮,当悟出原因后,泪水哗哗地流了下来。

张五魁过来拍了拍他的后背,说:"长河,不要哭了,你看看你,这是干什么？好好治病，一切都要听大夫的。"

王长河泣不成声地说："我病得真不是时候。"

"不要想那么多，你现在的任务是安心治疗、养好身体。等你好了以后，我还想和你一起去黄河口喊黄河号子呢。"张五魁拍着他的手背说。

聊了一段时间，王刚提醒张五魁时间太晚了，两人便向王长河告辞。王长河硬是走下床来，站在病房门口目送他们。他一直盯着张五魁的背影，看着张五魁一步步离开，泪眼之中，张五魁慢慢化身为自己那十年前因肝癌去世的大哥的形象。张五魁眼看要走到楼梯口了，只听王长河在身后大喊一声："大哥呀！……"那声音，像极了黄河号子，把病房的房顶都快顶塌了。

一个星期之后，各方面将材料汇总起来，王刚亲手撰写了《关于长期稳定黄河口、更好建设渤海市的报告》。报告起草完毕后，报给了张五魁。这一次，张五魁又带着报告，拉了一箱子材料，回了槐树庄。

看过报告之后，张五魁在上面作了许多改动。然后，他将之前看过的关于黄河和渤海的有关书籍，特别是张英老师带来的材料，又一本本从头到尾看了一遍。每当看到与材料中相关联的问题，他都仔细核对、认真修改。

第三天夜里，张五魁在翻看王化云所写的有关黄河治理的书时，发现了新中国成立初期，我们国家在修建黄河工程时，由于受到苏联专家不切实际的指导，曾经走过一段弯路的情况介绍。原来，1960年，三门峡大坝开始蓄水。由于当初对水库泥沙淤积问题估计不足，蓄水运行一年后，有91%的泥沙淤在库里，泥沙淤积情况比原设计预想的要坏得多。到1962年3月，330米高程以下库容由原来的59.3亿立方米减至43.6亿立方米；库区淤积"翘尾巴"上延，潼关水文站1000立方米每秒的水位抬高了4.31米；渭河口也出现了拦门沙，致使渭河下游过洪能力严重减弱，两岸地下水位抬高，农田被淹没、浸没，盐碱化面积增大，严重影响了农业生产和群众生活。一切都表明，如果任由上述情况发展，有可能威胁城市的安全，而且三门峡水库自身也存在变成"泥沙库"的巨大风险。1964年，国家坚持实事求是的原则，痛下决心，将三门峡大坝进行了改建。1968年，第一期改建完成，效果显著。1969年进行第二期改建，1973年第二期改建完成，这才基本解决了三门峡库区泥沙淤积问题。

这一情况，无疑给张五魁敲了一记警钟。黄河口改造，也是一个大工程，不能感情用事，更不能草率为之，必须保持高度理性，尊重科学，尊重客观规律。想到这些，他对整个过程和材料重新进行了审视，想看看还有没有不科学的地方，有没有思维上的漏洞，以及改建后会带来哪些负面效应。他梳理了整整一夜，也没有发现什么大的问题。忽然，他意识到，这事情就如同一个人写材料，自己看自己的材料，很难看出问题，即便是错别字也很难看出来，可是如果让别人看，别人可能一眼就会发现问题，甚至是很明显的问题。想到这里，他立即赶回去了。

回到市政府，张五魁把王刚叫到办公室，让王刚先根据他的意见对材料进行修改。然后，他再次组织有关部门开会讨论。

讨论会上，张五魁说："任何一个事物都有两面性，任何一项工作都有利有弊。我们这项工作事关重大，搞好了功在当代、利在千秋，搞不好，我们很可能成为国家的罪人，留下骂名。因此，我们必须非常慎重。现在我们提出的只是一个初步方案，今天先进行内部论证，目的就是让大家换位思考，抱着挑毛病、找问题的态度来审视我们的理论、观点和方案。这次会上，大家只谈有可能带来的负面后果，不谈好处。因为，下一步我们要推翻专家和权威的结论，并要说服他们接受我们的方案，这个事情非同小可，不是容易办到的事情。我们如果考虑不周全，到时候可能会成为众矢之的，不仅不能推翻人家的结论，还会给人家递'刀子'，让人家直接否定咱们的结论。我们对此必须有充分的思想准备。"

听了这话，大家都意识到，还是张市长考虑问题严谨、全面、有深度。

可是，到了提问题、找毛病环节，尽管张五魁一再鼓动，还是没有人提出不同意见。没办法，张五魁只好反复提醒。他说，譬如，黄河口改造工程会不会对上游行水带来影响、会不会对油田开发带来影响，老黄河口被堵之后会不会出现其他问题，等等。

张五魁讲了这些，大家还是一言不发，好像陷入了深深的思考之中。

见大家不说话，张五魁主动把新中国成立初期修建三门峡大坝，随后又改建的过程讲了出来，以期引起大家的警醒和重视。

这时，刘西栋主动站了出来。他说："让大家展开讨论，提不同意见，是非常必要的。市长刚才讲的三门峡建设的事情，此前我也了解，那的确是一个教训。事实上，黄河行水是有其规律性的，是遵循自然规律的，而且是上下联系的。一个地方动了、改变了，或许会带来其他地方的连锁反应。大家知道，艾山县的艾山卡口，是黄河下游最窄的行水通道，有人曾建议对其进行拓宽；也有人针对黄河上的弯道提出取直的建议。但是，这些建议都没有被河务部门所采纳，原因就是担心引发其他后果。这个道理，就像高速公路必须设有一定的弯道，如果都是直线，容易给司机造成疲劳和错觉一样。"

刘西栋接着说："咱们搞的这个方案，是建立在M2无潮点基础上的，应该说代表了一种创新性思维。但是它只解决了一个方面的问题，那就是黄河泥沙进入渤海之后的去向和消化问题，还是没有解决黄河泥沙如何冲破拦门沙进入大海的问题。这个方案的实施，最多是有助于黄河泥沙入海，还没有彻底解决黄河口泥沙容易淤积的问题。"

张五魁深感刘西栋讲得有道理，后悔之前只关注无潮点，只关注大海，而忽视了黄河口的"卡脖子"问题，看来自己还是犯了"只顾点不顾面"的毛病。

刘西栋的可贵之处在于，他不仅提出了问题，还提出了解决问题的方法。刘西栋说："针对这一问题，我们的方案可以继续完善，由单纯的'定向入海，动力排沙'，改为加上'截支强干，以水攻沙'。黄河口泥沙淤积，最关键的症结在于淡水季节水流量过小、流速太慢。我建议，要把渤海市境内的所有支流全部截掉，以此强化干流，以更大的流量和流速攻沙入海，这样双管齐下才有助于问题的解决。"

张五魁听了，当即表示赞同。心想，"四大金刚"少了一个王长河，新来的这个刘西栋同样很厉害。

第二十九章 一波三折

县委组织部考察小组是根据公安局的推荐意见前来考察张五魁的。在考察组组织的公安局中层以上干部和护油办全体人员参加的会议上，张五魁同志被宣布为公安局指挥中心主任考察人选。随后，考察组向与会人员发了测评表。测评表分A、B、C三种类型，公安局领导班子成员填A表，局中层填B表，其他一般干警填C表。测评内容主要有三个方面：一是定量测评，根据拟提拔人选平时表现进行打分，德、能、勤、绩、廉五个方面各20分，共100分；二是定性测评，就是对拟提拔人选在现有岗位上的表现进行定性评价，分优秀、称职、基本称职和不称职四个档次；三是表明态度，就是对是否同意提拔拟提拔人选进行表态，同意的画"○"，不同意的画"×"。

测评完毕，考察组分成三个小组，每两人一组和与会人员进行逐人谈话。一组负责和局领导班子谈，另一组负责和各队所办负责人谈，最后一组负责和一般干警谈。谈话主要内容包括：是否同意提拔拟提拔人选，还有没有更合适的人选推荐；拟提拔人选的主要工作情况；拟提拔人选有没有问题和不足，特别是在廉洁自律和生活作风方面有没有问题。由于人数较多，谈话整整进行了一天。不过，有的谈的时间较长，一个人能谈半小时；也有的谈的时间很短，进去不到五分钟就出来了。陈甸回来之后对张五魁说，邱局长和王副局长谈的时间最长。张五魁问："这意味着什么？"

陈甸说:"很正常,因为一个是一把手,一个是你的分管领导,他们的评价很关键很重要。"

谈话结束,考察组临走时在公安局公告栏贴了一张考察公告,上面写道:"拟提拔张五魁同志(现任公安局治安大队大队长兼县综治委护油联防工作办公室主任)为公安局党委委员兼指挥中心主任。如有不同意见,可于7个工作日内向县委组织部反映。"下面还留了联系电话等。

自从得知自己将要被提拔的消息之后,张五魁一直处于一种不安之中。虽然知道自己的工作业绩摆在那里,能力也是众所周知,但没有公布最终结果,他还是放心不下。他曾经听说,有的人提拔时,任职命令都已经签发了,结果还是出了问题。考察公示期一过,县委领导便将开会研究最终任命问题。

公示期是短暂的,但对于等待履新的张五魁来说,这个星期过得有点漫长。

周一快下班时,张五魁接到了邱局长的电话,让他马上到局长办公室一趟。路上,张五魁在想,提拔的事儿应该有消息了。可是,等到了局长办公室后,他却发现气氛明显不对。

张五魁进门后,邱局长一把将门关上,然后直冲着他问:"你小子,我告诉过你,最近是关键时期,让你多注意一点,怎么还是惹出了乱子?"

张五魁不明就里,瞪着大眼问局长:"怎么了?发生了什么?"

邱局长气哼哼地说:"怎么了?有人向县委组织部和检察院举报你。"

"举报我?举报什么?"张五魁如堕五里雾中,一脸茫然地看着局长。

邱局长稍微沉思了一下,说:"按照组织原则,论说这样的事情,我绝对不能跟你讲,但是考虑到你平时表现不错,想来想去,我觉得还是有必要问问你是怎么回事儿。"

邱局长告诉他,写给组织部和检察院的举报信,主要反映了三个问题:一个是说张五魁利用在护油办任职之便,低价收购油田的一口新油井，卖油发财；再一个是说张五魁在护油办配备护油工作用车时，收受汽车商的回扣；还有一个是说护油办一笔20万元的资金去向不明，怀疑被张五魁私自占用。

"你给我解释解释，这到底是怎么回事儿？"邱局长要他给出自己的说明。

听了邱局长的话，张五魁把悬着的心放了下来。

他说："局长，非常感谢您对我的信任。我明白，这样的事情，正像您所说的那样，您不该告诉我。您这样做，主要是为了我好。但是，请您放心，我什么事儿也没有。因为，我从参加工作时开始，就给自己定了一个最基本的原则，一定要严格要求自己，大是大非面前要头脑清醒，尤其在经济问题上绝对不能犯糊涂，不该自己拿的钱绝对不拿。至于举报信上说的问题，纯属无稽之谈，写这样的举报信，目的不纯。"

邱局长边听边点头，期待着他继续说。

紧接着，张五魁把举报信上的三个问题一一作了澄清。他说："收购油井的事儿，是我家李小叶以我老爹的名义，在油田买的一口本来不出油的废井，这事油田方面是清楚的。在油井出油正常后，我又劝说李小叶将它退给了油田，而且此事发生在护油办成立之前，我没有任何违规之举。

"关于购买汽车吃回扣的问题，是根本没影的事儿。因为，护油办购买汽车都是由机关事务管理局负责，我们只管交钱提车，具体经办都与我们无关，我们连卖汽车的人都不认识，何谈吃回扣一说？

"关于那笔款子的事儿，是年底县综治办工作经费不够了，私下里请护油办支持一下，综治办的领导怕别人知道了影响不好，格外叮嘱我尽量不要扩大知情范围，所以我让财务科长一人经手的，没让其他人知道。"

听了张五魁的解释，邱局长说："既然这样，你是没问题的。这样的话，组织部方面，我让政工科了解一下真实情况后出个材料。检察院那边是会按程序调查的，你就安心等待调查结果吧。不过这期间，工作上你该干什么继续干什么。"

张五魁说:"局长,真不好意思,又让您费心了。"

邱局长摆了摆手说:"麻烦倒没什么,我担心这么一弄,不管有没有情况,你提职的事儿都会有麻烦。"

"告我的人大概也是这个目的吧?"张五魁这时才想起这个问题。

邱局长一脸严肃地说:"这说明你得罪了人。今后一定要多加注意了。"

回家吃完晚饭,张五魁等女儿回自己房间后,把有人写诬告信的事儿告诉了李小叶。

李小叶说:"我早就告诉你,太张扬了不好,你就是不听。怎么样,验证了吧?"

张五魁本来以为李小叶会为他打抱不平,帮他分析到底是谁在背后捣鬼,见李小叶抱怨他,心中更加不快,一句话也没说,坐到沙发上发起呆来。

李小叶也发现自己的话说过了,忙放下手里的碗筷过来安慰他:"没事儿的,不做亏心事,不怕鬼叫门,别太放在心上。等检察院调查完了,会还你一个清白的。提拔的事儿也不用担心,事在人为嘛。"

"李小叶,我真的很生气,我张五魁行得正、坐得端,哪怕一辈子不再被提拔,也不会去做行贿受贿的事儿。如果你还是我的妻子,请不要再做任何给我抹黑让我犯错的事儿!不然我是不会原谅你的!"张五魁真的发怒了,李小叶还第一次见他这样,吓呆了,一声不敢出。

局政工科把材料写好后,邱局长带着政工科长专门去组织部作了一次解释。组织部长答应这件事儿算过去了,不过,张五魁的任用问题,必须等检察院调查结果出来之后才能上会研究,这一次是不行了。组织部长对邱局长说,指挥中心主任是暂时空一段时间,还是再考虑其他人选,由公安局自己拿主意。邱局长当即表示,等检察院调查结果出来再说。

检察院的调查结果是两个月之后出来的,调查结果证明举报信反映的问题并不属实。可此时，县委常委会早已开过，张五魁的事儿被放了下来，而且一放就是一年。等第二年再次提上日程时，原来的考察结果已经超出规定时限，必须重新进行考察。就这样，张五魁一次提拔，接受了组织部门两次考察。

第二年春夏之交，张五魁终于就任公安局党委委员、指挥中心主任。

第三十章　初露锋芒

公安局办公大楼前，有一棵核桃树，枝繁叶茂，每年秋天都结出累累果实。

星期一早上，张五魁走进院子，见郭政委站在核桃树下指指点点，向周围几个人诉说着什么，嗓门很大，神情极为激动。张五魁不知道发生了什么，于是凑过去看个究竟。

原来，那天郭政委和邱局长等人乘坐中巴车外出参加活动，汽车路过核桃树下时，垂下的树枝子蹭到了中巴车的顶部，发出哗哗啦啦的声音，当时有人对一同坐在车上的办公室主任说，树枝子太长了，应该砍一砍。

办公室主任记住了这话，趁星期天休息，安排服务大队的两个临时工爬上去把耷拉下来的树枝子砍掉了一些。

恰在这时，郭政委正好到办公室办事儿，看到有人正在砍树枝子，立即大发雷霆，责令他们下来，并说他们纯粹是在搞破坏。"这么好的树，居然敢砍！"郭政委大声责问他们，"是谁让你们干的？"

两个临时工吓坏了，慌忙从树上下来，收起地下的树枝子和工具，赶忙跑掉了。

郭政委当即把办公室主任找来，猛批了一顿，说他简直没长脑子，居然昏了头干出这样的事情。

办公室主任从没受到过如此严厉的批评，也从没见郭政委发这么大的火，当天夜里一夜没能入睡。

关于郭政委为什么如此偏爱核桃树的问题，公安局里有人私下说是因为郭政委的爱人特别喜欢吃核桃，经常有人在市场上看到郭政委和他老婆买核桃。不过，这个说法很快被郭政委自己的行为给证实有误了。植树节之前，郭政委把办公室主任喊来，问他能不能在院子里种点柿子树和枣树，而且还讲了种这两种树的好处。办公室主任不敢拒绝，只好说回去马上去林场，看看他们那里有没有柿子树和枣树。

办公室主任从郭政委那里出来，直接去了邱局长办公室。打开门，看到张五魁在和邱局长说话，他便想退出去。邱局长招了招手，问："有事吗？"

办公室主任吞吞吐吐地说："郭政委要我在院子里种几棵枣树和柿子树。"

邱局长笑着说："这老郭，前一个时期盯着核桃树使劲，怎么转眼又喜欢上了柿子树和枣树？你别听他的，柿子树和枣树不适合在单位栽，咱虽然不讲什么迷信，但也不能'找（枣）事（柿）儿'嘛！哈哈。"

张五魁和办公室主任听了，不知该怎么接，邱局长却狡黠一笑："我对种树是很有研究的。你们不知道，我早年是学林业的，只是后来改行干了公安。"

对于邱局长这段经历，张五魁和办公室主任以前从未听说过，不知道邱局长的话是真是假。

邱局长接着说："五魁，我听说你老家有两棵大树？"

"是的，局长。那棵槐树是比较高大，不过已经不长叶子了；那棵梧桐树并不算太大。"

"我还听人说，为了保护大槐树，你们家费了不少心思？"

张五魁不知道局长对情况了解得这么清楚，只好说："没办法，老爹把那棵大槐树当成了他的命根子。"

邱局长说："这个可以理解。依我看，不仅你们家那棵大槐树需要保护，连那棵梧桐树也要好好保护。"

"为什么？"

"那棵几百年的大槐树，已经不是一般意义上的大槐树了。在你父亲心目中，它已经成为你们家先人的象征，能允许人随意破坏吗？"

"那，那，梧桐树呢？"办公室主任替张五魁提问。

邱局长指了指张五魁说："这个问题，你要问他。"

张五魁不解，邱局长说："现在还不懂是吗？慢慢地你就懂了。"

张五魁履新之前，邱局长专门和他谈了一次话。谈话是在邱局长的办公室里进行的，只有他们两人。邱局长点了根烟，语重心长地与张五魁交谈着。这次谈话，与其说是一次组织谈话，倒不如说是两个人的一次深刻交流。

邱局长说："你这次工作变动，遇到了一些波折，好在好事多磨。上任之后，一定要珍惜来之不易的机会，好好干，在新岗位上证明一下自己。"邱局长还专门向他交代了两条：一是指挥中心的工作，因为主任空缺了一年，基本上处于半停滞状态，一定要抓紧了解情况，尽快让工作正常运转起来；二是对这次变动期间发生的举报信事件，一定要正确看待，对于写举报信的人，即使之前有所怀疑，也不要再去多想，更不能对人家采取什么报复行动，一定要有领导干部的胸怀。

邱局长讲完，张五魁表了态，也讲了两个意思。

一是非常感谢组织，特别是邱局长对自己的信任和栽培，自己一定通过扎实工作来报答组织的厚爱，也一定按照局长的要求，抓紧进入工作状态，踏踏实实地把指挥中心的工作做好，绝不辜负领导的期望。二是举报信的事儿自己早已放下。虽然对方写举报信可能是出于非正常目的，但对自己来说也是一件好事儿，给了自己一次教育和警醒，说明自己无论是做人还是做事，都还有很多不到的地方。自己一定抱着"有则改之，无则加勉"的态度来对待，绝不会去调查当事人是谁，更不会对人家进行打击报复。

邱局长听后，点头称好，让他马上到任，并说遇到什么问题要及时汇报。

公安局指挥中心，是一个综合性办事和调度机构，由局长直接分管。

上任之初，张五魁曾对着指挥中心的工作内容和指挥中心主任的岗位职责发呆。

指挥中心工作内容一共11条，包括掌握全县公安工作情况，收集、分析、报告有关社情和公安信息，协调处理紧急警务，受理"110"报警求助、投诉，协助局领导处置重大事件等。指挥中心主任的岗位职责共8条，包括主持指挥中心全面工作，在局党委的统一领导和分管局长的协调指挥下，负责制订指挥中心全年工作规划，确定人员分工，分解工作任务等。

现实生活中，多数人虽然从事某项工作，却并不研究该项工作的工作内容和岗位职责，而张五魁却从中看出了自己需要的东西。通过研究，张五魁发现，指挥中心并没有多大的指挥权，真正的指挥权在局长那里；指挥中心更准确的名称应该是协调调度中心，说穿了，它更像是一个上情下达、下情上达的"总值班室"。基于这一认识，张五魁把工作内容和岗位职责进行了初步提炼，形成了自己的工作思路。他将其概括为：出谋划策，当好外脑；沟通情况，及时汇报；处置突发，灵活高效；综合协调，服务领导。

正当张五魁准备在指挥中心主任的位置上大干一场的时候,新的麻烦又来了。有人向省里写信,反映利民县委书记在明知道自己马上要调走的情况下,突击提拔干部26人,公安局指挥中心主任张五魁便是其中一员。省委书记在举报信上作出批示:"请省委组织部会同省纪委开展调查,按照干部管理的有关规定作出处理。"省委组织部和省纪委调查之后确认,举报信反映的情况基本属实,利民县这批干部的确是在省委组织部已经告知该县委书记其工作要调整之后上会研究的,按照有关规定,这批干部的任命要作废。消息一出,舆论哗然,说什么的都有。

接到这一通知后,邱局长专门去了一趟省委组织部。他向省委组织部部长反映说,张五魁和其他人不一样,他是去年就接受过一次考察的,而且一次提拔经历了两次考察,绝对不属于突击提拔,不应该作废。省委组织部部长说:"你说得有道理,但是省委已经决定了,我们必须执行,没有别的办法。我看这样吧,你们公安局给他重新下个令,让他担任副主任主持工作,党委委员就免了,等以后有机会再说。"事已至此,邱局长只好接受这一现实。

张五魁得到这一消息时,第一反应是不敢相信这是真的。等他得到确认后,就只能抱怨自己太倒霉了。这事儿能怨谁呢?他有苦无处诉说。就这样,他一等就是三年,直到第三年春天才再次被任命为指挥中心主任。

春天,是一个适合户外活动的季节,也是一个容易让人躁动的季节。由县总工会和油田管理局工会主办、县体育局篮球运动管理中心承办的一年一度的"利民杯"油地职工篮球争霸赛,在县体育中心广场上进行。争霸赛已经举行了五届,每次都是县属企业职工代表队获胜,这让油田方面颇不服气。为了本届争霸赛,油田方面做了精心准备,提前进行了油田各采油厂之间的篮球大赛，并由从地区篮球队专门聘请的教练班子亲自选拔队员，组建了能代表油田最高水平的球队。他们还偷偷从省篮球队二队租借了两个不为人熟知的队员，列入他们的职工花名册，让两人代表他们参赛。球队组建后，油田方面还专门进行了集训。他们对此次比赛志在必得，准备"一雪前耻"。

比赛那天正值春暖花开的周末，众多群众前来观看。为了给油田队加油助威，油田管理局一位副局长和工会副主席不仅前来观看，还组织了3000名休班职工前来助阵。听说这一消息后，县属企业也紧急应对，临时组织职工前来观看。县体育中心广场人头攒动，热闹非凡。组织方临时搭建了一个主席台，县总工会、体育局和油田管理局领导坐在上面，场内全是热情的球迷和观众。

球迷们像过盛大的节日，有的头扎红色飘带，吹着小号，挥着小旗；有的在脸上搞了彩绘，画着油田的标志；有的手里扯着手写的标语，像"油田必胜""县属六连胜，油田真不行"之类。

比赛于下午两点正式开始。第一节双方打得难分难解，但都有些紧张，影响了发挥，失误比较多，进攻效率不是很高，比分是16∶16。第二节，油田稍占优势；县属依然手冷，先后叫了三次暂停。半场结束，42∶38，油田领先4分。下半场开始，油田逐渐把比分差距拉开，最大分差达到15分。

眼看县属六连胜就要泡汤，县属职工和围观球迷的加油声震耳欲聋。油田职工也毫不相让，人声鼎沸。

这时候，一个又高又胖的球迷光着膀子站了出来。他面向县属球迷高喊："我喊'县属'，大家一起喊'加油'，好不好？"大家齐声说"好"。于是，他挥臂高喊："县属！"球迷一起高喊："加油！"

油田方面见状，也有一个职工站了起来，他奋臂高呼："油田！"球迷高喊:"拿下!"

于是,现场热闹极了,打球声、助威声、笑声、噼里啪啦的掌声此起彼伏。

比赛很快到了第四节,县属队采取了肉搏战术,防守更加凶猛,出手更加果断,动作幅度明显增大,一些本来该吹犯规的动作,裁判也视而不见。这让油田方面非常气愤,他们的主教练几次摊开双手走向技术台,找比赛监督理论,但都被赶了回来。

眼看县属把比分慢慢追平,油田队员也采取了相应措施。县属5号队员对油田8号队员正面阻挡犯规,油田8号队员直接冲着县属5号队员推搡开了,两人眼看就要动手。裁判员及时过来将他们拉开。双方主教练见状,也主动把他们换下了下来。

比赛重新开始,县属7号队员对油田2号队员犯规,裁判没吹。油田2号队员一气之下对县属7号队员来了个附加动作,县属7号队员借势倒地,裁判果断吹油田2号队员技术犯规,让县属两罚一掷。这让油田球迷大为气愤,他们齐声高喊:"黑哨,黑哨!"

最终,县属依靠一个匪夷所思的超远距离投篮,反败为胜,绝杀油田队。县属球迷一片欢腾,而油田方面一个个脸色铁青。

大家正要退场的时候,意外发生了。

当时,心情郁闷无比的油田管理局工会副主席正准备离开,而县属团委副书记边兴高采烈地高喊"我们赢了,我们赢了",边把地上的一个矿泉水箱子踢了起来。箱子里面满是空矿泉水瓶子,一个空瓶子从空中落下时正好砸在了油田管理局工会副主席的头上。副主席的儿子就在身边,他一看父亲被砸,气更不打一处来,上去就骂:"混蛋,你想干什么?"

县属团委副书记见状,立即反击:"你骂谁?"

"我骂你,怎么着?我还揍你呢!"副主席的儿子挥起了拳头,团委副书记也抬起了右脚。

周围的人一看有人打了起来，也纷纷准备出手。

副主席见状，冲油田职工一挥手："给我上，太欺负人了！"

一场大规模的球迷骚乱在体育场上瞬间爆发了。

张五魁是在卫生间接到报警消息的。他飞快地系上腰带，连续下了四道指令：

"现场治安人员不惜一切代价平息冲突，绝不允许发生死亡事件！

"各点110紧急出动，全力驰援！

"防暴大队赶往现场，控制局势！

"紧急联系120急救中心前去救治受伤人员！"

张五魁边下命令边驱车赶往现场。在车上，他让指挥中心立即向在省城开会的邱局长汇报。

公安局离体育中心虽然很近，但大街上围了很多人，有的在看热闹，有的互相询问着发生了什么事。张五魁见鸣着警笛也难靠近现场，只好下车拼命往前跑。

双方的斗殴越演越烈，现场一片混乱。公安人员冲上去，但很快被人流给推了回来。

张五魁急速跑向主席台，拿起现场唯一的话筒，使出浑身的力气，下达了最严厉的命令："我是县公安局指挥中心主任张五魁。我命令，现场所有人员立即停止动手！否则，将受到法律严惩！所有在场干部、共产党员都站出来，制止冲突。凡是党员干部参与打架却不立即停止的，从严惩处！"

这命令，响彻广场上空，顿时让人们恢复了理智和冷静。人们慢慢停止了打斗，开始撤离，剩下的还在纠缠的几个人，很快被赶来的公安人员有效控制。

一场大规模的球迷骚乱，因张五魁的一道喝令而迅速平息。

这场球迷骚乱造成2人重伤、10人轻伤。

事后，5人被刑事拘留，5名党员干部被追究责任；张五魁因现场处置得当，受到了县里的表扬。

第三十一章　上下齐心

　　张五魁准备下午出发，和王刚一起去青岛找张英。早上一上班，刘西栋过来汇报说，河务局职工和艺术学校师生精心排练了一场话剧，名字叫《大河一号》，准备晚上七点在电影院正式演出，目的是激励油田职工和广大群众，更好地传承"大河一号"精神，想邀请市有关领导晚上前去观看。张五魁本来想说"你们演吧，我不看了，我要去青岛找张老师修改报告和方案"，但转念一想，又觉得这样做不妥。

　　原来，在黄河口河务局，有一艘"黄河一号"吸泥船，是万里黄河上第一艘简易自航式钢板吸泥船。这艘船，并非造船厂生产的，而是一帮黄河土专家研制的。它的主创者名叫田艾研，原本是黄河水利委员会的一名中层领导干部，五十岁那年被下放劳动，来到黄河口修防段。在此期间，为了更好地挖取黄河淤积的泥沙，田艾研土法上马，带领职工成立了一个造船组，要造一艘专门在黄河上吸泥的大船。这在当时的人们看来，简直是异想天开。可不到半年的时间，他硬是同职工们一道，在一个帆布搭起的帐篷里，凭着仅有的一部电焊机、两个氧气瓶和几把大锤子，以"一颗红心两只手，自力更生样样有"的雄心壮志，造出了一艘可以载入史册的吸泥船。后来，这艘船被人们命名为"黄河一号"。

　　张五魁意识到，这样一场演出，身为市长，不去观看显然是不合适的。随后,他与刘西栋商量,能不能改在下午演出,那样他们可以抢出半天时间,晚上再连夜赶往岛城。刘西栋说,只要电影院没有其他安排,应该没问题,只是重新组织观众可能麻烦点,不过他们一定会组织协调好。

下午三点,演出正式开始。张五魁等市领导坐在第一排观看。说实话,演出者因为不是专业演员,表演水平一般,但是因为事迹真实可信,还是感动了很多观众。话剧里面展现的几个细节给张五魁留下了深刻印象:一名刚学电焊的职工,第一次焊接时把钢板烧出了一个大窟窿;一名女职工,因为风大把图纸刮跑了,为了追图纸,一下子摔倒导致流产,从此不能生育;一位年轻职工,在现场被倒下的电线杆子砸伤,腰都直不起来了……为了打造吸泥船,他们简直"重伤不下火线"。

坐在张五魁身后的刘西栋告诉他,话剧中的主角田艾研是河务局职工黄巨涛演的,而黄巨涛是一名"黄二代",也是黄委会的劳动模范。这时候,张五魁又想起了王长河,便向刘西栋询问肝源找到了没有。刘西栋告诉他,昨天医院说有眉目了,好像在石家庄联系了一个,需要做进一步的工作。

离开电影院,张五魁长时间沉浸在剧情中,舞台上那把挥动的大铁锤一直在他眼前晃动,轻易不肯离开,他试着揉了几次眼也没用。

张五魁是傍晚时分离开渤海去青岛的。车刚开上黄河大堤,向西望去,大半个太阳已没入黄河里,天边像烧起了一片大火,眼前的道路一时间明亮了许多。

见到张英老师之后,张五魁恭恭敬敬地将报告和方案呈上。张英戴上老花镜,仔细看了起来,其间一句话也没说,这让张五魁想起当年在槐树庄上小学时,张老师批改作业时的场景。

半小时后,张英摘下老花镜,转过身来对张五魁和王刚说:"你们的材料，我看总体上还可以，有几个问题还需要再斟酌完善一下。"

张英说："你们提出的'截支强干，以水攻沙'的方式，应该有一定道理。自古以来，在黄河治理上，面对水流过大的问题，就有'集'和'分'两种观点与争论。现在看来，在中下游地区，适当'分'是有道理的，但是到了黄河口附近，就应该采取'集'的方式。问题是'集'到什么程度才能实现'攻沙入海'，单纯依靠渤海市境内的'截支'能不能行。这个需要进一步调查、测算和论证。

"另外，不能单纯考虑'截支'，在支流口子上，应赋予多重功能。在枯水期，要实现'集'；到了丰水期，也可以进行'排'。这样的话，就不是一个单纯的'截'的问题了，而是应该在支流的口子上建水闸，提闸放水，放闸集水，随时根据需要进行调整。"

听了这话，张五魁说："不愧是老师，还是您考虑得全面周到，我们只考虑了问题的一个方面。"

张英继续说："还有一个问题需要注意，就是这个报告究竟要打给谁，主送给谁。对象不同，内容和写法也不同。譬如，给省委打报告是一个写法，给黄委会或水利部就是另一个写法了。这个应该提前有所考虑。"

张五魁说："这个我们想到了，先搞了一个通用稿，等确定主送对象后再具体调整。我们设想，报告成熟后，先向省委汇报，再向水利部汇报。毕竟那次专家研讨是水利部组织的，会议纪要红头文件也是水利部出的，要改变既有结论，必须先说服他们。俗话说，解铃还须系铃人。"

张英说："我看这样可以。不过，还需要进一步征求意见。我下午有课，你们可以利用下午的时间，根据咱们商量的意见再好好修改一下。我联系一下海洋研究所，看看明天上午能不能找几个专家，加上去实地测量的人员，再讨论讨论，看看大家还有什么其他意见和建议。"

就这样，张五魁和王刚留了下来。他们按照张英的意见，在宾馆里对材料再次进行修改，连午饭都忘了吃。

小型研讨会是在青岛海洋研究所召开的。研究所靠近崂山，离大海很近，张五魁刚一下车，立刻感受到了大海的气息，也感觉到了某些地方与渤海的不同。与渤海相比，这里的海风似乎更柔和一些。当然，最大的区别是，这里的海水只有蓝，没有黄。

望着海天一色的远方，一个问题突然在张五魁头脑中闪现。"王刚，你说，为什么这里叫黄海，而我们那里叫渤海？我们那里是黄河入海处，而且有黄、蓝两种海水，更应该叫黄海才对呀！"

张五魁这一问，还真把王刚给问住了。王刚摸了一阵子头皮，也没想出个所以然来。

"这个问题，我还真不知道。您说为什么？"王刚反问张五魁。

"我忽然想到的，也不知道究竟为什么。"张五魁笑着说，"这个问题看起来比较幼稚，但是我感觉有必要搞清楚。不知道张英老师是否了解，方便时请教一下她。"

海洋研究所副总工程师单杰女士和相关人员应邀参加了会议。单杰有五十岁左右，是一名无党派人士。此前，她对张五魁的课题只是听说，对相关情况并不了解。会议一开始，张英和张五魁介绍情况，她听得很认真，拿过材料，看得也很认真，但一句话也没说。

参与测量的人员看了材料后说："里面有些专业名称叫法不准确，有些数据也不准，还有的提法和数据用的地方不对。这些我们可以直接帮你们改过来，其他没有什么意见。"

在张英的催促下，单杰终于说话了。她说："我相信你们的发现，也相信你们的理论，相信运用海动力能将黄河流下来的泥沙冲进大海。但是，有些问题需要搞明白——那些泥沙最终到底去了哪里？到了海里之后，是全部分散了，还是最终集中在一个区域了？如果全部分散了，那还好；如果最终集中在一个区域，会不会时间长了，也许几十年、几百年之后，在大海里形成一个大的沙丘地带，从而改变海上的地形结构呢？我认为这些需要进一步搞清楚。"

面对这个问题，张五魁和王刚无言以对。张英说："这些泥沙最终去了哪里，的确不太明了。现在看来，至少没有存留在渤海湾附近，肯定被冲到了长山列岛之外，目前也没有发现改变海上地形结构的现象。如果多年之后，真的出现你所说的那种情况，相信随着科技的进步和发展，人们一定能想出更好的解决办法。我们现在最重要的任务是解决如何稳住黄河口的问题。"

单杰听了，不再说话，这个问题就此打住。

与张英告别时，张五魁提出了渤海和黄海的名称问题。张英笑了笑说："你回去看看黄河历史上的六大改道过程就明白了。历史上，有长达七八百年的时间，黄河是流入黄海而不是渤海的，而且据史书记载，黄海、渤海多次变更过名称。"

听了这话，张五魁的脸腾地红了，像被火烧了一样。

握着张英的手，张五魁说："老师，我还有个不情之请。"

"你不用客气，有什么事儿尽管说。"

"我想，什么时候，能再听您讲课。等忙过这阵子，我想来学校旁听您上课，不知道是否可以？"

张英说："我听说，我们学校正准备举办干部在职培训班，半脱产的，到时候如果时间允许，你可以报名参加，那样能进行系统学习。"

"太好了。有水利专业吗？我想进修水利。"

"应该有!"张英非常肯定地说。

"到时候,您记得提醒我报名,我要第二次当您的学生。"

离开青岛时,太阳正从大海那边升起,张五魁再次看到天边燃起一片大火。

路上,刘西栋打来电话,告诉张五魁一个好消息,医院说肝源找到了,今晚就去石家庄取过来,连夜为王长河做手术。

"做手术的费用,我出三十万,其他的咱们再想想办法。总之,救人要紧。"张五魁说,"今晚,我们'东海取经团'团员,没有特殊情况,都到医院去,陪长河一起做手术,这也是为了陪伴和安慰他的家人。"

当天晚上,新的"四大金刚"一直待在手术室门外,度过了一个不眠之夜。

坐在门口的小凳子上,张五魁有一刻犯了迷瞪,突然感到胸口阵阵剧痛,像有一把手术刀直插心脏。

漫长的黑夜终于醒来了,手术也终于结束了。

主刀大夫说:"手术很成功!"这是张五魁最近听到的最好的消息。

张五魁三个月没有理发了,无论走到哪里,头发都像刮风似的,有人私下说他不像个市长,倒像个艺术家。

材料修改完毕,张五魁和王基业一同去省城汇报。出发前,王基业说:"跟着我的车走,我们到哪,你们到哪。"

还没出城,王基业的车就停靠在路边,司机小张也赶紧停在后面。王基业下来,走进了一个小屋。张五魁也下来,抬头一看,原来是个理发店,店名叫"从头开始"。

"快进来,我陪你理发。"王基业朝张五魁招了招手。

"会耽误时间的。"张五魁还不想理。

"你像长毛贼一样，想给省里领导留个什么印象？你想吓他们吗？"

听了这话，张五魁不好意思起来，很不情愿地坐在了理发椅上。

理发师一听他们的对话，就知道他们是大干部，赶紧过来问："理什么发型？"

张五魁告诉理发师："尽量快一点，理得短一点，省得总要理。"

理发过程中，王基业给张五魁讲了一个笑话："一个大学生上晚自习时跟老师请假。老师问：'干吗去？'他说：'做人体副组织切除手术。'老师说：'说人话。'学生嬉皮笑脸地回答：'理发'！"

张五魁和理发师全都笑了。

从理发店出来，两人都精神了许多，也年轻了许多。

到了省城，王基业和张五魁第一时间赶到省委。省委书记和省长一起听取了他们的汇报，王基业汇报总体情况，张五魁汇报具体方案。

汇报过程中，省委书记和省长一言不发。省长不时拿笔在汇报材料上画着什么。

汇报完毕，省委书记作出三点指示："省委、省政府全力支持你们稳住黄河口，原则上也赞同你们的方案。下一步在推进锁住黄河口的同时，要投入更大精力推进渤海市建设和黄河三角洲的开发。要把黄河三角洲开发与'海洋强省'建设结合起来，从大处着眼，从小处着手，在全省乃至全国的'大棋盘'上下好渤海这步'棋'。"

随后，省长谈了自己的意见。他说："下一步，在你们工作的基础上，由省水利厅牵头，会同省有关部门和你们市，专门立一个科研课题，开展进一步的攻关和研究。对于推翻水利部专家既有结论，此事要从正面讲，只讲我们的建议和理由，不要直接否定别人。鉴于此事影响较大，也有一定难度，一开始不要以官方组织、正式汇报的形式推动，应先去私下里汇报和沟通，等水利部门基本认可后再走相关程序。私下沟通时，参与人员不宜过多，省里也不便直接出面，看看沟通情况再说。"

回来的路上，张五魁深有感触地对王基业说："还是领导想得全面周到，尺度也把握得更好啊！"

王基业笑了："那是，领导站得高、看得远，考虑的面当然更多，咱们可得学着呢。光是渤海一个市的事情，都让我们忙成这样，这个，不服不行。"

第三十二章　心中的秘密

李小诗的个人问题越来越成为李世远家的一个大难题了。

这个长相出众、打扮时尚的女孩子，自从姐姐李小叶帮她转为油田正式职工之后，无论是工作还是学习，样样都好，就是有一个问题让人头疼：始终没找男朋友，更别提谈婚论嫁了。

眼看着李小诗马上就要三十岁步入"剩女"行列，下面的两个妹妹李小雅和李小静都有了意中人，而且都等着结婚，家里人都非常着急。无奈李小诗本人一点也不急，好像此事与她无关。

最初，李小诗根本不谈恋爱，拒绝相亲，谁只要一提给她介绍对象，她立刻扭头就走。李小叶十分纳闷：妹妹为何会这样，是生理有问题，还是脑子里缺根筋？她曾和丈夫张五魁探讨过这个问题，张五魁也不明就里。

当时，李小叶经常看一部电视连续剧。剧中有个女孩，患有严重的恋爱恐惧症，一旦单独和男人在一起便感到害怕，浑身起鸡皮疙瘩。李小叶看电视的时候，张五魁也跟着看了一段。有一次，张五魁有所醒悟地说："咱们家小诗，可能就和剧中那个女孩子一样，得了恋爱恐惧症。"

"是吗？她们好像真的有相似之处啊。如果真是这样，我们应该多帮帮她，帮她克服心理恐惧。哎，我说，你的同事和熟人当中，有适合她的吗，给介绍介绍？我给她介绍了好几个，她都不去见。也许她对警察感兴趣呢？"李小诗毕竟是姐姐，想得比较周到。

张五魁说："如果她真患有恋爱恐惧症，给她介绍警察，她岂不是更害怕？不过，我可以试试。"

经过李小叶等人的反复劝说，李小诗终于有所改变，同意去相亲了。但对于李小叶和张五魁介绍的人，她却坚决不见。每次相亲回来，结果都只有一个，李小诗总是噘着嘴说，不是她不愿意，而是对方实在不靠谱。有一次，李小诗气冲冲地说："什么人啊！都什么年代了，见面第一句话，居然问我有什么理想。"

"妈呀，这人可以当我爹了吧！"见到他的第一眼，李小诗心想。

这个"他"，是给李小诗留下印象最深刻的相亲对象。那时候，小诗已经从在食堂卖饭票的升职为管理员。有一次，她认识了在汽车站工作的马大姐。马大姐是个热心人，一听说李小诗这么漂亮的姑娘还没对象，不管李小诗同不同意，便张罗着给她介绍。人选确定好之后，马大姐告诉了李小诗，李小诗说什么也不去见。"见见怕什么？是人，又不是鬼。"马大姐说，"对方人特别好，是我主任的老公的同事，挺帅，工作也不错，家庭条件也不错。你们约个时间见见吧，好好谈谈。"在马大姐的反复劝说下，李小诗终于皱着眉头去了。

周六下午，李小诗提前到了约好的地方，找了个靠窗的位子坐了下来。这个位置很好，能第一时间看见走进来的人。她怀着忐忑不安的心情坐在那里等，过了半个小时，那人还没来。她鼓足勇气给那人打了电话，电话还没接通，她看见门口一个人掏出手机准备接电话。

"妈呀，不会是他吧？千万不要说话，千万不要走进来！"李小诗在心里默默地祈祷着。几秒钟之后，那个人站在了李小诗的面前。大叔加秃顶，这也太莫名其妙了！李小诗头也没回就跑回了油田宿舍，在电话里对着马大姐一顿炮轰。

周一晚上下班后，马大姐专门来找李小诗解释。原来，马大姐找的是她的主任，她的主任又找了自己的老公，她主任的老公又找到他的好朋友李姐，李姐又找了林老师，林老师果然有资源，她说她妹妹老公的单位有个男生前阵子找对象来着，正好让李小诗看看行不行。就这样转来转去，拐了九九八十一道弯，终于搭上了这根线。"哼，以后任谁介绍也不见了！"李小诗再次下了狠心。

其实，李小诗之所以长期没有找到意中人，是因为她心中藏着一个秘密。那就是，长期以来她心中暗暗喜欢着一个人，他就是张五魁！

李小诗几乎和李小叶一样，是听着张五魁的传说长大的。在家里，每当自己不认真学习，特别是考试成绩不好的时候，父母亲总是说，你看看你五魁哥，人家学习多好，你也向人家学学。

李小诗小学时的班主任，正好也是张五魁的老师张英。每每说到学生有出息，学习好，张英总是提起张五魁，一再说，张五魁是她教过的最优秀的学生，将来一定能有出息。

那时候，在李小诗的脑海里，张五魁已经成为一个传说、一个偶像。她不知道他为何那么爱好学习，更不知道他学习到底有多好。她甚至曾幻想，自己如果和五魁哥一样大，能在一起学习该有多好。这种幻想，曾主导了李小诗的青春朦胧期，让她在上初中时，上课时常走神，做作业有时也心不在焉。

等自己长大，张五魁参加工作之后，李小诗也没有完全放下对他的这种崇拜，甚至演变成了一种爱慕。她曾经多次想象自己成为张五魁的另一半，但同时，她又深知自己和张五魁之间的巨大差距，从而丧失了主动追求的勇气。特别是当姐姐李小叶和张五魁恋爱之后，她的心更是滑向了绝望的深渊。只是，外表看起来很直爽很外向的她，对心中这一秘密藏得很深，以致无论是张五魁还是李小叶都没有任何察觉。

多年来，李小诗之所以不轻易去相亲，相亲也不去见姐姐和姐夫介绍的人，见了相亲对象也总是不满意，全部的秘密就在这里。

爱情是一个深藏于心中的秘密。她既饱尝了暗恋的幸福，又深深地品味到了由此带来的痛苦。她对张五魁那份缱绻与决绝的爱，只有她自己才能深刻体会。

因为工作性质的原因，张五魁很少出入酒场，但那天，他喝多了。

公安局里一位年轻同事结婚，张五魁应邀参加婚礼。巧的是，在婚礼仪式上，他发现，那位同事的奶奶像极了自己已过世多年的奶奶。一瞬间，记忆像开了闸，里面有温馨，有思念，有感慨。要是奶奶还在该多好，他的心隐隐作痛……

白天喝完，结婚的小同事在晚上又单独为局里的同事安排了一场。因为是周末，或许还因为脑海中挥之不去的奶奶的影子，张五魁又喝了不少酒。

那天晚上，张五魁是让司机背着回家的。回到家，他便趴在马桶上吐了。

李小叶外出开会，女儿张舍凡去了姥姥家暂住。吐完之后，张五魁连衣服也没脱便倒在了床上。

叮咚，叮咚……门铃响了很久张五魁才听到，他挣扎着爬起来，东倒西歪地去开门。

"谁？"他拉拉着发硬的舌头问。

"我。"好像是李小叶的声音。

"你怎么提前回来了?"张五魁拉开门,醉眼蒙眬地看到外面站着的竟是李小诗。

"是我,我是小诗。"

"哦,是小诗啊!我以为是你姐姐回来了呢。"张五魁满身酒气,东倒西歪地往卧室走。

"你喝多了啊?"李小诗赶忙把包放下,"这是喝了多少啊?醉成这样。我姐去哪里了?"

"她出差了,还没回来。"张五魁倒在床上,含含混混地回答。

"那小凡呢?"

"回姥姥家去了。"说完,张五魁便发出了鼾声。

李小诗赶忙跑去厨房泡了一杯蜂蜜水,先尝了一口,然后端了过来。

"来,五魁哥,我泡了杯蜂蜜水,你起来喝了,能解酒。"

张五魁不动,她便把杯子放在床头柜上,起来拉他。

"不,我不喝。"张五魁不起,死沉死沉的。

"听话,喝了就不难受了。"李小诗并没有放弃,继续拉他。

张五魁只好挣扎着起来。李小诗拿着杯子,递到他的嘴边。张五魁大口喝下,然后又倒在床上。

李小诗走进卫生间,一股刺鼻的味道传来,这时候她才发现,张五魁已经吐过了。她找了条干净毛巾,放在脸盆里,倒上热水烫了烫,又拧了拧,随后拿着走进卧室。

张五魁又酣睡起来。李小诗轻轻地用热毛巾给他擦脸,然后帮他脱掉外套,搬着他的腿让他完全躺在床上,给他盖好被子,坐在床边看着他睡去。

这是李小诗第一次如此近距离地看着张五魁,她真切地看清了自己暗恋多年的男人的面庞，那面庞有棱有角，英俊而迷人。

此刻，李小诗的心是痛且甜蜜的。面对已成为姐夫的张五魁，她纠结了好多年，或许是该给这段无解的感情画上句号了。想到这里，李小诗的眼泪直打转。

她缓缓俯下身子，朝张五魁的额头吻去，准备用这一吻斩断这段孽缘。

第三十三章　离婚风波

"你们在做什么？"李小诗刚刚吻到张五魁的额头，只听身后传来一声怒喝，是李小叶。

或许是太沉浸于自己的世界了，李小诗竟然连姐姐开家门的声音都没听到。

"姐姐，你，你怎么回来了？"李小诗一惊，有点结巴地问道。

李小叶扔下拉杆箱，看看床上躺着的酒气熏天的丈夫，又看看面红耳赤的李小诗，顿时火冒三丈。

"你怎么在这里？你们到底做了什么？"李小叶质问小诗。

李小诗赶忙说："五魁哥喝多了，我正巧赶上，不是你想的那样。"

啪的一声，李小叶不由分说一个耳光扇在李小诗的脸上："你们是不是约好的，趁我不在家胡来？"

李小诗被姐姐的举动吓呆了，又羞又气，推门而去。

这时候，张五魁也醒了："小叶，你怎么这样？你冤枉了我们！"

"不要脸！你当我不知道？给我滚出去，我永远也不愿再见到你们！"李小叶跑进卫生间，拿来了笤帚，举起笤帚往外赶张五魁。

张五魁苦苦哀求："小叶，你疯了？你听我解释！"

"我不听你解释！"李小叶把门敞开，晃动着笤帚把他往外赶。

"小叶，我错了，再也不敢多喝酒了。"张五魁反反复复说着这几句话。

李小叶不为所动，硬硬地拉着他的衣服，把他往门外拖，边拖边骂："给我滚，这是我的房子，你快给我滚！"

　　张五魁被硬生生地赶出门来，李小叶砰的一声把门关上，然后在里面号啕大哭起来。

　　张五魁一个劲地敲门，李小叶不开；他改为砸门，李小叶还是不开。

　　他们的动静惊动了对门邻居，邻居出来问他："怎么了，打仗了？"

　　张五魁说："没事儿，一会儿就好了。对不起，打扰了。"

　　邻居只好把门关上。

　　张五魁在门外蹲了很长时间，隔一段时间便砸一次门，可李小叶始终不开，只是哭声慢慢小了下来。

　　第二天早上，张五魁选择了离开，但他并没有去单位，而是直接去了岳父家。

　　女儿张舍凡正要去上学，张五魁说忘了带钥匙，要拿女儿的钥匙。

　　拿了钥匙，他又赶回家里。

　　李小叶已经停止了哭泣，一个人躺在床上。张五魁趴在李小叶身边，一个劲地道歉："小叶，是我错了，你别生气了。我和小诗真没什么，你别冤枉我们了，好不好？"

　　李小叶说："算我瞎了眼。离婚协议我已经写好了，你去签字吧，我想咱们还是好说好散。"

　　张五魁说："不，我绝不同意离婚！"

　　这次是李小叶参加工作这么多年来第三次到外地出差。以前她曾到过北京和大庆，这次去的是深圳。她外出少，不是因为缺少机会，而是因为张舍凡太小，需要照顾，而张五魁又不善家务，把孩子留给他她不放心。现在，孩子大了，已经上初中了，再有外出机会的时候，她便不再放弃了。

李小叶这次去深圳，是参加一个全国性企业发展规划座谈会。会开了两天，主办方又给参会人员留了两天参观的时间。时值初冬，家乡已经是万木凋零，瑟瑟寒风冻彻肌肤，而深圳却是温暖如春，花香四溢。一年之中，有两次度春的机会，这让出生于北方、生长在北方的李小叶感到格外惬意。

在深圳参观期间，她按照会议的统一安排，先后到了锦绣中华、世界之窗参观，还到了已经风光不再的沙头角。参观完了，她便开始购物。她带了足够的钱，在深圳买了很多东西，除了部分电子产品和生活用品，她买得最多的还是衣服，买给自己的，买给丈夫和孩子的，买给父亲、母亲、公公、婆婆的，还有买给三个妹妹的。因为怕带的东西太多，上下飞机困难，她办了托运。

购物完毕，还有一天半的自由活动时间，其他与会人员有的去了广州、珠海等地，她却归心似箭，买了机票直飞省城，然后在省城坐夜车直奔利民。回家之前，她没有给丈夫打电话，想给他一个意外惊喜。她相信，自己这次出去这么长时间，丈夫在家一定等急了。坐在回家的列车上，李小叶又在脑海中把自己和丈夫的经历像过电影一样过了一遍。她为自己能找到这样优秀的好丈夫而感到幸运，也为一家三口的幸福美满而自豪。可当她疲惫又满怀希望地打开家门时，却看到丈夫和妹妹在一起。这让她实在难以接受，也让她顿悟了李小诗为什么那么长时间不找男朋友。她也曾怀疑，自己是不是冤枉了他们，但是想来想去，还是非常偏执地认为，丈夫和妹妹的关系就是不正常。

经过再三考虑，李小叶决定离婚。她是一个眼里容不下沙子的人，在感情问题上绝不允许有任何的污点和苟且。

她自认为给张五魁开出的条件已是仁至义尽，让他把他的衣物、书籍全部带走，把女儿留下。另外，张五魁这些年所挣的工资，李小叶全部还给了他，自己一分钱也不要他的，算他这些年在家白吃白喝白住，白得了个女儿。此时的李小叶只盼望一件事，那就是赶紧和张五魁离婚，让张五魁快快地离开她的世界。

李小叶在深圳买的东西到货了。她把给张五魁买的西服和给李小诗买的套裙拿出来，用剪子全部剪成碎条，然后扔进了垃圾桶里；给其他人买的礼物，直到一个月之后她才分别送给人家。

这段时间是李小叶人生中最昏暗的日子，也是张五魁最苦恼的日子。本来好好的家庭，本来好好的日子，全被毁了。

对于这一切，张五魁并不抱怨李小诗，他觉得，怨就怨自己喝多了酒，怨就怨那么巧，给李小叶造成了巨大的误会。不过，这时候，他也似乎明白了一些事情：当年李小诗为什么到单位追问他到底是不是真的爱她姐姐，李小诗为什么没有参加他和小叶的婚礼，李小诗为什么这么多年始终没有找到或者说根本没想找男朋友，等等。他想，或许李小诗一直暗恋着自己。但此时，他抱怨更多的是自己：假如自己没喝多，就不会发生这一切。

对于张五魁来说，事情既然已经发生了，抱怨自己也于事无补，只能面对现实，用积极的态度解决问题，这其中最根本的问题是如何消除李小叶的误会，让她放弃离婚的打算。

连续三天，张五魁的努力全部宣告失败。无论他怎么说，李小叶都咬紧牙关不松口：离婚！

这时候，张五魁想到了女儿张舍凡。他知道，亲情是最有效的武器，他决定让孩子出面做些力所能及的工作。

那天下班后，他直接去了女儿的学校，把女儿接上了车。

"今天你怎么来了？以前你从没来过啊，今天不忙吗？"

"爸爸今天也忙，不过今天爸爸有事儿要和你商量。"

"什么事儿？是不是妈妈要和你离婚的事儿？"

"你知道了？"

"我看到妈妈出差回来，不说话，也不高兴，像病了一样，感觉你们之间一定出了问题，而且不是一般的问题。"

"小凡，你希望爸爸妈妈离婚吗？"

"当然不希望。"

"你愿意劝劝你妈妈，让她别和爸爸离婚吗？"

"愿意。但是，你必须告诉我，你究竟做了什么对不起妈妈的事情，让妈妈这样绝情。"

"哪有啊，是你妈妈误会我了！"

张五魁话说到这里，没想到女儿突然翻脸："你是个大骗子，伪君子！"

张五魁又气又急："小凡，不准你这样说爸爸！是谁告诉你的，是你妈妈吗？"

"才不是呢，我妈什么也没说，是我自己看出来的。你们以为我是小孩子，什么也不懂，其实，我懂的。我早就看出来了，我二姨喜欢你。实话告诉你吧，妈妈和你闹翻后，我专门去了我二姨那里，发现她一个人在宿舍偷偷哭呢。"

女儿一席话，让张五魁浑身冒汗，也宣布了他准备打的"亲情牌"的失败。

那一刻，他突然发现，他已经不认识自己的女儿了。

从女儿这里做工作没有做通，张五魁有些心灰意冷，唯一让他得到少许安慰的是，他通过女儿知道了李小诗的情况。这些天，他也一直为李小诗担心，担心她会想不开，可他又不能和小诗联系，这让他放心不下。好在他现在至少知道，李小诗没出什么大的状况。

下一步该怎么办？张五魁一筹莫展。他想到了让父母或岳父母出面做工作，但考虑到此事一旦让他们知道，后果不堪设想，便又放弃了这种想法。

没有办法也许是最好的办法，张五魁想到了等待。时间是医治内心创伤的良药，一切都会随着时间的推移而淡化。他坚信，李小叶的心门还没有彻底对他关上，他在等待李小叶为他重新开门的那一天。

随后的日子，张五魁每天给李小叶发一条短信，承认自己的过错，道歉，道歉，再道歉。每天下班后，他都先回家，敲门，等待母女二人中有一个来开门，然而每次都失望而归，然后在街上随便吃点东西便回办公室。就这样，他在办公室睡了三个月，也等于在单位值了三个月的班。

春节就要到了，大多数人都忙着准备过一个幸福欢快的新年，张五魁的心情却依然处于低谷之中。由于长期得不到李小叶的原谅，加之他和李小叶闹分居的说法在公安局逐渐传开，他更加心烦意乱，打不起任何精神，以致天天在忧郁和压抑中度过。

百无聊赖的日子里，张五魁试图通过看书来打发难耐的时光。他顺手从书橱中抽出一本《俄罗斯白银时代诗选》，其中阿赫玛托娃的诗几乎让他跌入更加痛苦的深渊。他接着往下翻，突然眼前一亮。

在这本厚厚的诗集里，夹着五朵丁香花。丁香花早已干枯，成为极好的标本，洁白的肌体，星样的形态，悠悠的清香，令人顿生喜爱。更奇特的是书中还夹着一张贺卡，上面写着这样的话："谢谢你的书。在奉还之际，把我最喜爱的丁香献给你，并祝你有一个愉快的新年。"落款是"小诗"，时间是四年前。张五魁这才想起，这本书小诗曾经借过，还他后他并没有再翻开过。看到夹在书本里的丁香，张五魁有一种物是人非的感觉，他不知道李小诗现在情况怎么样，但他明白，李小诗肯定承受着比自己更痛苦的心灵煎熬。

张五魁准备将书合上的瞬间，又有了惊奇的发现。原来，书本中还夹着一片槐树叶。叶子很小，透着金黄，干净而平整。他想起，这是奶奶去世那天早上，自己从院子里捡起的那片落叶。叶子虽然可爱，他却并不敢用手去拿，因为早已干枯的叶子只要被手轻轻一碰就会变成碎末。

除夕之夜，张五魁再次抱着试一试的想法去敲自己的家门。这一次，李小叶终于同意女儿把门打开。

李小叶在办公室无精打采地看报纸，通信员送来一封信。她打开一看，是李小诗写的。

姐姐：

在此郑重向你说一声抱歉。但是，请你相信我和五魁哥之间的清白，我们真的什么也没做。

我承认，这些年，我是暗恋着五魁哥。为什么会是这样？或许是因为在我眼里他太优秀了吧，他是我心中的榜样。我明明知道这样是不对的，但一直不能控制自己。那天，我只是想吻一下五魁哥的额头，以此给自己心里这份感情画个句号，并没有别的想法，请相信你的妹妹！

为了彻底断了这份感情，我决定离开这里，从此不再回来。告诉父母，我会很好，不用牵挂。

姐姐，你若真的爱他，就请他回来。如果怨恨，就恨我吧。一切都是我的不对。

另外，父母那里，你多尽孝心吧！

小诗

看着看着，李小叶的泪便顺着脸颊流了下来。

李小诗远走他乡的消息，张五魁是半个月之后才知道的，不是李小叶告诉他的，而是女儿张舍凡对他说的。

听到这一消息，他的心脏猛地一缩，顿时出了一头汗。

第二天，张五魁把陈甸喊到办公室，询问他："如果知道一个失踪者的姓名、身份证号码，还有她的照片，如何找到这个人？"

陈甸说："这很简单，发通缉令，或者把这个人的资料通过公安专网发往各地公安机关。"

张五魁说："这些办法都不能用，人家是平民百姓，又不涉案。"

"那可以在报纸、电视台登寻人启事，如有发现可以重奖。"

张五魁说："这个也不行。还有没有其他办法？"

"如果在本省范围内，属于流动人口，可以通过酒店查询网掌握其住宿登记情况，至少能知道这个人曾经到过哪里。"

"外省呢？"

"外省不行，目前全国还没联网。"

"那好吧。你再想想，怎么帮我查查这个人，看看她究竟在哪里。"

张五魁把李小诗的身份证号码和一张照片交给了陈甸。

陈甸拿过来一看："这不是你小姨子吗？她怎么了？失踪了？"

张五魁说："不是失踪了，而是到外面去闯荡了，一个人偷偷走的。我担心她会出事儿，想知道她去了哪里，你帮我查查。注意，千万不要告诉任何人。"

陈甸攥了一下拳头说："这个你尽管放心。不过，这需要时间。"

"嗯，不急，你抽空慢慢查吧，别耽误工作。"

三个月之后，刚上班，陈甸就趴在张五魁耳边上说："我查到李小诗在哪里了。"

"是吗？她在哪里？快告诉我！"张五魁瞪大了双眼。

"她在北京的一家酒店当餐饮部经理，情况还是不错的。"

"你怎么查到的？"

"一开始，我真的毫无头绪，通过本省酒店查询网查询，没有查到。

后来，我分析像小诗这样的人，肯定是去了北京、上海、广州、深圳这样的大城市。于是，我通过对方公安局，从暂住人口登记中查找。她的名字本来就不多见，结果很快就找到了。"

"真有你的，辛苦你了。"

"客气啥。"

"我再托你件事儿好吗？"张五魁期盼着他的回答。

"有事请讲。"

"能不能麻烦你找机会去一趟北京，亲眼看看她的情况？我放心不下。不过，你不要直接和她接触，只是在附近看看她的情况就成。"

陈甸说："好的，我明白。放心吧。"

第三十四章　只身闯关

张五魁决计只身"闯关"了，他要直闯京城，直闯水利部，直闯水利部部长金英的办公室。

临行前一天的晚上，王基业召集大家给张五魁壮行。张五魁说："不必吧，如此兴师动众，还要劳您的大驾。"

王基业告诉他："这是必须的，你是代表我们整个渤海市去的，甚至也可以说代表着全省，事关重大，必须摆一场，为你出征壮行。希望你能马到成功！"

送行宴就安排在油田宾馆里，参加人员范围很小，除了王基业，就是新"四大金刚"，都属于志同道合的好朋友、好搭档、好伙计。

或许是因为安排得太晚了，下午五点多才通知的宾馆，所以大家都坐好了，酒也倒满了，连催了三遍，菜还没上来。

王基业端着酒杯，在桌子上颠了颠，说："要不咱们来个'干烧大肠'怎么样？"

"好啊！"张五魁以为他要加个菜。

王基业举起杯子，一仰脖子，一杯白酒就下去了。然后，他拿着空杯子让大家看了看，示意大家也喝掉。

"您这是干吗？"张五魁很是吃惊。

"干吗？不是'干烧大肠'吗？"

直到这时候，大家才明白王基业所说的"干烧大肠"是什么意思。没办法，既然书记都喝了，干烧就干烧吧，张五魁也举起杯子，一口干了，其他人也相继跟上。

热菜终于上来了，没想到第一个菜居然是个大菜——黄河鲤鱼。张五魁说："这不是野生的黄河鲤鱼，是养殖的。"

王基业问他："怎么看出来的？"

张五魁说："这鱼是黑的。养殖的一般都是黑的，头黑，鳞也黑。野生的黄河鲤鱼整个身子都是黄的。野生的和养殖的，身子也不一样。野生的黄河鲤鱼成天在水里游动，找食吃，所以身子细长，尾巴宽，尾巴根儿这个地方小。养殖的身宽，尾偏小。"

"这个你也懂？不愧是生在黄河岸边的。"王基业一边说一边招呼服务员，"给我们拿几个白碗来，每人一个。"

服务员很快把碗拿来，王基业让她一一摆在大家面前。

众人不解。只见王基业把小杯子里的酒倒在了白碗里，然后拿过酒瓶子，把自己跟前的白碗倒满，边倒边说："大家都倒满，今天用碗喝，一人一碗，就喝一碗，干脆麻利快！"

"这样不好吧？"张五魁说。

"咋不好？你上次咋说的？你可是说过，我指到哪里，你就打到哪里。现在我要求大家用大碗喝酒，而且要一口闷，你咋不听呢？"

王基业一将军，张五魁二话没说，也主动倒满。

很快，每个人跟前的大碗都变成了快要溢出来的"大海"。

王基业双手端起大碗，站了起来。大家也都跟着站了起来，学着他的样子端起碗。

"这一次，我们要给市长壮行，希望市长此去北京一路顺风、马到成功！为了黄河口，为了渤海市，来，我们一起干了！"

王基业闷头就喝，果真将一碗白酒全干掉了。

张五魁赶忙跟上；尚铁流也不含糊；王刚喝一口停一下，总算也干了；刘西栋则屏住呼吸，一口闷了；只有王东明皱着眉头，不肯下口。

王基业说："干了它！这可是为市长壮行的酒、为咱们的事业壮行的酒！"

王东明把心一横，也干了。

等大家喝完，王基业冲张五魁一努嘴："来一段！"

张五魁很快明白了他的意思，清了清嗓子，引吭高歌："临行……喝妈……一碗酒，浑身是胆……雄赳赳！"

那歌声，像黄河号子，从大楼里传了出去，仿佛一直传到了九天之外。

车过湿地，前方一片开阔。

坐在汽车里，张五魁和司机小张几乎同时听到空中传来一阵阵咯咕、咯咕的鸣叫。他们向前方望去，只见一只大雁哀鸣着，扇动着翅膀，紧紧地追着一辆汽车飞去，还不时用翅膀扑打着车顶。

"这是发生了什么情况？"张五魁和小张都感到吃惊。

只见汽车在前方拐了个弯，朝南一路狂奔，大雁依然紧追不舍。

这时候，张五魁突然明白了，肯定有另一只大雁被猎人打伤了放在了车里，所以这只大雁才追着车不放。想到这里，他拿起手机，拨通了报警电话。

汽车一路向北，张五魁的大脑一直没闲着。黄河口湿地是著名的候鸟聚集地，被称为鸟类的天堂，但是最近几年，这里的候鸟却越来越少了，因为有人专门在这里打鸟，也有人下网捕鸟，甚至有人专门打天鹅和大雁。他想，等回来之后，必须尽快组织一次集中整治行动，切实保护好湿地的自然和生态环境。

一路上，张五魁大部分时间都在思考怎样才能说服水利部部长金英。

他不知道金英究竟是怎样一个人，会不会听取他的意见，她万一不见他怎么办？万一不听他的意见又该怎么办？随后的经历说明，张五魁的这些担心都是多余的。

张五魁要见的水利部部长金英是上海人，早年参加革命，曾在山东黄河系统工作过，对黄河口有一定了解，她还是全国有名的水利专家，也是一位虚怀若谷的人。

1946年5月，成立"渤海行署河务局"，后改称山东省河务局。这年12月，正在山东前线忙于为野战部队架桥铺路的金英，奉命调往山东省河务局，后任副局长，从此开始了她的水利工作生涯。

"身跨大白马，腰别盒子枪。"这是金英当时来河务局时留给人们的第一印象。

当时，山东省河务局条件极为艰苦，仅有三十名职工，测量队是主要力量，技术人员极端缺乏，金英主要负责技术和测量队的工作。从到任的第一天起，金英便凭着对黄河的满腔热情，始终忙碌在黄河两岸的大堤上，搞设计，定规范，写文章，下指示，看报告，筹粮款，事无巨细，缜密布局，马不停蹄，四处奔波，宛如一位"齐鲁女汉子"。

1948年春节刚过，正是防凌汛的关键时刻，黄河济南泺口段一片冰封。一队"黄河人"在河上凿开一个冰窟窿，埋上了炸药，然后点燃了导火索，随后撤离现场，走在最后面的女同志就是金英，她在现场亲自指挥了那次爆破行动。

当工作人员将张五魁领到金英办公室的时候，金英正在埋头批阅文件。虽是白天，办公桌上的台灯却依旧闪着橘黄色的光，金英戴着一副老花镜，全神贯注，像没有听见有人进来。

"金部长好，我是渤海市的市长张五魁，向您汇报工作来了。"张五魁进门就说。

金英赶忙抬起头来，见眼前站着一个彪形大汉，高大威猛，像一座山似的。

"张市长请坐，不用客气！"金英随手关掉台灯，起身过来，将张五魁让到沙发上坐下。

张五魁屁股还没坐稳就说："部长，我们认为水利部之前请专家作出的黄河口稳定三十年不可能的结论是错误的。"

金英听了这话，感到非常愕然，这么多年来，她还是第一次见到如此直言快语之人。"错误的？错在哪里？你给我讲讲！"金英做出洗耳恭听的样子。

张五魁把两份材料递给了金英，一份是当初水利部的会议纪要，一份是他们撰写的白皮考察报告。

金英接过材料，仔细翻看。张五魁站起身来，将他和张英的新发现、M2无潮点理论以及改造黄河口的想法，一股脑地讲了出来。讲的过程中，张五魁非常激动，话语滔滔如黄河之水，容不得金英插话和提问。当讲到M2无潮点的形成机制时，张五魁也学着张英的样子，张开双臂比画起来。

说到最后，张五魁说："你们在没有经过充分调查研究的基础上，就作出了那个结论，而且是以红头文件的形式，是轻率的，也是不负责任的。"

金英听了，沉默了半天，然后抬起头来笑了。她直视着张五魁的眼睛，说："我第一次听到你这个观点，听你讲得好像有些道理，我支持你的观点，如果我们真的错了，就把文件收回来！"

金英说着，拿起那份红头文件，在手里晃了晃，然后将它放进了办公桌的抽屉里。

随后，金英说："这个问题，你说服我并不困难，关键是还要说服当初下结论的那一百多位专家。我看你们这个材料，只是一个大概情况介绍，还很不完善，还需要进行更深入、更缜密、更科学的考察和研究。"

张五魁告诉她："省长已经安排，组织这方面的专项攻关和课题研究。"

金英说："这很好。等你们把工作做扎实，形成一个更令人信服的报告后，我再组织之前那些专家到你们那里去，专门开一次研讨会，听听大家的意见。你看这样好吗？"

张五魁说："当然好啊！太感谢您了，金部长！真没想到，您能如此从谏如流。"

金英说："不必客气。我们都是为党和国家工作，为人民工作，如果真的是我们的问题，我们不仅要收回成命，还要向大家、向你作出深刻检讨。"

张五魁赶忙说："那倒没必要，只要纠正过来就好。"

临别时刻，金英问张五魁："你是哪里人？"

"我是当地人，利民县槐树庄的。"

"槐树庄？不是在黄河滩区吗？我去过。你们村子有棵大槐树，我也看过。"

张五魁告诉她："那棵大槐树，就长在我家的院子里。"

金英更高兴了："真的？这么巧！等下次过去，我一定再去看看。"

离开水利部大门，张五魁突然想到一个问题：国务院设有很多部委，有农业部、工业部、科技部、交通部，等等，它们的名称都很简洁明了，为什么只有"水利部"不叫"水业部"呢？他越想越感到有学问。

或许，这与老子《道德经》中的"上善若水，水善利万物而不争"的说法有关吧。由此，张五魁进一步展开联想，想到了身边的"母亲河"黄河。长期以来，黄河被很多人习惯性地称为"害河"。新中国成立前，黄河总被与一些很不好的词汇联系在一起，什么"洪水横流""黎民流徙"，什么"赤地千里""谈黄色变"。黄河甚至被人称为"中国之忧患"。什么时候我们才能真正从"利"的一面审视和考察黄河，让它真正变成一条造福于人民的"利河"呢？

想到这里，张五魁嘟囔了一句："水利，水利，既要利民，也要利国。"

说完，他又开始不自觉地掰动他那双"五魁手"了。

回到渤海市，张五魁把王刚叫到办公室，让王刚了解一下那天他打电话报警的后续情况；并要王刚通知公安局，在全市开展一次保护黄河口生态环境集中整治活动，严厉打击过度捕捞鱼类、猎围鸟类等行为，等活动结束后把活动开展情况报市委和市政府。

很快，王刚便把相关情况报上来了。他向张五魁汇报说："您那次报警的车辆，最后被公安人员找到了。那人被大雁追急了，掀开汽车顶棚，想开枪打死那只紧追不舍的大雁，却被大雁啄伤了一只眼睛。"

"后来怎么样了？"

"大雁飞走了，可那人今后只能当'独眼龙'了。"

"唉，这是自己在作孽啊！"张五魁紧跟着问，"车里是不是有一只被打伤的大雁？"

王刚回答说："正是，看来两只大雁是一对。"

"唉，真没想到，大雁竟然如此深情！"张五魁感叹道。

第三十五章　反贪调查

一切来得太突然，李小叶被检察院反贪局工作人员带走协助调查了。

当然，事出有因。石油管理局第十采油公司（原10号采油厂）总经理老陈在经济上出了问题，他在反贪局作交代时，曾提起李小叶找他买那口油井的事。

当时，李小叶正在上班，计划处处长领着两个穿检察院制服的人走了进来。处长说："小叶，反贪局的两位同志来找你了解点情况。"

李小叶一愣，还没等她回过神来，对方便向她亮出了证件。其中一个戴眼镜的大个子说："我们是反贪局的侦查员，有个案子需要你协助调查，麻烦你跟我们走一趟。这是检察院开的协助调查通知书。"

李小叶有点慌乱，她不知道究竟出了什么问题："什么案子啊？可以在这里说吗？"

"在这里不方便说，还是到了我们那里再说吧。"对方微笑着回绝了她。

李小叶头上出了虚汗，神色一直稳定不下来："那，我可以给家人打个电话吗？"她拿起了电话，准备拨号。

对方摆摆手："不用了。你不用紧张，把问题了解清楚后我们就送你回来。"

李小叶只好跟着二人下楼。楼道里站满了同事，看着他们，不敢出声。计划处处长一直送他们到楼下，到李小叶临上车时，他说："小叶，放心去吧，万一你回来晚了，你家里的事情我会安排照顾。"

这时候的李小叶已逐步恢复了平静，说了句"麻烦你了"，便跟检察院的人上了车。

上车后，矮个子侦查员对她说："对不起，为了工作方便，请将你的手机交给我，暂时由我们来保管。"

李小叶赶紧掏口袋，却怎么也找不到手机："不好意思，手机忘办公室了。要不要回去拿？"

"不用了。如果没什么问题，你很快就能回来。"

一路上，李小叶心神不定，反复在想究竟发生了什么事情，会让检察院的人找上门来。她想，是不是丈夫那里出了问题？但又很快否定了。

汽车开进了一个空旷的院子。那院子门口没有牌子，院里也看不出反贪局的样子。李小叶以为自己上当了，便警觉地问："这是什么地方？为什么带我来这里？"

戴眼镜的高个子说："这是我们的一个办案地点。请放心，我们只是履行公务。"那人边说边指了指帽子上的国徽。

下车后，李小叶被带进了一间平房，屋里摆着一张桌子，桌子前面摆着一个凳子，桌子后面摆着两个凳子。

矮个子侦查员示意李小叶在前面的凳子上坐下，戴眼镜的高个子用纸杯给她倒了一杯温水。李小叶接过来喝了一口，轻轻地说了声"谢谢"。

两位侦查员坐在桌子后面的凳子上，戴眼镜的高个子摊开纸和笔，准备记录。

询问室里格外安静，连三个人喘气的声音都能听到。

短暂的沉默后，矮个子侦查员开始发话："你不要紧张，今天我们是为了利民石油管理局第十采油公司陈××的经济案件向你询问有关情况的，作为中华人民共和国公民，你有义务协助调查。对于我们提出的问题，你必须如实回答，不得隐瞒或欺骗，否则要承担相应的法律责任。你听明白了吗？"

李小叶点了点头。

"那好，现在，我问你什么，你就回答什么。姓名？"

"李小叶。"

"工作单位和职务？"

"利民石油管理局计划处综合计划科副科长。"

"身份证号码？"

"记不清了，也没带身份证。"

"说说你家庭成员的情况。"

"丈夫张五魁，县公安局副局长。女儿张舍凡，在校学生。"

"你知道为什么要问询你吗？"

"不知道。"

"你认识第十采油公司的陈××吗？"

"认识。"

"怎么认识的？"

"通过物资设备处孙处长。"

"为什么要认识他？"

"当时，我公公想买他们采油厂一口不出油的废油井。"

"买油井花了多少钱？"

"20万。"

"比其他废油井便宜吗？"

"不。油田卖废油井基本上都是这个价。"

"后来废井出油了，对吗？"

"对。"

"你对他表示感谢了吗？"矮个子侦查员问完这个问题，两眼紧盯着李小叶的脸。

"只是事后请他吃了顿饭。这不属于行贿吧？"李小叶很担心地问。

"你只需回答我的问题。想好了再说。那他为什么帮你？"

"可能是因为我们在工作上有直接联系，他为了让我能更好地配合他们采油厂的工作吧。再说，购买废弃油井也不是新鲜事儿，油田也是允许的呀！"

"以上讲的属实吗？"

"属实。"

"好了，今天就到这里吧。你回去后好好想想，如果还有什么情况，及时向我们反映。另外，最近一段时间你不要外出，有事儿我们还要找你。"

李小叶如释重负。突然，她又说道："还有个事儿。在那口油井正常出油后，我思前想后，又把油井退回油田了，油田还奖励我一万元奖金呢。这事儿油田那边都知道！"

戴眼镜的高个子听了，补记了一下，然后拿过记录，让李小叶签了字，摁了手印。

张五魁下班回到家里，发现屋里一片黑暗。女儿张舍凡在高中住校，他以为李小叶还没到家，可等打开灯之后，却发现李小叶躺在卧室的床上。

张五魁脱下外套走到床边，俯身问道："怎么了，病了吗？"

李小叶不说话，只是在那里噘着嘴，脸上似有泪痕。

张五魁以为她又想起自己和李小诗的事儿，便安慰她说："都已经过去了，你别再想了好不好？"

自从发生那件事情之后，李小叶变得闷闷不乐，经常神情恍惚，有时还会莫名其妙地躺在床上哭泣。

李小叶一把将张五魁拉过来，趴在他身上呜呜地哭了起来。张五魁不知道发生了什么，一个劲地问："怎么了，你这是怎么了？快告诉我，发生什么事了？"

随后，李小叶便将下午被反贪局带走协助调查的整个事情告诉了张五魁。最后，她问张五魁："你说，这对我会不会有影响啊？"

张五魁听了哈哈大笑，说："这有啥，看把我们李大科长吓的。没事儿的，你又没给孙处长和老陈送钱，买油井走的也是正常手续，总不能把请顿感谢饭也当成行贿吧？再说油井你也退了，说你立功也不为过呢。老陈是老陈，他的事儿与你没关系，检察院只是例行调查而已。不过，那老陈确实也不咋样，为了争取立功，什么事儿都敢扯！"

李小叶听了，这才露出久违的笑容。她抬起身，捧着张五魁的脸，狠狠地亲了一下。终于，被调查的事儿连带着李小诗的事儿带给她的阴云，此刻彻底消散了。

张五魁说："有个问题，我从来没问过你，你很早就提了副科长，这些年怎么没再提升呢？"

"这个啊，我刚毕业那时候是很想往上干的，但后来我改变了自己的想法。尤其是当发现有人为了提升主动和领导套近乎之后，我便放弃了这种努力。这样也挺好的。当不当官的，反正咱也一样过日子。你说对吧？"

转眼之间，邱局长到了退休年龄。

关于接替他的人选，在公安局内部，有两个人呼声比较高，一个是政委郭自强，一个是张五魁。郭政委接替邱局长，优势是资历深，经验比较丰富，再就是属于平级调动；缺点是年龄偏大，文化程度偏低，虽对政治工作相对熟悉，但不太熟悉公安业务。张五魁的优势在于年龄小，文化程度高，熟悉业务，更重要的是工作业绩突出。

县委组织部让邱局长推荐接替他的人选，可是他一个也没推荐。他说，从目前来看，公安局内部没有很合适的人选，建议县委从外面选派一个过来。

邱局长没有推荐郭政委，这很好理解，主要是他总是感到郭政委和他面和心不和，好像总在背后搞小动作，让他很不认可。

至于邱局长为何没有推荐张五魁，这让很多人不理解。

邱局长退休时，县委任命临海镇党委书记王明亮担任县长助理兼公安局长。王明亮在县里的职务，论说是"助理"，但大家都按照通常的习惯喊他"王县长"。县委之所以决定公安局长从外面调，而不从公安局内部产生，并不仅仅是因为听从了邱局长的建议。一开始时，县委书记曾想推荐政委郭自强当局长。但是，在确定人选前，他让组织部长专门就公安局班子建设问题找郭自强进行了一次谈话，那次谈话改变了事情的走向。在那次谈话中，郭自强谈了邱局长很多问题，说他作风霸道、不讲民主，还说他有经济问题等。组织部长回去后向县委书记作了汇报。县委书记认为，郭自强反映的问题未免有些夸张和绝对，县委领导对公安局邱局长的为人和工作还是很满意的；而且即便邱局长有问题，作为班子成员的郭自强也应该负有一定责任，而不应该把对方说得一无是处。考虑到一旦让郭自强担任局长，很容易导致工作上的偏差，县里经研究决定将公安局长人选由内部产生改为从外面调派。考虑到镇党委书记到公安局任职可能难以服众，不便于开展工作，县里又安排他兼任县长助理。

一个月之后的一天,王局长把张五魁喊进办公室,告诉他:"县委组织部已经发文了,郭政委内退。他是老同志了,干了一辈子公安,很不容易。你看看,我们还有什么需要帮他办的,多照顾照顾他,别让他有过多的想法。老郭腾出来的位置,我已经向组织部推荐了人选,不过还要等一段时间才能定下来。这期间上级让我先兼任政委,以后你要多替我分担一些工作。"

第三十六章 小叶病了

李小叶是在油田工作人员一年一度体检时发现自己有甲状腺结节的。

当做B超的大夫告诉她这一发现时,她搞不明白是怎么回事儿,一时有点紧张,便问大夫:"没事吧?"

大夫问她:"你平时有什么特殊感觉吗?"

李小叶说:"没什么感觉呢。"

大夫告诉她:"应该没事儿,结节也不是很大。不过你平时要多注意一点,有什么不适的地方,及时到医院做检查。现在长甲状腺结节的人很多,占百分之二十以上。"

下一个做B超的已经躺在了床上,但李小叶并没有马上离开,而是接着问:"为什么这么多人长这东西?"

大夫边给下一个人做检查,边回答她的问题:"可能现在人吃碘太多。碘这东西,缺了不行,缺了容易得甲亢;多了也不行,多了容易长结节。你是不是平时吃加碘盐比较多啊?"

李小叶说:"对啊,我家每次都买加碘盐。"

大夫说:"你以后少吃加碘盐。另外,尽量少吃海鲜,尤其是少吃海带,它的含碘量太高。"

第三十六章 小叶病了

晚上回家后,李小叶把检查结果告诉了张五魁。张五魁问:"能摸得到吗?需不需要再找大夫看看?"

"仔细摸能摸到。"李小叶用手摸了摸喉咙位置,一下子就摸到了异物的存在,还有些滑动的感觉。张五魁也摸了摸自己的,但摸了几次都没有摸到。

李小叶把大夫交代的话转述给了张五魁,张五魁一听,立即抱怨她:"我早就告诉你,一定少吃盐,你就是不听,每次做菜都那么咸。你这结节,可能与吃盐多有关。"

平时,李小叶口重,炒菜总是很咸,张五魁没少说她,但她总改不了这个习惯。有一次,张五魁专门跑到厨房,把她放在盐罐里的勺子给拿了出来,换了一个平板小铲放在里面,目的是让她再炒菜时少放盐。可是李小叶炒的菜依然很咸,用平板小铲子一次放盐太少,她就多加几次。为此,张五魁曾多次想向她发火,但始终没敢,这一次他终于找到了教育李小叶的机会。

李小叶却说:"人家大夫是说少吃加碘盐,不是说少吃盐。我感觉,我长这东西,都是你给气的。"

"我给你气的?生气也能长结节?"

李小叶说:"我听说生气容易长结节。上次你和小诗的事儿,把我都快气死了。那几天,我感觉嗓子很不舒服。这个结节,肯定就是那时候开始长的。"

张五魁听她提起这事儿,便不再说话。

一个星期后,李小叶拿到了体检报告,疾病诊断栏里写着:结节性甲状腺肿。具体描述为:由单纯性甲状腺体增生或地方性甲状腺肿发展所致。多见于女性，结节常发生囊性变及出血、纤维化、钙化或骨化等退变，少数可发生癌变。一般甲状腺功能正常、结节体积小且无症状者可观察随访；如有压迫症状、继发甲亢或可能癌变的，应手术治疗。

大约过了半年，李小叶感觉身体好像出了些问题：一是总是出虚汗，特别是夜里，经常莫名其妙地出一身汗；二是那个结节越来越大，用手一摸便能摸到，而且有时吞咽东西有阻隔感，总感到嗓子里有个东西；三是总是容易失眠，夜里翻来覆去睡不着，第二天眼睛黑得像大熊猫。

有一次，李小叶把她的感觉告诉了张五魁。张五魁说："去医院看看吧。"李小叶却说："你就知道上医院，也不知道疼我、体贴我！"张五魁便说："不去医院怎么办？你只给我说，我能管什么用？疼你、体贴你，病就能好了吗？我又不是大夫！"李小叶便不再搭理他，也坚决不去医院。

进入夏天的时候，李小叶的不适感越来越严重了，不仅经常出虚汗，嗓子吞咽东西有阻隔感，而且有时头发晕，浑身乏力。张五魁再次催她快去医院看看，并主动要求请假陪她一起去，但李小叶还是没有答应。

张舍凡大三暑假期间，一个星期天，李小叶再次说起自己的不适。张五魁便告诉她，今天什么都不干也要去医院。李小叶勉强答应下来，但依然很不情愿的样子。张五魁建议她直接去县医院，可李小叶说去油田医院就行，油田医院水平不比县医院差。因为自己要到单位值班，张五魁便安排女儿陪李小叶去医院，出门前还专门叮嘱女儿："你一定要拉妈妈去医院，她不去你就和她没完。等有了结果，要马上给我打电话。"

大约十一点，张五魁接到了李小叶的电话。电话里，李小叶有气无力地说："做了B超，大夫说比原来大了，还开了做甲功检查的单子，需要抽血化验，只能明天早上再检查了。"说到最后，李小叶才说到重点，大夫给她开了入院证，让她住院检查治疗，还说不排除癌变的可能，有可能需要做手术。

张五魁一听，意识到了问题的严重性，当即让李小叶快办住院手续，说自己找人替班后马上过去。李小叶说："我们已经往回走了，不用住院，等明天检查完了再说吧。你不用回来，安心值你的班吧，工作最重要。"

张五魁放心不下，还是找了人替他值班，随后直接开车回了家。

回到家里，张五魁要过李小叶的病历，想看看大夫写了些什么，可上面的字龙飞凤舞，他看了半天也没看明白。随后他要过B超检查报告，只见上面写着：甲状腺右侧叶大小 $53 \times 15 \times 18mm$，左侧叶大小 $52 \times 18 \times 20mm$。还有超声波提示：甲状腺回声粗糙、不均质；甲状腺峡部低回声结节，性质待定。

张五魁问："留大夫的电话了吗？"李小叶便把大夫的名片给了他。照着名片上的手机号，张五魁直接拨了过去。

"王大夫吗？我是今天上午那个长甲状腺结节的李小叶的丈夫，我想问一下，她是怎么个情况？"

王大夫说："我问你，你上午怎么不陪她一起来看病呢？"

张五魁说："上午我值班了，孩子陪她去的，很严重吗？"

"这个不好说，有可能是恶性的。你们抓紧来住院吧，我给安排床位。"

"好的，谢谢你了，我下午就带她过去。"

放下电话，张五魁把大夫的话向李小叶和女儿说了一遍，然后说："准备准备，下午去住院。"

李小叶说:"你就知道听大夫乱说,还没化验甲功,他怎么就断定需要手术?"

张五魁说:"你不是吞咽东西已经困难了吗?肯定需要做手术啊。"

李小叶反驳说:"那也不一定。你别轻易相信大夫的。个别大夫就喜欢故意把小事说大,有病没病让你住院。"

女儿站出来反驳妈妈:"不听大夫的,难道听你的?"

张五魁耐心地告诉李小叶:"医院不像你想的那样。我听说现在医保病人住院实行限额,医院其实挣不到钱,他们一般也不愿接,有时候想住院治疗,还要排队等床位才行。"

女儿说:"就是啊,即便人家挣钱,你也不能不住院啊。咱家又不是揭不开锅,而且还能报销一部分。"

三个人为了住不住院争论了半天,父女俩最终也没能说服李小叶。最后,双方达成妥协,下午再去县医院找专家看看,住不住院等甲功化验结果出来后再说。

下午,张五魁领着李小叶去了县医院。一进大门,他就想起了蓝芷,但他什么也没说,侧脸看了看李小叶,发现李小叶在愣神儿。

张五魁直接给李小叶挂了个专家号。专家是个老大夫,应该是退休以后返聘的。专家问李小叶哪里不舒服,李小叶把情况给他讲了讲,张五魁也把油田医院大夫的话向专家说了说。专家戴着老花镜在病历上作记录,写得很慢,写完又看了看上午做B超的单子,然后问:"甲功五项化验了吗?"李小叶说:"还没有。"专家又看了看张五魁。张五魁说:"她今天吃饭了,明天才能做。"随后,专家伸手去摸李小叶的喉部,摸到结节后,稍微用力摁了摁。李小叶皱着眉头说疼,专家便把手拿了回来。

"怎么样？"张五魁急切地问。专家说："不好说，需要等甲功化验结果出来再说。不过既然这么大了，吞咽东西明显感到困难，我感觉还是做了好。我先给你们开入院证，你们如果确定住院，我要提前给你们安排病床，到时候由我来给做手术。"

张五魁说："那谢谢你，给你添麻烦了。等明天化验结果出来，我们便来找你。"

回家之后，张五魁立即给平时有些联系的省公安厅指挥中心胡主任打了电话，说了说妻子李小叶长结节的情况，问他是否方便联系省立医院，想到那里去看看，如果真需要住院做手术，也想在那里做，毕竟那里医疗水平更高一些，让人放心。

指挥中心胡主任说："省立医院和重光医院我都可以联系，我建议还是去重光医院。省立医院虽然名气大，但病号也多。重光医院原来是省里的保健医院，病人少，病房条件好，而且两腺科郝主任我很熟，能力和水平一点儿也不比省立医院的主任差。"

张五魁说："那就拜托你了，麻烦你联系一下重光医院吧。"

胡主任不到五分钟便把电话打回来了："我联系郝主任了，他让你们明天就过去，最好一上班就到，八点半他要做手术。"

张五魁问："还需要等甲功化验结果出来之后再去吗？"胡主任说："别在你那边做了，不然到了这边还需要全部重新做，浪费时间浪费钱。"

张五魁说："那好，我今晚就开车带她过去，去了就住公安厅的麓山宾馆吧？"

胡主任说："好的，我给宾馆打个电话，预定下房间，你们来了直接去住下。我今晚有其他安排，就不陪你们吃饭了。明天早上我陪你们一起去找郝主任。"

当天下午，李小叶一家三口便踏上了去省城求医的路程。路上，李小叶三番五次地问："一定要做手术吗？能不能保守治疗？我不想做手术。"

张五魁说："怎么治疗，做不做手术，咱们还是听大夫的吧。我知道你不想做，谁也不想做，可是如果真需要做的话，你就不要再坚持了。再说，也不是什么大手术，估计一个星期就能出院，你别有太多顾虑。"

第二天八点半，胡主任领着张五魁一家三口来到重光医院。

郝主任让李小叶靠他近一点，用右手摸了摸李小叶的喉咙部位，说："这么大了，该做了。再说长得不是地方，正好在峡部。吃饭困难是不是？"

李小叶被他摸得很疼，咽了口唾液说："嗯，一咽东西就有感觉。"

"除了那个结节，好像还有几个淋巴结。带B超单子了吗？"

张五魁赶忙从包里掏出B超单子递给郝主任。郝主任看了一眼："做吧，我先给你开入院证。今天吃早饭了吗？"

"吃了。"张五魁代替李小叶回答。

"吃了今天就不能化验了。这样吧，今天先办住院手续，明天全面检查，周四安排手术。"

"郝主任，手术是不是你亲自做？"张五魁说。

"那当然，我们这里，谁收的病人谁负责做。你们去办住院手续吧。"郝主任边回答边开了入院证，"不过不用担心，这种病很多，司空见惯，我每天都做几个。"

张五魁让李小叶和女儿一起去办住院手续，说自己还有工作上的事儿要跟胡主任说。

李小叶和女儿离开后，张五魁问郝主任："会不会是癌？"郝主任说："不排除这种可能。做手术时需要做切片检查，如果不是，只切掉结节就行了；如果是的话，需要切除全部甲状腺，并进行清理。"

张五魁突然想起淋巴结的事儿，便对郝主任说："淋巴结到时候是不是也需要切片？"

郝主任拍了他肩膀一下："这个你放心，我们会安排的。你多安慰安慰她，别让她精神压力太大了。我这里天天做这样的手术，见得多了，没多大事儿。"

张五魁说："那个，她压力是很大的，昨天翻来覆去，一夜没睡。万一切片是癌症的话，我不想告诉她，到时候你们也要对她保密，我怕她知道后精神会垮了。"

郝主任说："只要你们不说，我们不会告诉她，有什么事我会单独找你。"

告别郝主任后，张五魁问胡主任："是不是需要请郝主任一起吃个饭？"

胡主任说："那是当然，我昨天在电话里已经和郝主任约好了，明天晚上吧，我来安排。"

张五魁说："我安排，这就够麻烦你的了，哪能再让你安排。"

胡主任说："好了，别争了，我去你那里你安排，你来我这里当然是我安排啊。"

虽然办好了住院手续，但李小叶依然嘟囔着不想做手术。女儿一个劲地劝她，她还是很不情愿的样子。

张五魁说："你不做手术，万一是癌症咋办？"

李小叶噘起嘴说："癌症死了更好，我不想活了，活够了。"

张五魁便责怪她："看你说的什么话。"

第二天，李小叶重新做了B超检查，同时化验了甲功五项。

B超显示：峡部甲状腺结节实性占位；气管左侧淋巴结肿大；甲状腺弥漫性病变。

甲功五项结果显示也不正常：游离三碘甲状腺原氨酸、游离甲状腺素等五项指标，全部在生物参考区间之外。

看到两个检验报告，张五魁神色有些凝重，但他不能在李小叶和女儿面前表现出来。

虽然离做手术仅有三天时间了，但这三天时间对张五魁一家人来说却显得非常漫长。在此期间，张五魁一方面在内心祈祷李小叶不是癌症，另一方面想方设法安慰李小叶做，再就是考虑万一化验结果显示是癌症该怎么办，到时候如何安慰李小叶，让她放松心情，是首要难题。

李小叶思想压力很大，原本看起来很坚强的她，此时显得那样脆弱。无论张五魁和女儿对她说什么，她好像都听不进去，她甚至想到自己做手术时会不会死掉。平时，李小叶负责管账，张五魁对家底一无所知。此时，李小叶突然提出让张五魁回家，把家里的存折都拿来。张五魁问她干什么。她说："我好把存折密码告诉你，万一我死了，你能取出来。"张五魁和女儿一听，全都笑了。

趁李小叶不在跟前时，张五魁专门和女儿谈了一次话，意思是妈妈病了，咱们要好好照顾她，一家三口共同渡过这次难关。张五魁还说："万一是癌症，也不要害怕，该怎么治就怎么治。我问大夫了，即便是癌症，问题也不大，因为这种癌相对独立，发现得早一般不会扩散，切了就好了。你要记住,一旦确诊为癌症,千万别把真相告诉妈妈,我怕她精神垮掉。"女儿问:"能保住密吗?"张五魁告诉她:"我已经跟大夫说好了,他们帮我们保守秘密,只要我们不告诉你妈妈,她不会知道。遇到具体问题时,我再想解决办法。"

第三十七章　双流定河

　　秋天的黄河口是多姿多彩的，像艺术家专门绘制的一幅巨型图画。天是蓝色的，一朵朵白云在蓝天上静静地看着大地和大海。海是蓝色的，蓝色的衣裙有一个随风飘动的淡黄色裙摆。黄河依然是不安静的，河道里盛开着、奔涌着一簇簇白色的浪花。大地也一改以往的颜色，庄稼地里泛着金黄的光芒。最漂亮的是入海口附近的湿地，不知是被谁铺上了一张又大又红的地毯，像一地燃烧的火焰一直蔓延到天边。

　　渤海市来了很多人，他们像候鸟一样，从天南地北聚集到这个地方。这些人有的来自北京、天津，有的来自南京、上海，也有的来自广东、广西；有的来自政府部门，也有的来自高等院校或科研院所。他们都是全国一流的水利专家，有人此前曾经来过这里，属于故地重游。

　　黄河口的河水似乎也感知了这种骚动，随着秋汛的到来，流动得也更加澎湃和欢快了，将山东好客的特点自然而然地流露了出来。

　　即将在这里召开的黄河口综合改造工程研讨论证会，是由水利部主办、渤海市具体承办的。按照张五魁等人的想法，这次会议主要有两个目的，一是推翻此前黄河口稳定三十年不可能的既有结论，二是通过他们提出的"黄河口综合改造工程方案"。在商量会议议程的时候，金英提出："这次会议，最主要的目的是让大家认可你们的无潮点理论，顺利通过黄河口改造工程方案，不要再过多地提起之前的结论，以免引起大家的反感和争议,那样会遇到更大的阻力。咱们要'不争论,向前看',一切以解决问题为目的。"

张五魁答应了金英的要求,不过他说:"我们不主动提,但不能保证别人不提,我们也做好了进行争论的必要准备。我估计,会上会有一些专家提出反对意见。"金英说:"反对意见肯定是有的,这个并没有关系,只要大多数人认可就可以。会议由我来主持,我会进行适当的引导。到时候,你们要记住一点,就是专家发表不同意见的时候,你们不要立即站起来反驳,要等大家讲完,最后再一一作出回答,不要把研讨会变成争论会,更不能让研讨会成为吵架会。"张五魁说:"这个没问题,您请放心。"

为了开好这个会,张五魁带领手下一班人做了精心准备。考察报告和改造方案的准备是一个方面,他们对考察行程也作了精心细致的安排。同时,他们还动了很多脑筋,想把M2无潮点理论更直观更形象地呈现在与会人员面前,让人易于接受。

会场的南北两面墙上,挂满了各式各样的图,有《1855年后黄河流路变迁图》《黄河入海口流路变迁图》《渤海潮流示意图》《黄河口M2无潮区潮流示意图》《莱州湾潮波图》《渤海湾等深线图》《黄河口流路总体布局图》《黄河口综合改造工程平面示意图》等。这些图大小不一,颜色各异,让人一进会议室就像进了制图课或地理课的课堂。

金英和张英相见了,在主会场一侧的小型会议室里。两人的头发都白了,也都戴着眼镜,但精神都很好。只是张英比金英要小很多,两人看起来更像一对母女。

一见面,金英就紧紧地握住张英的手说:"我们水利部应该感谢您帮助我们发现了无潮点,还要感谢您培养了一个好学生。"张英自然知道金英说的好学生就是张五魁。这让她很不好意思。张英红着脸说:"金部长,我做得还很不够,需要多向您学习。"

"这话就不对了,我得向你学习。对了,我还专门带来一本《展望》

杂志呢，上面专门报道了你的事迹。"金英边说边打开公文包，从里面拿出一本杂志。

"你看看，《敢吼天下第一声》，是新华社记者写的。你太厉害了，精神可嘉，我们大家都应该好好学习你的这种精神。"

《展望》杂志上的这篇文章，主要讲述了张英敢于向中央建议改变花山港和兖花铁路设计方案，以及提出建港建议并在沿海多个被人认为不可能建港的地方成功建港的一系列事迹，赞扬了她对党和国家的事业高度负责、敢为人先的精神。此前，新华社记者曾到青岛去采访张英，但她没有接受采访，而是躲了起来，记者是通过采访她的同事写成的这篇文章。张英没想到，文章已经发了出来，更没想到金英部长还专门把杂志从北京带了过来，这让她感到很不好意思，也很感动。

张五魁问王刚："《展望》杂志咱们订了吗？我怎么没看到？回去找找，我们五大班子成员都要好好学学。"

随后，金英和大家一起沟通了会议上的一些安排。金英说："关于M2无潮点的理论问题，建议重点由张英来讲，张五魁作补充；黄河口综合改造工程方案，重点让张五魁讲。这样，各有侧重，发挥每个人的特点，目的是把情况讲清楚，让大家听明白。"

会议上午九点正式开始。王刚发现，平时不大上厕所的张五魁，不到半小时居然跑了三次厕所。他问张五魁："市长，您闹肚子了吗？"张五魁一愣，哼了一声，说："没有，我很好。"

会议第一项议程，由渤海市委书记王基业致欢迎词。王基业声音洪亮，语调铿锵，首先表达了对各位领导、各位专家学者莅临渤海的感谢和欢迎，其次介绍了渤海市自组建以来的工作情况，最后阐述了渤海市的发展优势和潜力以及对未来的美好展望。他特别强调了稳住黄河口对于渤海市真正建市，对于确保利华油田安全发展，对于黄河三角洲建设和"海上山东"建设的极端重要性，迫切恳请各位领导和专家给予更大的关心、厚爱、支持和帮助。

随后，张英向大家介绍了M2无潮点的发现及其潜在价值和作用。别看张英是个女同志，个子矮小，但气场十足。她一开口，整个会场变得鸦雀无声，甚至连人们的呼吸声都能听到。服务员倒水也蹑手蹑脚，几乎一点动静也没有。只是，上次的感冒，给张英留下了后遗症，讲解过程中她会时不时咳嗽一声，每到这时候，她总是喝口水压一压。

张英介绍完毕，紧接着是张五魁汇报"黄河口综合改造工程方案"。这次的方案，比起最初作了很大改进。它首先提出了黄河口治理的总体规划——"一主一辅，双流定河"：确定未来黄河主要通过两个渠道入海，清水沟流路为主要流路，刁口河流路为辅助流路，主辅明确，不能颠倒。这个总体规划最大的好处是，充分考虑并兼顾了某些专家所谓"黄河口需要经常换"的说法。

在推进方案中，提出了以海动力为核心，实践"三约束"的理论：截支强干，工程导流；疏浚破门，巧用潮汐；定向入海，指向东北。其核心工程，就是在清水沟东北方向筑起"双导"堤坝，推动强流带以M2无潮点为中心逆时针旋转适当角度，造成更加有利的输沙海域，打破形成拦门沙的原有条件，让黄河泥沙更顺利地入海，有点"强摁龙头喝水"的意思。

张五魁汇报情况时，一改往日脾气，语速放得比较慢，讲得清晰、细致、到位，目的是让来自全国各地、操着不同方言的领导和专家都能听清楚、听明白。

最后，张五魁明确表示："这仅仅是一个初步方案，还很不成熟，我们是外行，希望各位专家学者多多批评指正。"

进入发言讨论环节后，会场氛围很快发生了改变。金英说："请大家自由发言，谁先准备好谁讲。"话音刚落，一个留平头的中年男子就站了起来，他操着一口广东话说："这个工程，事关重大，必须谨慎行事。我承认，M2无潮点理论或许是成立的。但是，它毕竟还没有得到实践证明,也没有得到大家的广泛认可。我建议下一步再组织一次大范围的考察研究,也可以向国外有关专家请教,譬如最早提出无潮点的日本专家,邀请他们来帮助我们做一些考察和认定工作,毕竟人家更有权威性。在没有形成一致结论前,我认为还是等等再干更好。"

听了他的话,张五魁在笔记本上写下三个字:等待派。

随后,来自黄委会的一位专家站起来发言。他说:"对于M2无潮点的说法,我个人感觉是有科学道理的。但是,对于它究竟能不能真的起到预想的作用,我感觉没有实践检验还很难下结论。毕竟,新中国成立初期,我们在黄河治理上走过一些弯路,历史的教训必须汲取。稳妥起见,我建议,在方案实施之前,先搞一部分泥沙,在想改造的入海口附近,通过人工手段将其推到大海里去,看看是否真的有实际效果。"

张五魁听了,在本子上写下三个字:试验派。

金英说:"你这个想法,先试验,再干,有一定道理。大家怎么看?咱们先把这个建议讨论一下。"

坐在后排的刘西栋直接站了起来:"我是黄河口河务局的,我不赞同这种做法。理由是,如果搞试验的话,泥沙量小了,根本检验不出实际效果。要想真正看出效果,需要大量泥沙,也需要很大的工作量。泥沙从哪里来?工作谁来干?经费谁来出?这个不是想象的那么简单。其实,世界上并不是所有事情都需要先搞试验再干的。这个办法,就好比我们渤海当地人常说的,叫'扳倒树摸老鸹',等树扳倒了,老鸹早没了。"

刘西栋这一讲,会场立即热闹起来。大家你一言我一语,交头接耳,议论纷纷。有人说,可以先试验,试试比较稳妥;有人说,根本不用试,完全可以"摸着石头过河";还有人说,这纯粹是异想天开,是往大海里扔钱。

这时候,张五魁突然感到,整个会场就像掀起了阵阵波浪的大海,波浪旋转着,包围了他,试图要淹没他。只见他稳稳地坐在那里,一动不动,一言不发,沉静得像一块坚硬无比的礁石。

见会场秩序变得有点混乱,金英提高嗓门说:"大家静一静,这个问题大家回头再好好考虑考虑,在这里就不争论了。下面继续发言,还有什么不同意见?"

来自青岛海洋研究所的单杰女士站了起来,她再次提出了"泥沙最终去了哪里,会不会改变海底地形结构"的问题。

单杰的话刚说完,一位来自北京的专家站起来说:"还有一个更严重的问题。大家都知道,土地资源是我们国家最宝贵的资源之一。目前,正是因为黄河泥沙淤积在入海口附近,才形成了每年都有新增土地的'红利',如果我们通过海动力学说,把泥沙都搞进大海里去了,这部分新增土地'红利'就会丧失。这个问题是不是也应该引起大家的关注?"

听到这个问题,张五魁的神情更加凝重了,他在本子上写下了"土地"二字,还在旁边打了一个问号。

会议整整开了一天。临近结束时,金英宣布休会半小时,她和张英、王基业、张五魁等人碰了一下头,对大家提出的意见形成了一个初步的答复意见,然后重新开会。此间,张五魁几乎没说话,问他什么想法,他说自己一切听从书记的安排,书记指向哪里,他就打向哪里。

会议结束前,王基业代表主办方作表态发言。他还是一如既往地表示感谢,说根据大家的意见,他初步设想下一步组成一个规模更大的考察调研组,继续做好考察论证工作,还欢迎在座的各位领导和专家加入进来。同时,他还表示,要继续完善综合改造工程方案,尽快组织施工,力争早日完成。

对于大家担心的问题,包括泥沙的最终去向以及是否会减少新增土地等,王基业说,他非常赞赏张英教授的一句话:发展中遇到的问题,随着科技和社会的发展,以后一定能找到更好的解决办法。

最后,王基业故意提高了一下嗓门说:"前人没有做过的事情,不等于今天就不能做！黄河口改造工程，一定要干，必须干，而且一定要干好！出了问题，我负责！我们就是要有一种'明知山有虎，偏向虎山行'的精神！"

王基业话音刚落，张五魁便带头鼓掌，随之大家一起鼓起掌来。张五魁注意到，就连那些提反对和不同意见的人，也都跟着站了起来，纷纷鼓掌。

送张英回去的路上，王刚对张五魁说："市长，您今天表现得和平时不大一样啊，轻易不说话，也不反驳，很沉默的样子，像无潮点。"

张五魁说："无潮点？你可真会形容。我告诉你，这叫'此处无声胜有声'。你没发现吗？其实无潮点可能比周围的风浪区更有力量。"

王刚点头称是。

随后，王刚又说："这次来的两个重要人物，一个叫金英，一个叫张英，历史上还有一个白英，您说这是巧合呢，还是巧合呢？"

张五魁笑了："不管怎么说，她们两位老人都是值得我们尊敬的人，也都是我们的恩人，无论到什么时候，我们都不能忘了她们。"

王刚说："那是自然的，等黄河口真的稳住了，渤海市发展好了，我们应该给她们立两块碑，叫'双英碑'。"

张五魁说："你这个想法倒是不错，不过她们两位老人不一定同意。其实，立不立碑并不重要，重要的是我们要记在心里，还要学习她们的精神。"

"那倒是。"王刚说，"历史上有个'三英战吕布'，咱们这算不算'三英共治水'啊？"

张五魁沉思了一会儿，说："历史上的就不说了，这其实应该算是'双英出奇谋，当今世界殊'。"

王刚知道市长是在用典，是化用了毛主席诗歌中的一句话，用得恰到好处，便默默把这两句话记在了心里。

快回到宾馆时，张五魁突然说："坏了，忘了个事儿。上次在北京，金部长说过，以后来了要去槐树庄看看。你看看，我怎么给忘了呢？"

随后，他赶紧打电话给金英："部长，不好意思，把您想去槐树庄看看的事情忘了。这次您还有时间吗？"

金英在电话里告诉他："我看你很忙，没有打扰你，省河务局的同志已经陪我到槐树庄了，我们正在大槐树底下呢。"

第三十八章　善意的谎言

李小叶做手术前一天，除了李小诗，张虎林用一辆面包车把家里人全拉来了，包括父母亲张志善、杨素樱，也包括张五魁的岳父母李世远和王晓岚，还包括李小叶的两个妹妹李小雅和李小静。在电话里，张五魁和李小叶不让他们来，但他们说在家里放心不下，就一块儿过来了。

他们在病房待了一阵子，询问了有关情况后，张五魁和李小叶便催他们回去。但王晓岚说什么也不走，说让其他人先回去，她留下来帮着照顾李小叶。张五魁便陪王晓岚先去麓山宾馆住下，然后让张虎林拉着其他人回去了。

当天晚上，王晓岚提出要陪女儿在病房过夜，还说张五魁和张舍凡已经熬了好几天了，该回宾馆休息一下了，等明天再来。张五魁便答应了她。

吃过晚饭，王晓岚和李小叶两人随便聊天。王晓岚本来想安慰女儿，却不料又想起了不知究竟去了哪里的李小诗。她叹了口气，说："唉，你二妹妹一走就好几年了，也不来个信打个电话，更不回来，也不知道她究竟怎样了，你可知道娘有多牵挂吗？养女儿就是让人操心啊。"说着说着，她竟呜呜地哭了起来。

经她这么一哭，李小叶联想到妹妹出走与自己有关，又联想到自己的病，不禁悲从中来，也跟着哭了起来。

哭了一阵子，王晓岚感觉不对头，便止住泪，开始安慰李小叶。

当天晚上，护士通知李小叶第二天早上不要吃饭，做好做手术的准备，并告诉了她一些关于做手术的注意事项。

李小叶被安排在第二天上午第三个做甲状腺手术，进手术室时已经上午十点半了。当时张五魁已经安排王晓岚回宾馆休息，他和女儿张舍凡一起把李小叶送进了手术室。在进去之前，李小叶告诉张五魁，她昨天问过做过手术的人了，正常手术两个小时左右就能做完出来，如果是恶性的需要三四个小时。张五魁趴在她耳边说："你放心吧，肯定不是恶性的。我们在门口等你。我和小凡都爱你！永远爱！"李小叶紧紧地抓住张五魁的手，不肯松开。张五魁看见，李小叶的眼里噙满了泪水。

手术室门口站满了人，都是在里面做手术的病人的家属。

李小叶刚被推进手术室，穿着浅绿色手术服的郝主任便来到门口喊道："李小叶的家属在吗？"

"在。"张五魁和女儿赶忙挤到跟前。由于郝主任戴着帽子和口罩，他们都没有认出是他。

郝主任说："你们别离开，在门口等着。等一会儿拿出标本来后，抓紧拿到四楼病理科去做检验，然后在那里等着，出结果后赶紧再送回来。"

张五魁说："好的，知道了，昨晚护士已经交代过了。"

张舍凡说："我现在跑一趟四楼，看看来回需要多长时间。到时候我拿着去，你在这里等着。"

张五魁说："好，拿到结果后，先给我打电话。"

大约过了四十分钟，门口值守人员高喊着"李小叶家属"并把标本送了出来。张舍凡拿在手里便往四楼跑，张五魁喊住她："等等，让我看看。"他看到透明塑料袋里装着两个不同大小的血淋淋的肉球，然后说了句"去吧"。张五魁担心里面没有淋巴结标本,因为他知道,若真是恶性肿瘤,只有检验淋巴结才能知道是否已经扩散。

二十分钟后,手机震动,是女儿打来的,张五魁的"五魁手"有些颤抖。女儿的声音带着哭腔:"爸爸,是癌症。"

张五魁说:"哦,知道了,你回来吧,注意慢一点。"

果然是最坏的结果!张五魁此时脑子里一片空白。很快,女儿跑了过来,张五魁一把接过检验报告,只见上面写着:峡部甲状腺乳头状癌。

看完,张五魁便交给了手术室门口的值守人员。等他回过头来时,发现女儿和岳母在楼道里哭泣,他还不知道岳母是什么时候来的。

李小叶做完手术,已经是下午三点半了。手术期间,张五魁和岳母、女儿一直守在门口,没喝水也没吃饭。张五魁曾几次让女儿陪姥姥去外面吃饭,可她们谁也不肯去。

李小叶终于被推出来了,张五魁赶紧过去接护士手里举着的吊瓶,护士说:"这个你不用管,你把她喊醒,不要让她睡着。"

张五魁看到,李小叶闭着眼、脸色蜡黄,便大声喊道:"小叶,醒醒。小叶,醒醒!别睡着了,手术做完了,是良性的。"当说出最后三个字时,他的眼泪禁不住掉了下来。

李小叶没有睁眼。电梯还没到,护士说:"继续喊她、晃她,不要让她在路上睡着。"于是,张五魁和女儿在身边一起喊她、晃她,李小叶终于睁开了眼睛。张五魁趴在她脸前说:"先别睡,已经好了,是良性的,你放心。"

李小叶好像听到了,又好像没有听到,很快又闭上了眼睛。

回到病房,李小叶被推进了重症监护室。重症监护室住的都是当天刚做完手术的人,里面有专门的护士值班,不让家属进去。护士交代张五魁:"你们都回去吧,明早送点米汤来就可以,今晚她不能吃东西。晚上有我们照顾，我们有你的联系电话，有急事会给你打电话的。"

张五魁便让女儿陪姥姥回宾馆，告诉她们明天早上再过来就行。他决定自己晚上不回去了，就在门口的凳子上坐一夜，万一李小叶有什么事情也好照顾。

从医院出来后，张舍凡先领姥姥随便吃了点东西，然后便回到了宾馆。洗完澡后，她打开电脑，把妈妈做手术及确诊是癌症的消息写在了微博里。

送走岳母和女儿，张五魁找到从手术室回来的郝主任，询问手术情况。郝主任说："手术很成功，把甲状腺全切除了，也清理了周围的淋巴。"

张五魁不无担心地问："没扩散吧？"郝主任说："从病理检验来看应该没有。你放心，没事儿的，一个星期之后就可以出院，等三个月后再做复查，然后再做几次碘131放射性治疗，问题就不大了。"

张五魁问："还需要化疗吗？"郝主任说："不用，只用碘131就可以。"张五魁的心里这才稍微放松了一些。

当天夜里，张五魁一直守候在监护室的门口。坐在连椅上，他想到了当初与李小叶的爱情，想到了因为那场误会导致两人关系长期僵化，想到了李小叶的病。他不知道是不是造化弄人，感到非常对不起妻子和小诗。

第二天清早，张五魁头靠着墙迷迷糊糊地睡着了。睡梦之中，他好像听到"五魁，五魁"的呼唤声，声音很低，似有若无。他立即醒来，周围寂静无声。征得护士同意后，他悄悄推开病房的门，慢慢走到了李小叶的床前。

李小叶已经醒来，睁着大眼问他："你去哪里了？我是癌症吗？"

"我就在门口，是良性的，不是癌症，你放心。"张五魁攥紧了她的手。

"我几点出来的？"

"一点多吧。"张五魁开始了善意的谎言。

"我不让你离开我。"李小叶抓紧他的手说。

"好,我不走,我哪里也不去。"

午后的阳光从窗户里照进来,病房里暖洋洋的。

李小叶输过液后再次睡了,母亲王晓岚也趴在她的身边睡了。还有三天,李小叶就可以拆线出院了,她把丈夫和女儿都打发回家了,让父女俩换洗一下再回来接她出院。此时的病房里,只有她们母女两人。

正当她们熟睡时,一个人悄悄向她们走来,她正是离家出走多年的李小诗。

李小诗像以前曾经来过这里一样,直奔李小叶的病房。透过房门的玻璃,看到母亲和姐姐正在睡觉,她轻轻地推开房门,蹑手蹑脚地走了进来。

李小诗的动静虽然很小,但还是惊醒了李小叶。李小叶一开始以为是大夫或者护士,当看到是妹妹时,她简直不敢相信自己的眼睛:"小诗,是你吗?"

母亲也醒了,她也看到了眼前的小诗。

"是我。妈,大姐,是我!"与出走时相比,李小诗发生了很大变化,她以前穿着打扮非常时尚,而今天穿的似乎是职业装。

"二妮,你可回来了!"王晓岚像疯了似的跑过去,搂住了李小诗,然后呜呜地哭起来,"二妮啊,这些年你跑哪里去了,你知不知道妈多想你啊,娘的眼泪都快哭干了!"

李小叶也慢慢地从床上坐起来,三个人抱头痛哭。哭声惊动了护士站的护士,她们一下子跑过来三个人。护士长大声问:"怎么了?怎么了?"

母女三人这才分开,抽噎着擦着眼泪。李小叶对护士们说:"对不起,打扰你们了,我妹妹来了,我们好多年没见面了!"

护士们听了,这才离开。

王晓岚拉着李小诗坐在床边,李小诗两眼直盯着姐姐,母亲和姐姐也盯着她。

"你这些年去哪里了?你怎么知道你姐病了?"王晓岚问她。

"这些年我在北京,一直挺好的。我是从舍凡的微博上看到的。"

"可是,你为什么要离家出走啊?这么多年也不来个信!"王晓岚很生气的样子。

李小诗看看姐姐,姐姐没有说话,她也没有回答。

"这次回来,就不要再走了吧,二妮!"王晓岚紧紧地抓住李小诗的手说。

"这次我只请了两天假,明天就要回去。等过年时我再回来看您。"

李小叶做完手术之后,张五魁确定了一条基本原则:任何时候都不让李小叶接触检查报告和病历资料。与治疗相关的事,多数时候他自己直接去办,他不在时便安排女儿和岳母去办;每当李小叶问其病情,他们都告诉她没事,等拆完线就好了。

李小叶告诉张五魁,出院时要把病历首页带上,还要有结账清单,回油田后她好去报销医保以及领取单位工会的"三不让"补助。这让张五魁犯了难,因为按照规定,病历和结账清单上必须有病人的真实病名。

张五魁一个人来找郝主任,问能不能不在病历上写恶性肿瘤。郝主任说:"这不可能。病历具有法律效力,我们不能改。"张五魁说:"我真不想让她知道是癌症,怕她精神垮了。你知道,她现在都睡不好觉,万一知道实情,不知道情况会怎样。"

郝主任说:"这样吧,病历我不能改,但是病历首页,我可以找找医务科,看能不能搞个复印件,你在那上面修改一下,我给你盖个医务科的章。"张五魁说:"也好。谢谢您了。"

郝主任同时告诉他李小叶出院后的三个注意事项:清淡饮食,注意休息;每天服用优甲乐4粒;三个月后到医院复查,做碘131放射治疗。

出院时,李小叶问张五魁:"病历拿出来了吗?我看看。"张五魁告诉她,病历一周之后才能来复印,现在拿不出来。李小叶便不再追问。

可是,结账清单上打出来的病名是甲状腺恶性肿瘤,这让张五魁有些头大。他悄悄把清单藏在包里,谎称等拿病历时一起打结账清单,这才在李小叶面前蒙混过去。

李小叶出院一个星期后,张五魁再次来到医院,通过郝主任帮忙,修改了需要拿给李小叶看的病历首页和结账清单,把病名统统改成了"甲状腺肿"。回到利民后,他先到公安局把真实病历和清单锁在抽屉里,发现没什么遗漏之后才回家。

这次住院做手术,花钱不是很多,总共一万三千多块钱。李小叶看了病历首页和结账清单,"嗯"了一声,说:"对,就是这个,等我上班时,拿去报销。"

张五魁说:"你这段时间就在家好好休息吧,我替你去单位报销。"李小叶说:"不用你管,你不知道找谁,等我上班后自己去办。"张五魁只能答应。

第二天,张五魁直接来到油田机关。他找到负责办理医保的人说:"我是李小叶的丈夫,她这次得的是甲状腺癌,我不想让她知道真实病情,希望你们能配合一下。"

对方说:"没问题。"张五魁说:"这是她的真实病历和结账清单,我先放你们这里,你们给她办理报销手续时用。等她上班后,她还会给你们送一套我给她改过的资料,你们只管收下,需要补什么材料直接找我,好吗?"对方说:"我们理解你的意思,放心吧,没问题。"张五魁随即留下了自己的联系电话。

医保报销问题解决之后,还有一个问题摆在张五魁面前:三个月之后李小叶需要去医院复查,而且到时还需要做碘131放射治疗,这个他该怎样给李小叶解释呢?

当张五魁把郝主任的最后一条医嘱告诉李小叶的时候,李小叶露出不解的神情:"你跟我说实话吧,我能承受得住。我知道你隐瞒我是为了我好,但是我只想知道真相。"

那一刻,张五魁真想把真相告诉她,但他最终还是咬住牙关,坚持了下来:"什么啊,就是良性的,难道你还希望是恶性的不成?"

"那你告诉我,为什么人家良性的都不需要全部切除,而我的不但全部切除,还切除了淋巴?为什么人家出院后只需要吃药,我还要去做碘131?我那天到底是几点从手术室出来的?"

李小叶的问题直击要害,张五魁的脸色有些不自然起来:"那天,那天你当然是一点多出来的啊。至于甲状腺为什么需要全部切除,是因为郝主任看你的结节位置不好,在峡部,如果不全部切了,会影响你咽东西。清除淋巴结和做碘131的事儿,是因为你的结节不是一个,而是群发性的,如果不清除彻底,很容易复发再长。那个碘131治疗,你明白吗?是为了杀死再长的细胞,不信你上网搜搜。"

李小叶听得半信半疑,她起身去开电脑,真的要上网去查,这让张五魁惊出了一身冷汗。他担心,万一李小叶查出碘131放射治疗是治甲状腺癌的,就麻烦了。他和李小叶一起坐在电脑跟前搜索"碘131"。很幸运,他们搜到的第一个网页里介绍的是碘131放射治疗用于治疗甲亢。

当天晚上,李小叶提前睡了。女儿过来对张五魁说:"爸爸,妈妈好像已经怀疑她是癌症了,实在不行就告诉她真相吧。"

张五魁说:"不能,绝对不能。她一旦知道真相,精神真的会垮。虽然她现在怀疑,但是只要我们两个始终不承认,她就不敢太确定,这样就有利于她的治疗和恢复。这是善意的谎言,你明白吗?"

女儿点点头说:"我明白,可是这会让你很为难。以后还要去住院,需要隐瞒的事情还很多,难度很大。"

"没事的,爸爸会有办法的,走到哪一步说哪一步。"张五魁说,"时间不早了,你也去睡吧。"

自从住院做手术之后,李小叶的性格脾气发生了很大变化,原来精明强干的她,变得郁郁寡欢,甚至有时候总是唠叨。张五魁也一改往日的习惯,推掉一些琐事,一下班就回家陪她,帮她做家务,陪她说话聊天。

这两项"工作",只有"做家务"效果比较好,而"话聊"总是不那么愉快。张五魁发现,以前的"故事大王"角色和"追忆童年"栏目在李小叶跟前统统失效了。因为,无论他讲什么故事,以及追忆怎样美好的过去,李小叶那善于联想的大脑总是会想到自己的病上。

晚上临睡时,李小叶趴在床上,要张五魁给她按摩背部。张五魁按了一会儿,感觉有些累了,便转身躺下。

"你对我不好,根本不疼我,我的病就是你气的。"李小叶噘起嘴旧话重提。

"我对你还不好啊,自从你生病后,几乎天天做家务、陪你,还不好?你的病是我气的,那医院里其他那些长甲状腺结节的,又都是谁气的?"

李小叶翻过身子说:"就是你气的,你不能不承认。"

"你的病是我气的,那我的病是谁气的?"其实,张五魁胃不好已有多年了。他胃酸过多,吃了东西容易反流,多次找大夫,吃了很多药,试过很多偏方，就是不见好。

"你的病都是自己喝酒喝的，还有……"李小叶还想说"旧事儿"，但话到嘴边又收了回去。

张五魁显然没有意识到她后半句要说什么："哦，你的病是我气的，我的病是自己找的，这就是你的理论？"

"我现在终于知道你为什么要我去做碘131治疗了。"李小叶并没算完。

"为什么？"

"你目的不纯，想把我治死。"李小叶半开玩笑地说。

张五魁顿时无语。过了一会儿，他把女儿喊过来，把李小叶刚才的话向她重复了一遍，意思是让女儿帮着评评理。

女儿站在门口笑着说："我妈妈的想象力真丰富！"

第三十九章　触景生情

　　那是一个阳光明媚的下午，在新任县委书记的办公室里，县委书记段和风把副县长兼公安局长任命书递给张五魁，随后和县委组织部长一起对张五魁进行了上任前的例行谈话。张五魁两眼看着段和风和善的脸庞，两耳听着段和风滔滔不绝的谈话，一边在根据领导要求认真思考工作，另一边思绪已经慢慢飘向遥远的地方，甚至想起了早年奶奶去世那天的情景。

　　任前谈话结束后，县委书记告诉张五魁，他的任命将在第二天到公安局正式宣布。随后，组织部部长又和公安局其他几个人进行了谈话。当他们回到公安局的时候，班子成员已经得知了他们任前谈话的消息，副局长提议，晚上庆祝一下。但这个提议被张五魁谢绝了，因为那天是张五魁四十五周岁生日，妻子李小叶早已做好准备在家等他。不过，张五魁给出的理由是，还没正式宣布，安排庆祝不合适，一切等正式宣布之后再说。

　　下班回家的路上，司机把车开得格外稳当。
　　正是初夏时节，天气不是很热，张五魁把车窗玻璃调了下来，风吹进来，他感觉很是清爽。
　　突然，他产生了回老家看看的冲动，于是让司机调整了方向。到了槐树庄，他让司机把汽车停在村头，一个人慢慢走向那棵大槐树。

第三十九章 触景生情

夕阳开始西下，空中弥漫着橘红色光芒，那棵大槐树高高地矗立在那里，像一个巨人。

张五魁来到大槐树跟前。大槐树周围已经拦了一圈栏杆，目的是防止人们触摸，旁边的"县级重点文物保护单位"石碑依然立在那里。

张五魁抬头仰望树冠，发现上面仍有两段断裂的枝条耷拉着，这都是那场飓风造成的后果。

如今，槐花刚刚落尽，苍老的枝干上长满了淡黄色的青叶，空气中弥漫着淡淡的清香。

一只只麻雀栖落在树上，不时从这个枝头飞向那个枝头，叽叽喳喳叫个不停。

很长时间没有认真地观察自己家这棵大槐树了，它是那么沧桑，又那么充满活力，让张五魁顿时有了一种久违的感觉。

又是一年早春二月，一年一度的全省治安工作会议在某县城召开。会议正式结束之后，几人相约到当地的五莲山和浮来山去看看。对于五莲山，张五魁此前曾听人说过，它位于黄海之滨，山虽不高，但景色优美，尤其是春天，漫山遍野开满火红的杜鹃，非常漂亮；但浮来山，他却从未听说过。考虑到春天还没真正到来，杜鹃花开还早，张五魁打算不去参观了，开完会便直接回去。

当他到会务组请假的时候，会务人员告诉他，浮来山上有棵大树，是千年银杏，号称"天下银杏第一树"，而且山上有刘勰校经的定林寺，很值得一看。一听说有"天下银杏第一树"，张五魁来了兴致，当即决定第二天和大家一起去参观浮来山和五莲山。

浮来山有三座山峰，分别是浮来峰、飞来峰和佛来峰。三峰对峙，呈虎踞之姿。此山虽然不高，海拔也就300多米，无泰山之雄、华山之险，也无黄山之奇、庐山之秀。然而，它清雅灵秀，人文色彩浓厚，吸引了很多游人。到浮来山游览，可以看到众多自然景观和历史文化遗迹。建于南北朝时的定林寺、刘勰故居校经楼、怪石峪、占地面积30多亩的莒子墓、曾引起佛道两教相争的朝阳观等，都值得一看。但最值得一看的，还是生长在定林寺院内的那棵大树。

那是一棵银杏树，人们也叫它公孙树或白果树。它是自然界的一个奇观，是生命的一个奇迹，也是文化的一个奇迹。该树高26.7米，周长15.7米，民间有"七搂八拃一媳妇"之说。

据《左传》记载：鲁隐公八年，鲁隐公与莒子曾在此树下会盟修好。正是由于鲁隐公与莒子在树下促膝长谈，才使鲁国与莒国结为秦晋之好，使两国百姓免于战争之苦。南朝梁文学理论批评家刘勰曾在定林寺整理佛教经典。银杏树冠丰叶茂，宛若山丘，常为刘勰遮风挡雨，还馈赠他大量果实。刘勰无限感激，为了表达对银杏树的敬意，在附近的一块大石头上写下了"象山树"。

与会人员先爬的五莲山，临近傍晚时才来到浮来山。尽管张五魁对银杏树的高大早有思想准备，但还是被它的形象给惊呆了！亲眼见到它的高大魁梧，他才深信人们的传说并没有丝毫的夸张，它那"天下银杏第一树"的称号也是实至名归。张五魁在内心里把这棵大树和自家的老槐树做了一下比较，他感觉银杏树更加高大和伟岸，而自家的老槐树却显得更为坚韧。

银杏树旁，张五魁看到了刘勰当年题写的"象山树"三个大字。他赞叹，这三个大字不仅写得好，而且太恰当了，准确地体现了这棵古树如山之雍容，如山之雄伟，如山之长存。

同来的与会人员跟着导游走远了，但张五魁始终站在树下不愿离开。

面对这棵已有三千多年历史的大树，联想到自家的大槐树，张五魁想了很多很多，他追问最多的还是它们为何有如此旺盛的生命力。在漫长的历史中，春秋交替，朝代更迭，潮起潮落，大树可谓历尽沧桑。狂风试图刮倒它们，雷电曾想击倒它们，干旱曾要窒息它们，地震曾欲摇撼它们。然而它们始终没有倒下，而是像巨人一样，双脚始终踏在坚实的大地上。

张五魁听说，在西北沙漠，有一种树木叫胡杨，生命力极强，千年不死，死后千年不倒，倒了千年不朽。很显然，这棵银杏和自己家的大槐树已经丝毫不亚于生命力超强的沙漠胡杨了。

银杏树下，树影婆娑。张五魁继续追思：这棵树生命力如此旺盛，奥秘究竟何在？为什么它年复一年，开花结果，几千年不衰？为什么它身上看上去像已枯死的枝杈还会长出新芽？

黄昏降临，飞鸟归来，绕树三匝。张五魁眼前出现了朦胧的意象，古老的银杏树，似张开双臂缓缓起舞。

回来的路上，张五魁路过黄河公路大桥。透过车窗，看到滚滚东去的黄河，他心生感慨，由此想起了浮来山上的银杏树和自己家的那棵大槐树，又突然想起陶渊明《归去来兮辞》中的两句话："木欣欣以向荣，泉涓涓而始流。"可是，他眼前的黄河和身边的大树，与陶渊明描写的景致相比，多了一份厚重和苍老。于是，他在心中对这两句话作了改动："木苍苍以向荣，河汤汤归大海。"

第四十章 北京之行

三月的北京，好大的风。风从北方来，黄沙笼罩着都城的天空。张五魁跟随山东代表团刚走出北京站，就被一阵风沙迷了眼睛。坐在接站的大巴上，张五魁嘟囔了一句："没想到我在黄河口想法防泥沙，到了北京还要防风沙。沙子啊沙子，我们什么时候结下的'梁子'？"

第一次当选全国人大代表，张五魁深感重任在肩。两个月前，省人大常委会有关部门通知他，根据会议要求，要做好呈交议案的准备。王刚拿着省人大的通知请示张五魁："您准备交什么议案？"张五魁说："这还用问吗？我们眼下正在干的事情不正好吗？"王刚立即明白了他的意思："黄河口综合改造？"张五魁说："对啊，我们有基本成形的材料，你再根据大会要求帮我加工加工，我们力争让大会通过这个议案，为黄河口综合改造争取国家立项，以获得国家财政上的支持。"王刚说："那好，我好好准备一下。"

王刚准备好议案后，拿给张五魁审定。张五魁看完，感觉写得还可以，想了想说："你报给省人大常委会看看，另外也呈给王书记看看，征求一下他们的意见。"

报告呈送市委书记王基业没多久，王基业就打过电话来："五魁啊，你的议案我看了。我明白你的意思,想争取黄河口改造工程立项。但是我感觉在全国人大这样的会上提这个问题是不是太小了,应该提事关国家和社会发展的重大问题。"

张五魁问:"那您说该提什么问题?请明示!"

王基业说:"还记得省委书记和省长上次跟我们谈话时叮嘱我们的话吗?"

张五魁恍然大悟:"黄河三角洲开发?"

"对啊,我们必须朝这个方向使劲啊!"

"好的,还是您考虑问题政治站位高、大局观念强,我马上推倒重来。您放心,还是那句话,您指到哪里,我就打到哪里。"

王基业笑着说:"不是我指到哪里,你就打到哪里;是省委指到哪里,我们就打到哪里;党中央指到哪里,我们就打到哪里!"

张五魁怀着忐忑不安的心情走进人民大会堂,第一次参加这样规格的会,让他有种"刘姥姥进大观园"的感觉。走在大红的地毯上,他感觉肩上担子很重,脚下却很踏实,就像自己风风火火地奔走在黄河三角洲那样。

在这之前,张五魁只在电视上看见过人民大会堂,当时他的感觉是很庄严、很神圣,也很令人向往。如今,自己真的坐到了里面,才被深深地震撼了。会场宏伟高大,代表几近坐满,放眼望去,自己像步入了无边的海洋。与会代表的掌声像汹涌的大潮,一浪高过一浪。抬头仰望,会议大厅顶部,巨大的圆盘像美丽的苍穹,中间的红五星闪耀着光芒,那一刻,张五魁仿佛看到了世界上最美丽的星空。

威武雄壮的国歌奏响之后，大会正式开始，国务院总理开始作政府工作报告。张五魁坐在代表席上，心情怎么也平静不下来。他一直在想，作为一个出身黄河滩区的农家孩子，自己究竟何德何能，居然能步入如此庄严神圣的殿堂。想来想去，他有了一些初步答案。一路走来，他遇到过波折，经历过磨难，但始终秉持为党、为国、为民干事创业的初心，无论干什么工作，都能做到实干、有担当，关键时刻冲得上、顶得住，确实为党和人民做了一点事情。这应该就是自己能肩负人民重托，坐在人民大会堂参会的根本原因。

他在任利民县公安局局长期间，带领公安干警成功破获一起从韩国走私汽车的大案，受到公安部嘉奖，荣立一等功。在担任利民县委书记期间，他充分利用利民县新增土地较多的优势，一方面扩大引黄灌溉范围，用黄河水压碱来改造土壤，大力发展集约化农业，取得明显成效，在全国建成第一个"吨粮县"；另一方面大胆尝试土地流转，改善营商环境，吸引大量投资进入，使地方GDP快速增长。正是这些工作实绩，让他得以从基层民警干起，一步一步被提拔为新成立的渤海市市长。他想，如果没有实干和担当，这一切都不敢想象。

大会开幕后的当天下午，会议进入分团讨论环节。讨论以省为单位，由代表团团长主持，党和国家领导人及中央有关部委的领导也会分赴各团参加讨论，听取大家的意见。与会代表逐一发言，除了谈对大会的认识外，基本上都是汇报自己事先准备好的议案。分团讨论环节整整安排了三天，张五魁是第一天下午最后一个发言的。为了这次发言，他进行了精心准备。大会开幕前一天晚上，他没出房间，再次仔细地看了一遍发言材料；还不放心，又按照"实战"要求，从头到尾念了一遍，然后才打开电视观看大会新闻报道。

张五魁发言的题目是《关于将黄河三角洲开发纳入国家区域发展战略的建议》。建议分三个部分：第一部分阐明了开发黄河三角洲的重大意义；第二部分是黄河三角洲开发的可行性研究；第三部分是黄河三角洲开发应把握的基本原则和需要做的重点工作。像上次在渤海市黄河口综合改造工程研讨论证会上发言一样，这次发言，张五魁依然念得很慢，逐字逐句都力求清晰到位；更重要的是，他声情并茂，每个细节都充满了感染力。

张五魁发言完毕，与会代表鼓掌致意。随后，作为代表团团长的省委书记说了一些总结性、肯定性的话，当天的讨论便结束了。

精心准备的材料，满腔热情的发言，并没有得到实质性关注和回应，就像搬起一块大石头狠狠地扔向大海，却没有激起多大浪花，这让张五魁的心情一下子暗淡下来。晚饭时，他想和同省的其他代表继续谈论自己的想法，却发现大家对他的话题不太感兴趣，这让他更感郁闷。

回到房间里，他把文件袋放到了一边，然后把自己狠狠地摔在了床上，直挺挺地躺在那里，一动不动。

丁零零……床头柜上的电话响了，张五魁懒得动弹，依然躺在床上不动，任凭电话连响了三次。

躺了半小时左右，张五魁从床上爬了起来。他走进卫生间时，电话又响了。

"喂，请问你是张五魁代表吗？"一个男性的声音。

"我是张五魁，您是哪位？"

"我是国家计委的蒋一军，今天下午听了你的发言。你明天上午能不能向代表团请一上午假，到我办公室来一趟，我们一起再议一议你提的建议？我后天就要出国考察了，怕等我回来时你再过来会很麻烦。"对方说得很诚恳。

张五魁一听，立即来了精神，赶紧说："好的，我马上去请假，明天一早准时到您办公室。感谢您给我这次机会。"

张五魁放下电话就去找省委书记请假，他边走边想："这个蒋一军，该不会是要将我一军吧？"省委书记听了张五魁的汇报，说："这是个好事儿，说明你的发言引起了国家计委的重视。蒋一军同志是国家计委副主任，负责国家重大战略和长远规划的制定，你去了要好好汇报，把理由讲得更充分一些，全力说服他，请他在黄河三角洲开发纳入国家战略这个问题上帮助我们推动一下。"

第二天，当坐在沙发上直接面对蒋一军时，张五魁第一感觉是这个人好面熟，好像在哪里见过。想来想去，他突然醒悟：这不是李雪健主演的电视连续剧中的焦裕禄形象吗？只见蒋一军瘦瘦的身子，蜡黄色面皮，披一件藏青色上衣，怎么看怎么像电视剧里的焦裕禄。

"这次让你请假过来，很不好意思。关键是我明天就要出国了，怕耽误了这件事。"蒋一军对张五魁说，"你昨天的发言我听了。你们提出要开发黄河三角洲，可是目前国家确定的重点是开发珠江三角洲和长江三角洲。对于黄河三角洲，我们总感觉缺乏必要的开发条件。譬如说，珠江和长江都通航，而且两个三角洲地区都有较大的城市，而黄河三角洲并不具备这些条件。"

蒋一军顿了顿，又说："今天，我需要你回答三个方面的问题。第一个问题，为什么要开发黄河三角洲？不谈高调，谈点具体实在的理由。第二个问题，黄河口能否稳定住？水利部、黄委会说稳不住，好像专家已经作出了结论。第三个问题,当地淡水问题能否解决?水利部、黄委会说那里缺淡水。黄河口稳不住,老是摆动,而且那里缺淡水,如果这些问题不解决,黄河三角洲开发很难纳入国家区域发展战略。"

听了这话,张五魁心中一块石头终于落了地。他端起茶杯,抿了一口热茶水,开始对三个问题一一作出回答。

张五魁说:"关于开发黄河三角洲的必要性,我再怎么讲或许您也不信,我只汇报两个专家的意见。最近,德国经济学家辛格带领有关人员到黄河三角洲实地考察,看了一圈后他说:'在欧洲,再也找不到这样好的三角洲了。黄河三角洲如果开发好了,这里的牛奶和蜂蜜将像黄河水一样流淌。'

"外国专家的话可能有夸张的成分,我们不必全信;但我国著名社会学家费孝通先生的话,您应该知道吧。他老人家考察完黄河三角洲后说:'这里是我国东部沿海地区的一块亟待开发的宝地。'

"至于您说的和珠江三角洲、长江三角洲相比所缺少的东西,我想正是因为这样,才更需要开发啊。"

张五魁这些话,听起来像是汇报,又像是在给蒋一军上课。

对于第二个问题,张五魁丝毫没有回避,也没有客气。他说:"黄河口是能够稳住的,此前水利专家作出的稳不住的结论是错误的。这个问题,水利部金英部长已经带领有关专家重新进行了论证,基本推翻了此前的结论。"张五魁详细说明了新发现的M2无潮点理论,以及下一步准备对黄河口实施综合改造的想法。

"关于第三个问题,其实黄三角并不缺淡水,所谓缺淡水是误传。"对于这个问题,张五魁此前也进行过一定的研究,"认为黄河三角洲缺淡水是犯了基本概念错误。说中国北方缺水、缺淡水，都是对的；但说黄河三角洲缺淡水，是错的。黄河三角洲地区年平均降水量在600毫米左右，黄河每年约有200亿立方米的径流水最终从这里入海，说这里缺淡水明显是没有具体问题具体分析。"张五魁的回答很坚定，也非常清楚。

听了张五魁这番话，蒋一军感到很新奇。他说："我第一次听到你这样的观点，的确有一些道理。但现在还不能确定地说要开发黄河三角洲，还需要先进行国土开发项目试验，试验成功了，总结验收通过了，国家才能决定是否开发。我看这样吧，我们尽快开会研究你们这个方案，如果可行，国家计委每年拨给你们3000万元，一共三年，支持你们进行黄河三角洲国土开发试验，待试验成功国家验收后，再把这项工程向国家战略层面推。"

"一年3000万，太少了，三年下来还不到一个亿。我们准备实施的黄河口综合改造工程，初步预算也要三个亿。能不能多拨点？"张五魁两眼看着蒋一军问。

蒋一军微笑着说："国家财政也很紧张，项目多资金少，一步一步来吧，别想一口吃个胖子。"

"那，我们能用这个钱整治黄河入海口吗？"

"这个钱，必须专款专用，只能用于土地资源开发，而且一定要用好。国家要进行审计，还要看实际效果。"蒋一军拍了拍张五魁的肩膀说。

张五魁进一步解释说："开发黄河三角洲，前提是稳住黄河入海口，因为黄河尾闾改道危害太大了。前一段时间，因为拦门沙被堵，还动用了部队力量支援。在黄河入海口，不仅有'蓝黄之交'，还有'黄黑之搏'。"

"'蓝黄之交'我明白是什么意思，'黄黑之搏'又是怎么回事儿？"

蒋一军问张五魁。

"所谓'黄黑之搏'就是说，黄河水一旦泛滥，会淹没出产黑色石油的油井，这方面的损失太大了。所以我说，要开发黄河三角洲，必须先锁住黄河入海口。"

"锁住黄河入海口可以，但是经费问题要再想其他办法。这次每年拨给你们的3000万，是农业开发经费，必须专款专用。"

"谢谢蒋主任，锁住黄河入海口的经费我们回去再想想办法，您也争取再支持我们一下。"

从国家计委出来之后，张五魁突然发现，弥漫的沙尘暴不见了。他禁不住张开双臂，做出一个飞翔的姿态，向前跑了起来。

第四十一章　虎林探路

漫长的黑夜还没睁开眼睛，张虎林就出门探索光明了。他开着一辆黑色奥迪车，沿着黄河南大堤一路向西，去寻找能够改变家乡槐树庄落后面貌的好办法。

最近一段时间，张虎林没少在村子里转悠，越转越发现出问题的所在。槐树庄，这个生他养他的地方，几十年过去了，虽然周围开发了油田，村子也经过了一次搬迁，但贫穷落后的面貌却没有从根本上改变，黄河滩区的基本环境也没有改变。更让张虎林担心的是，随着年轻人到油田工作或到外地打工，村子里剩下的几乎都是孤寡老人和学龄儿童，像他这样结婚之后仍一直和父母住在一起的已经很少很少，村子的"空巢化"现象越来越严重。为了改变村里人的生活条件，他无偿为村子修建了厕所、安装了路灯，后来又和嫂子李小叶一起，为村子整修了道路。但是，这一切似乎只是在简单地"输血"，无法让村子发生根本性变化。怎么才能由"输血"变为"造血"，带领全村人共同致富呢？张虎林一直没有摸到门道儿。有一天，他向老支书李世远求教。李世远苦笑着说："如果我有好办法，咱们村何至于到今天还是这个局面？我们都老了，村子的希望寄托在你们身上，你们多想想办法吧。实在不行，外出看看人家其他村是怎么发展起来的，给咱们村也找条路。"

第四十一章　虎林探路

张虎林听从了李世远的建议,决定外出"探路",到黄河沿岸做得比较好的村庄去看看,考察考察人家是通过什么方式改变家乡落后面貌的。

张虎林停靠的第一站,是黄河岸边一个叫蓑衣樊的村庄。这个村子不大,面积和槐树庄不相上下,三面环水,一面通向远方。村子北面,是黄河的一个拐弯处。村子东面,是占地5000多亩的天鹅湖国际漫城湿地公园。村子西面,是占地400多亩的黄河水稻种植和小龙虾综合养殖基地。

汽车一开进村子,张虎林便有种进入江南水乡的感觉。这里的房舍全部都是青砖青瓦白墙,五间院落。村里的街道,一条条横平竖直,而且全都是水泥硬化路面。

张虎林只身走向村头的一个院子,院子门口挂着党支部和村委会的牌子。大门口一侧的宣传栏里,一个个牌子让张虎林眼前一亮:"全国文明村""中国美丽乡村""全国乡村旅游重点村""中国乡村旅游模范村""全国休闲渔业示范基地",等等,整整有十块之多。张虎林想,这应该就是传说中的拿奖拿到手软了吧!

见到有人进来,一个面庞黝黑的男人出来主动打招呼:"哪里来的朋友?"

张虎林赶忙说:"我是从利民来的,来学习你们的先进经验。"

说话的这位就是该村党支部书记樊真功。听了张虎林的话,他很腼腆地笑了:"没有什么先进经验呢,请进屋来喝茶。"

樊真功今年五十岁,是土生土长的蓑衣樊人,担任村干部已有十多年了,最先担任村委会主任,如今是书记、主任一肩挑。他个头不高,话也不多,偶尔说上几句,语速也比较慢,调门也不高。

"你们村靠什么发展起来的,乡村旅游吗?"张虎林问樊真功。

"乡村旅游是一块,还有一块就是土地流转。"

樊真功问张虎林:"是先听我介绍介绍情况,还是先转转看看?"

"麻烦你先介绍一下情况吧,然后再领我转转。"

从樊真功的介绍里,张虎林了解到了这个村子近年来的变化。

原来,这个村子和槐树庄一样,也有着久远的历史。据说,明末清初,有一户樊姓人家来此定居,以编制下雨时用的蓑衣而闻名,村子也由此而得名。

新中国成立后,实施引黄供水工程。由于黄河裹挟大量泥沙,国家在该村附近建了一个大型沉沙池。随着时间的推移,泥沙越淤越多,这个池子的沉沙功能逐步弱化,急需建第二道沉沙池,而蓑衣樊地势低洼,被确定为第二道沉沙池的建设之地。随后,蓑衣樊整体搬迁,原来村子三分之二的土地变成了沉沙池,耕地面积骤然减少,老百姓的生活更为艰难。这是蓑衣樊人面临的一次较大的生存危机。

光守着那点地种粮食,是没有出路的。迫于严峻的生存压力,蓑衣樊在全县率先进行了土地流转,一次流转了村子西面的400多亩土地,交由一个公司规模经营生态水稻、水果和蔬菜等。

土地流转后,每年每亩土地600元的流转费依然不能解决村民的生存和发展问题,村里的青壮年纷纷外出务工,村子几乎变成"空巢",就连村里的理发店顾客也越来越少。因为村里盐碱地居多,庄稼收成寥寥无几,村集体经济收入几乎为零,所以蓑衣樊长期被列在贫困村的名单上。

后来,村委会分析了蓑衣樊的地理特点和优势,决定发展乡村旅游。村子背靠黄河,具有独特的黄河风情,对外地人有一定的吸引力;村子东面占地五千亩的沉沙池可以改造成湿地公园,供人游玩;村子此前整体性搬迁,村居建设比较规范整齐,稍加整修就可以开办民宿和农家乐;村子西面的种植养殖基地,可以为乡村旅游提供最基本的美食材料。梳理了以上优势,村委会一帮人心里有了底。

说干就干,他们下定决心之后,很快就呼呼啦啦干了起来。

"有没有遇到什么阻力?"张虎林问。

"阻力当然是有的。最大的问题是大家思想认识不统一,还有就是发展乡村旅游需要拆除家家户户盖的猪圈羊圈等,当时影响了某些人的个人利益。"

"那,你们是怎么办的?"

"一户一户做工作呗,也没有什么好办法。村里当时没有钱,不能给大家补偿,只能先打欠条。后来有了钱,都全额补上了。"

樊真功说,经过一番努力,村里第一批民宿、农家乐开了起来,其中民宿14家、农家乐18家。刚开始的时候,乡村旅游效益并不是很好。当时正处于大整治、大施工、大提升时期,需要先清完垃圾,再完善基础设施、改善旅游条件。游客们来了,一看到处都乱哄哄的,很快就走了,没心思留下来吃饭,这让全村人的积极性受到了很大打击。好在大家咬牙坚持了下来,随着建设项目的逐步落地,困扰乡村旅游发展的软硬件问题随之迎刃而解。

"现在村民日子过得怎么样?"张虎林问。

樊真功腼腆地笑了:"怎么样?不孬啊。以前收入寥寥,现在人均年收入三万多。"

樊真功还给张虎林讲了两个例子。村子里有一对夫妻,他们本来在城里有工作,当村里办起乡村旅游后,他们辞了公职,回到村里开了一个鱼馆,两口子互相配合,干得红红火火。还有一位镇干部,已经考上了公务员,却没有去报到,而是回到村里搞起了乡村旅游。

樊真功陪同张虎林到湿地公园转了一圈。站在桥头上,张虎林看到,在蓝天白云之间,有两只洁白如雪的白鹭慢慢飞了过来,整个景色像一幅色彩明快的国画长卷,让人有一种心旷神怡的感觉。

樊真功想留张虎林吃饭,张虎林婉言谢绝了。张虎林说:"你们的经验很好，可惜我们学不了。"

"为什么？你们那里不适合吗？"

"对呀，我们村子不具备发展乡村旅游的条件。要说景点，我们只有一棵大槐树。虽说黄河入海口附近有很大很大一片湿地，号称亚洲最大的湿地，还有天鹅湖水库，十分适合发展旅游，但那里离我们比较远。我们必须想别的出路。"

离开蓑衣樊，张虎林继续向西。车进鲁西南，在一处标有"险工"字样的"二道坝"上，张虎林把车停了下来。他看到不远处的黄河河滩里，好像有一处大型林场，面积足有几百亩，生长着大片大片的绿色植物。他远远地眺望，搞不清那里种植的究竟是什么，于是重新启动汽车，沿着弯弯的道路向前靠近。

大约开了两公里，张虎林找到了一条通往林场的宽路。车开到跟前，他发现绿荫之中隐藏着一个建筑，门口挂着"金凤凰农业科技有限公司"的牌子。他把车开了进去，想问个究竟。

原来，这里既是一个虎杖生产加工基地，也是一家以水土保持、植被保护绿化、虎杖种植技术研发推广、休闲观光为主的现代综合农业公司。

"虎杖？"张虎林第一次听说这个东西，不知道它究竟是干什么用的。一位穿白大褂的年轻女工作人员拿给他一份产品介绍，耐心细致地给他做了讲解。

原来，虎杖是一种中药材，从中提取的白藜芦醇具有化痰、清热、解毒及利尿的作用。白藜芦醇的价值，不仅得到我国中医学的承认，也为西方医学科学界所认可。

工作人员告诉张虎林，他们公司虽然才成立五年，可资产总额已经达到两亿多元，利税逐年增长，逐步成为一家集高效种植、创新加工、高新技术研发、出口创汇于一体的创新型深加工企业，也是全球唯一一家专业生产白藜芦醇的企业。

"虎杖耐涝不耐旱，特别适合在黄河滩区种植。通过种植虎杖，公司还带动了我们王堌堆村的脱贫致富，很多村民进公司当了工人。"说起这些，女工作人员嘴角露出微笑，"我就是王堌堆村的。"

张虎林来到虎杖林里，想仔细看个究竟。可面对像葡萄秧子一样的虎杖，他看了半天也没看出个所以然来："为什么叫它虎杖？哪里像虎？哪里像杖？"

工作人员一听，笑了："虎杖，这只是一个叫法而已，是老祖宗给它起的名字。"

张虎林笑着说："我叫张虎林，它叫虎杖，这个有点意思。"

"是吗？真是太巧了，或许这是天意，预示着您适合种植虎杖呢！虎杖成林，正符合您名字的寓意。"工作人员很是惊喜，"我告诉你啊，我们公司正在发展种植分公司，如果您想加盟，可以和我们老板谈谈。"

张虎林说："谢谢你，我再考虑考虑。"

张虎林继续西行。第三天早上，他来到艾山县辖区。艾山脚下，河宽仅有二百多米，是万里黄河下游最窄处，被称为能"锁蛟龙"的艾山卡口。这里的大堤上，矗立着一个巨大的黄河鲤鱼雕塑，上面镌刻着"鲤鱼跃龙门"的故事。据传，黄河鲤鱼逆流而上时，就是在这里跳过龙门的。

张虎林把车停了下来，走到雕塑跟前仔细看了看。站在黄河大堤上，东望对面的艾山，俯视脚下的黄河，张虎林想：黄河鲤鱼究竟是凭借着怎样的勇气和力量，才能在滔滔黄河里逆流而上，而且高高跳起，越过看起来根本不可能突破的关口的呢？

张虎林听说，艾山是"中国黄河鲤鱼之乡"，这里养殖的黄河鲤鱼，被确定为"中国地理标志保护产品"，当地人生产黄河鲤鱼，一年产值高达三个多亿。想到这些，他不再犹豫，一踩油门，将车开往了艾山村方向。

到了村口,他发现马路上横亘着一堆高高的黄土,上面插了一个牌子,牌子上歪歪扭扭地写着"禁止通行"四个大字。张虎林下车,爬到土堆上看了看,又望了望前方的路,没有发现异常,也没有发现修路的迹象。他转身下来,重新钻进驾驶室里,使劲一踩油门,汽车瞬间越过了高高的土堆。

第四十二章　致富之路

　　一个朝霞满天的早上,盛大建筑工程有限公司的大铲车和挖掘机轰轰隆隆地开进来了,槐树庄变成了喧嚣的村庄。

　　一台台工程车集中在槐树庄中心位置上,集中在大槐树四周,像一个个大力士,弯着腰,挥动着巨大的臂膀,劳作不止。村里很多人不知道张虎林究竟要干什么。

　　自从"探路"归来,张虎林主要做了两件事。第一件事是找李世远帮忙,联系油田,想把此前油田开发时占用的村里的土地再流转回来。经过几年的开采,那些油井已经被采干了,有些油井已经被关掉甚至设备也被拆除了。就连大槐树跟前当初李小叶买下的那口油井,"磕头机"也停止了"磕头",像个怪兽,孤零零地立在那里。唯一令人欣慰的是大槐树又重新冒出了绿叶,恢复了生机。张虎林想,与其让土地长期闲置着,荒废了,不如流转回来再进行开发利用。

　　当张虎林找到李世远的时候,李世远告诉他:"油田已经换了好几拨人了,现在的人我也都不认识了。与其找我,还不如去找你嫂子李小叶,让她从中给说说。"

　　张虎林从李世远那里出来后,立即开车去了油田机关。这是张虎林第一次来油田找嫂子,李小叶一见,以为家里发生了什么大事,听了张虎林的想法后才把心放了下来。李小叶问张虎林:"你把地流转回来准备干什么？咱们县闲置土地那么多，你为何只盯着那片地？"张虎林告诉她："我准备建养鱼池，专门养黄河鲤鱼。建好养鱼池后送给村里人，一家一个，让在家里闲着的老人养黄河鲤鱼，既可以脱贫致富，还能让老人们有点事干。其他地方的闲置土地是多，可帮不上咱们这个忙啊。"李小叶说："你这想法很好，觉悟很高。可是，养黄河鲤鱼需要专业知识，让村里的老人们养，能行吗？"张虎林告诉她："这个你放心，我可以聘请技术人员来进行专业指导。"李小叶听了后说："既然这样，我可以帮你问问情况。听说上面最近下了个文件，也出台了相关政策，支持枯竭的油田'退油还农'，你正赶上了好时候。"

很快，李小叶回话了，她说，只要给予一定的经济补偿，那些土地，油田同意重新流转回来。随后，张虎林便马不停蹄地找有关人员跑流转手续。三个月之后，他花了近千万元，流转回来近800亩土地。李小叶帮张虎林办手续时，专门叮嘱他："建鱼塘的时候，咱们家那棵大树，还有那口油井，千万不能动。"张虎林说："嫂子，这个你放一百个心，我不仅不动，还会保护好。"

张虎林做的第二件事，就是跑到县水产局，向专业人员咨询养殖黄河鲤鱼的有关知识。对方听说他养黄河鲤鱼是为了帮助村民脱贫致富后，表示一定全力支持他，到时候免费给予技术指导。

黄河鲤鱼是黄河的特有鱼种，金鳞黄尾，体形梭长，营养丰富，味道鲜美，名冠神州。

黄河鲤鱼还是老百姓非常喜欢的一个鱼种，因为它寄托着幸福、安康、长寿、喜庆和富足的寓意。平时，老百姓办喜宴、寿宴、升学宴等，都离不开黄河鲤鱼这道菜，民间有"无鲤鱼不成席"的说法。但是，黄河鲤鱼又非常娇贵，一般难以养活，必须科学养殖。这一点，张虎林早早地便做好了功课。

50个鱼塘全部建起来了。张虎林放满水，安装上了供氧设备，然后专门跑了一趟艾山，买来了纯种黄河鲤鱼鱼苗，每个鱼塘放了2000多尾。新建好的50个鱼塘，张虎林自己只留了一个，其余的全部免费赠送给了村民。一开始，有人将信将疑，但看到李世远带头认领鱼塘后，大家便纷纷跟了上来。张虎林告诉大家，他们只需要买饲料即可，养的鱼归他们个人，捕捞时他还可以帮大家联系销路。有这样的好事，谁还能不干呢？没过多久，大槐树旁又热闹起来了，村里的老人们，不用催促，一个个来到鱼塘边，像伺候自己的孩子一样伺候着各自的鱼塘。有一个老人来的次数最多，他有事没事就背着手在鱼塘边转悠，这个人就是张虎林的父亲张志善。虽然自己没有鱼塘，可张志善仍乐于整天替儿子来看守。

一个周末的清晨，张虎林想多睡一会儿。阳光刚从窗户照进来，父亲张志善便急匆匆地从外面跑了来，进门就喊："虎林，快起来，不好了，你的鱼全死了！"

"什么？"张虎林腾地坐了起来，"全死了？不会吧！"

"你快去看看吧，都漂在水面上！"

张虎林赶紧穿上衣服，和父亲一起来到鱼塘。只见鱼塘里白花花一片，又肥又大的鱼翻着身子浮在水面上，鱼肚子上的白光像闪电一般，深深地刺痛了张虎林的眼睛。

好在死鱼的只有他这一个鱼塘，其他鱼塘都安然无恙。张虎林很快找到了鱼一夜之间大面积死亡的原因，原来是供氧机夜里突然停止了运转，导致鱼塘严重缺氧。

看到张虎林养的鱼都死了，其他人都吓得不轻快，他们担心自己的鱼也会一夜之间全部死掉。张虎林一个劲地安慰大家，说他的鱼之所以死了是因为供氧设备坏了，纯属意外，让大家不用担心，继续养下去。

把死鱼捞上来之后，有人建议张虎林赶紧重新补放鱼苗，但是他没有这么做。父亲问他为什么，他只说他有自己的打算。

春节即将来临，到了捕捞的时节。张虎林将自己那个鱼塘里的水全部抽了出来，换上了一池子新水。随后，他帮助邻居捞鱼，而且要求一个鱼塘一个鱼塘地捞，中间要间隔几天时间。

正是腊月，寒风刺骨，气温达到零下七八度。张虎林上身穿黑色羽绒服，下身穿长长的军绿色皮裤，脚蹬高筒皮靴，手持一把大斧子，带领七八个男子，有的拿铁锨，有的持铁棍，走进了李世远家的鱼塘，开始了"破冰行动"。

那一天，利民县电视台记者专程前来采访拍摄，负责出镜的女记者身穿红色上衣，同样穿着皮裤和皮靴，与他们一同走进了鱼塘里。

斧子、铁棍和铁锨砸下去，是冰面破裂的声音，既清脆又锐利。冰层很厚，张虎林他们打砸得非常用力，一帮人忙活了半个多小时，汗都出来了，才在塘边砸开了一个大窟窿，随后窟窿逐步扩大。

紧接着是下网。渔网很大，几乎能覆盖整个池塘。下网容易收网难。网里鱼很多，里面又夹杂着很多冰块，十多个人一起拉，依然拉不动，像拖一条笨重的死牛。他们只好将里面的冰块一一剔除，然后再拉。

经过一番折腾，渔网终于拉到了塘边，张虎林和邻居们一起走进网里，开始往外抓鱼。这时候，女记者也走了进去。满网子都是鱼，又肥又大，不停地乱跳，高兴得女记者合不上嘴，大声喊着："这么多鱼啊！脚下全是，一个劲地撞我的腿！"

女记者将一条大鱼抓上来，两手连抓带搂。那鱼儿像极了调皮的孩子，拼了命地要挣脱她的怀抱。

女记者问张虎林："这条得有几斤？"张虎林说："估计有七八斤。"

这一网下来，总共捕上来两千多斤黄河鲤鱼。

将鱼捕上来之后，张虎林不让直接去卖，而是让人们把鱼全部放到他的鱼塘里去。大家很不理解，张虎林说，这叫静养，需要养几天再捞出来卖。

为什么要这么做？张虎林解释说，一方面，黄河鲤鱼有个习性，就是喜欢钻泥,还喜欢打洞,身上泥腥味特别重,在净养池里养一段时间,可以去去泥腥味,这样口感更好,更鲜更美味;另一方面,卖之前不喂食物,可以让鱼适当"瘦身",体形也更好。

就这样,他们通过轮换方式,将49个鱼塘里的鱼在春节之前全部捞了出来,静养后拉到市场上卖掉了。第一年,收获最多的一户居然卖了好几万元。

从第二年开始,张虎林对养殖业务不断进行改进。针对总是或多或少地出现死鱼的问题,张虎林做了认真观察,找到了原因所在。原来,鱼塘里养的鱼太多,密度太大,氧气补给不充分,导致水体浑浊和个别鱼的死亡。随后,他让大家减少养殖数量,降低养殖密度,由每亩养1500尾减少到养800尾。

后来,在渔业部门专家的帮助下,张虎林探索出了一种新的养殖技术,还为其命名为"鱼菜共生法"。他们在鱼塘里搭建了"菜台",上面放置了一些镂空的小花盆,在花盆里种植了水葱和空心菜等蔬菜。这一做法很快便收到了双重效果:一方面,鲤鱼排出的粪便会产生一种叫氨氮的物质,排得多了会造成水质污染,而蔬菜的根部恰好能够吸收水中的氨氮,起到了净化水质的作用,从此鱼儿不再轻易死掉;另一方面,蔬菜的种植也带来了一笔收入,一年下来空心菜居然卖了20万元左右。

有一次,张虎林带领建筑公司下属,用汽车拉着他们养殖的黄河鲤鱼进了城,准备推销给县城里的新蓝海大酒店,每斤要价10元。结果,对方搞了张虎林一个大红脸。他们说:"鱼价太高了,根本没法接受。"张虎林说:"我这是纯正的黄河鲤鱼,品质好,无公害。"对方问:"你怎么能证明这些?口说无凭,我们不好向客户介绍和展示。"在对方嫌价高、自己认为鱼好而不肯降价的情况下,张虎林不得不悻悻地拉着鱼回来了。

这次挫折给张虎林带来了极大的触动。一个偶然的机会,他在外地的一个水产博览会上看到,有一种甲鱼,每只身上都有一个小卡片,凑近一看，原来卡片上印着条形码。张虎林顿时受到了启发，他想：甲鱼行，黄河鲤鱼为什么不行？很快，他找到专业设计公司，为他们的黄河鲤鱼也设计了专用条形码。条形码印在一个圆形金属片上，钉在鲤鱼的鱼鳍上，只要用手机一扫，便可以知道这条鲤鱼的产地、品名、质量指标、价格及卖家联系方式等真实资料。

有了条形码后，张虎林来到了县渔业局，想让他们帮忙申请黄河鲤鱼地理标志产品。渔业局领导听了说："这个不行，黄河鲤鱼已经被艾山申请了，我们不能重复申请。"张虎林说："那咱们申请黄河口鲤鱼地理标志产品可不可以？"这个提议，立即得到了渔业局领导的赞同。

离开渔业局的时候，渔业局副局长拉着张虎林的手说："有件事我必须提醒你一下。你们现在鱼养得不错，没出现大的问题。可是，你别忘了，你们槐树庄可是处在黄河滩区，一旦黄河发大水，漫了滩，你们的鱼塘是会一夜之间被全部淹没的，这个问题你想过没有？"

这几句话，当即吓出了张虎林一身冷汗，他想：这么简单的问题，我之前怎么没有想到呢？

第四十三章　幸福的烦恼

元旦清晨，又圆又大的红日一下子跃出海面，像人类久别的朋友重返人间。站在黄河口大堤上东望，张五魁感到天地从未如此崭新过。

黄河口综合改造工程正式开工了。作为总指挥的张五魁，再次放弃休假，前来督战。

这次综合改造，分了两大战场。一个是挖新渠，把入海口调整到东北方向，战线长达两公里；一个是截支流，需要截断小型河汊子80多条、新建涵闸5座。

张五魁一声令下，所有人员都像脱缰的战马，紧急开动了身体和机器的"双重马达"，在大河岸边快速运转起来。

从北京回来之后，张五魁面临新的"幸福的烦恼"。一方面，黄河三角洲开发终于得到了国家计委的重视，开始进入试验阶段；另一方面，黄河口综合改造工程终于可以启动了，却苦于手中没钱而迟迟不能动工。

"钱的事情不解决，一切都是空谈。"张五魁掰着手腕嘟囔了一句，然后让王刚通知财政局局长赶紧来一趟。

"我让你提前筹划黄河口改造资金的事情，怎么样了？"张五魁一点弯子也不绕。

财政局局长苦笑着说:"市长,咱们市的财政情况您又不是不知道。三个亿,您让我上哪里弄去?说句笑话,抢也抢不来啊!除非打报告向上级申请。"

"这事儿最好不要给上级添麻烦。这次我去北京,见了国家计委的领导,国家财政也很紧张,我们不能再伸手了。"张五魁两眼望着窗外说,"你弄不来三个亿,弄一个亿也好啊。咱们分三年干,一年一年来。"

财政局局长摊开双手说:"一个亿我也弄不来。叫我说,这个项目最受益的是油田和河务局,我们应该按照'政府出政策,油田出钱,河务局出力'的思路来解决问题。"

"让油田拿钱?这个事儿恐怕不好办,人家即使愿意出钱也未必愿意全出。再说,这个事情我也不好跟王书记讲,他兼任油田总指挥,平时我们已经没少花油田的钱了。"

"您不好意思,可以理解。"财政局局长自告奋勇说,"要不,我给王书记汇报汇报,探探他的口风,实在不行再想其他办法?"

"这也是个没有办法的办法,你去试试吧。不过,我感觉,咱们政府只出政策不出钱恐怕不大行,再怎么说你也要想办法给我筹集3000万。"张五魁对财政局局长叮嘱了一番,让他去见王书记了。

很快,财政局局长就回来了,他向张五魁报告说:"王书记说了,黄河口工程,油田全力支持,但是让油田一下子拿一个亿,油田真拿不出来。油田争取出5000万,剩下的一半由市财政和河务局各筹集2500万。"

张五魁说:"这个方案我看可以。政府这一块你去筹划一下,河务局那边你也去问问。"

"政府这边我早已经安排了,不过费尽全力也只挤出了2000万,要不剩下的3000万让河务局出?"

张五魁笑了笑说:"你这小子,不愧是财政局局长,还真有不少点子。你去说说,看河务局那边什么意见。"

河务局的意见也很快反馈回来了。因为他们是国家事业单位,经费支出必须提前报预算,而且超过千万的项目必须由市河务局报省里,然后再由省河务局报黄河水利委员会批准,所以根据他们此前做工作的情况看,今年最多能拿出2000万,3000万是根本不可能的。

如此下来,还有1000万的缺口,这可怎么办?

张五魁和财政局局长在屋里大眼瞪小眼地想办法。这时候,办公室里突然来了一位不速之客,原来是张五魁的弟弟张虎林。"大哥,有件事跟想你商量。我听说,市里要改造黄河口,我也想参与一下。"

张五魁听了非常生气,黑着脸说:"你干你的建筑工程,来掺和这个干吗?"

"大哥,你别误解。我需要大量土方,你们挖河道的泥土我可以买。这样,可以给你们节约一部分资金。"张虎林解释说。

"你要那么多土方干什么?"张五魁不解其意。

"我垫老家的鱼塘用。现在的鱼塘,地势太低了,万一发大水会被淹的。我想全部垫起来,在高台上重新建鱼塘。"

"这倒是个好办法。"

财政局局长掩饰不住自己的欣喜:"那你大约需要多少土方,能出多少钱?"

"我估算了一下,按照市场上的价格,大约需要800万元左右的土方。我可以派我们的工人和设备进场,挖出来直接运走,这样又可以给你们省一笔费用。"

张五魁听了,一拍桌子说:"这事儿,我看就这么定了。你回去准备准备，抓紧进场。"

张虎林的挖土机和大卡车，也是元旦那天进场的。他们配合着来自省河务局的工程队施工，主要任务是挖新河道。只见一辆辆"黄河牌"大卡车空车开来，装满沙土之后沿着黄河大堤朝槐树庄开去，到了槐树庄将沙土全部卸在了原先的鱼塘上。

在此之前，张虎林已经向村民讲清了目前存在的隐患和他的想法，也组织大家提前把鱼捞出来卖了。最终，张虎林将鱼塘所在的地方垫成了一个800亩的高台，足有10米高，然后在上面又重新修建了50个鱼塘。

看到张虎林整天没白没黑地忙活，妻子蓝苁问他究竟在干什么。他把自己遇到的问题和想法讲了出来。蓝苁笑话他说："你可真够笨的。为了帮村里人养鱼，你投入多少钱了？你拿出这些钱，直接发给大家，能买多少鱼？"张虎林说："老婆，你以前总笑话我没文化，我认了。可是这一次，你说我笨，我不认。因为，我再没文化，也懂得'授人以鱼，不如授人以渔'的道理。"一番话下来，让蓝苁瞪大了眼睛仔细端详着他，好像之前根本不认识他一样。

黄河口改造一期工程是在汛期到来之前进入尾声的，最后也是最关键的一战是新挖河道河口的疏浚。那一天，本来应该在家静养的王长河也来了。这次大病，让他瘦了很多，他脸色依然蜡黄，原来的"炮弹"身材变成了"电线杆子"形象。张五魁见他也来了，赶他回家。他却气呼呼地说："我这条命，都是你们给捡回来的。今天这样的事情，我在家怎么能安心？"

那一天，他们是乘坐油田的一种名叫"拔杆车"的"神器"出海的，主要任务是带着吸泥船到前海地带展开"疏浚破门"。"拔杆车"是油田的一种水陆两用交通工具，但不适宜在大海里作业。由于没有更合适的工具，他们只能在渔船的引导下乘坐这一"神器"出海。"拔杆车"上坐着王长河、刘西栋和一干作业人员。刚到新形成的"拦门沙"，"拔杆车"就抛锚了，他们下来修理了一番，方才继续前行。晚上八点，风起云涌，潮水猛涨，渔船不敢再为他们带路了，他们只好自行摸索着前进。

一个小时之后，王长河指挥大家返程。此时，风浪越来越大，"拔杆车"突然失去了控制，像浮萍一样在大海上漂荡起来。车上没有灯光，也没有摸水杆、缆绳和锚具，更没有准备罗盘和救生、通信器材，他们完全和陆地失去了联系，几十个人拥挤在一起，谁也不说一句话。

黑暗、寒冷和绝望包围着大家。这时候，王长河直起腰来，大声喊出自创的黄河号子：

黄河人哎，真好汉哎！

天不怕咪，地不怕咪！

哎嗨，哎嗨，哎嗨……

母亲河哎，是亲娘哎！

为了您咪，死不怕咪！

哎嗨，哎嗨，哎嗨……

在这喊声里，大家感到一股暖意回到了身上，一个个重新振作了起来。

凌晨四点，风浪终于小了，"拔杆车"也停止了摆动。王长河和刘西栋商量了一下，决定下去试一下水深。

刘西栋正准备下去，王长河一把拉住了他："我身体本来就不好，即便发生问题，损失也小。"他边说边打开车门，扑通一声下去了。没想到，海水刚到他脖子的位置，他的脚就踩到了一片泥沙。王长河顿时长舒了一口气，有救了，风浪并没有把他们带进深海。

王长河让刘西栋也下来，两人手牵着手，试探着向前走。没走多远，发现前面飘荡着一面小红旗，原来是他们昨天放线用的标记。

"拔杆车"上的人全都下来了，他们手挽着手，跟着王长河和刘西栋一起向前走，一直走了很远才到达黄河口。

接近海岸的时候，王长河看到岸上站着一群人，正在向他们招手。那群人跳跃着，呼喊着，向大海奔来。

岸越来越近，人越来越清晰，王长河分明看到，来迎接的那群人中，跑在最前面的正是市长张五魁。

"母亲河"从未爽约失信，这一年的汛期如约而至，数次洪峰先后到达新开辟的入海口。

第八次洪峰到达时，张五魁来了，新组成的"五大金刚"也来齐了。他们齐刷刷地站在新的入海口处，要亲眼见证黄河口改造后的第一次大考。

由于诸多河汊被堵，支流涵闸关闭，来自上游的洪峰像一条被牢牢束缚在主河道里的巨龙，又像一头头被追赶着奔跑的雄牛，迸发出惊天动地的力量，带着雷鸣般的巨响，向着拦门沙冲了过去。已挖开的泄水槽被越冲越大、越冲越深，河口水位也越来越低，巨大的洪水形成一股极为壮观的"出河溜"，气势磅礴地劈开万顷碧波，发疯一般冲向几十公里外的大海深处。

张五魁和他的弟兄们被这场景惊呆了。他们呆呆地站在那里，看着不断冲向大海的洪流，一句话也说不出来。

丁零零，丁零零！不知道谁的电话响了，大家都条件反射一般摸出手机，然后你看看我，我看看你。是刘西栋的电话。他打开手机盖，轻轻地点了一下,然后接了起来:"喂,喂,你说什么?大声一点,再说一遍……"

"什么?5800?2700?下降了10厘米?"刘西栋大声重复着。然后,他转过身来对张五魁说:"报告市长,好消息,水文站监测数据出来了。第八次洪峰,流量5800,第一次是2700,这一次水位下降了10厘米。"

"你说什么?"张五魁大声问。

"我说水位下降了10厘米!"刘西栋大声回答。

"这意味着什么?"

"这意味着,我们成功了!黄河口锁住了!"还没等刘西栋回答,王长河就高高地跳了起来。

"我们成功了!黄河口锁住了!"大家一起高喊着,跳了起来。

那一刻,张五魁跳得最高,喊声也最大,他边跳边向天空伸出长长的双臂。

"走,我们喝酒去!我请客,好好庆祝一下!"这是尚铁流的声音。

"好,喝酒去!"张五魁第一个响应。

大家转身准备离开,只有王长河站在那里,把上衣扒了,然后放开喉咙,再一次喊出了自创的黄河号子:

黄河口哎,真风流哎!

牵着你的手哎,跟我走哎!

哎嗨……哎嗨……

黄河口哎,有双英哎!

出奇谋哎,见实效哎!

哎嗨……哎嗨……

五魁手哎,显身手哎!

哎嗨……哎嗨……

不知不觉中，大家都把上衣扒了，跟着王长河的节奏，一起喊了起来。

喊着喊着，只看见东边天空划过一道光亮，一颗美丽的流星像礼花弹一样划过，直扑向黄河口方向。

大家从未见过如此场景，一个个屏住了呼吸。只见王长河轻轻摇晃了一下身子，突然向前倒去。张五魁伸手想一把将他抓住，却没有成功。

就在大家的眼皮底下，王长河倒下了……

第四十四章　调水调沙

六一儿童节那天,天气阴沉,一点风也没有,闷热得让人感觉喘口气都困难。王刚一早就来到了办公室,当他打开窗户的时候,空中突然响起三声炸雷。雷声很近,把他的耳朵都快震聋了。

根据日程安排,上午王刚要陪张五魁到市属蓝海幼儿园和油田子弟学校参加一年一度的慰问活动。雷电刚过,王刚就来到张五魁的办公室里。他问张五魁:"市长,您刚才看到闪电了吗,还有那炸雷?真响啊。"

张五魁一脸茫然:"你说什么?我怎么没看到?"

看着张五魁的神情,王刚也没有多说什么,他换了一个"频道",笑眯眯地说:"我听到了三个好消息,不知道您知道不知道。"

张五魁边摇动扇子边问:"嗯,什么好消息,你说说看。"

"第一个好消息,我听'业余组织部长'说,王书记要调到省里去,您可能担任市委书记。不知道是真是假。"

张五魁说:"这个我也听说了,都是私下乱传的,没有正当来源。即便是真的,也不能算好消息。"

"为什么?"王刚不理解张五魁什么意思,他心想,能当书记,一把手,怎么不算好消息呢?

"我告诉你啊,王刚,一个人当不当官,当多大官,其实并不重要。我宁愿不当书记,也不想让王书记离开渤海。说句实话,有他在,我心里就踏实，干什么都有个依靠，他就像我家里那棵大槐树。现在，咱们三角洲开发刚刚启动，他走了，我心里就没底了。唉，这个也许你不理解，等过几年，经历得多了，你或许就能理解了。我问你，第二个是什么好消息？"

王刚说："我们把这几年稳定黄河口的经验做法编了一个信息，报给了省里，省里又上报了国务院。昨晚省政府办公厅领导来电话说，信息被采用了，总理还批示了，总理说我们创造了大河治理的中国经验，要好好总结总结。批示件还没传过来。这个应该算好消息吧？"

"这个事情，昨晚省长也给我打电话了。省长很高兴，还说咱们给全省争了光。我想这个事情也不宜过多宣传，我们还是踏踏实实干些实在事情为好。再说了，黄河口能不能真正长期稳定下来，一切还不好说，需要长时间检验。"张五魁的这一说法，再次出乎王刚的预料"那第三件事呢？"

"第三件事，联合国开发计划署的一个专家，好像是美国人，听说我们稳定黄河口的做法后很感兴趣，想来考察考察；还说如果可能的话，可以给我们提供一部分资金支持，帮助我们开发黄河三角洲。"

"这个事情我还没听说，如果是真的，应该属于好事。我们到时候一定要接待好，把情况介绍好，争取让他们给提供更多的支持和帮助。"

随后，他们说起今天的日程安排。王刚说："昨天下班后，刘西栋局长说想今天上午来给您汇报工作，我说市长可能去参加儿童节活动，得请示一下市长再说。您看怎么办好？"

张五魁想了想说："西栋要来，肯定是大事。这样吧，六一节活动让副市长去吧，我不去了。你让西栋他们抓紧过来。"

刘西栋很快就来了，同时来的还有河务局办公室主任和防汛处处长。王长河去世后，根据省黄河河务局的人事安排，刘西栋接任了黄河口河务局局长，在张五魁的带领下继续开展锁定黄河口的工作，一干就是三年。如今，黄河口发生了很大变化，连拉大型锅炉的轮船也能从黄河口往黄河里开了。

刘西栋一行人来了之后，双方寒暄了几句便坐了下来。有几分钟的时间，大家都没有说话，或许是想起了去世的王长河。

刘西栋还没开口汇报工作，张五魁便说："西栋啊，虽然长河去世了，但我想，你们的黄河号子还是应该好好保留下来，传承下去。"

刘西栋说："市长，这个您放心，我们最近专门组建了一个黄河号子队，平时工作时也有意识地喊喊号子。下一步，我们还想组织一次黄河号子比赛，通过多种方式，把黄河号子传承下去，更重要的是把王局长身上所体现的黄河精神传承下去。"

"嗯，这样好。"张五魁一边点头一边说，"黄河号子是一种宝贵的精神财富，不能丢。还有我们这里的吕剧，也是很宝贵的非物质文化遗产，一定要很好地传承下去。"

张五魁又转身对王刚说："下一步，你重点督促一下这个事情，也给宣传文化部门说一下。"王刚说："好的，没问题，一定落实好。"

随后，刘西栋开始汇报工作。他说："集中调度黄河水来冲刷黄河河床沉淀的泥沙，以前咱们设想过，但是不具备条件。现在，黄河中上游小浪底等大型水库都建成了，已经具备开展冲沙试验的条件了。黄河水利委员会初步拟定，今年汛期到来之前搞一次试验，名称叫'调水调沙'。我们就是为了这事儿来的。"

刘西栋所汇报的"调水调沙"，并不完全是当代人的新提法。早在明代，治水专家潘季驯就提出过"束水攻沙"的思路，只是受制于当时的技术条件，没有付诸实践。进入21世纪之后，以郭映为代表的黄委会一班人，想把这一设想变成现实，打算通过集中调度黄河中上游水库里的存水冲刷下游河床，把泥沙赶进大海，以解决长期困扰人们的"地上悬河"问题。

黄河两岸的黄土高原，大部分是土质疏松的黄土地，也有一些连绵不断的大山，山上的石头，属于"还沙岩"，平时非常坚硬，砸都砸不开，一遇到水就立即分解成颗粒状。一到雨水季节，大量的高原泥沙被冲刷到黄河里，然后顺流而下，将黄河下游的河床逐年抬高，直至形成举世闻名的"地上悬河"。

"五千公里九曲黄河，八百公里下游悬河。"黄河像一条桀骜不驯的巨龙，趴在人们身边；又像一柄达摩克利斯之剑，悬在人们头上。尤其是其下游的"地上悬河"，一旦决口，往南会淹了山东省的省会济南；往北甚至连河北、天津都可能深受其害。

治黄百难，唯沙为首。治水必治沙，这是大自然蕴含的黄河治理的基本规律，更是黄河治理的难点和关键之所在。可是，历代治黄人苦思冥想，依然无法破解治沙这一"天字号"难题。

张五魁听了刘西栋的介绍，说："'调水调沙'是件好事儿啊，是我们求之不得的，如果需要我们做什么工作，我们全力支持配合。"

刘西栋说："这看起来虽然是件好事儿，但是很多人有顾虑，上上下下也有一些反对意见。即便在水利部，在黄委会内部，也存在很多争议；黄河下游的河南省和我们省，也有人持反对态度。"

刘西栋的这个说法，让张五魁和王刚颇为不解：明明是好事儿，为何要反对呢？

原来，部分山东人反对的主要理由是，"调水调沙"只是一个理论上的推论，并没有经过实践检验。这期间，究竟需要多大水量才能将泥沙冲进大海，没有一个准确的测算。一旦开始试验，如果达不到预想的效果，或许能够冲刷河南省境内的河道，但更多的泥沙将会堆积在山东省境内，这会给山东的黄河治理带来更多问题。

部分河南人反对，考虑的主要是安全问题。他们认为，如果是因为自然原因造成黄河水量过大，产生一定后果，还可以理解，人们也能接受；现在人为地增大排水量，万一出现问题，造成决口或漫滩，那该怎么办？

谁来负责？不好向人民群众交代呀。

张五魁听了这些说法，感到非常不解。他说："不管别人支持不支持，反对不反对，咱们渤海市要坚决支持，全力配合。'调水调沙'明显是利国利民的大好事儿嘛，为什么不敢尝试？想当初，咱们整治黄河口，推翻专家既有结论的时候，也有很多人反对，最后不也成功了吗？在这些问题上，应该支持大胆干、大胆试。凡事瞻前顾后，顾虑重重，什么事情也干不成。"

张五魁建议，如果上面征求渤海方面的意见，河务局要明确表示，渤海市支持这一决策。

随后，他们商量了应对"调水调沙"需要做的工作。第一件事情，就是要把滩区群众暂时搬出来，万一大水到来，发生漫滩或决口，一定要确保人民群众的生命和财产安全。整个渤海市，位于滩区的还有13个自然村，大约3万人，这其中就包括张五魁的老家槐树庄。要妥善安置这些人员，工作量不算小。

第二件事情，就是确保黄河在渤海市辖区的行洪安全，尤其不能让泥沙淤积堵塞在黄河口从而导致黄河再次改道。一旦造成这种局面，以前的努力将会前功尽弃。

张五魁说："第一件事情，由市委、市政府全面负责。王刚牵头组织协调，召开专门会议研究具体方案和措施，不要牵扯河务局的精力。第二件事情，由河务局牵头，油田配合，坚决确保行洪安全。这方面，西栋你们多想想办法，看看有什么管用的招数。"

刘西栋说："来之前，我们也小范围议了一下。最好的办法，恐怕就是我们组织队伍，在黄河口附近实施'人工扰沙'，进行人工干预，确保冲下来的泥沙顺利入海。"

张五魁说："很好，我们就按这个思路来办。有什么情况，及时沟通汇报。"

"调水调沙"试验的日子终于到来了。这一天,小浪底水库艳阳高照,波光荡漾。

上午九点,黄委会主任郭映站在调度台上,下达了开启闸门的指令。只见一道道闸门徐徐开启,一条条翻腾着浪花的"巨龙"如同久被束缚后重获自由,一齐咆哮着夺门而出、狂奔而下,好似在大地上展开了一场千里越野"大撒欢"。一出精心导演的洪流扫荡大河河底的精彩剧上演了。

在试验开始前,张虎林开着他的汽车,从槐树庄出发,早早地来到了小浪底现场,他要亲眼看看"调水调沙"究竟是怎样一种景象。

小浪底闸门被打开之后,张虎林发动了汽车,沿着黄河大堤与滔滔洪峰一路同行。沿途,他亲眼见到了从未见过的奇特景象。

巨大的洪峰奔腾了十公里左右,只见成块成片的河底淤积物像地毯一样被洪水卷了起来,铺满了水面,然后被水流冲散带走。大堤上有人惊呼,这就叫"揭河底"!张虎林经此一提醒,才明白发生了什么。

正当人们惊异于人类创造的这一奇迹的时候,问题还是出现了。洪峰进入下游,滩区开始出现漫滩,河南境内滩区的十多个村庄不同程度进水。

面对这一状况,是关了闸门停止试验,还是继续进行?这对决策者来说是一个巨大考验。如果停止试验,之前的努力将化为泡影;如果继续进行,漫滩继续扩大怎么办?经过实地勘察和分析,郭映他们发现,险情主要发生在迎水面至拐头、上跨角、坝头等部位,且多为大堤底部根石走失、坦石坍塌。更为重要的是,他们发现,河势总体上没有发生大的变化,局部河段河势向着有利的方向发展,一些畸形河湾河势有所调整。郭映决定,试验不能停,继续放大水。

洪峰是第三天下午到达渤海市境内的。一路与洪峰同行的张虎林通过电话与家人保持着联系,随时告诉他们洪峰前进的动态消息。

第四十四章 调水调沙

张五魁带领市防汛抗旱指挥部有关人员，早早地来到了槐树庄，来到了张虎林筑起的养鱼台上，等候洪峰的到来。

在此之前，村里的人已经全部搬走了，他们被临时安置在市区的宾馆里，家里值钱的东西和生活必需品也都搬了出来。养鱼台的空闲处，也成了临时存放家具等物品的地方。

洪峰终于来了。一开始，它沿主河槽奔跑；慢慢地，它舒展开了身子，横向漫延开来；没过多久，它就漫过了"二道坝"，向槐树庄方向奔来。

槐树庄再次被淹了。大水进入村庄，进入每家每户，到了大槐树"大腿"根部位置，淹得"磕头机"只露出一个小小的头。

张五魁等人站在养鱼台上，指指点点，似乎在说着什么。直到这时候，张五魁才感到张虎林当初花钱买土方垫高台实在是个英明之举。眼看洪峰朝东奔去，张五魁对王刚说："赶紧问一下西栋那边做好准备了吗。"

黄河口河务局的"人工扰沙"点设在入海口前方，河务局和油田职工共同组成了60人的特殊"战队"，刘西栋担任现场总指挥，他们布置了10公里长的作业线。在临时搭建的10个大型作业平台上，队员们用高压水枪不停地冲击着河底的泥沙。

准备期间，最困难的是扰沙平台的安装、锚定和移动问题，它们必须经得起8000立方米每秒以上流量的洪峰的冲击。为此，刘西栋带领大家每天早上五点起床去现场，中午不休息，晚上干到八九点，已经干了好几天了。

当巨大的洪峰到来时，10个人工扰沙工作平台同时作业，任谁也没有看到过大河之上如此壮观的场景。大家身穿红色救生衣，两手紧紧抱住高压水枪，像战场上端着冲锋枪的战士，不停地喷射着水柱。在高压水枪的猛烈冲击下，河底的泥沙被扰动起来，被河水卷着向大海的方向奔腾而去。

刘西栋和他的战友们,一干就是三天三夜。

第一次"调水调沙"结束后,整个黄河下游河底平均下降了0.8米,黄河口附近河床下降了1.2米。看了这些数字,张五魁拿起简报往空中一抛,然后两手像鼓掌一样用力一拍,啪的一声又将简报夹在了两手中间。

第四十五章　情系热土

春节就要到了,这是新冠疫情结束后的第一个春节。槐树庄新区高高的村台上,一片喜庆。一栋栋白墙灰瓦的小别墅,静静地卧在巨大的村台上。一盏盏火红的灯笼,挂在笔直的马路两侧的灯柱上。槐树庄小学宽广的塑胶操场上,早已放假的孩子们三三两两地奔跑着、跳跃着、打闹着。

村台附近的大槐树下,张志善和李世远两位老人,一个抄着手,一个背着手,一边晒太阳,一边拉闲呱儿。

"以前和现在都是'水泥路',一个是'水泥巴路',一个是'水泥铺的路',真是天壤之别。"张志善嘟囔着,"真没想到,咱们都一把年纪了,还能住上这么漂亮的小洋楼。"

李世远也说:"可不是嘛。我看,咱们的房子丝毫不比五魁和小叶的房子差。别看他们都住在城里。"

"咱们村这次搬迁,除了受益于上级给的政策,还多亏了虎林这孩子。他不但建了大村台,还前前后后地忙活,累得不轻快。"李世远深有感触地对张志善说,"五魁和虎林,你培养的两个孩子,都是好样的,替咱槐树庄长了脸。"

张志善的脸上露出多年未见的笑容。

黄河滩区整体性迁建,是在"调水调沙"之后的第五个年头启动的,这是国家的统一要求和部署,也是脱贫攻坚要攻克的最后一个堡垒。当时,上级给出两个方案供村民们选择:一个是村庄整体性迁往黄河口附近的最年轻的土地上,重新建设一个新的村庄;另一个是在原村庄附近,选择一块较大的空地,建设整体性大型村台,全村人都搬到村台上居住。在征求槐树庄村民意见时,几乎所有人都不同意迁往外地,而是选择在当地建大型村台。

所谓"村台",其实就是村民们之前建房子时垫起的"房台"的扩大和升级版。房台较小,一般是一户一台;村台很大,一个村台可容纳一个自然村的所有人居住。按照市委、市政府的统一规划要求,村台上除了建设别墅式居民楼外,还要建设学校、幼儿园、商店、广场和卫生所等基本设施,电力、网络、自来水、天然气等公共设施要全部进村,污水排放、垃圾清理设施一样都不能少,要做到配套设施一应俱全,真正让滩区村民有搬到城市居住的感觉,享受脱贫攻坚和乡村振兴带来的红利。

村台迁建相比于滩外迁建,最大的优势就是既达到了防洪防汛、改善滩区群众生活条件的目的,又能照顾滩区群众故土难离的情结。特别是张志善,他是宁死也不肯离开槐树庄的,更不肯离开大槐树的,在原来的村庄建村台,他是一百个赞成。

槐树庄所在的利民县是渤海市滩区搬迁人数最多、投资额最大、建设任务最重的一个县。按照搬迁方案和初步预算,仅槐树庄一个村就需要投资一个亿左右,可是政府只能拨8000万。剩下的钱该怎么办?这让很多人犯了难。还有,村台究竟建在什么地方也是个大问题。

在领回任务的路上,张虎林的脑子一刻也没有闲着。槐树庄建村台,最省事的办法,就是把村台建在现有的养鱼台上,那样只需要填平鱼塘就行了,能节省一大笔建村台的费用。只是,这养鱼塘才用了几年,村民们刚尝到养黄河鲤鱼致富的甜头，如果把鱼塘填了，大家能不能接受呢？这是个不得不考虑的问题。另外，如果把鱼塘填平了，大家不能养鱼了，以后再寻找什么致富出路呢？还有就是，一个亿的项目预算，政府只给8000万，即便在养鱼台上建村台能节约一笔费用，恐怕还会有1000万左右的缺口，而自己的盛大建筑工程公司近期效益也不好，已经拿不出更多钱来了，这也让他很是犯愁。

听说槐树庄迁建经费不足的消息之后，村民们坐不住了，他们拿出了这几年养鱼挣的钱，拿出来当初油田补贴的钱；外出做生意的汇来了钱；油田上班的发起了捐款。一笔笔、一项项，像洪流般向张虎林那里汇聚。单是李小叶，便捐出了这些年的大半积蓄。

张虎林在村"两委"的见证下，逐一记录下每笔钱的数目和来源，逐一记录下每位乡亲的支持和信任，他从来没有如此感动过，一种心的付出换来的心的回报让他激动万分，他发誓要用一生回报槐树庄，回报槐树庄人。

随后，张虎林开始挨家挨户征求意见，逐一询问是否同意把鱼塘填平在上面建村台的方案。经过一夜思考，他认为，下一步可以考虑带领大家在滩区种植虎杖，也可以在现在的村址上建虎杖加工厂，那样或许能解决村民的经济来源问题。当他把自己的这些想法一块说出来，征求大家的意见时，没想到大家纷纷赞同。很多人说，你是村支书，一心为了大家，我们一切都听你安排。

说干就干，张虎林立即展开了行动。50多辆挖掘机、推土机、装卸机开足马力，开进了槐树庄，对原有的养鱼台进行大整修。槐树庄再次成为不眠的村庄。

要把养鱼台改造成村台，面临两大问题。一是鱼塘很深，需要大量土方填平，泥土从哪里来？这个问题，张虎林采取了其他村庄普遍采取的办法——"吹沙",就是用吸沙船将黄河主河槽附近的泥沙通过管道输送到村台鱼塘里。

二是按照设计要求,村台要能预防50年一遇的大洪水和8级大地震,可是原来的鱼塘底部都是泥沙,很软,一旦遇到雨水,很容易塌陷,怎么办?为此,张虎林采取了三大措施:先修筑围堤,再让压土机压实,然后再进行半年沉降,等村台基础确实打牢固后再在上面建新房。

那些日子,张虎林似乎把其他所有事情都忘了,把心思全用在了村台建设上。无论是打围堰、吹沙,还是强夯和沉降,他都守在那里,从来不曾离开。

清一色独门小院的别墅建起来之后,如何分配一直是村民关心和议论的话题。对这个问题,张虎林有自己的想法:抓阄就是最好的办法,抓到哪户算哪户,公平合理。当他把自己的想法讲出来之后,大家对这个办法普遍认同,只有一个人提出要求照顾,也给他出了一个难题。因为这个人就是他的父亲张志善。张志善说:"别人抓阄,我同意,但我要求选离大槐树最近、出门就能看到大槐树的那一户。"张虎林听了说:"您这不是搞特殊吗?"张志善说:"我不管那些,我就要那一户。你自己抓到哪一户我也不管,反正你必须给我想办法,成全我这个心愿。我想,我提出来,村里人应该能够理解。"

果真像张志善所说的那样,对于张志善的要求,多数人表示理解。就这样,抓阄之前,把最南面一排中最靠近大槐树的那一户专门给张志善留了出来,剩余的每家派一个代表抓。张虎林抓到了村子最北面一排西北角的一户。

搬家前一天,张志善又有了新的要求:他要和张虎林换换。张虎林不解:"你不是专门挑的那一户,要守着大槐树吗?"

"哼,你也不想想,我和你娘还能活几天?我要你守着!"张志善说出了自己真实的想法。

没办法,老爹的话不能不听啊。就这样,张虎林和蓝芃搬到了大槐树跟前那一户居住,父母两人搬到了西北角那一户。

这一年除夕夜,是新槐树庄有史以来最热闹的一夜。晚上不到6点,村里就鞭炮声不断。一方面,是为了庆祝乔迁之后的第一个新年;另一方面,也是庆祝疫情防控取得重大决定性胜利。

张五魁一家人也都回来了,他们和张虎林一家一起聚集在父亲张志善家里,准备好好地喝一杯。

饭菜做好,一家人全都坐下了,张志善端起酒杯,招呼大家喝酒。酒杯刚到嘴边,就见他手一哆嗦,砰的一声,杯子掉在了地上,他的身子随之朝右侧歪了过去,脑袋耷拉了下来,坐在张志善右边的张五魁赶忙一把将父亲扶住。

张志善浑身软绵绵的,像是昏迷了过去。一家人顿时慌乱起来。蓝芃说:"不要动,让他平躺下,抓紧送医院。"

张虎林第一反应是去开车。

张五魁和蓝芃两人架着张志善上车,李小叶也跟着上了车。

张虎林像疯了一样开车就跑。蓝芃赶紧拿出手机,给医院急诊室打电话。

原来,张志善突然得了脑出血,医院值班人员对他实施了紧急抢救。第五天中午,张志善终于苏醒了过来,正巧赶上张五魁来看他。

张志善使劲睁开眼,对张五魁说:"儿啊,河口,要守住……槐树,也要守住……"

张五魁赶紧过来抓住父亲的手说:"这个您放心,守住,我一定守住!"

"死后，火化……骨灰，撒河里……"这是张志善最后的交代，说完，他就闭上了眼睛，再也没有睁开。

悲痛中，张五魁似乎看到眼前似有一股淡淡的青烟，转而化成一团橘黄色火焰，慢慢飞向房顶。他伸出右手，使劲抓了一把，什么也没有抓住。他张开手一看，手掌居然变成了一面镜子，镜子深处，有波涛起伏，有树影婆娑……

（本书故事和人物属于虚构，如与现实生活有雷同之处，当属巧合。）

图书在版编目（CIP）数据

大河赤子 / 李恒昌著 . -- 济南：山东友谊出版社，2024.4

ISBN 978-7-5516-2967-6

Ⅰ. ①大… Ⅱ. ①李… Ⅲ. ①长篇小说－中国－当代 Ⅳ. ① I247.5

中国国家版本馆 CIP 数据核字 (2024) 第 089892 号

大河赤子
DAHE CHIZI

责任编辑：王健男　于康康　于淑霞
装帧设计：刘洪强

主管单位：山东出版传媒股份有限公司
出版发行：山东友谊出版社
　　　　　地址：济南市英雄山路 189 号　邮政编码：250002
　　　　　电话：出版管理部（0531）82098756
　　　　　　　　发行综合部（0531）82705187
　　　　　网址：www.sdyouyi.com.cn
印　　刷：泰安市富蓉印刷有限公司

开本：787 mm×1 092 mm　1/16
印张：23.5　　　　　　字数：330 千字　　　插页：4
版次：2024 年 4 月第 1 版　印次：2024 年 4 月第 1 次印刷
定价：78.00 元